Lea Korte

Morgen werden wir glücklich sein

Schon mit 12 wusste Lea Korte, dass sie später Romane schreiben will und noch heute ist das Bücherschreiben ihre große Leidenschaft. Bisher hat sie neun Romane bei Heyne, Lübbe, Aufbau und Droemer Knaur veröffentlicht, drei weitere Romane sind in Arbeit. Außerdem bildet sie in ihrer Online-Akademie »Romanschmiede« seit zehn Jahren sehr erfolgreich Autoren aus. Lea Kortes Liebe zu Frankreich und Spanien zeigt sich auch darin, dass sie dort immer wieder lange Monate mit Schreiben verbringt. Paris ist ihre große Liebe und die Heimatstadt ihres Mannes. Frankreich war schon immer ihre große Liebe – die sie dann auch vor einen französischen Traualtar geführt hat.

Lea Korte

Morgen werden wir glücklich sein

Roman

PIPER

ISBN 978-3-492-50455-3

Redaktion: Ulla Mothes
Satz auf Grundlage eines CSS-Layouts
von digital publishing competence (München)
mit abavo vlow (Buchloe)
Covergestaltung: Teresa Mutzenbach
Covermotiv: akg-images / Imagno und Shutterstock.com
Printed in Germany

Wer von euch ohne Schuld ist, werfe den ersten Stein.

Die Bibel – Johannes 8.7

Am Ende werden wir uns nicht an die Worte unserer Feinde erinnern, sondern an das Schweigen unserer Freunde.

Martin Luther King

Pour mes enfants et mes petits-enfants
Et pour Patrick

1. Kapitel

Malou – heute

»Halt, stopp, Josephine, nur fünf Minuten, ich will doch nur fünf Minuten mit Ihnen reden!« Malou umklammerte das Schließblech von Josephines Wohnungstür, damit diese Furie ihr nicht die Tür vor der Nase zuschlagen konnte. »Bitte, Josephine, es muss doch einen Weg geben, diese alte Geschichte aus dem Weg zu räumen!«

»Das, was Sie da *Geschichte* nennen, ist und war das Leben von drei Menschen!«

»Das will ich auch gar nicht in Abrede stellen –«

»Meinen Sie nicht, Ihre Familie habe inzwischen genug *gewollt?«* Josephines schwarze Augen glühten vor Zorn.

Der unverhohlene Hass, mit dem Josephine sie anstarrte, irritierte Malou. Schließlich war nicht sie an dem Debakel zwischen ihren Großmüttern schuld. Oder war diese Josephine einfach so? Überschäumend, hochfahrend, ungerecht? Zumindest würde das erklären, warum sie schon dreimal von einer Kunsthochschule geflogen war und bisher auch sonst nicht viel auf die Beine gestellt hatte. Zumindest nicht nach ihren Recherchen. Und dabei war sie mit ihren sechsundzwanzig Jahren auch nur ein Jahr jünger als sie selbst, Malou, und sie hatte immerhin ein abgeschlossenes Studium und eine Festanstellung.

»Josephine, bitte!« Malou atmete tief durch. »Meine Großmutter hat immer nur das Beste im Sinn gehabt.«

»Das Beste für wen?« Josephine hob die rechte Augenbraue.

»Hören Sie.« Malou hob die Hände, um Josephine zu beschwichtigen. Ein Fehler! Augenblicklich knallte Josephine die Tür zu. Malou ließ den Kopf gegen die Tür sinken. Verdammt! Es hatte sie so viel Mühe gekostet, Josephine in diesem schäbigen Studentenheim im Süden Perpignans ausfindig zu machen, und jetzt das? Sie überlegte, sich auf den Boden zu setzen, um besser nachdenken zu können, aber der schwarz-weiß gepunktete Granitboden wirkte alles andere als sauber, und sie hatte wenig Lust, sich ihr helles Sommerkleid zu ruinieren.

»Zum Donner, Josephine!« Verzweifelt hämmerte Malou gegen die Tür. »Das alles ist mehr als siebzig Jahre her, und meine Großmutter – Marie will doch nur mit Geneviève reden! Ihr tut von Herzen leid, was damals passiert ist, und nach dem Krieg hat sie sich ja auch um Aimée und um deine Großmutter Geneviève gekümmert und –«

Krachend flog die Tür wieder auf. »Wagen Sie es nie wieder, den Namen meiner Mutter in den Mund zu nehmen!« Josephines ebenmäßiges Gesicht war wutverzerrt. »Nicht Sie, und nicht Ihre Großmutter. Nie wieder, hören Sie, nie wieder!« Sie stieß Malou beiseite, zog ihre Wohnungstür zu und stürmte mit wehenden Haaren zum Aufzug am Ende des Ganges.

Eine Sekunde lang war Malou so perplex, dass sie ihr nur hinterherstieren konnte. Auch wenn ihre Großmutter sie darauf vorbereitet hatte, dass sie bei Josephine keinen leichten Stand haben würde, überstieg dies hier doch ihre schlimmsten Befürchtungen. Niemals hatte sie damit gerechnet, dass Josephine einen solch abgrundtiefen Hass gegen sie und ihre Familie hegen würde, und sie konnte es auch nicht nachvollziehen. Trotzdem durfte sie nicht unverrichteter Dinge zu ihrer Großmutter zurückkehren. Entschlossen sprintete Malou Josephine hinterher. Sie stand am anderen Ende des Ganges vor dem Aufzug, und im selben Moment glitten auch schon die Türen auf. Malou sah, wie Josephine eintrat und direkt auf einen der Knöpfe drückte. Sie rannte noch schneller. Die Türen schlossen sich. Im letzten Moment quetschte sie sich noch in den Aufzug. Die Türen berührten sie, blockierten kurz und schlugen, kaum dass sie drin war, mit einem so harten Knall zusammen, dass Josephine und sie sich unwillkürlich ansahen. Malou wollte etwas sagen, aber Josephine wandte sich schon wieder von ihr ab und drückte erneut auf den Knopf für das Erdgeschoss. Als der Aufzug sich nicht in Bewegung setzte, drückte Josephine wieder, doch auch jetzt tat sich nichts. Josephine schnaubte, drückte den Knopf mehrere Male kurz hintereinander, schließlich auch die der anderen Stockwerke. Dann ruckte der Aufzug, ruckte noch einmal, fuhr los – und blieb unter einem neuen Rucken wieder stehen. Eine Sekunde waren sie beide wie erstarrt. Dann fuhr Josephine wütend zu Malou herum und zischte: »Wie hast du das gemacht?«

»Wie habe ich was gemacht?«, stammelte Malou.

»Na, dass dieses verdammte Ding stehen bleibt und wir jetzt hier festsitzen.«

»Aber gar nichts habe ich gemacht!« Malou hob die Hände, wurde sich bewusst, dass sie dies heute nicht zum ersten Mal tat, und kam sich allmählich wie ein Priester vor. Dessen Aufgaben, wie sie kurz dachte, den ihren gar nicht einmal so unähnlich waren. »Josephine, ich habe wirklich nichts gemacht!«

Josephine drehte ihr den Rücken zu, lehnte die Stirn gegen die Tür und trat plötzlich mit voller Wucht nach vorn gegen die Aufzugswand. »Uah!«

Ihr Wutschrei hallte von den Metallwänden wider. Dann war es still.

2. Kapitel

Marie – Paris – 3. Juni 1940

Erneut schwoll das Heulen der Sirenen an. Marie hielt sich die Ohren zu. Trotzdem drang kurz darauf das Dröhnen der nahenden Flugzeuge in ihren Kopf. Bomber. Deutsche Bomber. Seit über einer Stunde flogen sie über die Stadt, und es nahm und nahm kein Ende. Eine Hand schob sich auf ihren Arm. Marie sah auf. Es war Geneviève. Das Flackern der Handlaterne, der einzigen Lichtquelle, die der Concierge ihres Wohnhauses ihnen hier unten im Luftschutzkeller zugestand, warf züngelnde Schatten auf ihr Gesicht.

»Die Nacht wird vorübergehen«, flüsterte die Freundin ihr zu, ein mageres Lächeln im noch magereren Gesicht, die schwarzen Augen klein vor Angst, aber trotzdem bestimmt. »Wir kommen hier raus. Lebend! Wir sind doch die drei Unbesiegbaren!«

Die drei Unbesiegbaren – das Spiel ihrer Kindheit. Geneviève, Marie, Amiel. Fast zwanzig Jahre war das jetzt her. Wann immer ihnen früher jemand oder etwas Angst gemacht hatte, hatten sie die drei Unbesiegbaren gespielt. Angefangen hatte es, als ihnen auf dem Schulweg eine Gruppe Jungs auflauerte und ihnen Wegzoll abrang. Zuerst wollten sie nur von den Madeleines oder den anderen Küchlein, die Genevièves Mutter *für das feine jüdische Geschmeiß* backte, wie sie höhnten. Genevièves Mutter arbeitete damals bei Amiels Familie, einer angesehenen jüdischen Arztfamilie, als Haushälterin und Köchin. Später verlangten die Burschen von Marie die Prüfungsaufgaben aus der Aktentasche ihres Vaters, die sie für teilweise mehr als einen Franc an die Abiturienten des Lycées Jean-de-La-Fontaine verhökerten, und schließlich wollten sie Amiel zwingen, aus der Praxis ihres Vaters Spritzen und Opiate zu stehlen.

Das war der Moment, in dem Geneviève befand, dass es reichte. Sie erklärte ihnen den Krieg. Und zu Marie und Amiel sagte sie: »Wir sind die drei Unbesiegbaren. Niemand hat das Recht, uns etwas zu befehlen!« – und allein ihr entschlossenes Auftreten verschaffte ihnen bald wieder Ruhe.

Die drei Unbesiegbaren – bis heute schweißte sie das zusammen. Als hätte Amiel eben Genevièves Worte gehört, kroch auch sie näher zu ihnen heran. Sie sah sie an mit ihren unerschütterlich zuversichtlichen, tiefbraunen runden Augen, legte den Arm um die Schultern ihrer Freundinnen und zog sie zu sich, bis ihre Köpfe sich berührten. Stirn an Stirn. Ja, sie waren die drei Unbesiegbaren, dachte Marie. Auch sie umarmte jetzt die anderen. *Wir sind die drei Unbesiegbaren, wir sind die drei Unbesiegbaren, wir sind die drei Unbesiegbaren!* Dank der beruhigenden Nähe der Freundinnen wich das Heulen der Sirenen zurück, die Angst in ihr flaute ab, sie konnte wieder atmen, seufzte auf. Allmählich nahm sie die Stimmen der anderen Menschen im Keller wieder wahr, empfand sie aber nicht als neuen Albdruck, sondern nur als bloße Hintergrundgeräusche.

Marie setzte sich wieder auf, schaute zu den Stimmen hinüber. Alle Mieter ihres Hauses waren hier unten versammelt, an die zwanzig Leute, nur Paulines Mutter fehlte. Als Maries Blick den von Pauline kreuzte, nickte sie dem Kind aufmunternd zu. Sie kannte Pauline auch aus dem Unterricht, vierte Klasse Französisch, eine eifrige, immer sehr bemühte Schülerin.

»Aber inzwischen müsste Mama doch wirklich da sein«, jammerte das Mädchen leise. »Warum kommt sie denn nicht?«

»Das wird sie schon noch«, versuchte Marie, sie zu beschwichtigen. »Ganz bestimmt wird sie das.«

»Und wenn nicht?« Dicke Tränen liefen an Paulines Wangen herunter.

Marie bat den Concierge, doch noch einmal nach ihrer Mutter zu sehen. »Was, wenn sie oben vor der Haustür steht, weil sie in der Aufregung ihren Schlüssel vergessen hat?«

Gleich beim ersten Sirenengeheul war Paulines Mutter hinüber ins Nachbarhaus gelaufen. Sie wollte ihrer ältesten Tochter mit den Zwillingen helfen. Die beiden waren erst vor wenigen Tagen geboren worden, aber eigentlich hatte sie danach gleich wiederkommen wollen.

Monsieur Dubois seufzte. Trotzdem drückte er sich von seiner Orangenkiste hoch, kurbelte an seiner mechanischen Taschenlampe, bis der Dynamo wieder neu aufgeladen war, und schlurfte im matten Schein der Lampe zur Treppe. Als er die Stufen hochstieg, hallte das unregelmäßige Pa-pam, Pa-pam, Pa-pam durch den Keller. Er zog das rechte Bein nach. Ein Andenken an den letzten Krieg. 1917. Die Deutschen. Auch damals schon. Kurz darauf erreichte er die Kellertür, öffnete sie, trat hinaus, und sie verloren den Schein seiner Lampe aus den Augen. Ein Schleifen. Die Haustür. Er sah tatsächlich vor der Tür nach. Dann schloss sich die Tür wieder mit einem satten Einschnappen. Als er zurück in den Keller kam, brummte er zu dem Kind: »Da ist niemand, Pauline. Gewiss ist deine Mutter bei deiner Schwester mit in den Keller gegangen.«

»Ja, vielleicht«, flüsterte das Mädchen, aber die Tränen liefen weiter. Marie streckte ihr die Hand hin. »Na komm, setz dich zu uns. Dann bist du nicht so allein.«

Dankbar sprang das Kind auf, lief zu ihr und schmiegte sich an sie.

Erneut näherten sich Flugzeuge. Ihr Brummen wurde unaufhörlich lauter. Schon wieder kamen sie so nah! Marie zog Pauline noch näher an sich heran. Das Kind zitterte vor Angst, aber Marie ging es nicht besser. Sie musste sich zwingen weiterzuatmen. Eisenzwingen um die Rippen. Schmerzen in der Brust. Das Pfeifen der herabfallenden Bomben. Wieder und wieder. Und Stille. Todbringende Stille. Dann der Einschlag. Weit von ihnen entfernt, aber Marie meinte trotzdem, das Beben des Bodens unter sich spüren zu können. Noch eine Detonation, diese war näher. Ohrenbetäubend. Einer der großen Steine vor den Kellerfenstern wurde von ihrem Druck weggerissen. Durch die Öffnung sahen sie die wandernden Lichter der Suchscheinwerfer und der Flaks am Nachthimmel. Noch ehe Marie realisiert hatte, dass sie trotz der Einschläge verschont worden waren, schwoll das Dröhnen erneut an. Noch mehr Flugzeuge kamen. Kurz darauf neue Einschläge. Sie waren weiter entfernt, sehr viel weiter. Aber würden nicht auch da Menschen in Kellern sitzen und um ihr Leben bangen? Dann wurde es ruhig. Erst jetzt merkte Marie, dass es auch hier drin ganz ruhig geworden war. Als könnten die Bomber sie nicht finden, wenn sie nur ganz leise waren.

Als auch in den nächsten Minuten keine neuen Flugzeuge kamen, begannen die Hausbewohner vereinzelt zu reden, ein Tuscheln nur, aber doch taten die Stimmen Maries angespannten Nerven gut. Bisher hatte es noch keine echten Bombenangriffe auf die Stadt gegeben, nur haufenweise Fehlalarme, die allerdings auch an ihren Nerven gezerrt hatten. Es herrschte derzeit das, was die Leute als *drôle de guerre* bezeichneten, als *komischen Krieg.* Ein Sitzkrieg. Ein Krieg, in dem nichts voran- und nichts zurückging. Was sich in dieser Nacht allerdings gerade zu ändern schien.

Als es still blieb, kehrte allmählich das Leben zurück in den Keller. Marie rieb Pauline über den Arm und küsste sie aufs Haar. »Siehst du, alles ist gut gegangen.«

Gerade als sich Marie bequemer hinsetzen wollte, ertönte doch wieder das Brummen von Flugzeugmotoren. Ihr Dröhnen wurde schnell lauter, geradezu infernalisch, ja, kein Zweifel, sie flogen direkt auf ihr *Quartier* zu. Viel zu schnell waren sie über ihnen. Marie presste Pauline an sich, und im selben Augenblick begann das Pfeifen. Dann die Stille. Auch hier unten. Noch nicht einmal mehr Atemgeräusche waren zu hören. Sie wussten es, sie alle wussten, was gleich passieren würde, obwohl sie es noch nie erlebt hatten. Dann detonierte die Bombe.

Die Explosion zerriss ihr beinahe das Trommelfell, dröhnte bis in ihren Kopf, bis in ihren Bauch hinein, alles begann zu beben und zu wackeln, sie hörte Fenster splittern, Holz bersten, aus der Decke quoll Staub, dann brachen irgendwo über, hinter, neben ihnen Mauern, und zugleich stob noch immer mehr Staub zu ihnen nach unten, eine neue Detonation, noch mehr Scheppern, Splittern, Krachen, Staublawinen, die Kerzen erloschen. Die Menschen schrien, kreischten, heulten, husteten, einige klammerten sich noch fester aneinander, wie sich auch Pauline jetzt schluchzend an Marie klammerte. Aber immerhin waren sie beide unverletzt.

Jemand am anderen Ende des Kellers zündete eine Gaslampe an, kurz darauf leuchtete auch eine Taschenlampe durch die staubverhangene Luft. Die Ersten sprangen auf, stürzten zur Tür, wollten hinaus, hinaus, hinaus, ehe noch das ganze Haus über ihnen zusammenfiel. Auch Marie sprang auf, das Kind noch immer fest an sich gepresst. Sie sah zu Geneviève, deren schwarzes Haar fast weiß vor Staub war. Sie und auch Amiel waren unverletzt.

Hustend wies Amiel sie über den Lärm hinweg an, sich die Blusen über Mund und Nase zu ziehen, um nicht noch mehr Staub einzuatmen. Sie taten es. Marie kümmerte sich darum, dass sich auch Pauline den Pullover übers Gesicht zog. Trotzdem mussten sie weiterhusten.

Geneviève stieß sie an. »Los, zur Tür, wir müssen hier raus!« – und mitten in ihren Worten stürzte ein gutes Stück links von ihnen, einige Meter neben der Kellertür, ein Teil der Decke herunter. Holzbalken, Putz, Deckenverstrebungen, Marie hatte keine Ahnung, was genau da runterkam, nur dass es große Teile und viel war, das sah sie. Der Staub und das Geschrei wurden eins. Entsetzt sah Marie sich um, wartete förmlich darauf, dass nun auch auf sie Steinbrocken krachen würden, doch erst einmal blieben sie verschont.

»Los, raus, sofort raus hier!«, keuchte Geneviève ihnen zu und versuchte, sie mit sich fortzuziehen.

»Ich komme nach.« Amiel keuchte. »Ich schaue erst mal, ob es da Verletzte gibt.«

Sie nahm ihre Arzttasche und zog sich den Stoff ihrer Bluse noch höher über das Gesicht. Marie blickte unsicher zwischen ihr und Geneviève hin und her und wiegte zugleich die schluchzende Pauline hin und her. Geneviève drückte ihre Bluse mit dem Unterarm noch enger an Mund und Nase und eilte zum Ausgang. Entschlossen drängte sie sich zwischen den Menschen hindurch, was ihr nicht schwerfiel: Sie war jung, sie war groß, und obwohl sie mager war, hatte sie Kraft. Schon seit Jahren besserte sie ihre Pianistinnen-Gage im Varietétheater mit dem Schleppen von Kisten auf dem Gemüsemarkt auf. Jetzt war es ihr von Nutzen.

Marie hob Paulines Kinn und blickte sie fest an. »Wir kommen hier wieder raus.«

»Und Mama?« Vor lauter Weinen konnte das Kind kaum sprechen. »Was ist mit meiner Mama?«

»Es wird ihr sicher gut gehen, Pauline, ruhig, ganz ruhig. Na komm, wir gehen jetzt auch zur Tür und suchen draußen nach ihr.«

Pauline krallte sich an ihre Hand und stolperte mit ihr zur Tür, doch dann erkannte Marie, dass es dort gar nicht weiterging. Ein Teil des Schutts war auch vor die Tür gefallen.

Die Kräftigsten begannen, ihn wegzuräumen, auch Geneviève war unter ihnen, doch kaum war ihnen dies gelungen, stellten sie fest, dass die Tür dennoch nicht aufging.

Der Concierge schimpfte: »Geht beiseite, verdammt! Da muss auch von außen noch Schutt vor der Tür liegen. Zum Donner, geht zurück, wir brauchen Platz und ein paar kräftige Leute, die dabei helfen, die Tür auszuhebeln!«

Da sie hier sowieso nichts tun konnte, ging Marie mit Pauline zu Amiel. Der Staub hatte sich etwas gelegt, zu weiteren Deckeneinbrüchen war es nicht gekommen – noch nicht. Stöhnen, Wimmern und Schmerzensschreie vermischten sich mit dem ruhigen Fluss von Amiels Worten. »Keine Sorge, wir holen euch da raus. Ihr seid nicht allein. Alles wird gut!«

Erst jetzt realisierte Marie, dass jemand verschüttet worden war. Sie sprang herbei, aber noch ehe sie Hand anlegen konnte, um die Balken wegzuheben, taten dies zwei junge Burschen, die noch nicht in dem Alter waren, in dem sie eingezogen werden konnten, aber schon fast so stark wie echte Männer waren. Sie halfen Bernadette, der Wäscherin des Viertels, einer stämmigen, grobschlächtigen Frau, die Balken und den Schutt wegzuräumen. Der kleine Jean drehte unermüdlich an seiner Taschenlampe, um ihnen Licht zu machen.

Amiel beugte sich über eine ältere Frau. Als Marie näher kam, sah sie, dass es Madame Lefèvre war. Offenbar war sie ebenfalls von den herabgestürzten Balken getroffen worden. Sie war die älteste Hausbewohnerin, wurde von allen liebevoll *Mami,* Großmama, genannt: Es gab kaum ein Kind in der Straße, das noch nicht von ihr gehütet worden war. Der Balken hatte sie im Gesicht und am Arm getroffen. Ihre Wunden bluteten heftig. Amiel drückte Marie ein paar Stoffkompressen in die Hand, die sie gerade aus dem Hemd eines der Helfer riss. »Hier, drück da drauf, damit die Blutungen zum Stillstand kommen. Und rede mit ihr, sie steht unter

Schock. Nicht dass sie mir noch kollabiert. Sag ihr, die Angriffe sind vorbei. Alles wird gut.«

Marie tat, was Amiel ihr aufgetragen hatte. Zugleich ermunterte sie Pauline, ihr zu helfen. Je mehr das Mädchen abgelenkt war, umso besser, und in der Tat trockneten darüber sogar Paulines Tränen, und auch Madame Lefèvre ging es allmählich ein bisschen besser.

Inzwischen hatten die drei Helfer das erste Opfer aus den Trümmern hervorgezogen. Es war Odette Chevalier. Marie kannte sie nicht allzu gut. Die junge Frau wohnte im vierten Stock, war immer sehr zurückhaltend. Amiel untersuchte sie, schüttelte den Kopf und schloss ihre Augen. Marie schluckte und schaute zur Treppe. Viel konnte sie in dem Chaos dort nicht erkennen, aber auf alle Fälle waren auch die anderen noch immer hier unten. Offenbar war das Aushebeln der Tür nicht so einfach. Kommandos hallten durch den Keller: »Brecheisen!«, »Zurücktreten!«, »Auf drei alle zusammen!«.

Derweil hatten Amiels Helfer noch eine zweite Verschüttete freigelegt. Es war Angelique. Sie war, wie Marie und ihre Freundinnen, Mitte zwanzig und hatte vor drei Wochen geheiratet, als ihr Freund Fronturlaub hatte.

»Vorsicht, Vorsicht!«, mahnte Amiel. »Bewegt sie nicht, zuerst muss ich sie untersuchen. Schiebt erst mal nur weiter den Schutt um sie herum beiseite.«

Als Amiel auf Angeliques andere Seite trat, bekam Marie eine bessere Sicht auf die Verschüttete und erschrak über das viele Blut: auf Angeliques Gesicht, ihrem Bauch und noch mehr an ihren Beinen. Amiel tastete sie ab und wirkte danach erleichtert. »Keine Sorge, Angelique, das wird wieder. Das sind nur Brüche und oberflächliche Wunden. Du hast Glück gehabt.«

Sie wies die Burschen an, eine der Decken aus den Kellerregalen zu holen und Angelique, sobald sie herauskonnten, hochzutragen. Kurz darauf hörten sie an der Tür einen massiven Schlag, gefolgt von Jubel. Die Gruppe dort hatte die Kellertür mitsamt dem Rahmen aus der Wand gestemmt. Völlig verbogen lag sie ein gutes Stück weit neben dem Treppenaufgang. Amiel wies Marie an, Madame Lefèvre nach oben zu begleiten.

»Seid vorsichtig beim Hochgehen, die Treppe ist unter dem Schutt begraben!«, warnte Monsieur Dubois die Wartenden. »Es kann immer nur einer nach dem anderen hoch. Mensch, Leute, so seid doch vernünftig! Wenn einer fällt, werden alle anderen mitgerissen, und wer weiß, was alles nachrutscht, wenn oben der Erste über den Schuttberg kraxelt. Einer nach dem anderen, zum Donner, einer nach dem anderen!«

Die meisten traten zurück, aber dann stürmte plötzlich Sandrine, eine junge Frau, die erst vor Kurzem ins Haus gezogen war, an allen vorbei nach oben – und fiel ihnen kurz darauf mit einer Lawine Schutt und Staub wieder vor die Füße. Sie jammerte, hielt sich das Knie, die Schulter. Niemand sagte etwas. Niemand half ihr, wieder auf die Beine zu kommen. Schließlich ging Marie zu ihr und reichte ihr die Hand. Sandrine ergriff sie und schluchzte. »Das sind die Nerven. Ich habe solche Angst, ich habe solche Angst!«

»Ich weiß«, sagte Marie. »Wir alle haben Angst.« Sie strich ihr über den Rücken und zog sie mit zu Madame Lefèvre. »Kannst du mir helfen, sie rauszubringen? Allein schaffe ich das nicht.«

»Ja, natürlich, sehr gern.« Sandrine errötete und packte beherzt mit an. Stück um Stück halfen sie der alten Dame über den Schutt nach oben. Auch Pauline half mit. Sie setzten Madame Lefèvre auf einen Mauervorsprung. Anschließend sah sich Marie um. Vor dem Haus war ein unglaublicher Tumult. Die Nacht wurde, genau wie im Keller, nur von Taschenlampen und Gaslaternen erhellt. Niemand wusste, ob noch mehr Bomber kommen würden – und Licht zog sie zweifellos an.

Auch ein Teil der Bewohner der Nachbarhäuser war inzwischen auf der Straße, alle redeten durcheinander, viele lagen sich in den Armen und weinten. Auf einmal schrie Pauline auf und riss sich von Marie los: Sie hatte ihre Mutter entdeckt, die mit einem Baby im Arm vom Nachbarhaus herübereilte. Die beiden fielen sich in die Arme. Marie atmete auf.

Viele von denen, die vor Marie aus dem Haus gekommen waren, kümmerten sich schon um die Verletzten, von denen es bei den Nachbarn zur Rechten offenbar weit mehr als bei ihnen gegeben hatte. Erst jetzt wagte Marie, ihr Haus und das der Nachbarn richtig in Augenschein zu nehmen. Während in ihrem nur Fenster geborsten waren, die Haustür weggeflogen war und im Fußboden des Erdgeschosses ein Loch klaffte, war jenes viel stärker betroffen. Ein großer Teil der linken Haushälfte war komplett in sich zusammengebrochen, es grenzte an ein Wunder, dass darunter überhaupt noch jemand lebend aus dem Keller herausgekommen war. Rufe wurden laut. »Geht zur Seite, los, los, macht Platz!«

Marie sah, wie aus einem Kellerfenster des Nachbarhauses aus der Hausseite, die noch stand, ein schwer verletzter älterer Mann herausgereicht wurde. Der Mann war so blutüberströmt, dass Marie nicht einmal erkennen konnte, wer es war. Als ihr klar wurde, dass sie an seiner Stelle hätte sein können, wurden ihr die Knie weich. Auf einmal war Geneviève bei ihr, zog sie an sich und drückte sie fest.

»Habe ich doch gesagt«, flüsterte sie ihr ins Ohr. »Wir überstehen das. Wir überstehen immer alles!«

Marie schaute sie an, zwang sich zu nicken.

»Aber unser Haus …«, presste sie hervor. »Werden wir dort noch weiter wohnen können?«

»Darüber machen wir uns später Gedanken.« Geneviève rieb Marie über den Arm. »Jetzt freuen wir uns erst einmal, dass wir noch leben.«

Seufzend setzte sich Marie auf den Bürgersteig, Geneviève ließ sich dicht neben ihr nieder. So oder so mussten sie jetzt erst einmal das Ende der Nacht abwarten und ob noch mehr Angriffe kamen. Und dann würde alles von vorn losgehen: das Pfeifen, die Bomben, die Angst. Und währenddessen kamen die Deutschen näher und näher ...

Vor wenigen Monaten war Paris noch eine der pulsierendsten Städte der Welt gewesen, jetzt gab es hier nur noch Angst und Sorge und nun auch den Tod. In keinem anderen Moment hatte Marie all die vielen, vielen, vielen Menschen, die die Stadt in den letzten Wochen in nicht enden wollenden Strömen verlassen hatten, besser verstehen können als in diesem.

»Es hätten noch viel mehr Menschen von hier weggehen müssen«, sagte sie leise.

»Als ob es den Flüchtlingen besser ginge!« Geneviève schüttelte entschieden den Kopf. »Gerade gestern hat wieder jemand erzählt, dass die Deutschen Bomben mitten hinein in die Fliehenden werfen, die Menschen haben überhaupt keine Chance. Wo sollten sie sich auch auf offener Straße verstecken? Unter Schuppenvordächern und Ginsterbüschen?«

»Und selbst wenn die Bomben sie nicht erwischen, heißt das noch nicht, dass sie lebend an ihrem Ziel ankommen.« Madame Lefèvre neigte sich zu ihnen hinunter. »Viele verdursten auf dem Weg oder brechen vor Entkräftung zusammen. Ist ja auch kein Wunder: Woher sollen die Leute im Süden plötzlich Essen und Unterkünfte für Hunderttausende von Fliehenden nehmen?«

»Ich weiß«, sagte Marie, »meine Eltern haben mir davon geschrieben. Und sie hatten noch Glück, weil sie zu den Ersten gehört haben, die in den Süden geflohen sind. Die Tante meiner Mutter lebt dort. Inzwischen gibt es in den Geschäften an den Wegstrecken keinen Brotkrumen mehr für Flüchtlinge und Unterkünfte für die Nacht noch weniger. Viele Hausbesitzer haben sich wohl regelrecht in ihren Häusern verbarrikadiert, um nur ja keinem Flüchtling einen Platz auf dem Fußboden einräumen zu müssen und zum Dank dafür mitten in der Nacht ausgeraubt zu werden. Noch nicht einmal mehr ein Glas Wasser rücken sie für die Leute heraus. Aber das hier ...« Marie machte eine weite Geste.

»Hast du überlebt.« Geneviève warf ihr einen nachdrücklichen Blick zu. »Und das Stück Kellerdecke und die Haustür – das wird Monsieur Dubois schon wieder richten. Es geht uns gut, Marie, sehr gut sogar – während so manche von den Fliehenden vielleicht gerade in einen Hinterhalt geraten, zusammengeschlagen, ausgeraubt und vergewaltigt werden. Und außerdem weiß ich sowieso nicht, warum du das sagst: Solange es deinem Bruder so schlecht geht, bringen dich sowieso keine zehn Pferde aus der Stadt.«

Das stimmte. Schon seit vier Wochen lag André in Paris im Krankenhaus, dank Amiels Fürsprache inzwischen sogar in dem, in dem Amiel arbeitete, und täglich dankte Marie dem Himmel, dass er jetzt dort und nicht mehr in dem Feldlazarett im Kriegsgebiet war. Beide Kniescheiben hatten die Deutschen ihm durchschossen, und das nicht etwa im direkten Kampf, sondern als André schon längst gefangen genommen worden war. André war der Erste in der Reihe der Gefangenen gewesen, und einer der deutschen Soldaten hatte an ihm vorführen wollen, was geschehen würde, wenn einer der Gefangenen zu fliehen wagte: zwei Schüsse in die Kniescheiben. Danach hatten sie die Gefangenen weggeführt und André einfach liegen lassen. Laufen konnte er ja nicht mehr.

Er würde es nie wieder können: Flüchtende Kameraden hatten ihn später gefunden und ins Feldlazarett gebracht, wo die erste Versorgung stattgefunden hatte. Dann hatte man André nach Paris gebracht. Hochfiebrig war er dort angekommen, beide Schusswunden waren so stark entzündet gewesen, dass man sein Leben nur noch hatte retten können, indem man ihm beide Unterschenkel abnahm.

Rein physisch war André auf dem Weg der Besserung. Nur dass er ohne Beine nicht mehr leben wollte … Tag für Tag besuchte Marie ihn im Krankenhaus und versuchte, ihm neuen Mut zuzusprechen, aber André sah sie nicht einmal an. Und die Eltern waren im Süden und setzten alle Hoffnung auf sie …

»Aber eure Judenfreundin«, Madame Lefèvre ächzte, als sie sich erneut von ihrem Mauervorsprung zu ihnen beugte, »die sollte trotzdem lieber weggehen, solange noch Zeit dazu ist. Glaubt mir: Wenn die Deutschen die Stadt einnehmen, gehört sie zu den Ersten, die sie sich schnappen werden.«

»Aber Amiel will nicht ohne ihren Vater weggehen.« Marie strich sich ihr staubiges Haar aus dem Gesicht. »Sie wissen doch, wie krank er ist.«

»Und wem hilft es, wenn sie am Ende beide dran glauben müssen?« Die alte Frau winkte ab.

»So weit sind wir noch lange nicht«, widersprach Geneviève. »Und noch sind die Deutschen auch nicht hier.«

»Aber sie werden kommen«, warf nun eine andere ältere Dame aus dem Haus gegenüber ein. »Und ihr hört doch, was Pétain sagt. Wartet es nur ab. Vor Mitte des Monats haben wir sie hier, die Boches. Ihr wisst nicht, wie das war, 1914 bis 18. Gar nichts wisst ihr! Und diesmal sind die Deutschen die Sieger, und die da oben wissen das, sonst hätte sich unsere eigene Regierung ja wohl nicht in den Süden abgesetzt.«

»Das heißt doch noch gar nichts«, fiel Marie ihr ins Wort. »Und die Deutschen dürfen nicht gewinnen, niemals!«

»Ihr werdet es erleben.« Lakonisch wies die Frau mit dem Kinn zu den Schuttbergen des Nachbarhauses. »Und dann ist das hier noch unser geringstes Problem.«

Geneviève hakte Marie unter, zog sie hoch und zeigte zum Schuttberg vor dem Kellereingang. »Da kommt Amiel. Los, helfen wir ihr mit Angelique!«

Marie nickte und beeilte sich, von Madame Lefèvre und der anderen alten Dame wegzukommen. Die Deutschen, die Deutschen, nein, natürlich würden die nicht herkommen. Nicht in ihre Stadt! Die beiden waren alte Frauen. Was wussten sie denn schon? Nein, niemals würden die Boches ihre Stadt einnehmen.

3. Kapitel

Marie – Paris – 4. Juni 1940

Auch als der Morgen schon graute, waren Marie, ihre Freundinnen und ihre Nachbarn noch auf der Straße. Jemand hatte Decken organisiert, die dankbar angenommen worden waren. Eine Hülle, Schutz, eintauchen, untertauchen ... Die Zahl der Toten in den beiden Häusern bezifferte sich inzwischen auf acht; Madame Nandon, die ältere Dame im zweiten Stock des Nachbarhauses, die ihre beiden Enkelinnen allein aufzog, war als Letzte hinzugekommen. Da sie ein schweres Gehleiden hatte, war sie trotz des Fliegeralarms noch nicht einmal in den Keller gegangen, und ihre Enkelinnen hatten sie nicht alleinlassen wollen. Madame Nandon war schon tot geborgen worden, aber auch für die beiden Mädchen sah es nicht gut aus. Amiel hatte sich bis zum Eintreffen des Krankenwagens um sie gekümmert, vor allem der Zustand der siebenjährigen Marine hatte ihr Sorge bereitet. Ihr rechtes Bein war von den Trümmern dermaßen zerquetscht worden, dass Amiel eine Amputation für unumgänglich hielt. Marie kannte die kleine Marine auch aus dem Unterricht: ein quirliges Mädchen mit zahllosen Sommersprossen und lustig auf und ab springenden Zöpfen, das davon träumte, Turnerin zu werden ...

Nach wie vor war auch nicht klar, wo die obdachlos Gewordenen jetzt unterkommen sollten. Zumindest die Bewohner des Nachbarhauses würden sich auf Dauer eine andere Unterkunft suchen müssen. Einige sprachen davon, zu

Familienangehörigen zu ziehen, wagten aber aus Angst vor Plünderung nicht, einfach alles zurückzulassen. Alle hofften, noch »irgendetwas« aus den Trümmern retten zu können. Auch Marie und ihre Freundinnen wussten nicht, was sie tun sollten. Auf den ersten Blick wirkte ihr Haus zwar nicht einsturzgefährdet, doch ob das den Tatsachen entsprach, konnte nur ein Fachmann sagen. Bis jemand von der Bauaufsicht kam, würde aber garantiert eine Ewigkeit vergehen.

»Was machen wir jetzt eigentlich?«, erklang mit einem Mal Bernadettes Stimme über alle Köpfe hinweg. »Ewig weiter auf der Straße zu hocken, ist schließlich keine Lösung.«

Rundherum erfolgte zustimmendes Murmeln. Jeder wollte die verdreckten Kleider ablegen, den Staub loswerden, etwas essen, schlafen.

»Das kleine Stück Mauer, das an unserem Haus fehlt, wird es schon nicht zum Einstürzen bringen«, meinte der Concierge und wies zu der Stelle, an der die Haustür gewesen war. »Gehen wir also wieder in unsere Wohnungen, und in den nächsten Tagen ziehen wir die Mauer wieder hoch, setzen eine neue Haustür ein, und auch alles andere richten wir wieder.«

Allen war klar, dass sie tatsächlich selbst hier würden Hand anlegen müssen, denn die Hausbesitzer hatten zu den Ersten gehört, die beim Näherrücken der Deutschen in den Süden geflohen waren.

»Und was, wenn Sie sich irren und die Wände und Decken doch nicht mehr so tragfähig sind, wie Sie glauben?« Monsieur Lambert, der Klavierlehrer aus dem ersten Stock, trat auf den Concierge zu. »Welche Garantie haben wir, dass wir nicht alle wie Madame Nandon enden?«

Die Stimmen der Hausbewohner gingen durcheinander, jeder schien es besser zu wissen. Schließlich übertönte der Hausmeister sie wieder: »Wer sich nicht zurück ins Haus traut, kann ja fürs Erste woanders unterkommen. Ich jedenfalls gehe in meine Wohnung zurück, und ich schlage vor, dass wir uns am Nachmittag treffen und dann zusammen überlegen, wie wir die Schäden am schnellsten beheben.«

Marie seufzte und ließ ihren Kopf zurück gegen die Hauswand sinken. Egal, was die anderen beschlossen – sie war allmählich so müde, dass sie kaum noch die Augen aufhalten konnte. Sie hob den Kopf wieder, begutachtete den Bürgersteig und beschloss, dass er besser als gar keine Liegestatt war. Doch kaum machte sie Anstalten, sich hinzulegen, riss Geneviève sie wieder hoch. »Was denkst du dir denn? Du kannst doch nicht hier draußen schlafen!«

»Und wo sonst?« Marie stöhnte und schob ihre Hand weg. Geneviève aber blieb stur auf dem Platz stehen, auf den sie sich hatte legen wollen. Gähnend lehnte sich Marie wieder an die Hauswand. Auch die anderen Hausbewohner debattierten weiter, was sie tun sollten. Aber zugleich versuchten durchaus auch andere, auf dem Bürgersteig eine halbwegs bequeme Position zu finden.

»Steh auf, Marie, und komm mit!« Geneviève streckte ihr die Hand hin. »Neben dem Theater gibt es eine leer stehende Wohnung. Sie gehört einer der Tänzerinnen in unserem Varietétheater. Sie ist vor drei Wochen aus der Stadt geflohen, und ich weiß, wo sie den Ersatzschlüssel hinterlegt hat.«

»Aber wir können doch nicht einfach in eine Wohnung einbrech–«

»Pfff!«, machte Geneviève und zog sie hoch. »Jetzt lass dich nicht ziehen wie ein alter Sackkarren, na los, beweg dich!«

Marie stolperte ihr hinterher. »Aber wir können doch nicht –«

»Glaub mir, wir können«, fiel Geneviève ihr erneut ins Wort. »Und wir werden!«

Als sie Amiel erreichten, erneuerte diese gerade Madame Lefèvres Verbände. Da die Schwerverletzten inzwischen ins Krankenhaus gebracht worden waren, hatte sie Zeit, sich um die leichter Verletzten zu kümmern. Anschließend wandte sie sich einer jungen Frau aus dem Nachbarhaus zu. Beruhigend redete sie auf sie ein und strich ihr über die Schulter. Marie beobachtete, wie in das Gesicht der Frau unter der Berührung ihrer feinen Hände tatsächlich etwas Licht zurückkehrte. Danach wandte sich Amiel zu ihnen um. Mit wenigen Worten setzte Geneviève ihr auseinander, wo sie den Rest der Nacht zu verbringen gedachte. »Kein Mensch wird merken, dass wir dort waren.«

»Ich weiß nicht.« Amiel steckte ein paar ihrer Locken zurück in ihren Zopf, der sowieso nur noch aus einem wirren Gebilde zurückgestopfter Haare bestand. »Madame Lefèvre hat mir angeboten, dass wir mit zu ihrer Tochter gehen und dort zumindest für heute unterkommen könnten.«

»Die wohnt doch noch weiter weg als dein Vater!« Geneviève schüttelte den Kopf. »Mensch, stellt euch nicht so an. Das Haus, von dem ich rede, ist nur um die Ecke, und Marie muss später zur Schule. Kommt, ich übernehme die Verantwortung.« Und dann hakte sie die Freundinnen unter und marschierte los.

4. Kapitel

Marie – Paris – 4. Juni 1940

Als Marie erwachte, floss gleißendes Sonnenlicht durch die Klappläden vor dem Fenster und malte wogende Lichtwellen an die Wand – ein Bild, das sie beim Aufwachen noch nie gesehen hatte, zumal ihr Schlafzimmer gen Norden ging. Irritiert setzte sie sich auf, stellte fest, dass sie auf einem mit weinrotem Samt bezogenen Sofa geschlafen hatte und ihr auch sonst nichts in dem Raum vertraut vorkam. Dann fiel ihr alles wieder ein, und sie sank mit einem langen Stöhnen zurück in die Kissen.

»Vielleicht hätten wir doch besser beizeiten fliehen sollen«, hörte sie Amiel sagen.

Marie wandte den Kopf. Amiel kauerte neben ihr in einem Sessel, wo sie sich so klein unter einem Leintuch eingerollt hatte, dass sie sie nicht bemerkt hatte. »Warum sagst du das? Bislang warst doch gerade du dagegen, dass wir weggehen.«

»Da wusste ich auch noch nicht, welche Vorwürfe ich mir damit einhandeln würde.«

»Wegen Madame Lefèvre?«

»Nicht nur wegen der. Mein Vater ist noch viel schlimmer.« Amiel schob die Beine von der Sitzfläche und strubbelte sich durchs Haar. »Jedes Mal, wenn ich ihn besuche, fängt er von vorn damit an. Ich müsse weggehen, ich müsse weggehen, ich müsse weggehen. Dabei bin ich doch vor allem wegen ihm hiergeblieben. Natürlich habe ich mir nicht eingebildet, dass ich ihn auf wundersame Art und Weise doch noch würde heilen können. Es gibt einfach nichts, was man noch für sein Herz tun kann. Es wird jeden Tag schwächer, bis es schließlich gar nicht mehr schlägt. Aber ich dachte, das Gefühl, nicht allein zu sein ...« Sie schluckte und brauchte einen Moment, bis sie weitersprechen konnte. »Nun, inzwischen ist mir jedenfalls klar, dass ich ihn mit meinem Hierbleiben nur unglücklich mache. Er weiß, dass er mich in alldem zurücklassen wird. Irgendwie hat er das Ausmaß des Unheils, das auf uns zukommt, viel früher erkannt als ich. Und Madame Lefèvre hat letzte Nacht ins gleiche Horn wie mein Vater geblasen.«

»Tja, diese Nacht hat sicher so manchen in der Stadt zum Nachdenken gebracht. Ehrlich gesagt weiß auch ich nicht mehr, ob ich meinen Eltern nicht doch besser gefolgt wäre, zumal André mir sowieso nicht zuhört. Vor drei Tagen hat er mich sogar kurzerhand aus seinem Krankenzimmer werfen lassen. Es sei sein Leben, und wenn er sterben wolle, bräuchte er dafür nicht die Erlaubnis seiner großen Schwester, hat er gebrüllt.« Marie rieb sich die Stirn. »Ich weiß wirklich nicht, was ich machen soll. Ich weiß allmählich gar nichts mehr. Aber die Geschichten über die Schicksale der Flüchtenden sind auch nicht gerade ermutigend, und wirklich Platz hätten meinen Eltern auch nicht für mich. Sie teilen sich mit meiner Tante dreißig Quadratmeter ...« Marie seufzte und meinte dann leise: »Aber diese Bombe letzte Nacht – nur ein paar Meter weiter, und es hätte unser aller Ende sein können.«

Sie sah, wie Amiel die Schultern hob und langsam wieder sinken ließ. »Ja, wir haben Glück gehabt, und das mit dem nicht wissen wohin ... So geht es uns wohl allen. Und mit wem hätte ich gehen sollen? Du wolltest von Anfang an nicht weg, und Geneviève stirbt lieber, als auch nur einen einzigen Tag ohne ihr heißgeliebtes Klavier zu sein, dabei hätte sie zumindest ihr Akkordeon mitnehmen können.« Sie seufzte. »Was hilft es! Jetzt noch von hier wegzugehen, ist jedenfalls auch nur Selbstmord auf Raten, wenn man unterwegs weder Essen noch Wasser, noch eine Unterkunft bekommen kann.« Sie schüttelte den Kopf. »Außerdem können wir ja auch nicht zu Fuß nach Bordeaux oder weiß der Himmel wohin gehen, das ist doch alles Wahnsinn. Aber wenn die Deutschen in Paris einmarschieren –«

»– werden sie uns schon nicht alle erschießen«, brummte Geneviève.

Marie drehte sich um und entdeckte sie an der Zimmertür. »Sterben ist durchaus nicht das Schlimmste!«

Geneviève schnaubte. »Tragt mal mein Akkordeon bis zur Metrostation und zurück. Dann reden wir noch mal darüber, ob ich es hätte mitnehmen können. Ihr habt keine Ahnung, wie schwer so ein Ding wird, wenn man es weiter als bis ins nächste Zimmer schleppen muss.«

»Hast du denn überhaupt keine Angst?«, bohrte Marie weiter. »Allein schon beim Gedanken an letzte Nacht schnürt sich mir der Hals zusammen.«

Geneviève gähnte und streckte sich. »Ich habe im Moment nur eins, und das ist Hunger. In der Küche habe ich Mehl und Zucker entdeckt. Fließendes Wasser gibt es auch, und eben habe ich eine volle Gasflasche gefunden und an den Herd angeschlossen. Also, wer will eifreie Crêpes zum Frühstück?«

»Aber Geneviève, wir können doch nicht auch noch Essen klauen!«

Geneviève grinste. »Wenn du wüsstest, was ich alles kann!«

Nachdem sie drei dieser grässlich pappigen, eifreien Crêpes gegessen hatte, schwand auch Maries Unrechtsbewusstsein, denn ein voller Magen war definitiv besser als ein leerer, und da sie gleich in die Schule musste, war dies garantiert das Einzige, was sie die nächsten Stunden zu essen bekommen würde.

»Eines muss man dir lassen«, sagte sie zu Geneviève, »du weißt, wie man überlebt und es sich auch noch mitten im Untergang gutgehen lässt.«

»Es hat eben auch Vorteile, nicht so betucht wie ihr aufgewachsen zu sein.« Geneviève strubbelte Marie grinsend durchs Haar. »Außerdem muss ich doch zusehen, dass ihr nicht verhungert. Wer sonst soll mir helfen, die Miete zu zahlen?«

»Ja, das könnte schwierig werden, denn ob jemand anderes dich aushalten würde, wage ich zu bezweifeln.« Amiel feixte, woraufhin Geneviève lachend das Küchenhandtuch nach ihr warf. Amiel duckte sich, Marie schnappte sich das Handtuch und warf es zu Geneviève. Immer schneller flog das Handtuch zwischen ihnen hin und her – bis es mitten im Teigtopf landete und alle lachen mussten. Wieder einmal gestand Marie sich ein, wie sehr sie die beiden liebte und dass sie sich nicht vorstellen konnte, jemals ohne sie zu leben. Dann aber holte sie der Gedanke an das wieder ein, was »da draußen« auf sie wartete.

»Sagt mal, was wird denn jetzt werden?«, meinte sie mit einem langen Seufzer.

»Das weißt du doch«, erwiderte Geneviève. »Der Concierge wird den Hauseingang reparieren.«

»Dein Pragmatismus in Ehren, Gigi, aber meinst du echt, damit sei alles gelöst?« Marie hob die Augenbrauen.

»Was soll ich denn sonst antworten? Dass wir uns heulend in die Ecke setzen sollen, weil das alles so verdammt schlimm ist?« Geneviève erhob sich und machte sich daran, die Küche aufzuräumen und abzuwaschen.

»Aber wenn die Deutschen kommen …«, warf Marie ein.

Geneviève wandte sich zu ihr um und warf ihr einen harschen Blick zu. »Dann kommen sie eben!«

5. Kapitel

Josephine – heute

Der Schrei im Aufzug – geholfen hatte er natürlich nichts, aber wenn Josephine nicht geschrien hätte, wäre ihr der Kopf geplatzt. So tat ihr nur der große Zeh weh, das allerdings sehr. Verdammt hart so eine Aufzugswand, fand sie. Noch verdammter aber fand sie diese ganze Situation: Nicht nur im Aufzug eingesperrt, nein, *mit der Enkelin dieser furchtbaren Marie im Aufzug eingesperrt!* Das durfte doch nicht wahr sein! *Merde, merde, merde!* Josephine drehte sich mit dem Rücken zur Aufzugswand, ließ sich daran herabgleiten, bis sie auf dem Boden saß, und musste an sich halten, vor Wut nicht auch noch mit dem Kopf gegen die Aufzugswand zu schlagen, aber fürs Erste reichten ihr die Schmerzen im Fuß.

»An diesem Dilemma hier bin ich jetzt auch noch schuld, oder was?« Malou machte eine raumumfassende Geste, die jedoch aufgrund der geringen Größe des Aufzugs sehr mickrig ausfiel.

Josephine ersparte sich die Antwort. Sie sah, wie Malou vortrat, einmal kurz, aber nachdrücklich auf den Alarmknopf des Aufzugs drückte und dann gesittet an ihren Platz zurückkehrte. Sofort bekam Josephine noch mehr Wut. Madame la Professeure war wohl immer und überall Herrin der Lage. *Contenance.* Sie hätte kotzen können, und das, obwohl sie genau wusste, dass sie sich in Wahrheit nur darüber ärgerte, dass sie nicht selbst auf diese Idee gekommen war. Immerhin stieg dank des Alarms, den Malou gedrückt hatte, ihre Hoffnung, bald aus diesem Gefängnis herauszukommen, und dann war sie auch diese Malou wieder los.

»Brauchen die immer so lange, bis sie reagieren?«, fragte Malou sie kurz darauf.

»Woher soll ich das wissen?« Josephine schnaubte und schob zumindest ein bisschen weniger aggressiv hinterher: »Bisher ging das Ding immer. Allerdings wohne ich auch erst seit ein paar Wochen in dem Haus.«

Malou nickte und drückte noch einmal auf den Alarmknopf. Beide starrten auf den Knopf, als könnte das die Reaktion beschleunigen. Als erneut nichts geschah, drückte Malou wieder, diesmal mehrfach kurz hintereinander.

Nichts. »Na, sicher wird gleich jemandem auffallen, dass der Aufzug hängt.«

Malous Stimme klang schrill, noch schriller als vorhin. Josephine fragte sich, ob sie immer so schnell zur Panik neigte wie in dieser Situation; wenn ja, war sie sicher ein gefundenes Fressen für ihre Schüler. »Nein«, brummte sie.

Malou hob die Augenbrauen. »Nein, was?«

»Es wird niemandem auffallen, dass der Aufzug hängt.« Josephine drückte sich an der Wand hoch, bis sie wieder stand, und wischte sich den Staub vom Hosenboden. Der Aufzug war tatsächlich noch dreckiger als der Rest des Hauses. »Die meisten Studenten haben schon Semesterferien und sind nach Hause gefahren. Und diejenigen, die noch Nachprüfungen haben, haben sich übers Wochenende zum Lernen in ein Haus auf dem Land verzogen.«

»Nee, oder?«

Josephine zog ihr Handy aus der Hosentasche ihrer Jeans. Auf den ersten Blick sah sie, dass es keinen einzigen Balken hatte. Trotzdem tippte sie die Nummer einer Freundin an, wählte, doch sie hatte tatsächlich keinen Empfang.

»Meins ist tot.« Sie steckte ihr Handy zurück in die Hosentasche. »Aber vielleicht hast du ja Empfang.« Erst anschließend fiel ihr auf, dass sie Malou geduzt hatte. Aber das war auch schon egal.

Sofort holte Malou ihr Handy aus der Tasche, wählte, wählte noch einmal und noch einmal. Josephine sah, wie ihre Finger von Mal zu Mal mehr zitterten, und legte ihre Hand kurz auf ihre. »He, ich kann hier drin nicht auch noch jemanden mit einer Panikattacke brauchen. Also beruhige dich.«

Malou blickte auf. Ihre wasserblauen Augen schwammen in Tränen, ihre dünnen, schlaff herabhängenden weizenblonden Haare schienen noch kraftloser zu sein als zuvor, und zudem wurde sie mit jedem ihrer viel zu schnellen Atemzüge noch blasser, als sie ohnehin schon war, so blass, dass ihre unzähligen Sommersprossen schließlich wie kleine Alarmlampen wirkten.

»Wir werden hier drin schon nicht verhungern«, knurrte Josephine, »also krieg dich ein, es gibt Schlimmeres.«

»Macht … macht dich das denn nicht nervös?« Malou blickte zur Kabinendecke hoch.

»Nein.« Josephine drückte selbst auf den Alarmknopf und ließ sich dann wieder auf den Boden sinken. »Nur du, du machst mich … nervös.«

»Marie –«

Josephine hielt sich die Ohren zu. Mit dieser Verrückten zusammen im Aufzug festzusitzen war ein Ding, aber ganz sicher würde sie ihr nicht erlauben, ihr auch noch mit diesem Thema auf den Geist zu gehen! Diese Marie konnte ihr mit ihrem schlechten Gewissen den Buckel runterrutschen. Nur sie war schuld daran, dass ihre Großmutter ihre Laufbahn als Pianistin hatte aufgeben müssen, dass sie überhaupt nie wieder richtig hatte Klavier spielen können. Wie auch – mit verkrüppelten Fingern? Und ebenso war sie mitschuldig daran, dass Geneviève damals alle über die Herkunft von Josephines Mutter belogen hatte, die an dieser Lüge zugrunde gegangen war. Josephine verbot es sich weiterzudenken. Sie wollte nichts darüber hören. Sie wollte nicht darüber reden. Auch nicht über all die anderen Dinge, die ihre Großmutter dieser Marie vorzuwerfen hatte. Nein, sie hatte genug von alldem. Von Geburt an hatte diese ganze alte Scheiße wie ein Pechmantel an ihr geklebt. Und da konnte niemand, niemand, niemand von ihr verlangen, dass sie das jetzt alles mit einer Entschuldigung von wem auch immer ad acta legte. Und für Geneviève galt das Gleiche. Dafür hatten sie zu sehr gelitten. Alle beide.

6. Kapitel

Marie – Paris – 11. Juni 1940

Eine Woche war seit der Bombennacht vergangen, und genau wie die anderen Hausbewohner waren auch Marie, Amiel und Geneviève wieder in ihre Wohnung zurückgekehrt. Schließlich konnten sie nicht ewig die Wohnung anderer Leute besetzen, eine alternative Unterkunftsmöglichkeit hatten sie auch nicht, und das Leben musste weitergehen. Auch in der letzten Nacht hatte Marie wieder unter Albträumen gelitten, der Bombeneinschlag, André ... jede Nacht schreckte sie hoch, letzte Nacht sogar mehrmals. Gegen Morgengrauen hatte sie genug davon gehabt und saß seither am Küchentisch, trank einen Kaffee nach dem anderen und starrte dabei auf den Riss, der seit der Bombennacht die Küchenwand zierte, die zum halb eingestürzten Nachbarhaus herüberging. Jeden Tag schien er größer zu werden – auch wenn ihre Freundinnen meinten, dass sie sich das nur einbilde, womit sie vielleicht sogar recht hatten. Wahrscheinlich erschien ihr der Riss nur als Symbol dafür, wie sehr ihr aller Leben durch diesen verdammten Krieg auseinanderbrach ...

Marie stellte die Tasse ab und seufzte. Normalerweise wäre sie um die Uhrzeit schon längst in der Schule, aber ihr Unterricht war mangels Kinder auf wenige Wochenstunden zusammengestrichen worden. Offenbar waren vor allem aus ihrem Quartier viele Menschen geflohen, und nicht wenige Eltern hatten zumindest ihre Kinder aus der Stadt gebracht, raus aufs Land, zu Verwandten, in Schülerlandheime ... Kurz entschlossen hatte der Direktor jetzt einige Klassen zusammengelegt, womit vor allem ihr, als jüngstem Mitglied im Kollegium, Stunden gestrichen worden waren. Vor ihr auf dem Tisch lag ein Stapel Aufsatzhefte. Sie nahm sich eines der Hefte und schlug es auf. Eigentlich hatte sie die Aufsätze schon mehrfach durchgesehen, aber auch sie brauchte wohl dieses »Stück Normalität«, um sich irgendwo festhalten zu können. Statt den früheren vierunddreißig Heften hatte sie allerdings nur noch dreiundzwanzig zu korrigieren.

Marie hörte, wie die Wohnungstür aufgeschlossen und geöffnet wurde und kurz darauf wieder ins Schloss fiel. Anschließend ertönte ein Geräusch, als würde jemand an etwas herunterrutschen, danach blieb es still. Merkwürdig still. Irritiert wandte sie den Kopf zur Tür, lauschte, doch es war weiterhin nichts zu hören. Sie sah auf die Küchenuhr. Es war halb acht. Sie bezweifelte, dass es Geneviève war, die schlief garantiert noch. Auch wenn das Varietétheater, in dem sie als Pianistin arbeitete, mangels Kunden unter der Woche geschlossen war – viele gut zahlende Kunden waren geflohen, viele Männer als Soldaten im Krieg –, lebte sie weiter in ihrem alten Rhythmus und verbrachte die Nächte oft mit ihren Musikerfreunden. Mittags um zwei, so Geneviève, war immer noch früh genug, um sich mit der Misere auseinanderzusetzen, die derzeit ihrer aller Leben ausmachte. So wirklich widersprechen konnte Marie ihr da nicht.

»Amiel? Amiel, bist du das?«

Keine Antwort.

Marie legte den Füller beiseite, erhob sich und ging hinaus in den Flur. Da alle Zimmertüren geschlossen waren, war es dort so düster, dass sie zunächst gar nichts erkennen konnte, dann aber gewöhnten sich ihre Augen an die Dunkelheit, und sie entdeckte ein regloses Bündel am Boden.

»Amiel!« Hastig sprang sie zu ihrer Freundin und kniete sich vor sie. Stumm und mit tränennassem Gesicht blickte Amiel zu ihr auf.

»Amiel, du meine Güte, was ist denn?« Marie zog sie an sich. »Amiel, so rede doch!«

»Das Elend, all das Elend ...«, hauchte Amiel. »Wie lange soll das noch weitergehen? Das ist alles so ... unmenschlich und unwürdig.«

Marie umarmte sie noch fester und küsste sie aufs Haar. »Ach, meine Süße! Komm, lass uns in die Küche gehen. Ich koche dir einen Tee. Etwas Warmes hilft immer.«

Amiel packte Maries Arm, als hätte sie Angst, alleingelassen zu werden.

»Ich bleibe ja bei dir«, sagte Marie leise. »Na komm, ich helfe dir hoch, wir gehen zusammen rüber.«

Der Tee half tatsächlich, Amiel wieder ein Stück weit ins Gleichgewicht zu bringen. Die Tränen trockneten, sie bekam auch wieder Farbe ins Gesicht, nur die Verzweiflung in ihren Augen blieb.

Marie strich ihr über die Schulter. »War dein Nachtdienst so schrecklich?«

Amiel trank noch einen Schluck und nickte. »Um Mitternacht ist vor unserem Portal ein Lastwagen mit acht schwer verletzten Soldaten vorgefahren. Ihre Einheit ist auf der Straße bei Pont Sainte-Maxence von Kampfflugzeugen beschossen worden. Sanitäter haben sie dort anscheinend keine mehr. Also hat man sie, verletzt wie sie waren, auf den erstbesten Lastwagen gepackt und in die Stadt und zu uns gebracht.«

Stumm drückte Marie Amiels freie Hand.

»Zwei der Soldaten waren schon auf der Fahrt verblutet. Die anderen ... Maurice und ich haben sie in der Reihenfolge operiert, in der wir ihnen die größten Überlebenschancen eingeräumt haben. Ich habe mit einem ganz jungen Mann angefangen. Als wir ihn vom Lastwagen reingetragen haben, hat er mir ein Medaillon mit einer bildhübschen Frau in die Hand gedrückt und immer wieder gesagt, wenn er nicht überlebe, müssten wir ihr sagen, dass er als Letztes an sie gedacht habe und wie sehr er sie liebe.«

Erst nach einem weiteren Schluck Tee konnte Amiel weiterreden, die Stimme noch rauer als zuvor. »Ich … musste ihm das rechte Bein abnehmen. Er hat dabei so viel Blut verloren, dass ich schon dachte, alles sei umsonst gewesen. Am Ende fehlte uns Blut für eine weitere Transfusion. Dann meinte meine OP-Schwester, ich solle ihm von ihrem Blut geben.« Amiel schluckte. »Sie hatte wirklich seine Blutgruppe, also haben wir ihn bei ihr angehängt. Du hättest das miterleben müssen: Sie hat ihm ihr Blut gespendet, ohne auch nur ihre Arbeit zu unterbrechen! Und am Ende … ist er mir doch unter den Händen weggestorben.«

»Die Kämpfe werden bald aufhören«, hörten sie auf einmal Geneviève sagen. Sie wandten sich um. Geneviève lehnte am Türrahmen und pflückte unsichtbare Flusen von ihrem Nachthemd. »Sogar sehr bald. Luc hat mir letzte Nacht gesagt, er habe gehört, dass die Deutschen schon fast vor den Stadttoren stehen. Er kann sich nur noch um Tage handeln, bis wir sie hierhaben.«

»Was redest du da?« Marie setzte sich ruckhaft auf. »Das … das kann doch gar nicht sein!«

Geneviève hob die Augenbrauen. »Sei dir sicher: Wenn Luc so etwas sagt, dann hat kommt es aus berufenem Munde. Auch wenn das *Chez Lulu* jetzt nur noch am Wochenende öffnet, hat er noch immer gute Kontakte bis in die höheren Kreise. Er sagt, überall vor der Stadt werden Gräben ausgehoben, um die Deutschen doch noch aufzuhalten, aber dass uns auch das nicht retten wird. Sie werden hier einmarschieren, als ob die Stadt nur für sie gemacht worden wäre.«

»Sie ...« Marie blieb die Luft weg. »Nein.« Und dann sagte sie noch einmal, diesmal aber viel lauter: »Nein!«

Geneviève zuckte mit den Achseln, stutzte dann auf einmal und ging zum Küchenfenster – einem der wenigen Fenster im Haus, das noch beide Scheiben hatte. Marie folgte ihr mit dem Blick. »Was hast du?«

»Habt ihr das schon gesehen?« Sie zeigte nach draußen. »Der Himmel, der sieht so komisch aus ...«

Marie sah ebenfalls zum Fenster. Ein milchig gelber Film schien sich über den Himmel gelegt zu haben, und auch das Licht an sich: seltsam unwirklich und zugleich düster. Unheilschwanger. »Was ist das?«

Geneviève öffnete das Fenster und lehnte sich hinaus. »Oh mein Gott, schaut euch das an!«

Sofort drängte sich Marie an ihre Seite und sah es auch selbst: Tiefschwarze Rauchwolken zogen vom Norden her über die Stadt und hatten die Sonne verschluckt. Von dem normalen Gleißen der Junisonne war nur noch ein dumpfes Schwefelglühen übrig.

»Was ist denn da los?«, rief Marie.

»Da ... da brennt was!«, erwiderte Amiel und hängte sich ebenfalls aus dem Fenster, um besser sehen zu können.

»Die wollen doch nicht etwa die ganze Stadt abbrennen?« Marie stieß sich vom Fensterbrett ab. »Ich laufe runter und höre mich um. Vielleicht weiß jemand was.«

Und schon rannte sie aus der Wohnung, flitzte die Treppe hinunter und hinaus auf die Straße. Sie hatte das Gefühl, dass der Himmel in den paar Sekunden, die sie gebraucht hatte, um nach unten zu laufen, noch gelber, noch bedrohlicher geworden war. Hilflos sah sie sich um und entdeckte eine ältere Frau, die ebenfalls nach oben blickte, aber ihrer Miene war anzusehen, dass auch sie keine Erklärung hatte. Unsicher ging Marie weiter in Richtung der Bäckerei, überlegte es sich dann aber anders und eilte zu Simons Bistro. Er war einer der wenigen, den sie kannte, der noch regelmäßig

Tageszeitungen bezog. Seit es in der Stadt kaum noch Transportmittel gab, konnten die Verlage ihre Zeitungen nicht mehr verteilen; wer welche haben wollte, musste sie sich selbst holen kommen. Was er tat. Von daher war er stets gut informiert und auch von seinen Gästen schnappte er immer viel auf. Und weit zu ihm war es auch nicht. Vielleicht wusste ja er etwas.

Marie lief zum Ende ihrer Straße, der *Rue Gabrielle*, eilte am Bateau-Lavoir vorbei über die *Place Emile Goudeau* und erreichte über die Treppe die von Platanen beschattete Terrasse von Simons Bistro. Da Simon nicht hier draußen war, lief sie gleich zum Lokal weiter. Als sie die Tür des *La petite Butte* aufgestoßen hatte, brauchte sie einen Moment, bis sie sich nach der Helligkeit draußen an das diffuse Licht hier drin gewöhnt hatte. Die dunklen Holzwände schluckten jedes Sonnenlicht und die Welt dort draußen gleich mit. Nur zwei der Tische waren besetzt, zwei ältere Männer, die ihren morgendlichen *Pastis* tranken und sich unterhielten. Als Marie die Tür zufallen ließ, kam Simons Wuschelkopf hinter dem Tresen hervor. Die immer wild in alle Richtungen abstehenden Locken verliehen ihm zusammen mit seiner beträchtlichen Körpergröße etwas von einem Yeti. In seinen großen braunen Augen zeigte sich Erstaunen. »Was treibt denn dich am frühen Morgen schon hierher?«

Marie trat zu ihm. »Hast du den Himmel gesehen?«

»Danke, auch ich wünsche dir einen wunderschönen guten Morgen!« Er sah sie abwartend an.

»*Oui, oui, bonjour,* Simon, entschuldige, aber über den Himmel ...«

»... ziehen eigenartige Wolken«, beendete er ihren Satz. »Ich weiß.«

»Und?«

»Auch wenn ich den letzten Krieg mitgemacht habe, habe ich deswegen noch lange nicht auf alles Antworten, was da draußen vor sich geht. Gewitterwolken jedenfalls sind das keine.«

»Das ist sogar mir klar. Es ist Ruß. Jemand verbrennt etwas.«

»Exact, fragt sich nur wer – und was. Und warum.« Er hustete. Den Husten hatte er aus dem ersten Krieg mitgebracht, genau wie das Holzbein. »Einer meiner Gäste hat vorhin gemeint, dass unsere Soldaten vermutlich die Treibstoffdepots im Norden der Stadt angesteckt haben – damit sie nicht den Boches in die Hände fallen.«

Marie strich sich über den Hals. »Sind sie tatsächlich schon so nah?«

Simon hob die Achseln.

»Es könnten auch die Gasreservoirs in Saint-Cloud sein«, meinte einer der beiden älteren Männer. »Ich habe gehört, die seien von Granaten getroffen worden. Aber egal, was brennt und wer es ausgelöst hat: Die Rauchschleier werden zumindest unsere Truppen beim Rückzug schützen.«

»Rückzug ...« Maries Hals krampfte sich noch mehr zusammen. »Meinen Sie denn tatsächlich auch, dass ... Aber der Präsident wird die Stadt doch nicht den Deutschen überlassen, ich meine, das kann er doch nicht machen.«

»Niemand sagt, dass es dabei um können oder wollen geht.« Simon bückte sich und legte einen Stapel Zeitungen auf den Tresen. »Hier, lies mal.«

Marie zog sich eine Zeitung herbei. »Ich würde gern was trinken.«

»Einen schwarzen Tee?«

»Ja danke«, erwiderte Marie. »Und bitte mit einem Schuss Milch.« Sie ließ sich auf dem Barhocker nieder, der ihr am nächsten war, und überflog die Schlagzeilen: *Deutsche an der Marne. Große Schlacht um Paris im entscheidenden Stadium. Mussolini verkündet den Kriegseintritt: Schulter an Schulter marschieren sie mit den Deutschen gegen England und Frankreich!*

Marie sah zu Simon auf.

»Sag nichts«, brummte er. »Ich habe es schon gelesen. Die Italiener – der Dolchstoß in den Rücken. Das war das Letzte, was wir noch gebraucht haben.«

»Und wenn die Deutschen wirklich die Stadt einnehmen ... Was soll dann werden? Und André ... Die letzten Tage hat er ganz vorsichtig angefangen, über ein Studium nachzudenken; um ein guter Anwalt zu sein, braucht man ja keine Beine, aber wenn jetzt ausgerechnet die Männer, die ihm seine Beine kaputtgeschossen haben, hier in die Stadt einmarschieren, als wäre es ihre ... Das reißt ihn sofort wieder runter. Das ... das verkraftet er nicht, das nicht auch noch!«

Simon hob die Achseln. Marie sah ihn trotzdem weiter an.

»Jetzt guck nicht so, als hätte ich die Weisheit mit Löffeln gefressen oder könnte irgendetwas an der ganzen Misere ändern.« Knurrend packte er die anderen Zeitungen wieder unter den Tresen.

Auch als Marie am Nachmittag Brot kaufen ging, zogen die schwarzen Rußwolken weiter über die Stadt, und das noch dichter als zuvor. Inzwischen sonderten sie überdies seltsam zähflüssige Tropfen ab, eine Art Sprühregen, der keiner war. Schon als sie nur wenige Meter gegangen war, waren ihre Haut, ihre Bluse, ihre Tasche davon benetzt, und als sie versuchte, sie von ihrem Arm wegzuwischen, blieben feine schwarze Schlieren zurück. Auf einmal zog noch etwas anderes ihre Aufmerksamkeit auf sich: Fliehende. Eigentlich hatte sie sich an deren Anblick inzwischen schon gewöhnt, aber das hier war ein regelrechter Strom von Menschen. Eine Gruppe junger Frauen fuhr auf vollgepackten Fahrrädern, gefolgt von weiteren jungen Frauen, die völlig überladene Handkarren hinter sich herzogen; ein alter, winzig wirkender Mann lenkte einen Heuwagen, der mit einem halben Dutzend Kindern samt Gepäck beladen war; ein älteres Ehepaar eilte ihnen, Befehle und Ermahnungen rufend, im Sturmschritt hinterher; hinter ihnen eine Frau, die ihre beiden Kinder und einen Koffer in einer Schubkarre vor sich herschob ...

Marie nahm an, dass diese Menschen aus dem Norden der Stadt kamen, und fragte sich, wie weit sie zu kommen hofften. Konnte man so bis nach Bordeaux gelangen? Oder wohin sonst wollten sie? Sie biss sich auf die Lippen, lief schnell weiter zum Bäcker und dann direkt wieder nach Hause. Als sie die Küche betrat, fand sie dort Amiel vor. Sie saß am Tisch und war womöglich noch bleicher als am Morgen nach ihrer Rückkehr aus dem Krankenhaus. Marie legte das Brot neben sie.

»Ist noch etwas passiert?«, fragte sie heiser, obwohl sie nicht sicher war, ob sie heute noch mehr schlechte Nachrichten verkraften konnte. »Etwa dein ... Vater?«

»Nein, nein, ihm geht es gut. Das nehme ich zumindest an. Aber Dr. Muraut ...« Amiel sah zu ihr auf. »Er ... er hat einen Boten geschickt. Sein Bruder ist ein hohes Tier in der Regierung. Anscheinend hat er den Boten zu allen jüdischen Mitarbeitern des Krankenhauses geschickt. Er rät uns, sofort die Stadt zu verlassen. Er sagt das ja schon eine ganze Weile, aber jetzt, meint er, sei wirklich die letzte Gelegenheit dazu. Die Regierung hat wohl schon gestern die Stadt verlassen. Marie, Pétain gibt den Norden auf, man will Paris zur offenen Stadt erklären!«

»Pétain gibt ... Paris zur offenen ...« Wie gefällt sackte Marie neben ihr auf den Stuhl.

7. Kapitel

Josephine – heute

»Wie ist es eigentlich, mit so einem Gutmenschen zu leben?«, platzte Josephine heraus. Nachdem Malou mit ihrem Gerede über diese dämliche Marie aufgehört hatte, hatte sie die Hände wieder von den Ohren sinken lassen und seither einfach nur die Aufzugswand angestarrt. Jetzt sah sie zu Malou. Sie stand mit dem Rücken an der Wand neben ihr. »Ich meine, das muss doch der Horror sein, ständig vorgeführt zu bekommen, dass der andere die Güte in Person und man selbst dagegen nur ein Stück Scheiße ist, oder? Es sei denn, man empfindet sich als einen ebenso genialen Supermenschen, dann erübrigt sich das Problem natürlich.«

Malou warf ihr einen verständnislosen Blick zu.

»Na du und deine Großmutter ...«

Malou krauste die Stirn. »Wo ist da der Gutmensch?«

»Pfff!« Josephine ließ den Kopf zurücksinken. »Vergiss es! Ihr seid natürlich so gut, dass ihr es nicht mal mehr merkt.«

Malou drückte sich von der Aufzugswand ab und trat direkt vor Josephine. »Allmählich reicht es mir mit deinen Anfeindungen und wie du hier die Wahrheit verdrehst. Kein Mensch hat behauptet, irgendjemand in diesem Spiel sei besser oder schlechter. Im Gegenteil. Ich bin hier, weil sich meine Großmutter bei deiner *entschuldigen* will!«

Josephine winkte ab und sah wieder zur Wand, doch Malou trat jetzt so nah vor sie, dass sich fast ihre Fußspitzen berührten.

»He, was soll das?«, begehrte sie auf. »Ist es in dem Ding hier nicht auch so schon eng genug? Musst du mir dermaßen auf die Pelle rücken?«

»Du kannst tun und lassen, was du willst, aber wenn ich reagiere, bin ich der Übeltäter?« Malou stemmte die Hände in die Seiten. »Erinnert mich irgendwie an die Geschichte unserer Großmütter.«

»Und mich an eure Verdrehungen der Tatsachen! Geneviève hat nie tun können, was sie wollte, aber das habt ihr ja bis heute nicht begriffen.«

»Fällt dir eigentlich auf, dass du mich in einer Tour angiftest, obwohl ich dir absolut nichts getan habe?«

»Nichts würde ich das nicht nennen«, zischte Josephine.

»So, dann mal los!« Malou richtete sich noch mehr auf. »Also, was habe ich gemacht?«

»Du nervst, das mal vor allem.«

Malou sah sie abwartend an.

Josephine setzte sich ein Stück weit auf, um etwas mehr Platz zwischen sich und Malou zu schaffen, gewann dabei aber nur wenige Zentimeter. »Mensch, jetzt geh doch mal einen Schritt zurück!«

Malou wandte sich von ihr ab, trat zum anderen Ende des Aufzugs, drehte sich wieder um und atmete heftig ein und aus. Josephine streifte sie mit einem schnellen Blick und sah, dass sie Tränen in den Augen hatte.

»Mann, bist du empfindlich!«

Malou machte eine abwehrende Geste.

»Es ... Das Verhalten von Marie war damals einfach nicht korrekt. Von Anfang an nicht«, fuhr Josephine fort, dies aber in weit ruhigerem Ton als zuvor. »Klar war sie in der Résistance – und das hört sich super an. Das waren die Guten, die anderen die Kollaborateure, noch weniger wert als der Dreck unter den Fingernägeln der Leute im Widerstand. Aber so einfach war das nicht. Deine wundervolle Marie hat die anderen mit ihrem ach so heroischen Einsatz nämlich ganz schön in die Scheiße geritten.«

Malou sah sie an. »Marie hatte doch gar keine Wahl.«

Entschlossen hielt Josephine Malous Blick stand. »Man hat *immer* eine Wahl!«

8. Kapitel

Marie – Paris – 14. Juni 1940

Das durchdringende Pfeifen der Toilettenspülung riss Marie aus dem Schlaf. Blinzelnd sah sie auf die Uhr. Es war erst halb sechs. Knurrend drehte sie sich auf die andere Seite, aber die Geschäftigkeit in der Wohnung ging weiter, und je mehr sie die Geräusche auszublenden versuchte, desto lauter empfand sie sie und war schließlich hellwach. Seufzend schlug sie ihre Decke zurück und erhob sich. Im Flur traf sie auf Geneviève, die gerade dabei war, ihre Sommerjacke von der Garderobe zu nehmen. Sie trug ihren guten gelben Rock, dazu eine weiße Bluse, und Marie sah, dass sie sogar geschminkt war.

»Wo willst du denn um diese Uhrzeit hin? Und dann in diesem Aufzug?«

»Was heißt denn da *Aufzug?* Ich bin völlig normal angezogen.« Geneviève zog ihre Jacke über. »Und wo ich hinwill, kannst du dir ja wohl denken.«

»Du ... du willst zusehen, wie die Boches in Paris einmarschieren?« Marie sah sie ungläubig an. »Das ist nicht dein Ernst.«

»Und warum nicht?« Geneviève betrachtete sich im Spiegel und zupfte ihre Locken zurecht.

»Aber du kannst doch nicht ...«

Geneviève wandte sich zu ihr um. »Alles ist besser, als wie ein Kaninchen im Bau zu hocken und darauf zu warten, dass sich der Fuchs von irgendeiner Seite einen Zugang gräbt und zuschlägt. Man muss den Feind kennen und im Blick behalten, um sich gegen ihn wehren zu können.«

»Aber wenn du da hingehst, dann ist das doch, als würdest du die Deutschen willkommen heißen.«

»Keine Sorge, ich werde ihnen gewiss nicht zuwinken. Ich will nur sehen, was da los ist.«

»Was soll da schon los sein?« Marie schnaubte. »Da marschieren deutsche Truppen ein, mit ihren Panzern, Lastwagen und Waffen, was nichts anderes heißt, als dass wir ab sofort unter deutschem Militärbefehl stehen und deutsche Untertanen sind.«

»Trotzdem – ich will sie sehen, ich will ihnen ins Gesicht sehen, ich will wissen, mit wem ich es zu tun habe.«

»Wenn du wissen willst, mit wem du es zu tun hast, brauchst du dir nur Andrés Beine anzusehen beziehungsweise das, was noch davon übrig ist.«

Geneviève drückte Marie einen Kuss auf die Wange. »Ich verstehe deinen Hass auf die Deutschen. Wenn André mein Bruder wäre, ginge mir das nicht anders. Aber hör auf, dich nur darauf zu konzentrieren. Egal, was ist – wir müssen nach vorn sehen, uns durchwursteln. Und das werden wir. Schließlich sind wir die drei Unbesiegbaren!« Sie zwinkerte ihr zu. »Auch André wird einen neuen Weg im Leben finden, Marie, und Pétain hat recht. Immer mehr Menschenleben zu opfern, ist keine Lösung. Es sind schon viel zu viele Menschen gestorben.«

Marie hob die Achseln, und nach einem neuen Kuss verließ Geneviève die Wohnung. Kaum war die Tür ins Schloss gefallen, tappte Amiel aus ihrem Zimmer. Verschlafen rieb sie sich die Augen, lehnte sich gegen den Türrahmen und murmelte: »Müsst ihr ständig über die Deutschen debattieren?«

»Wie denn nicht?«, seufzte Marie auf. »Findest du es etwa auch gut, dass Geneviève den Einmarsch der Deutschen ansehen geht? Man könnte ja fast annehmen, dass sie es kaum noch erwarten kann, dass sie hier ihr Regime installieren.«

»Du weißt genau, dass das nicht so ist.« Amiel drückte sich vom Türrahmen ab und ging weiter zum Bad.

»Weiß ich das wirklich?« Marie hob die Augenbrauen. »Wenn sich die Deutschen erst einmal hier niedergelassen haben, kann sie bestimmt wieder die ganze Woche über als Pianistin auftreten –zumindest bildet sie sich das garantiert ein. Und wenn es nicht klappt, wird sie die entsprechenden Kontakte knüpfen, bis sie es geschafft hat. Für ihre verdammte Musik würde sie doch alles tun.«

»Marie!« Amiel drehte sich um und schüttelte tadelnd den Kopf.

»Ist doch wahr!« Marie blies sich eine Haarsträhne aus dem Gesicht.

»Ist es nicht«, erwiderte Amiel mit nachdrücklichem Blick. »Das ist einfach nur Genevièves Art, sich nicht geschlagen zu geben.« Und dann ging sie ins Bad und schloss die Tür hinter sich.

Schnaubend drehte sich Marie um und wollte wieder ins Bett gehen, aber dann wurde ihr klar, dass sie ohnehin nicht wieder würde schlafen können.

»Dann eben frühstücken«, murrte sie vor sich hin.

Noch ehe das Wasser für ihren Kaffee kochte, kam Amiel in die Küche. »Machst du mir auch eine Tasse?«

Marie nickte.

Amiel nahm zwei Tassen aus dem Regal. »Du bist Geneviève gegenüber ungerecht.«

»Ich weiß.« Das Wasser kochte. Marie goss es in den Kaffeefilter. »Aber André ist genauso wenig pragmatisch wie ich. Er wird es nicht überleben, die Deutschen hierzuhaben.«

»Natürlich ist es furchtbar, dass André wegen ihnen die Unterschenkel verloren hat, aber solche Gräuel bringt der Krieg leider mit sich. Auf der anderen Seite weinen Männer und mit ihnen ihre Mütter, Ehefrauen und Kinder ebenso.

Und auch französische Soldaten haben sicher irgendwelche Gräuel begangen.«

»Aber, Amiel, es geht hier doch um viel mehr als um das.« Marie drehte sich zu Amiel um. »Oder kannst du, wenn du einen Deutschen siehst, tatsächlich verdrängen, wofür die Nazis stehen? Dazu gehört immerhin auch, dass sie in ihrem Land nach und nach sämtliche Juden deportieren und in diese Lager schicken, von denen kein Mensch weiß, was genau dort vor sich geht.«

»Nein, Marie, das kann ich nicht verdrängen.« Amiel ließ ihre Hände in ihren Schoß sinken. »Aber ich versuche, nicht auch noch mein Herz von der braunen Dreckbrühe beflecken zu lassen. Hass tötet. Auch einen selbst.«

Die Kaffeekanne floss über; Marie hatte zu viel Wasser in den Filter gegeben. Fluchend stellte sie den Kessel zurück auf das Kochfeld, schnappte sich einen Lappen, wischte – und zuckte zurück. »Verdammt, ist das heiß!«

»Genau das meine ich.« Amiel wies auf die Abstellfläche, auf der noch immer der übergeflossene Kaffee stand. »Am Ende macht man sich auch selbst schmutzig und verbrennt sich, wenn man sich und sein Herz nicht zurücknimmt.«

»Aber das ist alles eine ... eine solche Scheiße!« Verbissen wischte Marie weiter. »Ab sofort unter deren Herrschaft zu leben – wie soll das gehen? Ich ... ich will –« Sie ließ die Hand mit dem Lappen auf der Abstellfläche liegen und presste die Lippen zusammen. »André ist neunzehn, Amiel, neunzehn und ohne Beine und ... das schafft er nicht!« Ihr kamen die Tränen.

Amiel erhob sich und zog sie an sich. Zuerst versuchte Marie, sie wegzudrücken, aber dann ließ sie sich an ihre Schulter sinken und vergrub das Gesicht an ihrer Halsbeuge. »Es ist so ungerecht. André war immer so fröhlich, so zuversichtlich, er wollte die Welt retten –« Ihre Stimme erstarb in haltlosen Schluchzern. »Und all das ist zerstört, nur weil so ein bescheuerter Boche ein Exempel statuieren wollte!«

»Ich weiß, Marie, ich weiß, und auch, wie tief er sich in seinem Hass vergraben hat. Gerade gestern habe ich wieder versucht, mit ihm zu reden, aber auch ich komme leider nicht an ihn heran.« Amiel seufzte und rieb sich die Stirn. »Ich bin mit meinem Latein auch am Ende. Und ja, es stimmt, das Leben ist nicht gerecht. Das erlebe ich im Krankenhaus ja jeden Tag. Am Ende bleibt vielen Menschen nur, mit der Aufgabe zurechtzukommen, die das Leben ihnen gestellt hat.«

»Zurechtkommen reicht nicht, Amiel.« Marie hob den Kopf und sah der Freundin direkt in die Augen. »Man muss sich dafür einsetzen, dass die Dinge sich ändern und das Leben gut, gerecht und lebenswert wird. André braucht Hoffnung, ich brauche Hoffnung – und ich finde, wir alle brauchen die.«

»Ja, die brauchen wir.« Amiel lächelte mild. »Aber um anderen Hoffnung geben zu können, muss man stark sein, und nicht jeder ist so stark wie du. Ich denke, auf deine Art bist du sogar stärker als Gigi, weil du keine Angst davor hast, etwas zu verlieren, Gigi aber schon. Gigi kämpft darum, das, was sie sich so mühsam erarbeitet hat, nicht wieder zu verlieren. Mit dir und mir war das Leben freundlicher. Wir haben so vieles schon in die Wiege gelegt bekommen. Und darum ist es für dich viel leichter als für Geneviève, für Ideale zu kämpfen.«

»Vielleicht«, murmelte Marie, »vielleicht.« Und trank einen Schluck Gerstenkaffee.

Da sie nur einen kleinen Rest Brot und ein letztes Glas Marmelade hatten, mit dem sie entsprechend sparsam umgingen, war das Frühstück von Marie und Amiel schnell zu Ende. Amiel erhob sich, wusch ihre beiden Teller ab und erklärte Marie anschließend, dass sie arbeiten gehen würde.

»Aber wir hatten gestern doch gesagt, du wartest erst einmal ab, wie das mit den Deutschen weitergeht …«

»Herumzusitzen würde mich wahnsinnig machen.« Amiel band ihre Haare zu einem Zopf zusammen. »Ich weiß doch, wie knapp wir besetzt sind, und seit heute ist es noch schlimmer. Habe ich dir schon erzählt, dass meine beiden jüdischen Kollegen auf Dr. Murauts Warnung hin tatsächlich die Stadt verlassen haben? Damit fehlen uns insgesamt acht Ärzte.«

»Auch du hättest gehen sollen.« Marie nickte ihr nachdrücklich zu.

»Ach was, mir passiert schon nichts. Auch die Deutschen brauchen Ärzte.« Amiel trocknete die Teller ab, räumte sie zurück in den Schrank und verließ die Küche. Seufzend sah Marie ihr nach und machte sich auch selbst fertig. Im Grunde ihres Herzens konnte sie Amiel gut verstehen: Deutsche hin, Deutsche her – auch sie wollte sich von den Boches nicht das letzte Stück Normalität nehmen lassen, was ihr noch blieb: ihre Arbeit. Und darum würde sie das bisschen, was von ihrem Unterricht noch übrig war, heute ebenso pünktlich wie sonst beginnen. Gerade an einem Tag wie diesem wollte sie für ihre Schüler da sein, mit ihnen reden, Hoffnung machen. Hoffnung ... Mein Gott! Ja, Amiel hatte recht, um Hoffnung ging es jetzt. Sie alle brauchten neue Hoffnung. Aber woher sollte sie die eigentlich nehmen?

Im selben Moment, in dem Marie sich daranmachte, die Wohnung zu verlassen, wurde die Tür von außen aufgeschlossen, und Geneviève trat in den Flur. Marie lief auf sie zu und umarmte sie kurz. »Verzeih, Gigi, ich wollte dir vorhin nichts unterstellen.«

»Schon gut. Wir haben alle keine Nerven mehr.« Geneviève drückte ihre Hand und hängte ihre Jacke an die Flurgarderobe. »Und du kannst beruhigt sein: Die Gassen sind noch leerer, als sie derzeit ohnehin schon sind. Die Deutschen nehmen eine Geisterstadt in Besitz.«

»Wenigstens etwas.« Ein kleines Lächeln huschte über Maries Gesicht. »Und irgendwo und irgendwann wird jemand aufstehen, Pétain die Stirn bieten und die Boches wieder aus dem Land werfen.«

»Genau!« Geneviève boxte ihr freundschaftlich in die Seite. »Und bis dahin heißt die Devise: Hauptsache überleben.«

Marie nickte, und als sie in Genevièves Augen blickte, sah sie darin genau das: den unbändigen Willen zu überleben, komme, was wolle. Sie würde sich nicht unterkriegen lassen. Marie nickte noch einmal, gab der Freundin zwei Wangenküsse, eine letzte Umarmung und machte sich auf den Weg zur Schule. Unterwegs ging ihr durch den Kopf, was Amiel gesagt hatte, und jetzt musste sie ihr noch mehr recht geben als zuvor, denn anders als sie hatte Geneviève in der Tat schon von klein auf zusehen müssen, wie sie zurechtkam. Geneviève war das Ergebnis einer Liaison ihrer Mutter mit einem Südfranzosen, der, als klar wurde, dass diese Liaison eine zweibeinige Folge hatte, auf Nimmerwiedersehen verschwand. Also musste Genevièves Mutter sich und ihr Kind allein über die Runden bringen. Zu ihrem Glück beschäftigten Amiels Eltern sie trotz der unehelichen Schwangerschaft weiterhin als Haushälterin und stellten ihr überdies eine kleine Dienstbotenwohnung in ihrem Haus zur Verfügung. Schon als kleine Kinder spielten Amiel und Geneviève deswegen zusammen, aber noch lieber hörte und sah Geneviève dabei zu, wenn Amiel Klavierunterricht bekam. Als Geneviève sieben war, stellte sich heraus, dass sie nur dadurch – und durch ihr heimliches Üben, wenn niemand im Hause war – viel besser Klavier spielen konnte als Amiel, und das, obwohl auch Amiel jeden Tag eifrig übte. Kurz entschlossen bezahlte Amiels Mutter den Klavierunterricht fortan auch für Geneviève. Schon bald spielte diese so gut, dass Amiel nicht mehr weiterlernen wollte und sich stattdessen lieber mit einem Buch aufs Canapé verzog. Geneviève dagegen schien von dem Klavier regelrecht angesaugt zu werden und verbrachte jede Minute, die man sie spielen ließ, am Klavier. Da sie auch als Jugendliche weiterhin mit unermüdlichem Eifer und diesem großen Talent spielte, ermöglichte Madame Goldstein ihr den Besuch des Konservatoriums.

Obwohl Geneviève, Amiel und Marie – die direkt neben Amiels Familie wohnte – sich von klein auf fast täglich sahen und auch miteinander spielten, waren sie zunächst keine wirklichen Freundinnen. Marie fand Amiel zu still, ja geradezu nichtssagend, und Geneviève zu scharfzüngig; Marie wiederum war den beiden, wie sie ihr später einmal lachend gestanden, zu wild, zu entschieden und zu dickköpfig in ihren Ansichten. Aber die anderen Mädchen in der Schule waren ja auch nicht umgänglicher. Und dann fingen diese Jungs an, sie auf dem Schulweg abzupassen und zu erpressen, und so waren die drei Unbesiegbaren aus ihnen geworden – und mit der Zeit auch die drei Unzertrennlichen, dann nämlich, als jede die Eigenheit der anderen nicht mehr als etwas Beunruhigendes gesehen, sondern als etwas Besonderes schätzen gelernt hatte.

Marie hatte noch nicht die Hälfte ihres Weges zurückgelegt, als sie auf einmal das dumpfe Dröhnen von schweren Fahrzeugen hörte. Irritiert hielt sie inne. In Paris gab es schon lange keine Schwertransporte mehr, wie es überhaupt kaum noch Fahrzeuge in der Stadt gab, weil die Regierung bei Kriegsbeginn alle Privatfahrzeuge und Busse für Truppentransporte requiriert hatte. Das Dröhnen schien aus der Nebenstraße zu kommen. Neugierig geworden ging sie in diese Richtung, hielt inne, lauschte noch angestrengter, war sich dann aber sicher: Ja, durch den Boulevard Haussmann fuhren Lastwagen. Ohne zu wissen warum, eilte sie weiter in diese Richtung, und als sie um die nächste Straßenecke bog, sah sie sie: Vor dem *Hotel Ambassador* parkten eine graue Limousine und etliche offene Militärwagen, diese Kübelwagen, die man ständig auf den Kriegsbildern in der Zeitung sah. Dahinter hielt gerade ein schwerer Militärtransporter, und direkt hinter ihm fuhren noch zwei weitere Transporter heran und parkten vor der Limousine. Das Verdeck der Ladefläche des ersten Transporters war zusammengerollt, die Pritsche voll besetzt mit jungen deutschen Soldaten. Die Männer lachten und alberten herum, zeigten begeistert nach hier und da und wirkten dabei so unbekümmert und aufgeregt wie Schulkinder. Was Marie nicht weniger verwunderte, war, wie sauber sie waren. Keine Spur vom Dreck der Schützengräben, nein, sie alle steckten in tadellosen, frischen Uniformen, die feisten, rosigen Wangen waren glatt rasiert, und auch sonst wirkten sie eher, als kämen sie gerade von einer Ferienfreizeit als von einem Schlachtfeld.

Die hintere Wagentür der Limousine öffnete sich, ein hochgewachsener Mann in geschniegelter Uniform stieg aus. Die Soldaten verstummten sofort, und obwohl sie sitzen blieben, ging ein Ruck durch sie hindurch, als wollten sie Haltung annehmen, was Marie noch mehr beeindruckte. Der Hauptmann oder Leutnant oder was auch immer der Mann aus der Limousine sein mochte, begab sich zu dem Fahrer des ersten Militärwagens. Marie hatte den Eindruck, dass er ihm einen Weg beschrieb.

Erst als es Marie vor den Augen zu flimmern begann, merkte sie, dass sie kaum noch atmete. Sie zog sich wieder hinter die Hausecke zurück, ließ sich gegen die Wand sinken und atmete mehrmals heftig ein und aus. *Die Deutschen, sie waren da. Sie waren tatsächlich da!*

Natürlich hatte sie gewusst, dass sie in die Stadt eingezogen waren. Geneviève selbst hatte es ihr ja vorhin bestätigt, aber die Boches mit eigenen Augen zu sehen, war trotzdem noch einmal etwas ganz anderes. Und wie geschniegelt sie waren! Ohne dass Marie es hätte erklären können, war das der Punkt, der sie am meisten verletzte. Dieses … Heile. Helle. Saubere. Hatte in den Zeitungen nicht gestanden, die

Deutschen wären schon seit Wochen und Monaten am Ende? Körperlich. Psychisch. Moralisch. Und dass es ihnen an Nahrung fehlte, an Kleidung, an Fahrzeugen, an Benzin ... Krautsalat ohne Kraut würden sie essen, hatte man gelästert. Zerlumpte, dürre, bleiche Gestalten hatte sie erwartet, nicht solche ... Galionsfiguren.

Marie konnte noch immer nicht fassen, was sie sah, und kam sich auf einmal eigenartig betrogen vor, ohne dass sie hätte sagen können von wem, und das noch mehr, als sie an ihren armen Bruder dachte.

Plötzlich merkte Marie, dass sie nicht mehr allein an der Straßenecke stand. Fast ein Dutzend Leute hatte sich von ihr unbemerkt hier angesammelt; anscheinend waren auch sie von den ungewohnten Motorengeräuschen angelockt worden. In dem Gesicht einer Frau mittleren Alters bemerkte Marie die gleiche Fassungslosigkeit, die auch sie empfand, eine andere, ältere Dame in einem grauen, mehrfach geflickten Mantel weinte stumme Tränen, ihr Mann legte den Arm um ihre Schulter, seine Miene voller Bitterkeit. Zwei Jungs tauschten sich flüsternd darüber aus, aus welchem Baujahr der Adler Trumpf Junior war und wie schnell er wohl fuhr, bis ihre Mutter, eine elegante, hübsche Frau mit einer kunstvollen Hochsteckfrisur, ihnen von hinten gegen die Köpfe klatschte.

Marie richtete sich wieder auf und sah auch selbst noch einmal zu der deutschen Truppe. Im selben Augenblick wandte sich der vermeintliche Leutnant von dem Truppenfahrzeug ab, um in das Hotel Ambassador zu gehen. Bevor er ganz aus ihrem Blickfeld verschwand, bemerkte er ihre Gruppe, hielt kurz inne, sah zu der hübschen, eleganten jungen Mutter und lächelte ihr zu. Und die Frau lächelte zurück.

9. Kapitel

Marie – Paris – 14. Juni 1940

Noch immer starrte Marie die junge, elegante Frau an. Ungläubig. Fassungslos. Selbst als der Leutnant bereits ins Hotel getreten war, hielt sich das Lächeln in deren Gesicht. Plötzlich knackste irgendwo in der Ferne ein Lautsprecher, und gleich darauf noch einmal. »Achtung, Achtung, eine Durchsage«, schallte es durch die Straßen. »Achtung, Achtung, eine Durchsage an alle Pariser und Pariserinnen!«

Irritiert hob Marie den Kopf und versuchte herauszufinden, woher die Stimme kam. Die Durchsage war in korrektem, aber stark akzentgefärbtem Französisch. Wieder knackte es. Marie beschloss weiterzugehen. Sie hatte sich ohnehin schon viel zu lange mit dem Gaffen auf die Deutschen aufgehalten und hätte sich ohrfeigen können dafür. Die Deutschen ... Mein Gott, sie waren wirklich da. Noch immer konnte sie es nicht fassen. Wie konnten sie so plötzlich hier sein? Kein Schuss war gefallen, keine weitere Bombe explodiert – keine Proteste waren laut geworden. Auf einmal waren sie da, fuhren durch ihre Boulevards, betraten die Hotels, als gehörten sie ihnen ... und jetzt redeten sie auch noch mit ihnen – mit ihrem scheußlich harten Akzent. Sie hatte noch nicht das Ende der Straße erreicht, da knackte es erneut.

»Achtung, Achtung, eine Durchsage an alle Pariser und Pariserinnen, hier spricht die deutsche Besatzungsbehörde!

Während der folgenden achtundvierzig Stunden marschieren die deutschen Truppen in Paris ein.«

Die Stimme kam bei jedem Wort näher, und kurz darauf sah Marie einen deutschen Militärwagen im Schritttempo um die Straßenecke rollen. Die Lautsprecherstimme teilte ihnen weiterhin mit, dass Paris jetzt unter deutscher Militärregierung stehe und die Pariser aus Sicherheitsgründen für achtundvierzig Stunden in ihren Wohnungen bleiben sollten beziehungsweise sich dorthin zu begeben hatten. Es folgten weitere Informationen, aber das Einzige, was Marie davon noch aufnahm, war, dass keinerlei Protestkundgebungen gestattet waren und dass in Frankreich ab sofort die deutsche Uhrzeit galt, die Franzosen ihre Uhren also um eine Stunde vorstellen sollten. Dann fuhr das Fahrzeug weiter. Marie sah ihm hinterher, als hätte sie gerade eine Erscheinung gehabt.

Zwanzig Minuten später betrat Marie keuchend ihre Wohnung. Sie war regelrecht nach Hause gerannt, war einfach von Schritt zu Schritt immer schneller geworden, fast als könnte sie, wenn sie nur schnell genug lief, all das hier hinter sich lassen, auslöschen, ungeschehen machen ...

»Gigi?«

Kaum hatte Marie die Wohnungstür hinter sich geschlossen, sank sie dagegen.

»Gigi«, rief sie noch einmal. »Gigi?«

Von Mal zu Mal klang ihre Stimme schriller, sie hörte es selbst, aber so hart wie ihr Herz gegen die Brust hämmerte, so schnell wie das Blut durch ihre Adern pulsierte ... unmöglich, da auch nur die Stimme zu kontrollieren. Wie überhaupt alles in ihr und um sie herum außer Kontrolle zu sein schien.

Sie lauschte. Stille. Die gleiche tonlose Stille wie auf der Straße. Der Gedanke, eine der Letzten zu sein, die in diesem verdammten Paris ausgeharrt hatten, pochte in ihr, und auch wenn er unsinnig war, vergrößerte er dieses durchdringende Gefühl der Verlorenheit in ihr noch mehr.

»Gigi!« Diesmal schrie sie den Namen der Freundin fast.

Fast zeitgleich öffnete sich deren Zimmertür, Geneviève tappte aus ihrem Zimmer und rieb sich verschlafen die Augen. »Du meine Güte, was schreist du denn so?«

»Ach, Gigi!« Marie sackte an der Tür hinunter. »Sie sind überall!«

»Und deswegen regst du dich so auf?«

»Ja, nein, ach, Gigi, sie ... es ist so anders, nur darüber zu reden, oder sie wirklich vor sich zu sehen. Und dann haben sie uns auch noch Hausarrest erteilt.«

»Na prima.« Geneviève gähnte herzhaft. »Dann geh einfach wieder ins Bett.«

»Du und dein Pragmatismus.«

»Was hast du immer gegen Pragmatismus?« Geneviève gähnte noch einmal und streckte sich ausgiebig. »Wenn ich in meiner Kindheit eines gelernt habe, dann dass man nur damit weiterkommt.«

»Ich bin mir nicht sicher, ob das ein Vorteil ist.«

»Ist es, Schätzchen, ist es.« Geneviève warf ihr einen nachdrücklichen Blick zu. »Und damit können wir uns jetzt vielleicht etwas wirklich Wichtigem zuwenden, nämlich der Frage, was wir, da wir nun nicht mehr rausdürfen und unser Vorratsschrank leer ist, eigentlich zu Mittag essen wollen.« Sie hob die Augenbrauen und begann dann zu grinsen. »Nein, du musst nicht verhungern. Der Concierge hat mir eine Schüssel Kartoffeln versprochen, die wir uns nur unten abholen müssen. Hauptgewinn gezogen, würde ich sagen. Also hör mit dem Schimpfen auf. Die Deutschen werden schon nicht ewig hierbleiben.«

»Und wenn doch?«

Entgegen der ersten Ankündigung wurde die Ausgangssperre bereits am nächsten Tag aufgehoben. Genau wie der

Rest der Pariser spekulierten auch Marie und ihre Freundinnen über die Gründe dafür. Während Amiel meinte, dies sei der Dank dafür, dass die Pariser tatsächlich keinerlei Form von Gegenwehr oder Protest ausgeübt hatten, vermutete Marie irgendeine perfide Finte dahinter, woraufhin Geneviève sie auslachte und meinte, dass die Deutschen wahrscheinlich schlicht bemerkt hatten, dass nichts mehr lief in dieser Stadt, wenn sie alle Leute zu Hause einsperrten. »Wenn sie jetzt nicht mehr auf dem Schlachtfeld, sondern in einer Stadt sind, werden sie morgens frisches Brot haben und vielleicht auch mal einen *vin rouge* auf den Champs Elysees oder auf unserem schönen Montmartre trinken wollen.«

Am Nachmittag schlug Geneviève Marie vor, die zurückgewonnene Freiheit für einen ausgiebigen Spaziergang zu nutzen. Marie zeigte ihr einen Vogel. »Du weißt genau, dass ich die Boches nicht sehen will. Außerdem wollte ich endlich mal diese Rußpampe von den Küchenfenstern entfernen.«

Kaum hatte sie den Putzeimer mit Wasser gefüllt und das erste Fenster eingeseift, öffnete sich die Wohnungstür wieder.

»Jemand zu Hause?«, rief Amiel.

»In der Küche«, antwortete Marie. »Ich versuche gerade, die Küchenfenster zu putzen. Unglaublich, wie dieser Ruß schmiert.«

Amiel betrat die Küche. »Soll ich dir helfen?«

Marie schüttelte den Kopf und wusch ihren Lappen aus. »Hast du im Krankenhaus geschlafen?«

»Ja.« Sie ließ sich auf einen der Stühle sinken. »Wir sind so wenige Ärzte, dass die Arbeit praktisch nie aufhört.«

»Geht es dir gut?« Marie warf ihr einen prüfenden Blick zu.

»Ja danke, ich stecke das schon weg.« Amiel stopfte sich eine ihrer Locken zurück in den Zopf, die sich aber sofort wieder herauskringelte. »Jetzt guck nicht so, Marie, es geht mir wirklich gut. Und wie auch immer es mit den Deutschen hier weitergeht: Das waren die ersten vierundzwanzig Stunden seit Langem, in denen wir keine mehr oder minder zerfetzten Soldaten zusammensetzen mussten.«

»Ein Gutes muss das alles haben.« Marie klatschte ihren Lappen gegen das Fenster und wienerte, als wollte sie gleich die ganze Scheibe aushebeln.

»Ja, das muss es ...« Amiel hob den Eimer an, damit sie den Lappen besser auswaschen konnte, dann setzte sie sich an den Küchentisch. »Es macht mir schon Angst, dass wir jetzt die Deutschen in der Stadt haben, aber einen Soldaten nach dem anderen sterben zu sehen ... das war so furchtbar, Marie.«

»Trotzdem geht der Krieg an sich weiter.«

»Ja, natürlich, aber wenigstens hier gibt es keine neuen Toten mehr. Außerdem sind die Deutschen gar nicht so ... schrecklich, wie ich dachte. Auf dem Heimweg haben mich zwei deutsche Soldaten nach dem Weg nach Sacré-Cœur gefragt.«

Marie fuhr zu ihr herum.

»Jetzt guck nicht so. Zuerst habe ich mich auch fürchterlich erschrocken, aber dann waren sie so nett und höflich, dass ich mich schnell beruhigt habe.«

»Sie wollten ...«

»Genau, nur Sacré-Cœur sehen.«

»Na, dann hoffe ich, du hast sie in die Wüste geschickt.«

»Aber warum das denn? Sie waren noch jünger als wir, wirklich blutjung, und sehr zuvorkommend.«

»Und der Teufel ist ein Eichhörnchen«, knurrte Marie und machte sich mit noch mehr Energie über das nächste Fenster her.

Am nächsten Tag, einem Sonntag, trieb es schließlich Marie selbst aus dem Haus. Diese Boches ... sich vor ihnen zu verstecken brachte nichts. Und auch wenn der Satz »Das Leben geht weiter« der letzte war, den sie hören wollte, wusste sie doch, dass es genau so war, und es galt, den Blick auf die Zukunft zu richten – auf eine Zukunft *ohne* diese Boches. Ja, sie musste sich der Realität da draußen stellen. Wie sonst sollte sie André dabei helfen?

Aber schon als sie auf der Straße in der Ferne den ersten deutschen Soldaten sah, war ihr Unmut wieder so groß, dass sie am liebsten zurück nach Hause gerannt wäre. Dann aber bog sie nur in die nächste Seitenstraße ein.

Was Marie wunderte, war, wie leer es noch immer in der Stadt war. Sie hatte angenommen, dass die Nachricht, dass Paris zur offenen Stadt erklärt worden war und es hier keine weiteren Kampfhandlungen gab, zumindest jene Pariser zurücklocken würde, die nur in die Dörfer vor der Stadt geflüchtet waren. Immerhin müssten sie doch ein Interesse daran haben, ihr Hab und Gut vor Besetzung und Plünderungen zu schützen, aber noch konnte sie keine Rückkehrer entdecken – die Gassen waren ebenso leer wie in den letzten Wochen, die meisten Fensterläden geschlossen, die Gitter vor den Läden heruntergelassen.

Ehe Marie sich bewusst wurde, wohin sie eigentlich lief, stand sie vor Simons Bistro. Zuerst zögerte sie, aber in Wahrheit hatte sie genug vom Alleinsein und drückte die Tür auf.

»Ah, *bonjour,* Marie.« Simon grinste. »Die Ratte kommt aus ihrem Loch, herzlich willkommen in der Oberwelt!«

Marie warf ihm einen grimmigen Blick zu. »Mach weiter so, dann bin ich gleich wieder weg.«

Simon lachte. »Nun sei nicht so empfindlich. Na los, setz dich, und freu dich mit mir: Ich habe gestern Abend ein Kilo Kaffee der Spitzenklasse ergattern können – eine echte Delikatesse! Der alte Richard ist zurückgekommen, hat heute früh seinen Laden geöffnet, und dort standen noch vier Pakete Kaffee im Regal.«

»Oh, da sage ich nicht nein.« Strahlend schob sich Marie auf den Hocker am Tresen, der ihm am nächsten war.

»Und für so ein bezauberndes Lächeln ist die erste Tasse sogar umsonst«, gab Simon grinsend zurück.

»Ich hab vorhin auch gelächelt«, rief da ein älterer Mann. Er saß direkt neben dem Tresen an einem Tisch. »Aber mich hast du den Kaffee bezahlen lassen.«

»Dein zahnloses Grinsen kann man doch nicht als Lächeln bezeichnen«, konterte Simon – und alle drei lachten.

Schon während der Kaffee in ihre Tasse rann, hob Marie schnuppernd die Nase, und als Simon sie ihr reichte, konnte sie von dem wundervollen Duft gar nicht genug bekommen. »Kaffee, o Mann, was für ein Kaffee«, seufzte sie. »Heb bloß welchen auf, dann komme ich später mit Amiel und Geneviève wieder.«

»Ist Amiel etwa immer noch hier?«

»Du kennst sie doch: Wenn sie sich etwas in den Kopf gesetzt hat, dann ist da nichts zu machen. Stur wie ein Esel.«

»Aber das, was man von Deutschland hört ... ständig werden dort mehr Juden in eine angebliche Schutzhaft genommen, dazu all die anderen Übergriffe auf Juden, und wer weiß, was da noch alles kommen wird. Hat Amiel denn keine Angst, dass das auch hier losgeht?«

»Was soll ich denn machen? Wenn Amiel nicht will, will sie nicht.« Marie stellte ihre Tasse ab. »Es ist sowieso zu spät. Wer in den Süden reisen will, braucht ab sofort einen Passierschein. Und als Jüdin ... Nein, je weniger sie die Aufmerksamkeit der Boches auf sich zieht, desto besser. Da denke ich wie sie.«

»Und wie kommt ihr sonst zurecht?«

Marie war klar, was Simon damit die Tatsache meinte, dass die Deutschen jetzt hier waren. Er wusste, wie sie dachte – und sie, dass er genauso dachte. Sie hob die Schultern und merkte, wie ihr Tränen in die Augen drangen.

»He, Marie, nicht doch.« Simon rieb ihr über den Arm. »Das ist nicht das Ende.«

»Das sage ich mir ja auch dauernd, aber ...« Ärgerlich wischte sie sich über die Wangen. »Wer soll denn noch etwas unternehmen? Sie haben uns doch in der Zange. Und wie sie einmarschiert sind ... Als gehörte die Stadt ihnen. Nicht mal ein Hund hat sie gebissen, verdammt!«

Simon musste lachen.

»Ist doch wahr«, brauste Marie auf. »Und ich weiß nicht, was es da zu lachen gibt.«

»Du, Marie, du und deine Formulierungen. Du bist ... unglaublich!« Er maß sie mit einem langen, liebevollen Blick. Sie schob seine Hand zurück, die noch immer auf ihrem Arm lag, und brummte verlegen: »Jetzt schau mich nicht so an, sondern verrat mir lieber, wie es weitergeht.«

»Sie werden sich hier breitmachen, was sonst? Hast du den Eiffelturm gesehen? Statt der Trikolore weht dort nun die Hakenkreuzfahne, und bald werden ihre Fahnen überall hängen.«

»Ich weiß.« Marie schluckte. »Und was hast du noch gehört?«

»Dass sie die deutsche Delegation im Hôtel Trianon untergebracht haben. Und dass geplant ist, das französische Personal in den Ämtern zu belassen, damit sie deutsches Verwaltungspersonal sparen können.«

»Sie wollen ...« Marie riss die Augen auf. »Unsere eigenen Landsleute sollen den Deutschen zuarbeiten?«

»Sieht so aus.« Simon trank einen großen Schluck Wasser. »Und das wohl auf allen Ebenen, bis hin zur Polizei.«

»Und die Leute werden das machen?«

Simon hob die Achseln. »Haben sie eine Wahl?«

»Hat man nicht immer eine Wahl?« Marie hielt seinem Blick stand, winkte schließlich ab und trank ihre Tasse leer. Erst danach sah sie wieder zu ihm auf und fragte: »Woher weißt du das alles eigentlich? Du erfährst sicher vieles am Tresen, aber doch nicht alles, was du da gesagt hast, oder?«

»Du bist noch sehr jung, Marie.«

»Was soll denn das heißen?«

»Dass ich dich nicht in Gefahr bringen will.«

Marie musterte ihn. »Du weißt also noch viel mehr, als du mir gesagt hast?«

»Ich weiß, dass du auf dich aufpassen solltest.« Er wies mit dem Kinn zur Eingangstür. Zwei deutsche Soldaten betraten das Lokal. Sie sahen sich kurz um, gingen dann mit einem freundlichen Lächeln an den Tresen und sagten etwas, das wie *»bonjour«* klang.

»Wir hätten gern einen Kaffee«, fuhr der Jüngere von ihnen auf Deutsch fort. Marie schätzte, dass er in ihrem Alter war. Er hatte klare blaue Augen und eine kleine Narbe am Kinn, die ihm etwas Verletzliches gab.

Simon hob die Achseln, als hätte er den Soldaten nicht verstanden.

Der Soldat entdeckte Maries Tasse, wies darauf und sagte: »Zwei Kaffee, *s'il vous plaît.«* Zugleich hob er zwei Finger und lächelte noch freundlicher.

»On n'en a plus«, meinte Simon und setzte sein nettestes Lächeln auf. »Kaffee ist aus. Das war leider der letzte.«

10. Kapitel

Marie – Paris – 18. Juni 1940

»Es geht wieder los, es geht wieder los!« Zusammen mit Genevièves Jubelschrei krachte die Wohnungstür ins Schloss, und drei Sekunden später wirbelte sie Pirouetten drehend in die Küche und umarmte erst Marie und dann Amiel. »Endlich, endlich geht es wieder los!«

Lachend hielt Amiel Genevièves Hand fest. »Was geht wieder los?«

»Ja, erzähl!«, rief Marie und lachte ebenfalls.

»Na, das *Chez Lulu* – wir machen wieder die ganze Woche auf!« Genevièves Strahlen wurde womöglich noch heller. »Endlich kann ich wieder jeden Tag vor Publikum spielen!«

»Ihr ...« Marie musste Luft holen. »Ihr wollt die Boches bespaßen? Das ist nicht euer Ernst, oder?«

»Aber warum denn nicht?« Geneviève schnappte sich den Stuhl am Kopfende des Tisches, drehte ihn falsch herum und setzte sich breitbeinig darauf. »Und ich kann sogar noch mehr Stücke spielen als vorher. Jean ist noch nicht zurück.«

»Klar ist er nicht zurück.« Marie warf ihr Brot auf den Teller. »Der hat nämlich bis vor Kurzem gegen die Deutschen gekämpft und ist inzwischen entweder tot oder in Kriegsgefangenschaft oder liegt irgendwo ebenso verkrüppelt herum wie André. Sag mal, hörst du dir eigentlich zu, wenn du redest? Da kannst du auch gleich auf seiner Leiche tanzen.«

»Hör dir doch lieber mal selbst zu.« Geneviève stand so heftig auf, dass dabei fast der Stuhl umfiel. »Aber du musst einem ja immer alles verderben!«

»Was heißt denn da verderben? Andere setzen für die Freiheit unseres Landes ihr Leben ein, und du denkst nur daran, wann du wieder auf der Bühne stehen kannst.«

»Wie gut, dass du auch zu diesen Helden Frankreichs gehörst, damit du ein Recht hast, so zu reden. Wobei mir gerade einfällt ...« Sie hob den Zeigefinger an die Schläfe, als müsse sie angestrengt nachdenken. »Ja, doch, mir will scheinen, dass du auch nur in der Schule arbeitest – und selbst Kollegen hast, die an die Front mussten.«

»Aber ich unterrichte nicht die Deutschen. Na ja, angesichts der Masse an deutschen Soldaten wird es dir jedenfalls nicht an Applaus mangeln.«

»He, ihr beiden, hört auf, hört auf!« Mahnend pochte Amiel auf die Tischplatte. »Müsst ihr schon wieder wegen der Deutschen streiten?«

»Wieso ihr?«, begehrte Geneviève auf. »Das ist doch Marie, die einen immer wieder runterzieht.«

»Gigi, bitte, hör einfach auf, ja?« Amiel nahm ihre Hand und drückte sie. »Und mach dir keine Gedanken: Ich freue mich für dich, weil ich weiß, wie wichtig es für dich ist. Und Marie«, sie verpasste ihr unter dem Tisch einen Tritt gegen das Schienbein, »freut sich auch.«

»Rutscht mir doch den Buckel runter, aber alle beide!« Stöhnend rieb Marie über ihr Schienbein, sprang dann auf, stürmte in ihr Zimmer und warf sich aufs Bett. Es reichte ihr, es reichte ihr dermaßen, dass sie am liebsten losgeschrien hätte. Deutsche, Deutsche, Deutsche – überall waren sie. Wirklich überall. Und jetzt wollten sie abends auch ins Varietétheater gehen und sich amüsieren, nicht zu fassen war das!

Auch wenn jetzt, da die Kampfhandlungen eingestellt waren, immer mehr Pariser in die Stadt zurückkehrten, hatte sie doch weiter das Gefühl, dass auf jeden Einheimischen drei Deutsche kamen. Natürlich stimmte das nicht, aber dennoch wog jede deutsche Uniform, die sie sah, so schwer für sie, dass es irgendwie doch wieder stimmte. Und unerträglich war. Offenbar aber nicht für jeden, wenn sie sich da ihre beiden Freundinnen ansah. Über Geneviève brauchte man gar nicht zu reden, aber auch Amiel … Sie tat einfach so, als gäbe es die Boches gar nicht.

»Mach es so wie ich«, hatte sie ihr gerade gestern erst wieder schelmisch lächelnd gesagt. »Sobald ich aus dem Haus gehe, schaue ich nur noch stur auf den Boden und hebe meinen Blick erst wieder, wenn ich im Krankenhaus oder bei meinem Vater in der Wohnung bin.«

Marie fragte sich, wie Amiel sich so blind stellen konnte, schalt sich aber sofort ungerecht. Sie an Amiels Stelle täte gewiss auch alles, um die Gefahr auszublenden, die von der Anwesenheit der Nazis ausging. Zwar hatten die Deutschen bisher nicht verlauten lassen, wie sie in Frankreich mit den Juden umgehen wollten, und sie hoffte natürlich genau wie Amiel, dass sie sie in Frieden lassen würden. Aber wenn nicht?

Marie hörte Geneviève über den Flur hinweg lachen, auch Amiel lachte jetzt. Wütend sprang sie von ihrem Bett auf und beschloss, zu Simon zu gehen. Wenigstens er dachte wie sie. Wenigstens er.

Als Marie das Bistro betrat, wunderte sie sich, wie voll es war: Eine ganze Traube von Männern und Frauen drängte sich um den Tresen. Als sie Marie bemerkten, verstummten sie.

»Alles gut«, rief Simon über die Köpfe hinweg. »Das ist nur Marie.«

»Trotzdem geht das so nicht«, schimpfte einer der Männer. »Welcher Hornochse hat die Tür nicht abgeschlossen? Was, wenn das jetzt jemand von der Gestapo gewesen wäre?

So landen wir schneller vor einem Erschießungskommando, als wir Piep sagen können.«

Zustimmendes Murmeln floss durch die Gruppe.

»Arthur hat recht«, sagte nun auch Simon. »Wir müssen die Tür immer wieder abschließen. Machst du das bitte schnell, Marie? Und dann komm her, jeden Moment fängt Général de Gaulle an zu reden.«

»Eine Rede von Général de Gaulle?« Hastig schloss Marie ab und schob dann auch noch den Riegel vor. Da die Tresenplätze alle besetzt waren, ging sie um den Tresen herum an Simons Seite. Direkt vor ihm stand das alte Radio. Er drehte am Lautstärkenregler. Sofort ertönte helles Rauschen, gefolgt von einem vernehmlichen Knacken.

Marie schob sich näher an Simon heran. »Woher wisst ihr, dass de Gaulle gleich spricht? Und was ist das überhaupt für ein Sender?«

»Radio Londres« Simon legte den Finger auf den Mund, und dann hörte sie auch schon die Stimme Général de Gaulles. *»Honneur et Patrie!«*

Es folgte ein fürchterliches Knacken, das die nächsten Worte de Gaulles verschluckte, aber dann ging es weiter: »Die Heerführer, die seit vielen Jahren an der Spitze der französischen Armeen stehen, haben sich zu einer Regierung zusammengeschlossen und sich an den Feind gewandt, um die Niederlage unserer Armeen zu verkünden und den Kampf zu beenden«, rief der General mit volltönender Stimme, doch dann ertrank die Verbindung erneut in Rauschen und Knacksen, bis es endlich weiterging. »Die Panzer, die Flugzeuge und die Taktik der Deutschen haben unsere Militärführer überrascht und uns dahin geführt, wo wir heute stehen. Aber ist das letzte Wort deshalb schon gesprochen? Müssen wir die Hoffnung jetzt aufgeben? Ist die Niederlage endgültig? Nein, sage ich Ihnen! Glauben Sie mir, ich weiß, wovon ich rede, und ich sage Ihnen, dass noch gar nichts für Frankreich verloren ist, denn Frankreich ist nicht allein, und deswegen können sich die Dinge noch immer zum Guten wenden. Frankreich ist nicht allein, weil es ein riesiges Imperium hinter sich hat: Das britische Imperium herrscht über das Meer, und mit ihm können wir einen Block bilden und den Kampf fortführen. Dieser Krieg ist nicht auf die Grenzen unseres unglücklichen Landes beschränkt und wird nicht durch den Kampf um Frankreich entschieden. Dieser Krieg ist ein Weltkrieg!«

Wieder knackte und rauschte es so sehr, dass sie nichts mehr hören konnten. Hektisch drehte Simon am Senderknopf, doch das Knacken und Rauschen wurde nur noch schlimmer. Dann endlich fand er den Sender wieder. »Ich, Général de Gaulle, bin derzeit in London und bitte alle französischen Offiziere und Soldaten, die sich auf dem britischen Territorium befinden oder dorthin kommen wollen, sich uns anzuschließen, egal ob sie Waffen haben oder nicht, egal, ob sie Ingenieure und Arbeiter sind. Setzen Sie sich mit mir in Verbindung. Was auch immer künftig geschehen mag, die Flamme der französischen Résistance darf nicht erlöschen, und sie wird nicht erlöschen! Lasst uns gemeinsam kämpfen, um unser Land zu retten. Es lebe Frankreich, vive la France!«

Nach Général de Gaulles Rede herrschte atemlose Stille im Bistro. Auch Marie war viel zu gefangen von seinen Worten, um etwas sagen oder auch nur denken zu können.

»Wenigstens einer, der noch nicht aufgegeben hat«, flüsterte nach einer Weile ein Junge. Klein und mager, wie er war, verschwand er fast zwischen all den Erwachsenen. Marie schätzte, dass er höchstens vierzehn war.

»Keine Sorge, auch wir haben noch nicht aufgegeben.« Simon strubbelte dem Jungen durch sein kastanienbraunes Haar und wies dann auf die Umstehenden. »Wir alle nicht, und mit Général de Gaulles Hilfe werden es noch mehr werden. Natürlich sind die Leute im Moment erst mal erleichtert, dass die grauenhaften Bombardements und das Sterben ein Ende haben, aber schon bald werden sie sehen, dass damit nichts gewonnen ist. Lass die Deutschen erst mal eine Weile hier sein. Noch spielen sie den netten, ahnungslosen Deutschen, immer höflich, immer adrett und zuvorkommend, aber so wird es nicht bleiben. Sobald sie ihr wahres Gesicht zeigen, werden wir noch mehr Unterstützer finden!«

Die anderen applaudierten und stimmten mit lautem Johlen zu. Einzig Marie und ein junger, armamputierter Mann hielten sich zurück.

»Ich würde deinen Optimismus wirklich gern teilen«, meinte sie zu Simon, »aber wenn ich mir ansehe, wie schnell sich die Pariser in den neuen Gegebenheiten einrichten …« Sie rieb sich über die Stirn. »Die Flüchtlinge kehren zurück in die Stadt, öffnen ihre Geschäfte, der Alltag kehrt wieder ein. Es ist, als würde es den meisten reichen, dass Paris aus den unmittelbaren Kampfhandlungen heraus ist. Selbst meine Freundinnen denken so, ja, Simon, sogar Amiel – als Jüdin!«

»Die meisten sehen tatsächlich nicht weiter als bis zu ihrer Nasenspitze«, pflichtete ein Mann Marie bei. Er war in Maries Alter und überragte die Anwesenden um Haupteslänge. »Hauptsache, es gibt keine angstdurchwachten Nächte im Luftschutzkeller mehr, und sie haben ihr Baguette, ihr Bett und ein Dach über dem Kopf.«

Marie musterte ihn. Sie wunderte sich, dass er nicht eingezogen worden war. Er bemerkte ihren Blick und zeigte auf seine Brust. »Herzfehler. Damit haben sie mich nicht nehmen wollen. Aber im Widerstand – da kann man auch mit einem stolpernden Herzen ganze Arbeit leisten.«

Er stellte sich ihr als Sebastien Dupont vor. Marie mochte seine Art, geradeheraus zu reden, und welches Feuer in seine grünen Augen trat, sobald er vom Widerstand sprach. »Ich denke, es ist wichtig, einen Blick auf die anderen Länder zu werfen, die die Deutschen schon besetzt haben«, fuhr er fort. »In Polen sind sie seit einem Jahr, und das, was man von dort hört, ist so grauenhaft, dass man es kaum glauben mag. Auch in Norwegen sind sie seit ein paar Tagen, auch da sollten wir beobachten, wie sich das weiterentwickelt.«

»Und was soll der Blick in andere Länder bringen?«, fragte Marie.

»Wenn wir wissen, wie sie vorgehen, kann uns das beim Planen unserer Aktionen helfen«, erklärte Simon. »Dank einem meiner Stammgäste habe ich recht viele Informationen über Polen. Maciej stammt aus Krakau, lebt aber schon ein paar Jahre hier.«

Sebastien pflichtete ihm bei. »Ja, in Bezug auf Polen ist Maciej unsere wichtigste Quelle. Er kommt natürlich auch nur begrenzt an Informationen, aber schon, was er herausgefunden hat ... Gott stehe uns bei, wenn die Deutschen das Gleiche mit uns vorhaben!«

Marie schluckte. »Was denn?«

»Als Erstes haben die Nazis in Polen sämtliche Gold- und Devisenbestände beschlagnahmt.« Sebastien rieb sich über das Kinn. »Und dann haben sie sich die Verwaltung vorgeknöpft. Alles ist da jetzt fest in deutscher Hand, und damit sich niemand darüber beschweren kann, haben sie die Pressehäuser und Rundfunkstationen geschlossen. Fortan gibt es nur noch deutsche Zeitungen in polnischer Sprache. Auch im Bildungssystem setzt sich der Kahlschlag fort: Angefangen haben sie damit, dass sie im November letzten Jahres allein in Krakau hundertdreiundachtzig Hochschullehrer verhaftet haben. Kein Mensch weiß, was sie mit ihnen gemacht haben, aufgetaucht ist jedenfalls kein Einziger mehr. Verwendung für sie hätte man sowieso keine, denn Himmler hat allen Juden und Polen verboten, eine Oberschule oder die Universität zu besuchen. Die Polen dürfen jetzt nur noch eine vierklassige Volksschule besuchen, in der das Schreiben des Namens und Rechnen bis höchstens fünfhundert und wenig mehr gelehrt wird.«

»Das darf doch nicht wahr sein!« Marie stöhnte.

»Ist es aber leider doch«, erwiderte Sebastien. »Die Polen sollen ehrlich, fleißig und brav ihre Arbeiten verrichten und ansonsten die Klappe halten.«

»Aber hier … ich habe doch gehört, wir würden in die Verwaltung einbezogen, und über die Schulen und Universitäten haben sie bisher auch nichts gesagt.«

»Noch nicht, nein«, meinte Simon. »Aber wir müssen wachsam sein. Und uns vorbereiten. Frankreich gehört nicht den Deutschen, sondern uns.«

Marie nickte.

»Heißt das«, fragte nun Sebastien, »wir können auf dich zählen?«

Marie sah ihm direkt in die Augen. »Unbedingt!« Und sie hoffte, dass Simons Gruppe auch André würde Mut machen können. *André, das hier ist nicht das Ende, wir müssen weiterkämpfen. DU musst weiterkämpfen!*

11. Kapitel

Marie – Paris – 18. Juni 1940

Genau wie Marie befürchtet hatte, war André, seit die Deutschen überall in der Stadt präsent waren, noch verzweifelter als zuvor und sprach auch nicht mehr davon, im Herbst ein Jurastudium zu beginnen. Von überhaupt nichts mehr sprach er, wollte auch nicht mehr aus seinem Bett heraus und starrte nur noch mit lichtlosen Augen die Decke an. Aber jetzt, da Marie wusste, dass der Kampf doch noch nicht zu Ende war, schöpfte sie auch für ihren Bruder wieder Hoffnung. An keinem anderen Tag war Marie bisher mit größerer Zuversicht ins Krankenhaus geeilt. Général de Gaulle – er würde die Deutschen das Fürchten lehren. Er würde Frankreich befreien. Das hier war noch lange nicht das Ende! De Gaulles Rede, seine Ziele, sein Kampfgeist ... Das würde auch André Mut machen und ihm einen neuen Sinn im Leben geben, denn auch er würde eine Rolle im Widerstand spielen können, man brauchte nicht für alles Beine. Für vieles reichte ein kluger Kopf, und den hatte André, und was für einen! In einer Woche würde er entlassen werden, und jetzt mussten sie aufhören, nur das Schlechte zu sehen. Es war an der Zeit, wieder Pläne zu machen! Eine rollstuhlgerechte Wohnung hatte sie schon gefunden. Sie lag genau zwischen ihrer und Simons Bistro. Allein beim Gedanken, wie sie André zum ersten Mal mit zu Simon und den anderen nehmen würde, pochte ihr Herz schon schneller. Die Leute, mit denen sie zusammenarbeiteten, würden ihm ausnahmslos gefallen. Und wenn er erst hörte, dass sie auch Sabotageakte gegen die Deutschen planten, würde er spüren, dass das Leben ihn sehr wohl noch brauchte. Sobald er anfing, aktiv gegen die Deutschen zu kämpfen, würde er sich nicht mehr als deren Opfer fühlen und dann auch seinen Lebenswillen wiederfinden.

Ohne der Schwester am Empfang mehr als ein kurzes Nicken zu gönnen, stürmte Marie durch die Eingangshalle des Krankenhauses, die Treppe hoch und in den ersten Stock zur orthopädischen Abteilung.

Schon von Weitem sah Marie Schwester Judith und wappnete sich dagegen, dass diese sie um die späte Stunde nicht mehr zu André lassen würde, aber dann rief ein Arzt nach der Schwester, und sie eilte in die andere Richtung davon. Schnell lief Marie weiter zu Andrés Zimmer. Sie klopfte, öffnete die Tür und schlüpfte hinein.

»André, André!« Sie sah, dass ihr Bruder schlief, und näherte sich ihm langsamer und leiser. Jemand hatte die Vorhänge zugezogen, die Abendsonne hüllte das Zimmer in ein unwirkliches Orangerot, ganz mild, ganz weich, ganz heimelig. Einer der Zimmernachbarn war am Vortag gestorben, der andere entlassen worden, sodass André den Raum im Moment für sich allein hatte. Ganz still lag er in seinen Kissen, still und verletzlich, die Decke bis zum Hals hochgezogen, in der Miene eine Friedlichkeit, die sie schon lange nicht mehr bei ihm gesehen hatte. Sie registrierte, dass sein Haar in den letzten Wochen ziemlich lang geworden war, vom militärischen Kurzschnitt jedenfalls war nichts mehr zu sehen, und auch alles andere würde irgendwann vergessen sein – bis auf die Beine. Sie sah an ihm hinab, sah, wie abrupt die Decke unterhalb der Oberschenkel heruntersackte, und spürte, wie es ihr die Brust zusammenzog. Sie trat noch näher, wollte seine Hand nehmen – und stutzte auf einmal. Die Decke ... seine Brust ... Wieso bewegte sich da nichts? Hastig berührte sie seine Wange. Die Haut war kalt. Sie riss die Decke zurück – und nein, der Brustkorb bewegte sich nicht. Sie griff nach seiner Hand. Schlaff. Leblos. Marie stieß ihn an, klopfte ihm auf die Wangen. Nichts. Sie rüttelte noch fester an ihm. Noch immer nichts. Panisch rannte sie aus dem Zimmer. »Schwester Judith, Docteur Leroc, André atmet nicht mehr!«

Sofort eilten die Schwester und schließlich auch der Arzt herbei und drängten ins Zimmer. Der Arzt fühlte Andrés Puls, hob seine Lider an – und presste die Lippen zusammen. Marie starte ihn an. »Bitte, Sie müssen doch –«

Der Arzt schüttelte den Kopf. »Es tut mir sehr leid.«

»Aber ...« Marie starrte ihn an. War einen Moment wie erstarrt, dann rannte sie zum Bett, griff nach Andrés Hand, klopfte ihm auf die Wange und schrie ihn an. »André, André!«

Schwester Judith umfasste ihre Schulter und zog sie behutsam zurück. »Er ist gegangen, Marie. Er ist nicht mehr da. Es gibt nichts, was wir tun können, um ihn zurückzuholen.«

»Aber ... aber gestern ... aber ich muss ihm doch erzählen ...« Sie fuhr zur Schwester herum, dann wieder zu André, keuchte: »Nein. Nein!«

Docteur Leroc nahm eine kleine Medikamentenschachtel von Andrés Nachttischschrank. »Wo hat er die denn her?«

»Was ist das?«, fragte Marie mit erstickter Stimme.

»Schlaftabletten«, sagte Docteur Leroc. »Keine Ahnung, wie er da rankommen konnte, im Krankenhaus haben wir jedenfalls andere.«

»Er ... er hat sich ...« Maries Stimme brach. »Er ist nicht von selbst gestorben?«

»Nein«, meinte Docteur Leroc. »Er hat sich das Leben genommen.«

Nach Andrés Tod war Marie wie im Schock. Sie konnte nicht verstehen, wie André sie hatte alleinlassen können.

André. Ihr André ... Der Mensch, den sie von klein auf umsorgt und verhätschelt hatte. Den sie mehr als alle anderen liebte. Sie hatte doch getan, was sie nur konnte, um ihm das Leben wieder lebenswert zu machen. Wie hatte er da gehen können?

Ihre Eltern wollten, dass Marie Andrés Leiche in den Süden bringen ließ, damit sie ihn in Riscle, dem Dorf in der Freien Zone, in das sie geflüchtet waren, beisetzen konnten. Doch trotz Genevièves und Amiels eifriger Unterstützung bekam Marie nicht die nötigen Genehmigungen und setzte ihn schließlich im Familiengrab in Paris bei. Sie erledigte alles wie fremdgesteuert, stumpf, fassungslos wie eine Marionette, bei der jemand anderer an den Fäden zog. Auch als sie seinen Leichnam mit Geneviève, Amiel und den wenigen Freunden, die in Paris waren, zu Grabe trug, begriff sie noch nicht, wie das hatte sein können. Sie stand vor dem Grab und hatte das Gefühl, sich selbst dabei zuzusehen, wie sie hier stand. Als würde das alles nicht ihr passieren, sondern als sähe sie es nur in einem Film, in dem sie bizarrerweise eine Rolle spielte. Auch als der Priester sie aufforderte, die Schaufel zu nehmen und Erde in Andrés Grab zu streuen, schaffte sie es nicht, ins Jetzt zurückzukehren und zu tun, was er von ihr erwartete. Sie konnte es einfach nicht. Als er sie ein zweites Mal aufforderte, und Marie noch immer nicht reagierte, nahm Geneviève ihre Hand, führte sie und trat dann mit ihr zurück, um den anderen Platz zu machen.

Auch die folgenden Tage fühlte Marie nichts als Taubheit und Unverständnis, was sich erst änderte, als sie eines Abends ins Bett gehen wollte und sich an einem Stuhl den kleinen Zeh stieß. Der Schmerz, den sie dabei empfand, war so gewaltig, so allumfassend, dass er ihr durch den ganzen Körper fuhr. Plötzlich zerriss ihre Taubheit und brachte ihr Herz zum Bersten. Und dann kamen die Tränen, so viele, viele Tränen. Und so viel Kummer und Leid. Oh, André. André. André!

12. Kapitel

Marie – Paris – 26. Juni 1940

Mit einem gezielten Tritt kickte Marie die Wohnungstür zu und ging gleich weiter in die Küche. Wie sie gehofft hatte, saßen Amiel und Geneviève noch beim Abendbrot. Sie sank auf ihren Stuhl und präsentierte ihnen das Flugblatt, das Simon, sie und zwei weitere Freunde hatten drucken lassen. »Jetzt können alle Général de Gaulles Radiorede lesen. Ein paar Freunde haben die Flugblätter auch in den Vororten von Paris verteilt.«

Geneviève nahm ihr das Flugblatt ab und las vor: *»A tous les Français. Frankreich hat eine Schlacht verloren, aber Frankreich hat nicht den Krieg verloren.«* Das Weitere las sie nur noch stumm – bis sie ans Ende von de Gaulles Rede kam. *»Unser Land ist in Lebensgefahr. Lasst uns gemeinsam kämpfen, um es zu retten. Es lebe Frankreich, vive la France! – Générale de Gaulle.«* Kopfschüttelnd ließ sie das Blatt sinken. »Ich nehme an, dir ist klar, was die Boches mit dir machen, wenn sie dich damit erwischen.«

»Das wird schon nicht passieren.« Marie goss sich ein Glas Wasser ein und leerte es in einem Zug. »Außerdem darf man so nicht denken. Andere beweisen viel mehr Mut: Wir haben vorhin erfahren, dass Général de Gaulle gestern Abend in London das Komitee *France libre* gegründet und neue Streitkräfte zusammengezogen hat, die *Forces françaises libres.* Er selbst wird das Nationale Verteidigungskomitee leiten.«

»Auch wenn ich seinen Mut bewundere – das ist Hochverrat. Dafür werden sie ihn zum Tode verurteilen.« Geneviève wies mit dem Kinn zu dem Flugblatt. »Und wenn du dich da reinziehen lässt, wirst du ebenfalls hingerichtet werden. Mensch, Marie, denk doch auch mal an deine Eltern. Sie haben gerade erst ein Kind verloren.«

»Und ich einen Bruder.« Obwohl Marie es nicht wollte, kamen ihr die Tränen. Trotzig wischte sie sie weg. »Und gerade deswegen muss ich es tun, Geneviève. Das bin ich André schuldig.«

»Nein, Marie, das bist du nicht.« Geneviève drückte kurz Maries Arm und fuhr mit belegter Stimme fort: »Ich weiß, wie sehr du André geliebt hast, und verstehe, wie schwer das für dich ist, aber er wird nicht wieder lebendig, nur weil du dein Leben wegwirfst. Außerdem können wir sowieso nichts ausrichten. Wir sind nur winzige Zahnrädchen, und es ist völlig egal, in welche Richtung wir uns drehen. Die großen Zahnräder drücken uns sowieso sofort zurück.«

»Vielleicht, vielleicht aber auch nicht.« Marie tippte auf das Flugblatt. »Vor einer Woche waren wir in Simons Bistro nur eine Handvoll Leute, inzwischen sind wir dreißig – macht dreißig Zahnrädchen, die sich in die andere Richtung drehen. Und am Ende werden wir so viele sein, dass wir die Richtung bestimmen, in die sich alles dreht.«

»Und wenn nicht? Tragen Amiel und ich dann auch dich noch zu Grabe?«

Marie erhob sich, ging zum Küchenfenster und drehte sich kurz darauf wieder zu Geneviève um. »Zumindest in diesem Punkt kann ich André verstehen: Das Leben lohnt sich nur, solange man es auch als lebenswert empfindet – oder zumindest die Hoffnung hat, dass es das wieder werden kann. Leider kam ich zu spät, um André neue Hoffnung zu machen, aber in mir pocht sie weiter, und zumindest kann ich sie nun vielleicht noch anderen machen. Geneviève, schon in der kurzen Zeit, in der die Deutschen hier sind, haben sie unserer Stadt komplett ihren Stempel aufgedrückt: Überall starren einen ihre Wegweiser mit diesen unaussprechlichen Endloswörtern wie *Ortskommandantur* und *Heerkraftfahrpark* an, statt der Trikolore flattert überall die Hakenkreuzfahne, unsere Uhren gehen eine Stunde vor, und in der ganzen Stadt gibt es kein Café oder Bistro mehr, in dem nicht an mindestens einem Tisch deutsche Soldaten sitzen.«

»Aber immerhin lassen sie uns in Ruhe«, meinte Amiel.

»In Ruhe.« Marie sah sie an. »Reicht dir das? Wie eine Maus an ihnen vorbeizuhuschen und zu hoffen, dass sie dir nichts tun?«

»Aber was sollen wir denn machen, wenn selbst unsere ganze Armee nichts gegen sie ausrichten konnte?«

»Wenn wir genug sind, werden wir sehr wohl etwas ausrichten können. Wir – nicht du, Amiel. Du solltest jetzt nur eines tun: endlich in die Freie Zone fliehen. Geh nach Perpignan oder nach Marseille oder noch besser nach Spanien. Dein Vater hat recht, Amiel, das wird hier jeden Tag heißer für die Juden. Simon hat einen polnischen Freund in der Stadt, der zusammen mit ein paar anderen Leute in den Süden schmuggelt. Er sagt, je länger man wartet, desto schwieriger wird es, und dass das, was in Deutschland und in Polen mit den Juden passiert, auch hier passieren wird.«

»Das ist doch alles nur Gerede.« Geneviève krauste die Stirn. »In Wahrheit weiß kein Mensch, was genau dort passiert.«

»Auf alle Fälle wissen wir, dass die Deutschen Rasseschandegesetze, Berufsverbote für Juden und ich weiß nicht, was sonst noch alles, erlassen haben, um die Juden zu unterdrücken. Außerdem wissen Maciej und Simon aus zuverlässiger Quelle, dass in diesem Jahr in Deutschland und in Polen schon Tausende Juden unter fadenscheinigen Gründen in irgendwelche Lager gesteckt worden sind, und es gibt keinen vernünftigen Grund zu glauben, dass sie die Juden hier in Ruhe lassen werden.«

»Aber ich bin doch hier aufgewachsen, wie du, wie Geneviève.« Amiels Hände glitten an ihren Wangen herab. »Außerdem bin ich Ärztin, und Ärzte braucht man immer …«

»Als der Pöbel im vorletzten Herbst in Berlin, München und Frankfurt jüdische Geschäfte und Häuser gestürmt hat, waren unter den Toten und Verletzten sicher auch Ärzte. Und auch sie waren in Deutschland geboren und aufgewachsen. Amiel, je mehr ich höre, was Simon und die anderen herausfinden, desto mehr Angst bekomme ich vor dem, was da auf uns zurollt. Wenn ich das alles schon vor ein paar Monaten gewusst hätte, hätte ich dich da schon gedrängt, von hier wegzugehen. Dein Beruf wird dich nicht schützen, nichts wird dich schützen!«

»Aber wo soll ich denn hin? Und wer kümmert sich dann um meinen Vater?«

»Ich«, sagte Marie. »Und ich werde mich um ihn kümmern, als wäre er mein eigener. Außerdem weißt du genau, wie froh gerade er wäre, wenn er dich in Sicherheit wüsste.«

»Und wenn Marie sich mit ihrer großen Klappe ins Gefängnis gebracht hat, bin ich auch noch da.« Geneviève feixte.

Marie warf ein Küchenhandtuch nach ihr. »Hilf mir lieber, sie zu überzeugen, statt sie noch mehr zu verunsichern.«

»Also gut«, meinte Amiel. »Ich denke darüber nach, ob ich nicht doch weggehe. Jetzt, da wir keine Verletzten mehr von der Front bekommen und immer mehr Flüchtlinge in die Stadt zurückkehren, haben wir auch nicht mehr einen solchen Ärztemangel im Krankenhaus. Dann hätte ich zumindest nicht auch noch deswegen ein schlechtes Gewissen.«

»Ich kann Maciej also fragen?« Marie nahm Amiels Hände.

Amiel drückte ihre Hände – und nickte.

13. Kapitel

Marie – Paris – 18. Juli 1940

»Bist du sicher, dass das hier das richtige Haus ist?« Skeptisch blickte Amiel zu dem dreistöckigen Wohnhaus hoch. Es wirkte unbewohnt und völlig verwahrlost. Die Klappläden vor den Fenstern waren geschlossen, die im Erdgeschoss sogar zusätzlich von außen mit Brettern zugenagelt, und aus keinem der Läden schimmerte der geringste Lichtschein. Marie ging unter die Straßenlaterne auf der anderen Straßenseite und kontrollierte noch einmal die Zahl, die sie sich auf ihrem Zettel notiert hatte. Die Hausnummer stimmte, und die Straße sowieso, auch wenn sie diese aus Sicherheitsgründen nicht ebenfalls schriftlich fixiert hatte. Sie wischte sich über die Stirn und den Nacken. Es war heiß, selbst jetzt, in der Nacht, war die Stadt noch ein Brutofen, und ihre Nervosität machte es nicht besser. Sie ging zurück zu Amiel, klopfte noch einmal wie vereinbart an die Tür und wartete erneut. Plötzlich öffnete sich eines der oberen Fenster einen Spaltbreit, und das Zwitschern eines Vogels erklang. Marie stieß Amiel triumphierend in die Seite und rief: »Ich liebe Xavier!« – ganz wie es vereinbart worden war.

Nur wenige Sekunden später öffnete sich die Haustür. Ein Mann warf einen schnellen Blick in die Straße.

»Es ist uns niemand gefolgt«, flüsterte Marie. »Bestimmt nicht.«

»Dann rein mit euch!« Er ließ sie eintreten, schloss die Tür und zog einen dicken schwarzen Vorhang davor. Erst anschließend zündete er eine Öllampe an.

»*Bon soir*, ich bin Maciej.« Er lächelte Marie an und reichte ihr die Hand. Sie war so riesig, dass ihre darin regelrecht verschwand. Bisher hatte sie Simon und die anderen immer nur von Maciej erzählen hören, jetzt stand sie ihm zum ersten Mal gegenüber. Er überragte sie fast um Haupteslänge, hatte breite Schultern und strotzte überhaupt vor Kraft. Sein Gesicht war markant, kantig fast, ein Eindruck, der durch die leicht verschobene Nase noch verstärkt wurde. Marie nahm an, dass sie einmal gebrochen gewesen war, vielleicht das Ergebnis eines Faustschlags, denn auch sonst wirkte er ein bisschen wie ein in die Jahre gekommener Boxer. Marie nahm an, dass er mindestens zehn Jahre älter als sie war. Durch seine schwarzen Haare zogen sich die ersten silbernen Strähnen. Am meisten mochte sie seine Augen: ein intensives, dunkles Blau, ein offener, freundlicher Blick. »Du bist Marie, nehme ich an?«

Marie nickte. Anschließend begrüßte er Amiel.

»Ich bin euch so dankbar, dass ihr mir helfen wollt«, rief Amiel.

Maciej wies zum Nebenzimmer und ging voran. Auf dem Boden des kahlen Zimmers saß ein junger, schlaksiger Mann. Er hatte dunkle, fast schulterlange Locken, eine Nickelbrille, rehbraune Augen und lange, schlanke Hände. Den Kopf weiter gegen die Wand gelehnt, zwinkerte er ihnen zu. *»Salut.«*

Die Hände knetend blieb Amiel an der Eingangstür stehen und sah zwischen Maciej und dem jungen Mann hin und her. »Ich ... ich finde es unglaublich, dass ihr so viel riskieren wollt, nur um mir zu helfen, in die Freie Zone zu kommen!«

»Wegzugehen ist auf alle Fälle die richtige Entscheidung. Ihr habt schon mitbekommen, dass heute noch mehr Gesetze gegen nicht französischstämmige Juden erlassen wurden, oder?«

»Ja, und wieder von unserer eigenen Regierung.« Marie seufzte. Schon vor einer Woche hatte es die ersten Gesetze gegen ausländische Juden gegeben, jetzt aber waren sie noch einmal verschärft worden: Fortan durften nur noch die Juden im öffentlichen Dienst beschäftigt werden, die einen französischen Vater nachweisen konnten – und gewiss war dies nicht die letzte Verschärfung. »Ich bin heilfroh, dass sich Amiel endlich in Sicherheit bringt!«

»Alle ausländischen Juden sollten spätestens jetzt die Flucht ergreifen«, meinte auch Maciej und wies mit dem Kinn auf den jungen Mann mit der Nickelbrille. »Auch Arthur.«

»Jetzt fang nicht schon wieder damit an«, schimpfte der Angesprochene. »Immerhin ist meine Familie schon seit über fünfzig Jahren eingebürgert, und nur meine Mutter ist Jüdin.« Er musterte Amiels Kleidung und ihre Schuhe. »Die Hose ist gut für die Flucht und praktischer als ein Rock, aber mit dem Schuhwerk wirst du nicht weit kommen.«

»Keine Sorge, im Rucksack habe ich feste Schuhe«, erwiderte sie. »Die hier hatte ich nur für den Weg zu euch an. Ich dachte, die Wanderschuhe wären zu auffällig für einen Stadtspaziergang.«

Marie kannte die Schuhe. Es waren bequeme Wanderschuhe mit einer robusten Verschnürung. Früher waren Amiel und sie am Wochenende oft in der Nähe von Rouen oder Beauvais wandern gegangen. Auf einmal hatte sie das Gefühl, dass dies »früher« so weit zurücklag, als wäre es das Leben einer anderen. Würden sie je wieder solche Zeiten erleben? Wie sehr sie die Wanderungen immer genossen hatten, die Zeit zu zweit, die Nächte im Wald, am Lagerfeuer ... Und zugleich waren es Zeiten gewesen, in denen man einfach tun und lassen konnte, wonach einem das Herz stand, ohne Bomben, ohne Boches, ohne Angst ...

»Also, meine Lieben«, brummte Maciej. »Los geht's.«

Marie rieb Amiel über den Rücken. »Alles wird gut. Immerhin weißt du schon, wo du in Marseille unterkommen kannst, und dann bringen sie dich weiter nach Spanien.«

»Als Ärztin ist man immer und überall willkommen«, meinte Maciej.

»Und wenn dieser Albtraum zu Ende ist, kommst du wieder. Wir sind nämlich nicht nur die drei Unbesiegbaren, sondern auch die drei Unzertrennlichen.« Marie zwinkerte ihrer Freundin zu. »Also in niemanden verlieben da unten, hörst du?«

Amiel schossen die Tränen in die Augen. Sie umarmte Marie, und Marie erwiderte ihre Umarmung mit der gleichen Innigkeit, und es fiel ihr schwer, sie wieder loszulassen.

»Ich komme noch mit bis in den Hof«, sagte Marie und behielt den Arm um Amiels Schulter, wie diese sich auch an ihr weiter festhielt. Marseille ... Spanien ... und das in diesen Zeiten. Auch wenn sie es nicht aussprachen, ja, nicht einmal denken wollten, wussten sie beide, wie viel auf diesem Weg passieren konnte, und niemand konnte sagen, ob sie sich je wiedersehen würden.

Marie und Amiel folgten Maciej. Er führte sie durch den Hinterausgang in den Hof, wo schon zwei weitere Flüchtlinge warteten. Sie saßen im Schneidersitz auf dem Boden. Es waren zwei junge Männer, Brüder, wie Marie annahm, denn sie ähnelten einander sehr. Als sie sie bemerkten, erhoben sie sich und gingen mit ihren Rucksäcken zum Wagen, der vor dem Hoftor geparkt war. Maciej machte sie kurz miteinander bekannt. Auch die beiden jungen Männer waren Juden.

»Arthur und ich fahren euch bis nach Orléans«, erklärte Maciej danach weiter. »Und ab da übernehmen euch Freunde von uns für die weitere Reise nach Marseille.«

Amiel nickte und machte eben Anstalten einzusteigen, als jemand von außen gegen das Hoftor donnerte. »Aufmachen!«, schallte es auf Deutsch zu ihnen in den Hof, und direkt danach: *»Ouvrez tout de suite!«*

»Merde«, zischte Maciej. Er wedelte hektisch mit der Hand und scheuchte sie zurück in Haus. Hastig und möglichst geräuschlos huschten sie hinein. Kaum waren sie dort, hörten sie, wie jemand gegen die Haustür donnerte. »Sofort aufmachen!«

»Verdammt!«, knurrte Maciej, »sie sind auf beiden Seiten.«

Dann bollerte etwas gegen die Haustür. Die Tür ächzte in ihren Angeln.

»Sie haben einen Rammbock.« Maciej fluchte. »Los, Treppe hoch, die Tür kann jeden Moment nachgeben, dann sind sie drin.«

Mit fliegenden Schritten eilten sie, Maciej voran, die Treppe hoch. Oben stieß er die Tür auf und lief über den Dachboden zu einer Luke, an der eine Leiter lehnte. Sie kletterten hinaus.

»Und jetzt ganz vorsichtig nach rechts, aufs nächste Dach.« Maciej scheuchte sie weiter und half ihnen zusammen mit Arthur hinüber. Als Marie auf das Dach trat, rutschte sie auf dem glatten Zink fast aus. Im letzten Moment packte Maciej sie bei der Hand und half ihr, ihr Gleichgewicht wiederzufinden.

»Geht es wieder?«, fragte er.

Marie nickte.

»Dann weiter!«, wisperte er ungeduldig. »Wir müssen acht Dächer weiter, da wohnen Freunde von uns. Durch deren Haus können wir zurück auf die Straße.«

Alle hetzten weiter. Marie wusste, von welchem Haus er sprach, es lag ein gutes Stück weiter die Straße hoch, direkt hinter der Kurve. Wenn sie Glück hatten, waren die SS oder die Gestapo oder wen immer sie da vor der Tür hatten, noch eine Weile damit beschäftigt, Tür und Tor aufzubrechen,

Zeit, die ihnen blieb, um unbemerkt in dem anderen Haus zu verschwinden.

»Schnell, schnell!«, herrschte Maciej sie an.

Marie rannte und kletterte, rannte und kletterte und versuchte, nicht nach unten zu sehen. Sie musste an Geneviève denken. Von Anfang an war sie gegen diese Flucht gewesen. Hatte nichts davon wissen, nichts davon hören wollen. Noch nicht einmal von Amiel verabschiedet hatte sie sich. Allerdings hasste sie Abschiede sowieso; das traf ihren weichen Kern, den sie so gern verbarg. Aber eher wäre Geneviève nackt über die Champs-Élysées gelaufen, als es zuzugeben. Und wie sie gezetert hatte, dass sie im Gefängnis landen würden, sie alle drei. »Wenn eine von euch erwischt wird, sind wir doch alle dran!«

Marie wagte nicht daran zu denken, dass genau dies nun tatsächlich passieren könnte.

»Schneller, Marie, schneller!« Maciej riss sie regelrecht über eine Brandmauer. »Die Gestapo kann jeden Moment auf unserem Dach erscheinen!«

Marie wusste selbst, welche Folgen das hätte. Eine heiße Welle der Angst jagte durch ihren Körper.

Endlich erreichten sie das letzte Dach. Maciej zog eine Luke auf, ließ sie auf den Dachboden springen und jagte sie die Treppe herunter. Im Erdgeschoss stolperten sie fast über eine junge Frau. Sie sah sie erschrocken an, wirkte aber nicht überrascht.

»Schließ den Dachboden ab«, rief Maciej ihr zu, dann eilte er zur Tür, schaute hinaus und schloss sie wieder. »Wir gehen jetzt im Abstand von einer halben Minute nacheinander hier heraus. Haltet euch links, dann kommt eine Weggabelung. Die Ersten gehen nach rechts, die Nächsten nach links. Ab sofort muss jeder selbst zusehen, wie er zurechtkommt. Wenn wir zusammenbleiben, fallen wir noch mehr auf.«

Alle nickten und versuchten, nach dem anstrengenden Klettern über die Dächer wieder zu Atem zu kommen.

Maciej wies auf Amiel und Marie. »Ihr beiden geht als Erste.« Er nahm Amiel den Rucksack ab. »Du kriegst ihn später wieder. Damit fällst du zu sehr auf.« Dann lugte er auf die Straße und sah sie wieder an. »Bereit?«

Marie und Amiel huschten auf die Straße. Kurz bevor sie losliefen, packte Maciej Marie noch einmal an der Schulter. »Gemach, gemach!«

»Ist gut«, hauchte Marie und ging langsam.

Sie hielten sich links und blickten sich alle paar Meter um. Schließlich japste Amiel: »Marie, da hinten kommen zwei Männer. Was, wenn sie das sind?«

Marie hakte Amiel unter und zog sie weiter. »Nicht mehr nach hinten sehen«, raunte er ihr zu. »Das macht uns nur verdächtig. Und nicht stehen bleiben.«

Trotzdem wurden auch Maries Schritte immer langsamer, und Amiel schien kaum noch die Füße vom Boden zu bekommen. Marie zwang sich, auch selbst nur noch nach vorn zu schauen. Auf einmal stutzte sie. »Sag mal, hier in der Nähe ist doch das *Chez Lulu,* oder?«

Amiel hob den Blick. »Ja, da vorn rechts und zwei Straßen weiter. Aber ich kann mir nicht vorstellen, dass Geneviève uns dort mit der Gestapo im Schlepptau sehen will.«

»Wir wollen ja nicht dortbleiben, sondern gleich wieder durch den Hinterausgang rausgehen. Damit sollten wir unsere Verfolger abhängen können.«

Kurz darauf kamen ihnen zusätzlich auch noch drei Männer von vorn entgegen. Im Licht einer Straßenlampe war zu sehen, dass sie SS-Uniformen trugen.

»O mein Gott«, zischte Amiel. »Kommen die denn jetzt von allen Seiten? Die suchen uns, Marie, die suchen uns!«

»Scht«, machte Marie. »Wir sind ja fast da.«

Sie hakte Amiel noch fester unter, ging stoisch weiter auf die Soldaten zu. Als sie noch zwei Schritte vom Eingang des *Chez Lulu* entfernt waren, zeigte einer der drei auf sie. Blitzschnell riss Marie Amiel am Arm und zerrte sie mit sich ins Theater.

Der Vorführungssaal des Varietétheaters war brechend voll: Nicht nur die Tische im Zuschauerraum waren bis zum letzten Platz besetzt, sondern auch an den Säulen und an den Wänden des Saales drängten sich die Gäste bis zur Bühne hin. Der Saal bebte vor Euphorie, die Männer klatschen sich auf die Schenkel und den französischen Animierdamen auf den Po und johlten und jubelten zum Cancan der Tänzerinnen. Alle waren in ausgelassener Stimmung, die Musik dröhnte durch den Raum. Ungläubig starrte Marie auf die Menge an deutschen Soldaten, SS- und Gestapoleuten und hatte das Gefühl, im falschen Film zu sein. Eben waren sie noch vor der Gestapo geflohen und hier waren sie mitten unter ihnen. Selbst in ihren schlimmsten Albträumen hatte Marie noch nie so viele deutsche Soldaten auf einmal gesehen.

»Und jetzt?«, fragte Amiel, die ebenso verwirrt und ratlos wirkte, wie auch Marie sich fühlte. »Wie finden wir den Hinterausgang?«

»Keine Ahnung.« Marie schaute zurück zum Eingang. Noch war von den drei Männern nichts zu sehen. Sie ballte die Hände zu Fäusten.

»Wir müssen hier raus. Gigi reißt uns den Kopf ab, wenn sie uns hier entdeckt«, drängte Amiel sie. Plötzlich krallten sich von hinten spitze Fingernägel in Maries Arm, und noch ehe sie recht wusste, wie ihr geschah, wurden Amiel und sie nach rechts geschoben, von da in einen Gang und direkt weiter in eine Garderobe.

»Merde, merde, merde!«, zeterte Geneviève. »Was tut ihr denn hier? Ist das Marseille, he? Ist das Marseille?«

»Wir sind aufgeflogen.« Kleinlaut machte sich Marie von Genevièves Klammergriff frei. »Bitte, Gigi, wir wollten nur durch die Hintertür auf die andere Straßenseite gelangen. Zeig uns den Weg, dann bist du uns sofort wieder los.«

»Warum bittet ihr mich nicht gleich um ein Flugzeug?« Geneviève blitzte sie zornig an. »Verdammt, warum müsst ihr ausgerechnet hierherkommen, wenn ihr auffliegt?«

»Weil ... weil wir direkt um die Ecke waren«, stotterte Marie. »Und weil wir irgendwo hinmussten. Wo hätten wir denn sonst untertauchen sollen?«

Geneviève sah sich gehetzt um, und erst jetzt gewahrte Marie, wohin ihre Freundin sie gebracht hatte: in einen Umkleideraum. Sie sah, wie Geneviève mit fliegenden Fingern die Kleider durchging, die auf der rechten Seite an einer Kleiderstange hingen, die Straßenkleider der Tänzerinnen, wie Marie annahm. Schimpfend ließ Geneviève von ihnen ab, suchte auf der anderen Seite weiter und wandte sich ihnen dann wieder zu, und das noch unzufriedener als zuvor. »O Mann, ihr seid bescheuert, ihr seid so was von bescheuert, ausgerechnet hierherzukommen. Jetzt guckt euch doch mal an! Kein normaler Mensch geht mit solchen Klamotten in ein Varietétheater. Da draußen fallt ihr auf wie der Bär im Hühnerhof!«

»Wir wollten ja auch nur zum Hinterausgang«, knurrte Marie.

»Aber der ist um diese Uhrzeit zu, ihr dummen Hühner! Luc will nicht, dass die Mädels dort mit den Deutschen rumturteln, und die Fenster hier hinten sind alle vergittert. Verdammt, Marie, es gibt um diese Uhrzeit keinen anderen Ausgang als den Haupteingang.« Wutentbrannt eilte Geneviève hinaus und kam kurz darauf um einiges blasser zurück. »Da sind drei SS-Männer im Theater. Und sie fragen nach euch.«

14. Kapitel

Malou – heute

»Das mit dem Eine-Wahl-Haben stimmt so nicht. Leider hat man nicht immer eine Wahl.« Malou sagte es bewusst leise, bewusst sanft; sie wollte Josephine nicht erneut gegen sich aufbringen, nur reden wollte sie. Die letzten Minuten hatten sie beide geschwiegen, doch die Stille tat ihr nicht gut. Sie legte sich ihr aufs Gemüt, brachte ihr Herz zum Rasen. Malou rieb sich über den Hals; die Enge in der Brust, das Rasen wurde trotzdem stärker. Sie ließ sich am glatten Metall der Aufzugswand entlang zu Boden rutschen, atmete ruhig ein und aus, ein und aus. Das Rasen nahm weiter zu. Atmen. Ein – aus. Ein – aus. Ein – aus.

»He, was wird das?«, knurrte Josephine. »Der Geburtsvorbereitungskurs findet drei Häuser weiter statt.«

Malou schloss die Augen. Atmen. Ein – aus. Ein – aus. Ein – aus. Das Herzrasen wurde trotzdem schlimmer. Wie aus weiter Ferne hörte sie Josephine wettern, aber das Klopfen ihres Herzens war so übermächtig, dass nichts anderes mehr zu ihr durchrang, obwohl sie versuchte, sich weiter auf ihre Atmung zu konzentrieren. Angst kroch in ihr hoch, eine unbestimmte, diffuse Angst, feige und hinterlistig und so schwer zu packen wie ein Fisch im Wasser. Schon seit Jahren hatte sie keine Panikattacke mehr gehabt, und sie wollte verflucht sein, gerade hier mit dieser Josephine auf diesem engen Raum ... Atmen! Atmen! Ein–aus-ein-aus-ein-aus!

Plötzlich spürte sie eine Hand auf ihrem Arm. Erschrocken öffnete sie die Augen.

»He, ruhig, ruhig!«, hörte sie Josephine murmeln. Sie kniete direkt vor ihr und begann, ihr über den Arm und die Schulter zu streichen, dann legte sie ihr eine Hand auf die Brust und die andere auf den Bauch. Zuerst wollte Malou die Hände wegschieben, aber wie immer, wenn sie so ein Anfall packte, konnte sie sich nicht bewegen, nur sitzen, starren – und der Angst entgegenatmen. Je länger die Hände auf ihrer Brust und ihrem Bauch lagen, desto mehr spürte sie, wie sich von diesen Ruhe auf sie übertrug, ihre Atmung besänftigte. Langsam ließ die Angst sie aus ihren Klauen.

»Danke«, keuchte sie. »Danke!«

Sie sah zu Josephine. Diese hatte die Augen geschlossen und war ganz auf das konzentriert, was sie tat. Malou ließ ihren Atem entweichen, lang und wie befreit, spürte Erleichterung, Erlösung gar, schloss dann auch selbst wieder die Augen und gab sich noch eine Weile diesem wohltuenden Strom von Ruhe und Gleichklang hin. Erst als Josephine die Hände von ihr gleiten ließ, blickte sie wieder auf.

»Danke«, sagte sie noch einmal. »Vielen Dank!«

»Schon gut.« Josephine schob sich auf ihren alten Sitzplatz zurück. »War ja in meinem eigenen Interesse. Wer weiß, was du in deinem Panikanfall am Ende angestellt hättest.«

Malou war sich nicht sicher, aber sie hatte das Gefühl, dabei ein belustigtes Aufblitzen in Josephines Augen zu sehen.

»Auf alle Fälle war es wirkungsvoll.« Sie atmete lange und erleichtert durch den geöffneten Mund aus. »Was ... wie hast du das gemacht?«

»Reiki.« Josephine zuckte mit den Achseln. »Na ja, so eine Art Reiki jedenfalls.«

»Hast du das richtig gelernt?«

»Nur ein paar Kurse gemacht.« Josephine hob die Arme. »Eigentlich male ich.« Überall waren Farbpunkte zu sehen. Am Unterarm auch ein langer gelber Strich.

Malou musste grinsen. »Malst du nur dich oder auch Leinwände an?«

Auch über Josephines Gesicht huschte ein Grinsen. »Tja, irgendwie war heute nicht mein Tag. Und dann kamst du noch und hast mir den Rest gegeben.«

Obwohl es ein Vorwurf war, schwang kein Groll in Josephines Stimme mit.

»Ja, ist nicht so gelaufen, wie ich es gern gehabt hätte«, musste Malou zugeben.

»Was nicht heißt, dass du wieder damit anfangen musst«, gab Josephine hastig zurück. Sie drehte sich um und drückte kurz, aber nachdrücklich auf den Alarmknopf über ihrem Kopf.

»Schon gut, ich sag ja gar nichts mehr.«

Josephine nahm wieder ihren alten Platz ein. »Kriegst du diese Panikattacken öfter?«

»Eigentlich schon länger nicht mehr. Nicht mehr seit ... seit meine Mutter gestorben ist. Sie ... Es war schwierig mit ihr. Sie war nicht in Ordnung, also psychisch meine ich, nichts lief in ihrem Leben und rund schon gar nicht. Und wenn wieder einmal etwas schiefgegangen war, dann machte sie einem Vorwürfe, ganze Kübel von Vorwürfen konnte sie über einem auskippen. Als wäre man schuld daran. Auch wenn man das eigentlich gar nicht war. Und wenn sie endlich alles losgeworden war, schwieg sie. Endlos. Meine Güte, wie sie schweigen konnte ... Das war noch so viel schlimmer als die Vorwürfe. Und irgendwann haben dann meine Panikattacken angefangen.«

»Mmh«, machte Josephine, und dann noch mal: »Mmh.« Sie lehnte den Kopf an die Aufzugswand, schloss die Augen und schien sich entspannen zu wollen.

»Ich … ich will mich nicht über sie beschweren. Sie war trotzdem eine sehr liebevolle Mutter, aber wenn sie ihre dunklen Momente bekam …«

Josephine öffnete ein Auge – »So genau wollte ich es gar nicht wissen.« – und schloss es wieder.

Malou verstummte. Erst als das Schweigen wieder übermächtig zu werden drohte, fing sie erneut an zu sprechen. »Und deine Mutter? Wie war die?«

Josephine öffnete die Augen – »Ich war zwölf, als sie sich vor einen Zug geworfen hat.« – und schloss sie wieder.

15. Kapitel

Marie – Paris – 18/19. Juli 1940

»Wie, die fragen nach uns?« Marie sah erschrocken zu Geneviève.

»Was weiß ich denn. Auf alle Fälle schieben sich da draußen drei SS-Männer durch die Gäste, die vor eurem Eintreffen noch nicht da waren, und stellen Fragen.« Geneviève rieb sich hektisch über die Stirn. »So einfach kommt ihr nicht wieder raus, und in der Garderobe könnt ihr auch nicht bleiben. Nach dem Cancan stürmen hier die ganzen Tänzerinnen rein.«

»Dann stellen wir uns«, sagte Amiel leise.

»Und reißt mich gleich mit ins Unglück?« Geneviève blies die Backen auf, stürmte wieder zu den Kleiderhaken und warf Amiel ihre eigene weiße Bluse und Marie ihren engen schwarzen Rock zu. »Na los, anziehen! Nicht ideal, aber zumindest weniger auffällig als Amiels Wanderkluft und dein Lehrerinnengrau.«

»Lehrerinnengrau?«, empörte sich Marie, aber Geneviève blitzte sie so wütend an, dass sie einfach nur tat, was sie ihr aufgetragen hatte. Genevièves Rock war ihr zu eng. Sie bekam den Reißverschluss zwar geradeso zu, aber in den Bauch atmen durfte sie nicht mehr. Amiel dagegen ertrank regelrecht in der Bluse, die zu der derben Hose überdies ziemlich albern aussah.

Wieder fuhr Geneviève herum, durchwühlte die Röcke einer Kleiderstange und warf Amiel schließlich einen schwarzen Bühnenrock zu, der nicht zu auffällig war und somit als Ausgehrock durchgehen konnte. Und schließlich fand sie in ihrem Fundus auch noch ein paar schwarze hochhackige Schuhe für sie. »Wenn sie zu groß sind, stopf Papiertücher vor die Zehen – oder mach künftig nicht so einen Mist wie den hier.«

Anschließend schnappte sie sich Haarklemmen und Lippenstift und zauberte ihnen in rasender Geschwindigkeit Hochfrisuren und hell leuchtende Lachmünder. »Und jetzt raus hier!«

Als sie zurück in die Menge traten, sah Marie, dass Geneviève recht hatte: Die drei SS-Männer, auf die sie eben zugegangen waren, strichen suchend durch die Menge. Geneviève trieb sie nach links, wo das Piano stand und die Musiker gerade die letzten Töne des Cancans anschlugen. Die Tänzerinnen auf der Bühne sprangen in einen Spagat und verbeugten sich vor ihrem Publikum. Unter dem Jubel der Zuschauer und mit vielen Verbeugungen verließen sie die Bühne. Ein Mann in einem eleganten schwarzen Anzug eilte auf Marie und ihre Freundinnen zu. Marie erschrak, doch der Mann hatte nur Augen für Geneviève. »Verdammt, wo steckst du denn? Du bist dran!«

»Bin ja da!« Geneviève lächelte den Mann an und machte Marie und Amiel Zeichen, ihr in Richtung Piano zu folgen. Marie nahm an, dass dies Luc gewesen war, der Besitzer des Varietétheaters. Auf einmal kam einer der drei SS-Männer direkt auf Marie zu. Marie war klar, dass jedes Ausweichen sie verdächtig gemacht hätte, und so lehnte sie sich an eine der Säulen und tat so, als freute sie sich auf Genevièves Auftritt. Ihre Schulter hatte die Säule kaum berührt, da baute sich der SS-Mann vor ihr auf. Er war sehr breit gebaut, hatte einen Stiernacken und kleine, stechende Augen.

»Name?«, donnerte er sie auf Deutsch an.

Marie zog es vor, nichts zu verstehen und drückte Amiels Hand, um ihr zu bedeuten, ebenfalls nichts zu sagen.

»*Votre nom!*«, zischte der SS-Mann erneut.

Marie zwang ein Lächeln in ihr Gesicht. »Marie.«

»Und weiter?«, bellte er. »*Quoi plus?*«

»Loubon.« Maries Stimme brach. Aus Amiel kam überhaupt kein Ton heraus. Aber noch hatte der stiernackige Soldat sie auch nicht im Blick.

»Gibt es eine *problème?*« Luc, der Mann, der Genevièves Auftritt angemahnt hatte, trat zu ihnen. Er strich seine dunkelblonden Haare über der Stirn zurück und bedachte den SS-Mann mit einem ebenso beruhigenden wie charmanten Lächeln. Der SS-Mann antwortete etwas auf Deutsch. Luc erwiderte etwas auf Deutsch, der Deutsche schleuderte zwei Sätze zurück, und das so wutentbrannt, dass er Luc bei jedem Zischlaut anspuckte. Luc blieb ruhig, hob beschwichtigend die Hände und wandte sich zu Geneviève um. Sein Blick war ein einziges Drängen. »Er sagt, deine Freundinnen seien gerade erst reingekommen und dass er sie mitnehmen will, um ihre Personalien zu überprüfen. Aber sie sind doch schon länger hier, nicht wahr?«

Geneviève zeigte dem SS-Mann ihr gewinnendstes Lächeln. »Meine Freundinnen sind schon genauso lange im *Chez Lulu* wie ich, also seit mindestens zwei Stunden. Sie wollten mich endlich einmal auftreten sehen. Sicher verwechseln sie sie mit jemandem, hier gibt es ja massenhaft schöne Frauen.«

Luc übersetzte, was sie gesagt hatte. Im gleichen Moment trat ein anderer Deutscher zu ihnen. Er trug ebenfalls eine Uniform, aber nicht die schwarze der SS, sondern eine graue. Er war um einiges jünger als der SS-Mann, größer als dieser und hatte semmelblondes kurzes Haar. Das Kantige seiner Gesichtszüge wurde durch seinen großen Mund abgemildert, der ihm fast einen weichen Zug verlieh. Nach einem knappen soldatischen Gruß sagte er etwas zu dem Stiernackigen. Während er redete, lachte er immer wieder und wirkte, als würde er sich über irgendetwas köstlich amüsieren. Marie starrte Geneviève an, hoffte, von ihr eine Erklärung oder wenigstens ein Zeichen zu bekommen, doch die schien ebenso wenig wie sie zu verstehen, was hier vor sich ging. Marie merkte, wie der Kloß in ihrem Hals immer dicker wurde.

Der stiernackige SS-Mann antwortete etwas, was in Maries Ohren wie das Bellen eines wütenden Hundes klang, der semmelblonde Deutsche aber blieb gelassen, lachte freundlich, legte seinen Arm um Amiel und Marie und zog sie mit sich auf die Tanzfläche. Marie verstand noch immer nichts, hielt es aber für ratsam, einfach mitzuspielen – Hauptsache weg von dem SS-Mann, der weiter knurrte und bellte, sich dann aber trotzdem abwandte und wieder zwischen den Gästen hindurchstrich.

»Musik!«, rief der junge Blondschopf zu Geneviève. *»Où est la musique?«*

Hastig setzte sich Geneviève an den Flügel, rief den Musikern zu, dass sie als Nächstes Schurikes Traumorchester spielen sollten, und zählte: *»Un, deux, trois!«*

Der blonde Mann näherte sich Maries Ohr und flüsterte: *»Souriez et dansez,* lächeln und tanzen Sie. *Tout va bien,* alles ist gut!«

Irritiert tat Marie, was er ihr auftrug, auch Amiel zwang ein Lächeln in ihr Gesicht. Ein Deutscher, ausgerechnet ein Deutscher rettete sie? Musik setzte ein, Marie hatte Geneviève die Melodie schon zu Hause üben hören. Zwei bildhübsche Sängerinnen in weißen Federkleidern sangen in gebrochenem Deutsch: »Neulich hatt' ich, ihr glaubt es kaum, einen schönen Traum, und ich hab so gelacht, so viel Dummheiten gemacht …«

Alle Deutschen grölten mit, und auch Maries Gegenüber stimmte übermütig in das Lied ein und animierte sie, es auch zu versuchen. Nervös sah sie sich nach den SS-Leuten um. Sie streiften noch immer durch den Saal, hatten sie im Moment aber nicht mehr im Blick.

»Einen schönen Traum«, sang ihr Retter, *»un beau rêve!«* – und dann ließ er sie Pirouetten tanzen ...

Noch eine gute halbe Stunde strichen die drei SS-Männer durch das *Chez Lulu,* und ebenso lange animierte der semmelblonde Deutsche Marie und Amiel zu lachen, zu singen und Pirouetten zu drehen. Marie verstand noch immer nicht, warum er ihnen beistand, auf alle Fälle war es wirksam: Der stiernackige SS-Mann warf ihnen zwischendurch zwar immer wieder Blicke zu, sprach sie jedoch nicht mehr an. Je länger der Deutsche ihr Spiel – wie Marie es für sich nannte – mit ihnen fortführte, desto mehr fragte sie sich, was passieren würde, wenn die drei SS-Männer gegangen waren. Warum half der Deutsche ihnen? Was wollte er von ihnen?

Endlich verließ der Stiernackige mit seinen Begleitern das Lokal. Amiel drückte hastig ihre Hand, und auch Marie war so erleichtert, dass ihr regelrecht schwindlig wurde. Ohne Eile beendete der Deutsche den Tanz mit ihnen und deutete dann auf einen freien Tisch.

»On prend un verre?« Trinken wir etwas?

Amiel sah zu Marie.

»Ich befürchte, wir haben keine Wahl«, raunte Marie ihr zu. Sie hakte sie unter und ging mit ihr zum Tisch. Als sie saßen, fragte der Deutsche sie, was er für sie bestellen solle. Amiel sah Marie mit noch größeren Augen an, auch Marie wusste nicht, was sie antworten sollte.

»Lieber Rot- oder Weißwein? Oder etwas Stärkeres?«

»Un verre de vin rouge«, sagte Marie. Und da Amiel noch immer stumm blieb: *»Pour nous deux, s'il vous plaît.«*

Kurz darauf servierte der Kellner ihnen den Wein. Der Deutsche kostete, nickte zufrieden, und der Kellner füllte ihre Gläser. Als er sich zurückgezogen hatte, hob der Mann sein Glas, um mit ihnen anzustoßen. Marie sah, wie Amiel immer mehr in sich zusammensank. Auch sie begann sich zu fragen, ob das hier wirklich der bessere Ausgang für diesen

Abend war, und schaffte es noch nicht einmal, das Glas auch nur zu ergreifen.

»Sie brauchen keine Angst vor mir zu haben«, sagte der Deutsche. Er hatte zwar einen starken Akzent, sprach aber ein ansonsten fehlerfreies Französisch. »Und Sie sind frei, jederzeit aufzustehen und zu gehen. Ich an Ihrer Stelle würde allerdings noch ein bisschen Zeit verstreichen lassen, falls die SS-Leute noch einmal zurückkommen oder vor dem Lokal warten, um zu sehen, ob Sie jetzt gleich weglaufen.«

»Sie ... erwarten keinerlei Gegenleistung?«

»Was für ein hässliches Wort.« Der Deutsche schüttelte den Kopf. »Nein, Sie können ganz ruhig sein. Ich erwarte gar nichts.«

Marie sah ihn noch einen Moment an, aber er wirkte offen und ehrlich. Auch solche Deutsche gab es also, sagte sie zu sich. Dann nahm sie ihr Glas und prostete ihm schüchtern zu. Der Wein war wunderbar kräftig und stieg ihr sofort in den Kopf. Augenblicklich breitete sich in ihr eine so angenehme Wärme aus, dass sie gleich noch einen Schluck nahm. So lange schon hatte sie keinen Wein mehr getrunken ...

»Was haben Sie dem Stiernackigen vorhin gesagt, damit er uns in Ruhe lässt?«, fragte sie den Blondschopf.

»Dem Stiernackigen?« Der Mann lachte lauthals. »Die Bezeichnung würde ihm sicher nicht gefallen.«

Amiel versetzte Marie unter dem Tisch einen Tritt. Marie errötete. »*Je suis desolée,* ich wollte nicht undankbar klingen und auch niemanden beleidigen.«

»Schon gut.« Er winkte ab. »Ich habe ihm gesagt, dass Sie beide mit mir hergekommen seien und wir schon seit mindestens zwei Stunden da seien.« Er zwinkerte Marie zu. »Und um einen ähnlich unschmeichelhaften Namen für mich zu vermeiden: Ich heiße Peter, Peter Neumann.«

Marie kratzte sich an der Nase. »Und warum haben Sie für uns gelogen?«

»Um Ihnen zu helfen.« Er grinste. »Oder ist das verboten?«

»Nein, aber warum haben Sie das getan?« Marie stellte ihr Glas ab und sah ihn weiter an. »Menschen machen Dinge nicht einfach nur so …«

»Nun …« Er hob sein Glas, schwenkte den Wein und trank einen kleinen Schluck. »Vielleicht wollte ich einfach nicht länger allein an diesem Tisch sitzen?«

Marie hob die Augenbrauen. »Hier gibt es genug Frauen. Warum gerade wir?«

»Weil er gemerkt hat, dass ihr meine Freundinnen seid«, erscholl es da hinter ihnen. Geneviève trat an den Tisch und warf Peter zornheiße Blicke zu. »Danke für die Hilfe, aber ich glaube, meine Freundinnen wollen jetzt gehen.«

Peter zuckte mit den Achseln. »Ich habe ihnen schon gesagt, dass sie jederzeit gehen können.«

Geneviève sah sie an, und etwas in ihrem Blick machte, dass sich Marie und Amiel sofort erhoben. Noch ehe sie etwas sagen konnten, wies Geneviève mit dem Kinn zur Eingangstür, doch Marie hatte ohnehin nicht vorgehabt, noch ihre Kleider zu holen. Die würde ihnen Geneviève später schon mitbringen.

»Danke«, sagte sie dann trotzdem noch zu dem Deutschen.

»Ja, vielen Dank«, sagte auch Amiel.

Geneviève wedelte mit der Hand. Ihre Ungeduld ärgerte Marie, sie fühlte sie gemaßregelt, sagte aber nichts und zog Amiel zum Ausgang. An der Tür wandte sich Marie noch einmal um. Geneviève stand noch immer bei diesem Peter Neumann und debattierte mit ihm. Der Deutsche lachte, und je wütender Geneviève wurde, desto mehr lachte er und sah sie dabei auf eine Art an, die Marie wider Willen sympathisch fand und die überdies einiges über seine Gefühle für Geneviève verriet. Ja, Geneviève hatte recht: Wegen ihr hatte er ihnen geholfen. Damit sie keinen Ärger bekam. So dankbar Marie ihm einerseits dafür auch war – sosehr störte es sie, dass er versuchte, sich an Geneviève ranzumachen und sich zwischen sie zu drängen. Das Letzte, was sie brauchten, war ein Deutscher in ihrem Gespann.

16. Kapitel

Marie – Paris – 19 Juli 1940

Erneut schaute Marie auf die Küchenuhr. Halb zwei in der Früh. Und noch immer war Geneviève nicht zu Hause ...

Marie gähnte und musste gleich noch einmal gähnen. Sie war so hundemüde, dass sie ihren Kopf am liebsten auf den Tisch gelegt und gleich hier geschlafen hätte, aber stattdessen atmete sie ein paarmal heftig aus, streckte sich, und als auch das nichts half, um wieder munter zu werden, ging sie an die Spüle und ließ sich kaltes Wasser über die Handgelenke laufen. Anschließend trat sie ans Fenster. Nicht nur die Laternen, auch der Mond erhellte die Straße, aber von Geneviève war trotzdem weit und breit keine Spur. Ungeduldig trommelte sie mit den Fingernägeln auf die Fensterbank. Sie wollte endlich wissen, was es mit Gigi und diesem Deutschen auf sich hatte. Denn eines war klar: Nie und nimmer war das vorhin das erste Gespräch zwischen den beiden gewesen. Nein, sie kannten sich, und das so gut, dass Geneviève es sich herausnehmen konnte, so barsch und selbstbewusst mit dem Mann umzugehen. Aber wenn sie ihn so gut kannte – warum hatte sie ihnen dann noch nie von ihm erzählt?

Die Wartezeit zog sich endlos. Als die Kirchturmuhr zwei schlug, begann Marie unruhig zu werden. Die Sperrstunde war schon lange vorbei. Zwar hatte Gigi wie alle Mitarbeiter des Theaters und ähnlichen Etablissements eine Sondererlaubnis, aber so viel später durfte sie nicht nach Hause gehen. Ob der Deutsche ihr was getan hatte? Oder einer der anderen? Als die Kirchturmuhr halb drei schlug, war Marie drauf und dran, noch einmal zurück zum Theater zu laufen, allerdings konnte sie sich nicht vorstellen, dass Gigi noch dort war. Der Laden musste längst geschlossen haben. Und nach dem, was sie mit Amiel erlebt hatte, war sie wenig erpicht darauf, gleich noch einmal SS-Leuten in die Arme zu laufen – und womöglich auch noch den gleichen. Unruhig wanderte sie in der Küche auf und ab, beugte sich immer wieder aus dem Fenster, suchte erneut die Straße ab, und als auch jetzt nichts von Gigi zu sehen war, ging sie zurück an den Küchentisch und sank wieder auf ihren Stuhl.

Das Schaben der Wohnungstür ließ Marie aufschrecken. Sie merkte, dass sie mit dem Kopf auf dem Tisch eingenickt war, drückte sich von der Tischplatte hoch und rieb sich die Augen. »Gigi?«

Es kam keine Antwort. Marie erhob sich, wankte schlaftrunken in den Flur, wo Geneviève gerade ihre Schuhe von den Füßen kickte. Der eine flog unter den Garderobenständer, der andere vor Amiels Zimmertür. Geneviève ließ sie liegen, wo sie waren, und hatte offensichtlich Mühe, ihr Gleichgewicht zu bewahren.

»Du bist ja betrunken«, rief Marie. »Du meine Güte, du weißt doch, dass du nichts verträgst.«

»Na und?« Geneviève schwankte zu ihrem Zimmer, hielt dann aber noch einmal inne und stierte Marie an. »Danke auch für den Ärger.«

Marie schluckte. »Sind die SS-Männer etwa noch mal wiedergekommen?«

Geneviève winkte ab, was alles und nichts heißen konnte und sie erneut aus dem Gleichgewicht brachte.

»Gigi, sind sie zurückgekommen?«

Geneviève stieß auf, ließ ein seltsames Lachen erklingen und fiel gegen die Wand. »Scheiße alles, *une grosse, grosse merde«,* lallte sie und stieß noch einmal auf. »Mein Gott, ist mir schlecht!«

»Geneviève, verdammt, jetzt sag doch, was war.«

»Ich sage dir vor allem, was wird.« Sie sah Marie an, die Augen so glasig, dass Marie nicht einmal wusste, ob sie sie wirklich wahrnahm. »Nie, hörst du: nie nie wieder will ich euch im *Chez Lulu* sehen!«

»Was war los, Gigi?« Marie betonte jede einzelne Silbe und machte einen Schritt auf sie zu. »Und was für eine Geschichte läuft da zwischen dir und diesem Neumann?«

»Gar keine!« Geneviève richtete sich wieder auf. »Zumindest gab es keine, bis ihr da aufgetaucht seid. Denn jetzt meint der Kerl, sich etwas rausnehmen zu können, weil er euch *gerettet* hat.«

»Oh«, machte Marie und strich sich eine Strähne aus dem Gesicht.

»Ja, oh!«, machte Geneviève, torkelte in ihr Zimmer und knallte die Tür hinter sich zu.

Am nächsten Morgen erwachte Marie, weil sich jemand auf ihr Bett setzte. Auch wenn es nur eine ganz sachte Bewegung war, schrak sie doch hoch. Vor ihr saß Amiel. Besorgt sah sie sie an.

»Was hast du?«

»Entschuldige, dass ich dich wecke, aber ich ... ich habe die ganze Nacht kein Auge zugetan, und ich ... wir müssen reden, also ich muss mit dir reden.«

Marie rieb sich die Augen, setzte sich ein Stück auf, und als sie Amiel ansah, bemerkte sie, dass sie allerdings ziemlich mitgenommen aussah. »Du meine Güte, was ist denn? Letzte Nacht ist doch alles noch mal gut gegangen.«

»Ja, schon, aber ...« Amiel schob ihre Hände ins Haar und drückte sie gegen ihren Kopf, als müsste sie dort etwas herauspressen. »Ach, Marie, diese Schwierigkeiten, in die ich dich und Geneviève letzte Nacht gebracht habe ...«

»Alles ist gut, Amiel, alles ist gut.«

»Nein, ist es nicht, und ich habe ja auch gehört, was Geneviève beim Nachhausekommen gesagt hat. Das mit dem Deutschen ...«

»Auch ihr ist nichts weiter passiert.« Marie zuckte mit den Achseln. »Und jetzt, im Nachhinein, kann er uns ohnehin nichts mehr nachweisen.«

»Als ob unser Wort etwas gegen das eines Deutschen gelten würde.«

»Amiel, das wird er nicht ausspielen. Da müsste er sich ja selbst der Lüge bezichtigen.«

»Aber Gigi ...«

»Auch die wird er jetzt sicher in Ruhe lassen. Keine Sorge, wenn jemand so etwas in den Griff kriegt, dann Gigi. Der macht keiner so schnell Angst.«

»Trotzdem.« Amiel stieß einen langen Seufzer aus. »Ich ... ich habe lange überlegt und beschlossen, jetzt doch in Paris zu bleiben.«

»Nein!« Schlagartig saß Marie kerzengerade. »Zum Donner, Amiel, wir werden es gleich nächste Woche noch einmal –«

»Nein, Marie, nein.« Amiel schüttelte entschieden den Kopf. »Ich will keine Menschen mehr in Gefahr bringen, und euch beide schon gar nicht. Wenn ich hätte weggehen wollen, dann hätte ich das eben früher machen müssen, als es noch nicht so gefährlich war, und außerdem will ich auch niemand sein, der wegläuft. Auch vor den Deutschen nicht. Im Gegenteil: Ich will euch helfen.«

»Wieso helfen? Gigi und ich brauchen doch keine Hilfe.«

»Ich rede von deinen neuen Freunden, denen, die mich rausschleusen wollten. Ganz sicher wird es früher oder später die Ersten geben, die untertauchen müssen und vielleicht auf der Flucht vor den Deutschen angeschossen werden. Und dann braucht ihr einen Arzt. Ich habe auf der Flucht kurz mit Arthur geredet. Er ist auch Arzt, und er hat gemeint, ihr wärt über jede helfende Hand froh.«

»Ja schon, aber dein Risiko ist so viel größer als unseres. Als Jüdin –«

»Bin ich genauso ein Mensch wie du und jeder andere, und ich lasse mich nicht vertreiben. Ich will hierbleiben. Bei meinem Vater, bei meinen Patienten, bei euch. Und ich will andere nicht in Gefahr bringen, sondern helfen, helfen, wo immer es mir möglich ist. Ihr werdet garantiert noch mehr Ärzte brauchen, und Arthur ist immerhin Halbjude und bleibt ebenfalls.«

Marie rieb sich über das Gesicht und nickte dann. »*D'accord*, ich rede mit Simon.«

»Danke.« Amiel umarmte sie. »Jetzt kann ich sicher schlafen.«

Kopfschüttelnd sah Marie ihr hinterher.

Es war schon fast Mittag, als Marie das nächste Mal wach wurde. Vorsichtshalber hatte sie sich gestern für den heutigen Tag wegen eines »dringenden Arztbesuches« freistellen lassen, da sie nicht gewusst hatte, wie lange sie in der Nacht unterwegs sein würden, denn auch wenn die Sommerferien schon begonnen hatten, arbeiteten die Lehrer im Juli natürlich noch, um das nächste Schuljahr vorzubereiten. Als sie die Küche betrat, stellte sie fest, dass wohl auch Amiel erst vor Kurzem aufgestanden war: Sie saß im Nachthemd am gedeckten Frühstückstisch, hatte die Füße bequem auf einen zweiten Stuhl gelegt und grinste sie an. »Na, Kräfte getankt?«

»Äh, ja, aber …« Marie strubbelte sich durchs Haar. »Amiel, du glaubst doch nicht, wir würden jetzt, also gleich heute zu Simon gehen, damit er dich der Gruppe vorstellt?«

»Erst lasse ich dich frühstücken, aber dann –« Sie machte eine weite Geste durch den Raum. »Was sollte uns davon abhalten? Du hast heute frei, ich habe frei – und Simon ist sowieso im Bistro.«

Marie setzte sich auf den Stuhl neben Amiel. »Und du bist dir ganz sicher, dass du das willst? Wir verteilen ja nicht nur Flugblätter und schleusen Leute aus der besetzten Zone, einige von uns planen auch …« Sie hielt inne. »Nun, das sollen sie dir selbst erzählen. Aber trotzdem, Amiel, trotzdem ist das für uns viel einfacher. Wenn wir gefasst werden, sind wir nur Franzosen und nichts weiter. Du aber bist Jüdin! Und wenn die Boches die Politik ihres Landes und die in den anderen von ihnen besetzten Länder bei uns fortführen, werden sie dich, wenn sie dich bei einer unserer Aktionen fassen, schneller deportieren, als wir hinschauen können. Da wird es keinen Prozess geben, keine Befragung, rein gar nichts wird stattfinden, einfach nur: Jüdin – also ab.«

»Das ist mir bewusst.«

»Und trotzdem willst du mitmachen?«

»Spinnst du jetzt auch noch, Amiel?« Geneviève trat in die Küche und sah von einer zur anderen. »Hat euch das von gestern Abend nicht gereicht?«

»Es geht hier doch nicht um *reichen*«, gab Amiel sanft zurück. »Natürlich ist es gefährlich hierzubleiben, aber weggehen eben auch, das haben wir letzte Nacht gesehen. Und ebendas hat mir bewusst gemacht, dass Weglaufen keine Lösung ist. Immer wieder ein neuer Exodus. Wir Juden haben uns schon viel zu oft vertreiben lassen. Seit Menschengedenken laufen wir weg. Ich will das nicht mehr. Ich will hier leben. Ich will bei euch bleiben.«

Geneviève sah von Amiel zu Marie und wieder zurück zu Amiel. »Ihr spinnt. Alle beide!«

»Tun wir nicht«, widersprach Marie. »Und du willst doch auch nicht den Rest deines Lebens so leben, oder? Wo man hinschaut, steht ein Boche in irgendeiner Uniform und erklärt uns, wohin wir gehen und wohin wir nicht gehen dürfen, wer noch was arbeiten darf, welche Zeitungen noch gedruckt werden dürfen und was darinstehen darf und am besten auch noch, was wir noch denken dürfen und was nicht. Hast du eigentlich schon gehört, welche immensen Verpflichtungszahlungen wir an die Boches dafür leisten müssen, dass sie sich in unserem Land breitmachen und über uns bestimmen? Vierhundert Millionen Franc am Tag. Am Tag, Geneviève, am Tag! Sie bluten unser Land aus. Auch wenn wir nichts unternehmen, werden wir zugrunde gehen, aber wenn wir etwas tun, müssen wir uns hinterher wenigstens nicht vorwerfen, nur zugesehen zu haben.«

»Tun, tun, tun!« Geneviève drückte sich vom Küchenschrank ab. »Und was wollt ihr tun? Habt ihr Waffen? Habt ihr Panzer? Oder wollt ihr mit dem Tomatenmesser auf die Boches losgehen und einem nach dem anderen eigenhändig den Hals aufschlitzen?« Sie zeigte ihnen einen Vogel.

»Du kennst mich, Gigi, ich bin niemand, der zusehen kann, wenn Unrecht geschieht.«

Geneviève hielt Maries Blick stand. »Also bleibt ihr dabei?«

Marie nickte.

Genevièves Blick ging zu Amiel, die zwar blasser wurde, ihr aber standhielt. »Gigi, bitte, so versteh doch ...«

»Alles klar«, zischte Geneviève. »Dann weiß ich wenigstens, woran ich bin.«

»Was heißt denn das jetzt?«, fragte Marie.

»Dass ich ausziehe, *chérie!*« Sie spuckte ihr das letzte Wort fast ins Gesicht. »Ihr könnt euch eine neue Mitbewohnerin suchen, ich jedenfalls habe hier nichts mehr zu suchen. Und so leer gefegt, wie die Stadt ist, wird es sicher nicht lange dauern, bis ich eine neue Bleibe finde. Ich habe keine Lust, euch an dem Baum, an dem Boches euch aufknüpfen werden, Gesellschaft zu leisten.«

Und damit drehte sie sich um und verließ türknallend den Raum.

17. Kapitel

Geneviève – Paris – 19. Juli 1940

Geneviève rückte an den vorderen Rand der Parkbank, bückte sich, sammelte ein paar der kleinen weißen Kieselsteine vom Gehweg auf und legte einen davon auf den Knöchel des linken Zeigefingers. Anschließend visierte sie ihr Ziel an – die Statue auf der anderen Seite des Gehwegs –, hob die Hand, brachte den Daumen und den Zeigefinger der anderen Hand in Position und schnippte gegen den Stein, doch genau wie die vorherigen ploppte auch dieser nur müde auf den Gehweg.

»So wird das nichts«, sagte auf einmal ein Mann in stark akzentgefärbtem Französisch hinter ihr, und zu ihrem Leidwesen war ihr die Stimme nur allzu gut bekannt. Sie presste die Lippen aufeinander. Dieser Peter Neumann war der Letzte, der ihr heute noch gefehlt hatte. Er ging um die Bank herum, holte sich einen kleinen Kieselstein vom Gehweg, kniete sich ins Gras und führte den gleichen Schuss aus. Sein Stein knallte direkt gegen den Brustkorb der Statue. Geneviève krauste unwillig die Stirn. »Muss ich jetzt applaudieren?«

Peter Neumann lachte. »Zumindest könnten Sie anerkennen, dass ich auf Anhieb getroffen habe.«

Geneviève machte »Pfff«, sah statt zu ihm starr geradeaus und hoffte, dass er weitergehen würde, aber er rührte sich nicht vom Fleck.

»Wahrscheinlich haben Sie das in der Grundausbildung als Soldat gelernt«, sagte sie schließlich in die Stille hinein und warf ihm einen, wie sie hoffte, verächtlichen Blick zu. »Und da die Deutschen so tolle Sachen in ihrer Ausbildung lernen, ist es kein Wunder, dass sie uns so mühelos vom Feld geweht haben.«

Wieder lachte er. »Macht es Ihnen etwas aus, wenn ich mich neben Sie setze?«

»Macht es Ihnen etwas aus, wenn es mich stört?« Sie zuckte mit den Achseln. »Letzte Nacht haben Sie auch gemacht, was Sie wollten.«

»Da haben Sie ja auch meine beiden hübschen Begleiterinnen weggeschickt.« Er nahm neben ihr Platz. »Sollte ich vielleicht die ganze Nacht allein vor meinem Whiskyglas sitzen bleiben?«

Sie schaute wieder zur anderen Parkseite, überlegte, ob sie einfach aufstehen und gehen sollte, aber das Theater öffnete erst in zwei Stunden, zurück zu Amiel und Marie wollte sie auf keinen Fall, und zu ihren Musikerfreunden zog es sie auch nicht. Einfach nur allein hatte sie sein wollen. Allein!

»Finden Sie mich denn so schrecklich?«

Geneviève sah ihn an und drehte den Kopf gleich wieder weg.

»Also ja?« Er beugte sich so weit vor, dass sie ihn zwangsläufig wieder ansehen musste. In seinen Augen blitzte der Schalk. Unwillkürlich durchfuhr sie der Gedanke, dass das Grün seiner Augen etwas vom Grün der Südsee hatte, nun, zumindest von dem Grün, in dem sie sich die Südsee vorstellte.

»Finden Sie mich soooo schrecklich, dass Sie mir noch nicht einmal antworten können?« Jetzt beugte er sich so weit vor, dass er fast von der Bank fiel. Wider Willen musste Geneviève lachen.

»Na also, geht doch.« Er strahlte und setzte sich wieder richtig hin.

Unwillig schüttelte Geneviève den Kopf und erhob sich.

»Bitte, gehen Sie nicht!«

Geneviève verharrte und fragte sich wieso. Vielleicht weil er keinerlei Reflex gezeigt hatte, ebenfalls aufzustehen. Das hätte sie zweifellos dazu gebracht, sofort wegzugehen. Aber er war sitzen geblieben. Verharrte auch jetzt noch, lehnte sich nun sogar bequem zurück, überschlug die Beine, die Hände entspannt links und rechts neben sich auf der Sitzfläche.

»Was wollen Sie von mir?«, fragte sie heiser.

»Für den Anfang würde ich mich schon freuen, wenn Sie einfach nur eine Tasse Kaffee mit mir trinken gehen würden.«

»Warum sollte ich?«

»Zum Dank dafür, dass ich gestern Ihre Freundinnen beschützt habe?«

»Haben die sich gestern nicht schon selbst bedankt, indem sie bei Ihnen sitzen geblieben sind?« Jetzt wandte sie sich doch um. »Und auch ich habe noch an die zwei Stunden bei Ihnen gesessen und musste nach der Sperrstunde nach Hause gehen.«

»Deswegen habe ich Sie ja begleitet, um notfalls alles geradebiegen können.«

»Oder um herauszufinden, wo ich wohne?« Sie hob die rechte Augenbraue.

Er lachte. »Sind Sie immer so kaltschnäuzig zu Männern, oder ist das nur bei mir so?«

»Nötigen Sie Frauen immer, oder ist das nur bei mir so? Oder ist das einfach das, was Deutsche generell machen: andere zu etwas zwingen?«

Ihr fiel selbst auf, dass sie immer schärfer wurde, aber das alles und dieser ganze verdammte Tag überhaupt machten sie einfach wütend: Marie und ihre dämliche Heldenhaftigkeit, die sie genauso ins Grab bringen würde wie Amiel ihr bodenloser Leichtsinn, und dass sie nur wegen der beiden diesen Mann an der Backe hatte, und zwar schon zum zweiten Mal binnen vierundzwanzig Stunden.

Seit dem ersten Tag, an dem das Theater wieder die ganze Woche über aufgemacht hatte, war Peter Neumann dort Gast gewesen, und nie hatte sie ihn dort mit einer Frau reden oder tanzen sehen. Bisher hatte sie den Eindruck gehabt, er komme als einer der wenigen nur wegen der künstlerischen Darbietungen und nicht, um in Gesellschaft zu sein oder um eine Frau kennenzulernen. Zumindest war er bisher immer allein gekommen, allein geblieben und auch wieder allein gegangen. Auch ihr hatte er sich nicht genähert. Zwei-, dreimal hatte er sie zu einem Drink einladen wollen, ja, das schon, aber das mit großem zeitlichem Abstand. Sie hatte darin eher die Anerkennung ihres musikalischen Könnens gesehen als den Versuch, sie kennenzulernen. Und wie alle Einladungen von den deutschen Soldaten hatte sie auch seine immer abgelehnt.

»Was wollen Sie von mir?«, fragte sie jetzt noch einmal, weniger laut, weniger scharf, aber doch mit Nachdruck und jedes Wort einzeln betonend.

Er setzte sich auf, beugte sich nach vorn, legte die Ellenbogen auf die Beine und faltete die Hände vor seinen Knien. »Nicht ich habe diesen Krieg angefangen, nicht ich habe Ihr Land besiegt.« Er wandte sich zu Geneviève um. »Ich bin nur ein einfacher Soldat, der das große Glück hatte, aufgrund seiner guten Französischkenntnisse in diese wundervolle Stadt gespült zu werden – und Sie zu treffen.«

Einen Moment lang sahen sie sich einfach nur an. Geneviève wartete darauf, dass er noch etwas sagte, etwas, wo sie einhaken konnte, etwas, woran sie ihre ganze verdammte Wut loswerden konnte. Aber er schwieg. Schließlich setzte sie sich wieder neben ihn auf die Bank, warum wusste sie selbst nicht. »Woher können Sie eigentlich so gut Französisch? Die meisten Deutschen kriegen ja nicht mal ein *Merci* über die Lippen.«

»Ich habe eine Tante im Elsass, die ältere Schwester meiner Mutter. Als Kind habe ich all meine Ferien bei ihr verbracht, weil meine Mutter den ganzen Sommer über Konzerte gegeben hat.«

Geneviève merkte auf. »Konzerte?«

»Ja, sie ist Pianistin. Wie Sie.«

Geneviève kaute von innen an ihrer Lippe. »Spielen Sie auch Klavier?«

»Sie würden mir sofort den Deckel auf die Finger knallen, wenn Sie mich hören würden.« Er lachte. »Leider bin ich völlig talentfrei, meine Mutter hat es lang genug versucht, keine Chance. Das scheine ich von meinem Vater zu haben.«

»Wieso *scheine?*«

»Nun, ich selbst habe ihn nie spielen hören. Die beiden waren nicht verheiratet. Ich habe überhaupt nur eine sehr diffuse Erinnerung an ihn, er hatte nur Kontakt zu uns, bis ich knapp sieben war ... Der Grund war meine Mutter. Sie wollte nicht täglich neben dem gleichen Mann aufwachen und schon gar nicht heiraten. Sie wollte frei sein, frei für ihre Musik. Irgendwann hielt er es nicht mehr aus, wieder und wieder abgewiesen zu werden, und dann brach auch der Kontakt zu mir ab. Es war nicht nur, weil sie seine Heiratsanträge ständig abgewiesen hat, es war auch, weil ...« Er hielt inne und sah auf seine Hände.

»Pardon, ich wollte nicht ... ich hätte lieber nicht fragen sollen.«

Er wandte ihr wieder den Kopf zu. »Schon gut. Es ist nur einfach so, dass sie ... nun, er war nicht der Einzige. Von Anfang an hat sie immer andere Männer neben ihm gehabt. Musen hat sie sie genannt. Das war es, was er schließlich nicht mehr ertragen konnte. Und auch ich war immer froh, wenn ich zu meiner Tante kam.« Er strich sich durch Haare und lachte verlegen auf. »Ich weiß gar nicht, wie ich jetzt auf dieses Thema gekommen bin. Eigentlich hatte ich nur herausfinden wollen, wie ich Sie zu einem Kaffee überreden kann!«

»Hat Ihnen meine Gesellschaft beim Whisky letzte Nacht noch nicht gereicht?«

»Ich konnte ja nicht ahnen, dass Sie keinen Alkohol vertragen.« Begütigend hob er die Hände. »Ich kenne wirklich niemanden, der nach ein paar Schlucken Whisky schon so blau ist, wie Sie das waren. Und ich ... ich suche einfach nur einen Weg, Sie kennenzulernen.«

»Dann hätten Sie vor allem nicht als Deutscher auf die Welt kommen sollen«, gab Geneviève zurück, erhob sich und ging.

Auch als Geneviève den *Parque Marcel Bleustein Blancet* schon ein gutes Stück hinter sich gelassen hatte, lief sie noch im Sturmschritt, was ihr jedoch erst bewusst wurde, als ihr schon Schweißtropfen von der Stirn rannen. Seufzend blieb sie stehen und wischte sie weg. Zugleich registrierte sie, dass sie schon in der *Rue Ravignan* war. Zu ihrer Linken spielten ein paar Kinder mitten auf der Straße Ball – trotz der vielen Rückkehrer fuhren kaum Fahrzeuge durch die Stadt, Benzin war Mangelware – und zu ihrer Rechten drangen Stimmen von der Terrasse eines gut besuchten Bistros zu ihr.

Sie ließ einen Blick über die Gäste gleiten. Soldaten, Soldaten, Soldaten – überall diese Boches! Schließlich entdeckte sie auch einen Tisch mit drei Frauen. Sie trugen leichte Sommerkleider, die stellenweise mehr zeigten als verbargen. Immer wieder blickten sie verstohlen zu den Soldaten und warfen ihnen, wenn der Blick erwidert wurde, ein schüchternes Lächeln zu. Geneviève ahnte, welche Schimpfsalve Marie loslassen würde, wenn sie dies sähe. Auch sie wollte von den Deutschen nichts weiter, als dass sie ihr Land möglichst bald wieder verließen – aber doch brachte sie auch Verständnis für die Frauen auf. Es war Sommer, sie waren allein, vielleicht hatten sie Kinder und wussten nicht, wie sie sie versorgen sollten, oder sie ließen sich einfach von der Macht, der Unbesiegbarkeit eines frisch herausgeputzten Soldaten anziehen ... Was es auch war, sie fand, jeder musste selbst wissen, was er verantworten konnte.

Sie urteilte nicht gern über andere, zumal man sowieso nie wusste, was in einem anderen Menschen vorging. Und das ging sie auch nichts an. Damit kam sie am besten durchs Leben. Darum verstand sie auch nicht, wieso dieser Peter Neumann sie so in die Flucht hatte schlagen können. Schließlich war auch er nur ein Deutscher, einer wie die da drüben ... *Ja, seit wann läufst du weg*, schalt sie sich. *Und warum bringt dieser Mann dich dermaßen durcheinander?*

Seine Augen kamen ihr wieder in den Sinn. Diese unglaublich grünen Augen ... und sofort grummelte es aufs Neue in ihr. Warum musste sie jetzt an seine Augen denken? Was gingen die sie an? Sie schnaubte, wischte sich erneut den Schweiß von der Stirn und merkte, wie durstig sie war. Seufzend sah sich nach einem freien Tisch um, aber dann traf ihr Blick den eines Soldaten, der fast so grüne Augen wie dieser Peter Neumann hatte, und sie eilte davon.

18. Kapitel

Marie – Paris – 23. Juli 1940

»Amiel – Simon.« Marie wies von einem zum anderen. Lachend boxte Simon ihr gegen den Arm. »Jetzt übertreibe mal nicht. Es ist ja nicht so, als ob ich Amiel nicht kennen würde.«

»Auch wieder wahr.« Marie musste ebenfalls lachen. Simon wies zu einem der Tische im hinteren Bereich des Bistros. »Im Sitzen redet es sich besser, da hinten sind wir unter uns.«

Der Tisch war ein gutes Stück von den anderen entfernt, vor allem weit weg von dem Tisch direkt neben dem Eingang, an dem drei deutsche Soldaten saßen. Kaum hatte Simon Platz genommen, hob einer der Deutschen die Hand und rief Simon etwas zu. Simon biss die Zähne zusammen, stand wieder auf und ging zu ihm. Kurz darauf brachte er ihnen eine Flasche Rotwein und kehrte dann zu Marie und Amiel zurück.

»Zunächst eine Frage, Amiel«, sagte er, während er sich setzte. »Bist du dir ganz sicher, dass du tatsächlich in der Stadt bleiben willst? Jeden Tag wird es schwieriger, in die Freie Zone zu kommen, wenn du also doch noch wegwillst, müssten wir das so schnell wie möglich angehen.«

»Nein, ich will nicht mehr weg, ganz bestimmt nicht.« Amiel nickte nachdrücklich. »Schon allein beim Gedanken daran, wie knapp das alles gewesen ist und dass Maciej und Arthur wegen mir ins Gefängnis hätten kommen können –«

»Der Zugriff der Gestapo hatte nichts mit dir zu tun«, fiel Simon ihr ins Wort. »Das hatten die garantiert von langer Hand geplant, aber Gott sei Dank konnten ja alle rechtzeitig fliehen.«

»Alles andere hätte ich mir auch nie verziehen.« Amiel machte eine Pause. »Marie hat dir ja schon gesagt, dass auch ich euch fortan helfen möchte, und heute früh meinte sie, du hättest da etwas ...«

Simon warf einen raschen Blick zu den Deutschen, doch die waren einzig und allein mit ihrem Wein und ihrem eigenen Gespräch beschäftigt. »Ja, einer unserer Freunde – es geht ihm nicht gut.«

»Was für Symptome hat der Mann?«

Simon näherte sich Amiel noch mehr und raunte: »Er hat einen Steckschuss im Arm.«

Amiel verzog keine Miene. »Wann und wo?«

Marie begleitete Amiel nach Hause, wo diese ihre Arzttasche holte und sich direkt danach auf den Weg zu der Adresse machte, die Simon ihr genannt hatte. Simon hatte nicht gewollt, dass Marie sie begleitete. Auch die Adresse kannte nur Amiel.

»Was du nicht weißt, kannst du auch nicht verraten«, hatte Simon ihr gesagt, und auch wenn es Marie nicht gefiel, ausgeschlossen zu werden, wusste sie doch, dass er recht hatte. So begleitete sie Amiel nur wieder nach unten und sah ihr nach, bis sie um die Ecke gebogen war, dann ging sie einkaufen. Der kleine Gemüseladen um die Ecke war seit einer Woche wieder geöffnet. Sie begrüßte Madame Gironde, die ihr jedoch nur kurz zunickte, weil sie gerade im Gespräch mit einer anderen Kundin war. Marie sah sich um und stellte fest, dass es wieder einmal kaum etwas zu kaufen gab, und fragte sich, wie das auf Dauer weitergehen würde. Es gab ein paar überteuerte Äpfel, gummiartige Karotten, ein paar Kohlköpfe ... Dann aber entdeckte sie hinten in der

Ecke einen Kasten mit wunderschönen Salatköpfen, zwei große Säcke Kartoffeln und jede Menge Eier und konnte ihr Glück kaum fassen.

Als sie den Laden verließ, sah sie Geneviève auf der anderen Straßenseite. Seit ihrer Auseinandersetzung vor einer Woche hatten sie nur noch das Nötigste miteinander geredet, aber immerhin wohnte Geneviève noch bei ihnen, und Marie wünschte sich von ganzem Herzen, dass es auch dabei blieb. Sie überquerte die Straße. Als Geneviève in Hörweite kam, hob sie ihre Einkaufstasche an. »Fürs Abendessen ist gesorgt.«

Sie blieben voreinander stehen, Geneviève linste in die Tasche. »*Bien fait,* dann brauche ich ja nicht mehr einkaufen zu gehen.«

»Wollen wir ...« Marie presste kurz die Lippen zusammen. »Wollen wir etwas trinken gehen?«

»Ganz sicher schleppst du nicht auch noch mich zu deinem Simon!«

»Nein, nein, das hatte ich auch gar nicht vor.« Marie spürte, wie sie errötete. »Ich dachte, einfach hier vorn, wenn du willst ...« Sie wies auf das Bistro an der Ecke, das seit ein paar Tagen wieder geöffnet hatte. »Ich weiß, schön ist es nicht, aber es soll Wein geben, sogar einen recht guten. Zumindest letzte Woche gab es noch welchen.«

Sie sah, wie Geneviève unverhältnismäßig lange ein- und ausatmete und rechnete mit einer Absage, dann aber nickte die Freundin.

Das Bistro war fast leer und noch genauso hässlich, wie Marie es von einem sicher zwei Jahre zurückliegenden Besuch in Erinnerung hatte: billige Resopalmöbel, deren Maserung wie Holz wirken sollte, aber nicht so aussah, dazu vergilbte, ehemals wohl weiße Wände, und auch alles andere sah alt und schmuddelig aus – genau wie die Wirtin mit ihrem eigenartig hochtoupierten Haar, den karminroten Lippen und dem für diesen Teil des Montmartre viel zu tiefen Ausschnitt. Als sie eintraten, warf sie ihnen einen kurzen Blick zu und polierte dann gleichgültig ihre Gläser weiter. Marie machte Geneviève auf einen Tisch hinten links am Ende der langen Fensterfront aufmerksam, wo sie für sich sein konnten. Geneviève war einverstanden. Bevor sie zu dem Tisch gingen, gab Marie ihre Bestellung auf. *»Deux verres de vin rouge, s'il vous plaît.«*

Es dauerte lange, bis die Wirtin ihnen ihre Gläser brachte. Marie schob eines davon Geneviève zu und hob dann das ihre an. »Bitte, Gigi, lass uns diesen blöden Streit vergessen.«

Zuerst starrte Geneviève sie nur an, dann aber sackte ihr Kinn ein Stück nach unten, und schließlich hob auch Geneviève ihr Glas und stieß mit ihr an.

»Auf die Unzertrennlichen«, sagte Marie leise, aber dafür mit umso eindringlicherem Blick.

»Ja, ja«, machte Geneviève.

Beide tranken einen Schluck und stellen die Gläser wieder ab.

»Wir dürfen uns nicht so zerfleischen«, sagte Marie anschließend. Am liebsten hätte sie Genevièves Hand genommen, aber sie wusste, wie schnell die Freundin zurückscheute. Also sah sie sie nur weiter an. »Bitte, Gigi, versteh doch auch einmal uns.«

»Ich verstehe euch, sogar sehr gut.« Geneviève nahm noch einen Schluck und lehnte sich zurück. »Aber was mich ärgert, ist, dass ihr bei dem, was ihr tut, kein bisschen an die Folgen für die anderen denkt. Ich kann durchaus nachvollziehen, dass Amiel zunächst nicht weggehen wollte, und ebenso, dass sie schließlich erkannt hat, dass dies wohl keine weise Entscheidung gewesen war, und doch noch versucht hat, aus diesem Hexenkessel hier herauszukommen. Und ich verstehe auch, dass sie, nachdem sie fast erwischt worden ist, Angst hat, es noch einmal zu versuchen. Aber warum müsst ihr jetzt zu alldem auch noch bei diesem du weißt schon wem mitmischen? Wenn ihr auffliegt, bin ich genauso dran, kein Mensch wird mir glauben, dass ich davon nichts wusste. Und ihr werdet auffliegen!«

»Natürlich ist das, was wir da tun, gefährlich, aber ich kann dir versichern, dass wir schon im eigenen Interesse so vorsichtig wie nur irgend möglich sind.« Marie sah sich kurz um, aber es saß nach wie vor niemand in ihrer Nähe. Trotzdem sprach sie jetzt noch leiser: »Und irgendjemand muss den Leuten doch zur Flucht in den Süden verhelfen. Allein diese Woche haben wir zwölf Menschen zur Freiheit verholfen, Geneviève, zwölf Menschen, die hier auf Dauer nicht hätten überleben können.«

»Ob du ihnen wirklich zur Freiheit verholfen hast, kannst du gar nicht wissen«, konterte Geneviève. »Vielleicht liegen sie inzwischen auch irgendwo erschossen im Straßengraben, oder sie sind geschnappt worden und verenden gerade in einem dunklen Gefängnisloch.«

»Die Gefahr besteht, ja, aber die meisten erreichen ihr Ziel, während hier der sichere Tod auf sie wartet. Tun dir diese Menschen denn kein bisschen leid?«

»Natürlich tun sie mir leid, aber ich finde trotzdem nicht, dass ich deswegen in hektischen Aktionismus verfallen sollte. Das ist schlicht und ergreifend nicht unsere Aufgabe. Dafür gibt es eine Regierung, dafür haben wir Soldaten.«

»*Hatten* Soldaten, schon vergessen? Wir haben den Krieg verloren.« Marie warf ihr einen langen Blick zu. »Und das, was du Regierung nennst – über die kann man durchaus geteilter Meinung sein. Général de Gaulle jedenfalls steht nicht hinter Pétains Entscheidungen, und wir auch nicht.«

»Jetzt fang nicht wieder damit an, dass Pétain nicht den Krieg hätte beenden dürfen. Er hatte sehr gute Gründe dafür, und einer davon war, dass wir sowieso am Ende waren und er nicht noch weitere Menschenleben opfern wollte.« Geneviève beugte sich vor. »Nicht nur Juden, Freimaurer,

Kommunisten und Widerstandskämpfer sind Menschen – auch Soldaten wollen leben.«

»Das weiß ich selbst, aber es gab und gibt auch gute Gründe gegen Pétains Entscheidung. Général de Gaulle hat gesagt –«

»Aber das sind doch alles Hirngespinste«, fiel Geneviève ihr ärgerlich ins Wort. »Nichts als Hirngespinste!«

»Nein, Gigi, sind es nicht. Aber darüber will ich nicht streiten. Ich …« Marie holte tief Luft. »Alles, was ich will, ist, dass du bei uns bleibst. Bitte, Gigi, ich will nicht, dass du gehst, wir werden vorsichtig sein, wirklich vorsichtig! Das hier darf uns nicht auseinanderbringen.« Jetzt ergriff sie doch noch Genevièves Hand. Immerhin: Geneviève ließ sie gewähren und erwiderte sogar kurz den Händedruck. »Marie, mir liegt ebenso viel an unserer Freundschaft wie dir, aber ich würde es nicht ertragen, wenn ich ins Gefängnis müsste. Eingesperrt zu sein – das würde mich umbringen, noch ehe die es tun könnten.«

»Ich habe dir eben versprochen, dass wir vorsichtig sein werden.«

»Vorsichtig – das ist doch lachhaft. Schon eure Flucht hat uns beinahe alle ins Gefängnis gebracht, und was ihr jetzt vorhabt … Marie, nein, das geht nicht.«

»Aber dir kann doch auch sonst nichts und niemand Angst machen.«

»Es geht nicht nur um meine Angst vor dem Gefängnis.« Geneviève drückte noch einmal ihre Hand und ließ sie dann los. »Es geht auch darum, dass ich mir von euch nicht kaputtmachen lassen will, was ich mir mühsam aufgebaut habe. Ich bin Pianistin, ich lebe dafür, auf der Bühne zu stehen und Klavier zu spielen.«

»Soll Amiel diesen Mann mit der Schussverletzung also sterben lassen, weil das für dich bequemer ist?«

»Das hat nichts mit bequem oder unbequem zu tun. Du hast in deinem Leben immer alles gehabt, was du wolltest. Ich musste es mir erst hart erarbeiten.«

»Und das erlaubt dir, jetzt nur an dich zu denken?«

Geneviève sah aus dem Fenster. Ihr Blick verlor sich in der Ferne, wurde warm und eigenartig weich dabei. Erst nach einem langen Moment des Schweigens wandte sie sich wieder Marie zu. »Nicht alle Deutschen sind Monster.«

»Vor allem dieser Neumann nicht. Ist es das, was du sagen willst?« Marie merkte, wie ihr schon allein bei der Nennung seines Namens der Magen brannte.

»Was hat denn der Peter Neumann damit zu tun?«

»Sag du es mir.« Marie sah sie herausfordernd an.

»Ich habe nichts dazu zu sagen. *Ihr* verdankt ihm eure Rettung, nicht ich!« Geneviève blies sich eine Locke aus der Stirn und sah Marie kopfschüttelnd an. »Du siehst doch, dass das nicht geht. Wir werden streiten, streiten, streiten – und das, bis von unserer Freundschaft nichts mehr übrig ist. Das will ich nicht. Die Deutschen, Marie, sind nicht alle die Monster, als die du sie sehen willst. Ich erlebe sie täglich im Theater. Die meisten wollen einfach nur lachen, tanzen, leben. Es sind Menschen wie du und ich.«

»Nicht die Männer, die Amiel und mich in dieser Nacht verfolgt haben. Und nicht die, die den Tod meines Bruders zu verantworten haben. Und nicht die, die unsere Freunde hingerichtet haben!«

Geneviève atmete tief durch. »Nein, die nicht, aber auch die Franzosen sind nicht alle Unschuldslämmer. Doch das muss jeder mit sich selbst ausmachen. Und für uns gilt, dass man sich manchmal im Leben mit dem Winkel zufriedengeben sollte, den einem das Leben lässt. Ich will mich für meinen Winkel nicht ständig rechtfertigen müssen, nur weil ihr die Helden spielen und dafür auch noch gelobt werden wollt.«

»Es geht nicht um Lob und auch nicht um Anerkennung. Wir …« Marie seufzte. »Wir können einfach nicht anders.«

»Ich auch nicht.« Geneviève hob die Augenbrauen. »Ich kann ohne meine Musik nicht leben. Ich … ich kann einfach nicht. Und ich tauge nicht für das, was du von mir verlangst.«

Marie nickte, nickte mehrfach. *»Bon, je comprends.* Ich … ich verspreche, dass ich nichts mehr gegen deine Arbeit im Theater sage und dass du nichts mehr von unseren Aktionen hörst. Außerdem halten wir alles, was wir tun, weit von dir, unserer Wohnung und dem Theater fern. Bleibst du dann bei uns?«

Geneviève musterte sie lange, dann seufzte sie tief und stimmte zu.

19. Kapitel

Geneviève – Paris – 1. August 1940

Geneviève zog sich ihr Sommerjäckchen über und verließ eilig den Umkleideraum. Wieder einmal war sie die Letzte im Theater, wieder einmal war es lange nach der Sperrstunde. Die Sondergenehmigung, dank der sie die Ausgangssperre um eine Stunde überziehen durfte, hatte sie zwar in der Tasche, aber auch diese Frist war längst überschritten. Sie hätte sich nicht darauf einlassen sollen, nach der Vorstellung noch mit Luc über das neue Musikprogramm zu reden, zum Donner, morgen vor dem Auftritt wäre dafür auch Zeit gewesen, und sie wusste doch, dass sie darüber immer die Zeit vergaßen! Luc konnte das egal sein, sein Bett stand im ersten Stock, ihres nicht. Sie eilte zum Hinterausgang. Der gute alte Paul erwartete sie bereits. Er hatte schon in dem Theater gearbeitet, als Luc es seinerzeit gekauft hatte – und war auch da schon ziemlich betagt gewesen. Wie immer um diese Uhrzeit saß er über seinen Stock gebeugt auf seinem Hocker neben dem Ausgang. Als er sie sah, drückte er sich mit einem müden Ächzen hoch und schloss brummelnd die Tür für sie auf. »Sie gehen immer viel zu spät nach Hause, Mademoiselle Geneviève, das sollten Sie nicht, Sie kriegen noch mal richtig Ärger.«

»Sagen Sie das nicht mir, sondern Luc«, rief Geneviève. Sie schob sich an ihm vorbei und lugte auf die Straße.

»Alles gut, keiner da!«, rief sie ihm nach hinten gewandt zu.

»Dann aber los, Mademoiselle Geneviève. Und seien Sie vorsichtig. Eine gute Nacht noch!«

»Danke, Ihnen auch, Paul, gute Nacht!«

Geneviève trat auf die Straße und machte sich mit weit ausholenden Schritten auf den Heimweg.

Als sie gerade um die erste Straßenecke gehen wollte, schoss ihr von dort so unvermittelt ein riesengroßer Blumenstrauß entgegen, dass sie fast in ihn hineingerannt wäre.

»Mon dieu«, schimpfte sie. »Was soll das?«

Der Blumenstrauß senkte sich herab, und Peter Neumann kam dahinter zum Vorschein. »Es tut mir leid, wenn ich Sie erschreckt habe, aber den Strauß hier musste ich Ihnen unbedingt noch heute geben.«

Ungläubig starrte Geneviève ihn an. »Sie?«

»Haben Sie noch mehr Blumenverehrer?« Er feixte.

»Nein, ich habe überhaupt keine, und schon gar nicht um diese Uhrzeit.« Geneviève sah ihn unwillig an. »Gilt die Sperrstunde nicht auch für Deutsche?«

»Nicht, wenn sie im Dienst sind und kontrollieren, ob die Ausgangssperre eingehalten wird.« Er zwinkerte ihr zu.

»Heißt das etwa, ich kriege erst die Blumen und danach nehmen Sie mich fest, weil ich trotz Sperrstunde noch auf der Straße bin – oder läuft das in umgekehrter Reihenfolge ab?«

Er schürzte den Mund. »Gute Frage.«

»Woher haben Sie die Blumen überhaupt?«

»Na, wenn man so herumstreift und schaut, ob man verirrte Seelen in den Gassen sieht, dann findet man auch Blumen, die einen ansehen und einem zurufen: Nimm mich mit, nimmt mich mit!« Er lachte und streckte ihr den Strauß entgegen. Weiße Rosen, gelbe Gladiolen und violetter Phlox waren in die geschickt arrangierten Zweige eines Goldrutenstrauchs eingebettet. »Manchmal muss man einfach seinem Gefühl folgen.«

Geneviève nahm den Strauß entgegen. Die Rosen verströmten einen so intensiven Duft, dass sie unwillkürlich tiefer einatmete. »Mein Gott, riechen die gut.« Sie sah ihn wieder an, merkte, wie ihr Ärger einem versöhnlichen Gefühl Platz machte, und musste auf einmal sogar grinsen. »Darf ich die Blumen wenigstens mit in meine Zelle nehmen?«

»Wenn wir nicht noch einer anderen Streife über den Weg laufen, könnten Sie sie auch einfach mit nach Hause nehmen.«

»Wo ist Ihr Kollege eigentlich?« Sie sah sich um. »Laufen Sie sonst nicht immer zu zweit durch die Straßen?«

»Den habe ich gerade anderweitig beschäftigt.«

Geneviève musste lachen. »Tun alle Soldaten hier so pflichtergeben ihren Dienst wie Sie?«

»Aber ich erfülle doch meinen Dienst!« Er warf sich in die Brust. »Ich geleite eine schutzbedürftige Frau nach Hause.« Er deutete einen Diener an. »Zumindest dann, wenn sie es mir erlaubt.«

Geneviève sah ihn an und wusste, dass sie Nein sagen sollte. Aber stattdessen zuckte sie mit den Achseln und sagte: »Wenn Sie versprechen, dass Sie das nicht zur Gewohnheit werden lassen, könnte ich mich dieses eine Mal vielleicht überreden lassen.« Sie tauchte die Nase in die Blumen. »Aber nur, weil die Blumen so unglaublich gut riechen!«

Diesmal lachten sie beide. Geneviève sog erneut den herrlichen Rosenduft ein und musste immer weiterlächeln. *Quelle drôle de type,* dachte sie, was für ein verrückter Kerl! Dazu dieses verschmitzte Grinsen, die bange Hoffnung in seinen unverschämt grünen Augen, die zeigte, dass er seiner nicht halb so sicher war, wie er tat, und außerdem rochen nicht nur die Blumen so gut, sondern auch er ...

»Sie versprechen also, es nicht zur Gewohnheit werden zu lassen?«

Er hob drei Finger zum Schwur, und auch sie versprach sich, es nicht zur Gewohnheit werden zu lassen. Und einmal war schließlich keinmal. Das zumindest versuchte sie sich einzureden. Damit gab es nur noch ein Problem: Wie sollte sie Marie die Herkunft des Blumenstraußes erklären?

20. Kapitel

Marie – Paris – 12. September 1940

»Hör endlich auf, dich dauernd umzusehen.« Entschlossen hakte Marie Amiel unter und brachte sie damit dazu, ihr Tempo zu drosseln. Schlendern, hatte sie ihr zu Hause eingeschärft, wir werden gleich ganz gemütlich über die *Place des Abbesses* zur Metrostation schlendern. Und sie hatten keinen Grund, nervös zu sein. Niemand wusste, dass sie nicht einfach nur zum Spaß von der *Place des Abbesses* nach *Ternes* mit der Metro fuhren, sondern sich in dem Zug mit ihrer Widerstandsgruppe trafen.

»Deine Nerven hätte ich gern.« Amiel seufzte, behielt das gedrosselte Tempo aber bei und schaffte es sogar, ein Zwei-Freundinnen-gehen-spazieren-Lächeln in ihr Gesicht zu pressen. »Wie kannst du nur so ruhig sein? Und woher sollen wir wissen, ob uns niemand folgt, wenn wir uns nicht umdrehen und nachschauen? Simon hat doch –«

»Pst«, zischte Marie. »Keine Details!« – und lachte gleich danach auf, als hätte Amiel ihr gerade einen besonders guten Witz erzählt.

»Ja, ja, keine Namen«, murmelte Amiel. Sie strich sich mit ihrem freien Arm die Haare aus dem Gesicht. »*Mon dieu*, ich werde euch alles vermasseln.«

»Wirst du nicht, ruhig, sei einfach nur ruhig, und alles ist gut.«

Plötzlich blieb Amiel wie vom Schlag getroffen stehen und hauchte: »Nichts ist gut!« Mit bebender Hand zeigte sie auf die Litfaßsäule, die nur wenige Meter von der Treppe entfernt war, die zur Metro hinabführte. Marie folgte ihrem Blick. Sie erwartete, dort einen der Anschläge zu finden, die sie letzte Nacht hier und auch im übrigen Quartier mit Claude zusammen aufgehängt hatte. Der Anschlag hatte die wichtigsten Passagen von Général de Gaulles neuester Rede wiedergegeben. Doch statt diesem hing dort jetzt ein Anschlag der Deutschen.

»Schon wieder eine Bekanntmachung ihres verdammten Kriegsgerichts«, stöhnte Marie.

»Ja, aber lies doch, lies!«, stammelte Amiel. »Die Namen!«

Wie immer wurde links auf Deutsch, rechts auf Französisch bekannt gegeben, wer von dem deutschen Kriegsgericht welchen Verbrechens angeklagt worden war und welches Urteil das Gericht gefällt hatte. Marie überflog den Text.

Durch das Kriegsgericht der Oberfeldkommandantur (V)670 sind am 4. September 1940

1. Alfred Debarge

2. Léon Delattre

3. Marcel Legros

wegen fortgesetzter Ausführung von Attentaten mit Sprengstoffsabotagen und Brandstiftung zum Tode verurteilt und am 4. September 1940 erschossen worden.

Marie schluckte. »Alfred und Léon und …« Die weiteren Worte wollten ihr nicht über die Lippen kommen. Erschossen. Erschossen. Erschossen! Alle drei hatte sie gekannt, Léon sogar sehr gut, er war im Alter ihres Vaters. Bis vor drei Jahren hatte er an der gleichen Schule wie sie unterrichtet, dann war er Rektor eines Mädcheninternats geworden und lehrte seither französische Literatur und Geschichte … Lehrte? Hatte gelehrt. Gestern noch hatte sie mit Amiel über ihn gesprochen. Und die drei waren leider nicht die Ersten aus den Pariser Widerstandsgruppen, die von den Deutschen erwischt und hingerichtet worden waren.

Amiel drückte ihre Hand. »Was machen wir jetzt? Gehen wir trotzdem zum Treffen?«

»Natürlich, natürlich …« Marie zwang ihre Füße, sich in Bewegung zu setzen, weg von der Litfaßsäule, weiter zu der Treppe, die sie zu ihrem Bahnsteig brachte. Von Stufe zu Stufe wurde ihr Hals enger. Sie schluckte, schluckte wieder und wieder, um nicht zu weinen, dann musste sie an ihren Bruder denken, und die Tränen liefen doch. Hastig wischte sie sie weg.

»Wollen wir nicht doch lieber wieder nach Hause gehen?«, fragte Amiel leise. »Ich kenne die drei ja nur von deinen Erzählungen, aber für dich muss das …«

»Nein, jetzt gehen wir erst recht«, presste Marie hervor. »Jetzt erst recht!«

Und auch bei jeder weiteren Stufe nach unten hämmerte es in ihrem Kopf: »Jetzt erst recht!«

Ihre Metro war die um 12.42 Uhr. Claude, Simon und fünf weitere Freunde würden sie im letzten Waggon erwarten, und vor diesen waren schon Luzie und Sofie eingestiegen. Marie wusste, dass *Combat Paris,* wie sie ihre Gruppe jetzt getauft hatten, nicht die einzige Widerstandsgruppe war, die die Metro als Treffpunkt nutzte. Der Vorteil eines solchen Treffpunkts lag auf der Hand: Nirgendwo fiel man weniger auf als hier. Tausende von Menschen stiegen täglich irgendwo in Paris im Minutentakt in irgendeine Metro und einige Minuten, eine Viertel- oder auch eine halbe Stunde später wieder aus. Unauffälliger konnte man sich nicht treffen. Außerdem konnte die Gestapo sie hier nicht abhören und ihnen dementsprechend nur schwer etwas nachweisen. Sie waren eine Gruppe von Freunden, die sich während ihrer Metrofahrt unterhielten. Und sie gaben sich alle Mühe, auch immer genauso zu wirken: ein vergnügter Haufen mehr oder minder junger Leute, die zusammen lachten und Späße machten. Um das Risiko auch sonst gering zu halten, machten sie die Folgetreffen immer direkt beim letzten aus, sodass kein Anruf, kein weiteres Gespräch, keine schriftliche Nachricht sie verraten konnte. Bisher beschränkte sich ihre Gruppe auf den Schmuggel von Menschen, die untertauchen mussten. Die meisten waren Juden, gefolgt von Freimaurern, Kommunisten und Sozialisten, die die Nazis ebenfalls zunehmend jagten. Immer öfter schmuggelten sie auch Angehörige von Mitgliedern des Widerstandes aus der Stadt. Viele hatten Angst, dass die Deutschen sich an ihrer Familie rächen oder sie als Druckmittel nutzen könnten, wenn sie in deren Hände fielen.

Als Marie und Amiel unten am Bahnsteig ankamen, war dieser gut gefüllt. Um diese Uhrzeit fuhren die Menschen nach dem Mittagessen zurück zur Arbeit, was sie so einkalkuliert hatten: Je mehr Leute fuhren, desto weniger fielen sie auf. Sorgsam hielten sie nach deutschen Soldaten und Gestapoleuten Ausschau, aber auch den französischen *Flics* und Gendarmen trauten sie längst nicht mehr. Sie unterstanden den Deutschen, und mancher von ihnen nahm seine Aufgaben ernster, als er musste. Momentan war aber keiner von ihnen zu sehen.

Maries nächster Blick ging zur Bahnsteiguhr. Noch drei Minuten. Sie fragte sich, ob Claude und die anderen schon wussten, dass Léon, Alfred und Marcel hingerichtet worden waren. Auch Amiel war ihre Betroffenheit noch immer anzusehen. Zweifellos hatte die Hinrichtung ihr aufs Neue klargemacht, was ihnen drohte, wenn sie aufflogen.

Anfangs hatte Amiel nur erkrankte Flüchtlinge oder angeschossene Widerstandskämpfer medizinisch versorgt, aber dann war Mitte August ein Gesetz erlassen worden, das ihr und vielen anderen Ärzten verboten hatte, ihren Beruf weiter auszuüben: Ab sofort durfte in Frankreich nur noch derjenige als Arzt praktizieren, der in mindestens zweiter Generation Franzose war. Dabei wurde nur derjenige als Franzose anerkannt, der schon 1927 eingebürgert gewesen war. Ausnahmen gab es nur für diejenigen, die ihre Wahlheimat wissenschaftlich geehrt hatte, und für Männer, die während der Kriege von 1914 und 1939 in einer Kampfeinheit gedient hatten. Das Gesetz richtete sich vor allem gegen die jüdischen Ärzte, die in den letzten Jahren und Jahrzehnten in großer Zahl nach Frankreich gekommen waren, viele von ihnen auf der Flucht vor den Repressalien in ihrem Heimatland. In den letzten Jahren waren die meisten aus Deutschland gekommen. Amiels Familie lebte zwar schon seit fünf Jahrzehnten in Frankreich, aber ihr Vater hatte sich erst 1933 einbürgern lassen, und er hatte weder wissenschaftliche Ehrungen noch in einer Kampfeinheit gedient. Von daher durfte eigentlich auch Amiel nicht weiter als Ärztin arbeiten, aber ihr Chef hatte sie und ihre jüdischen Kollegen dazu gedrängt, bei der *Préfecture* Beschwerde gegen das Gesetz einzulegen, und beschäftigte sie bis zu deren Stellungnahme einfach weiter. Amiel aber wusste, an welch dünnem Faden ihr Arbeitsplatz hing und dass jeden Tag die Antwort der *Préfecture* kommen konnte, die das endgültige Berufsverbot für sie bedeutete. Dies alles und die anderen immer tiefer in ihrer aller Leben einschneidenden Gesetze und Verordnungen hatten sie dann bewogen, nicht mehr nur medizinische Hilfe zu leisten, sondern aktiv im Widerstand mitzuarbeiten. »Das bisschen an medizinischer Hilfe – das ist doch, als würde ich gegen den Wind spucken und glauben, dadurch die Boches aus der Stadt vertreiben zu können«, hatte sie zu Marie gemeint. »Nimm mich mit zu euren Treffen, ich will endlich auch die anderen kennenlernen. Ich muss sehen, fühlen und erleben, dass wir nicht allein sind.«

Zuerst waren Maries Freunde aus dem Widerstand dagegen gewesen, Amiel bei ihren Treffen dabeizuhaben. Als Ärztin war Amiel zu wertvoll für sie, als dass sie sie einer zusätzlichen Gefahr aussetzen durften, aber Amiel hatte Simon so lange bedrängt, bis der die anderen umgestimmt hatte, und so würde sie heute zum ersten Mal beim Treffen dabei sein.

Marie lehnte ihren Kopf gegen Amiels. »Bist du sicher, dass du noch immer mit in die Metro kommen willst? Noch kannst du, wenn du jemals verhört werden solltest, mit gutem Gewissen sagen, dass du niemanden kennst.«

»Und ob ich mir sicher bin, dass ich mitwill.« Amiel hob ihr Kinn und sah sie geradeheraus an. »Jetzt sogar erst recht! Schließlich fehlen euch ab sofort drei Leute. Mit mir habt ihr zumindest schon wieder einen mehr.«

Im gleichen Moment fuhr die Metro ein. Marie lief zum hintersten Wagen und stieg dort mit Amiel ein. Suchend glitt Maries Blick über die Fahrgäste – doch von ihren Freunden war nichts zu sehen.

21. Kapitel

Marie – Paris – 12. September 1940

»Und jetzt?« Mit unsicherem Blick sah Amiel hinüber zu Simons Bistro. »Vielleicht ist es besser, wenn zunächst nur eine von uns reingeht und die andere so lange draußen wartet? Es bringt schließlich nichts, wenn wir uns beide in Gefahr bringen.«

»Klingt sinnvoll«, murmelte Marie, obwohl sie im Moment keineswegs wusste, was tatsächlich sinnvoll war und was nicht. Eigentlich befürchtete sie, dass alles, was sie tun konnten, das Falsche war. Wenn sie wenigstens gewusst hätten, warum niemand zum Treffpunkt gekommen war ... Sie waren nur zur nächsten Station gefahren, dort ausgestiegen und postwendend zurückgelaufen. Als sie wieder auf der *Place des Abbesses* angekommen waren, waren sie in ein Café gegangen und hatten versucht, bei Simon anzurufen, doch im Bistro hatte niemand abgenommen. Erst anschließend war ihnen bewusst geworden, dass der Anruf ohnehin keine gute Idee gewesen war, schließlich konnten Telefone abgehört werden. Und auch jetzt ... Egal, was sie taten, um mit den anderen Kontakt aufzunehmen – bei allem bestand die Gefahr, dass sie es noch schlimmer machten.

»Zumindest ist das Bistro geöffnet, und nach einer Razzia sieht das hier auch nicht aus.« Amiel strich ihr über den Arm. »Vielleicht haben wir uns einfach im Datum geirrt?«

»Und das gleich alle beide?« Marie schüttelte den Kopf und sah ebenfalls zum Bistro. Die Sonne blinzelte durch die

Blätter der Platanen und überzog die wenigen Gäste der Terrasse mit einem regelrecht fröhlich anmutenden Spiel aus Licht und Schatten. Neben dem Eingang saß ein älteres Ehepaar und trank Kaffee, am anderen Ende der Terrasse prostete sich eine kleine Gruppe deutscher Soldaten mit *vin rouge* zu. Sie hatten zwei Tische zusammengeschoben und wirkten ausgelassen, unbeschwert, als würden sie etwas feiern, und ganz sicher nicht so, als würden sie Simons Bistro überwachen ... wobei Marie im gleichen Moment dachte, dass dies eigentlich die perfekte Tarnung gewesen wäre. Unauffälliger konnte man das Bistro kaum beobachten. Sie rieb sich über die Stirn, fragte sich, ob sie vielleicht tatsächlich ein falsches Datum im Kopf gehabt hatten und ob sie allmählich paranoid wurde oder ob alles ganz anders war ...

Da kam Simons Schwester aus dem Bistro, sie brachte den deutschen Soldaten eine weitere Flasche Wein. Wann immer Simon verhindert war, sprang sie im Bistro für ihn ein – was wiederum dafürsprach, dass Simon zum Treffen hatte gehen wollen ...

Marie sah zu Amiel und stellte fest, dass auch sie Simons Schwester entdeckt hatte. Sie tauschten einen Blick, tauschten ihre Angst und ihre unausgesprochenen Fragen: Wo, um Himmels willen, waren Simon und die anderen? Warum hatte nicht wenigstens einer von ihnen in der Metro gesessen? Waren sie tatsächlich alle aufgeflogen? Und dann? Geflohen? Verhaftet?

Marie nickte Amiel entschlossen zu. »Ich ... ich gehe rein. Vielleicht weiß seine Schwester etwas.«

»Ich kann auch gehen«, erbot sich Amiel, aber Marie schüttelte den Kopf.

»Geh du nur einmal um den Block.« Und dann steuerte Marie das Bistro an.

Dort waren ebenfalls nur wenige Gäste, und zu Maries Erleichterung keine weiteren Soldaten. Die meisten Anwesenden waren ihr zumindest vom Sehen seit vielen Jahren bekannt, sodass sie Deutsche in Zivilkleidung ausschließen konnte. Simons Schwester, eine hübsche Mittvierzigerin mit wenigen grauen Strähnen im dunkelblonden Haar und einer kräftigen, gut proportionierten Figur, brachte gerade die Espressomaschine auf Hochglanz. Marie trat näher und überlegte, ob Simons Schwester eigentlich wusste, dass Marie mit Simon zusammen in der Widerstandsgruppe war, und stieß damit gleich auf die nächste Frage: Wusste Simons Schwester überhaupt, dass ihr Bruder im Widerstand war? Sie überlegte, wie seine Schwester hieß, aber der Name wollte ihr partout nicht einfallen, sodass sie sich am Ende sogar fragte, ob sie ihn überhaupt schon einmal gehört hatte.

Unsicher ließ sie sich auf einem der Hocker nieder und bestellte einen Kaffee. Simons Schwester schenkte ihr ein herzliches Lächeln. »Kommt sofort!«

»Danke.« Marie sah zu, wie Simons Schwester auch noch die letzte Ecke der Maschine polierte, dann eine Tasse aus dem Regal holte, ihr einen Kaffee machte und ihn ihr kurz darauf zuschob.

»Ist ... Simon heute gar nicht da?«, stammelte Marie.

»Im Moment nicht, nein. Er ist Besorgungen machen«, gab seine Schwester gleichmütig zurück.

»Ich ...« Marie wusste nicht weiter und bemühte sich, sich nicht umzusehen, als würde sie wer weiß was befürchten – obwohl genau das der Fall war. »Ich hatte gehofft, nun ...«

Simons Schwester warf ihr einen langen Blick zu. Marie erwiderte ihn und hoffte, dass sie in ihren Augen etwas von dem lesen konnte, was sie dachte und fühlte. Zumindest würde sie wohl die Angst darin sehen – und daraus hoffentlich die richtigen Schlüsse ziehen.

»Es ist herrliches Wetter heute«, sagte Simons Schwester da auf einmal. »Viel zu schade, um es nicht zu genießen. Ich begreife nicht, wie manche Leute bei so einem schönen Wetter mit der Metro fahren können, statt das Wetter für einen Spaziergang zu nutzen.«

Als das Wort Metro fiel, wusste Marie, dass Simons Schwester sie verstanden hatte, und plötzlich fiel ihr auch deren Name wieder ein: Virginie hieß sie, Virginie! *»Oui, n'est-ce pas,* Virginie? Ich verstehe es auch nicht und bin deswegen eben auch schon nach einer Station mit der Metro wieder ausgestiegen«, erwiderte sie und hielt dabei den Blickkontakt aufrecht. »Die Metro war erstaunlich leer. Es denken wohl viele so ...«

»Alle, die ich kenne«, gab Virginie mit einem nachdrücklichen Nicken zurück.

»Solange sonst alles in Ordnung ist ...«

Virginie hob die Augenbrauen. Marie verstand nicht, was sie ihr damit sagen wollte. »Ist ... Meinst du, Simon ist bis zum Abend wieder da?«

Seine Schwester hob die Achseln. Maries Herz sank bis in die Kniekehlen.

»Ich sage ihm, dass du nach ihm gefragt hast, wenn er wieder da ist«, sagte Virginie dann noch. »Du bist Marie, oder?«

Marie bejahte. Im gleichen Moment betrat ein neuer Gast das Lokal. Er kam an den Tresen, bestellte ein Glas Wein und nahm den Hocker direkt neben Marie in Beschlag. Marie wusste, dass ihr Gespräch damit beendet war. Sie legte das Geld für den Kaffee auf den Tresen und wollte direkt zurück zu Amiel gehen, aber ihre Knie zitterten dermaßen, dass sie nicht sicher war, ob sie auch nur einen einzigen Schritt würde gehen können. Simon war aufgeflogen. Und anscheinend die anderen gleich mit. Warum sonst sollte niemand in der Metro gewesen sein? Das, was Geneviève ihnen von Anfang an gepredigt hatte, war nun eingetreten. Sie fragte sich, warum sie nicht auch bei ihr zu Hause aufgetaucht waren oder ob sie wirklich die Einzige aus ihrer Gruppe war, von der die Nazis noch nichts ahnten. Aber selbst wenn ... Wie lange würde es dauern, bis die anderen ihren Namen und den von Amiel preisgaben?

Marie beschloss zu gehen. Sie wollte Amiel nicht unnötig lange da draußen herumstehen lassen, um nicht noch mehr als vielleicht sowieso schon die Aufmerksamkeit der Deutschen auf sie zu ziehen. Maciej fiel ihr ein. Zuerst hatte er alle zum heutigen Treffen gedrängt, dann auf einmal seine Teilnahme abgesagt. Er müsse etwas Dringendes erledigen, hatte sie ihn zu Simon sagen hören. Sie überlegte, warum er keine Zeit gehabt hatte. Weil er sie verraten hatte? Oder weil er tatsächlich etwas anderes hatte tun müssen? Aber gerade heute? Gab es solche *Zufälle*?

22. Kapitel

Marie – Paris – 12. September 1940

Auch eine Stunde später hatten sich Marie und Amiel noch nicht nach Hause getraut. Zuerst strichen sie nur durch die Straßen und gingen dabei immer auch wieder an ihrem Haus vorbei, um zu sehen, ob irgendwo Polizisten, Soldaten oder SS-Leute waren, die es überwachten, konnten dafür aber keine Anzeichen entdecken. Schließlich hatte sich Marie eine so dicke Blase gelaufen, dass sie sich in der Nähe ihres Hauses auf der Terrasse eines Cafés niederließen. Unschlüssig nippten sie an ihrem Kaffee und sahen zu ihrer Wohnung.

»Geneviève wird mich umbringen«, entfuhr es Marie nach einer Weile mit einem langen Seufzer. »Ja, einfach umbringen wird sie mich. Sie hat mich oft genug gewarnt, dass das nicht gut ausgehen kann. Und jetzt habe ich dich auch noch mit reinzogen.«

»Das hast du gar nicht.« Amiel stupste ihr sanft gegen das Schienbein. »Schließlich hast du mich nicht gezwungen, bei euch mitzumachen, sondern ich habe mich euch regelrecht aufgedrängt. Wenn, dann müsste Geneviève also uns beide umbringen.«

»Du weißt genau, dass Geneviève das anders sehen wird.« Marie drückte sich mit den Handflächen gegen die Schläfen und ließ die Hände kurz darauf mit einem langen Ausatmen wieder sinken. »Und sie hat recht, verdammt! Ich ... ich dachte ... Ach, zum Donner, ich weiß selbst nicht, was ich gedacht habe. Und dann habe ich Hornochse Geneviève auch noch davon abgehalten auszuziehen! Dann wäre jetzt wenigstens sie außen vor. Mein Gott, wenn sie da mit reingezogen wird – das verzeihe ich mir nie.«

»Marie, Marie, atme!« Amiel strich ihr über die Wange. »Geneviève wusste, was wir tun. Sie ist geblieben, weil sie es wollte. Sobald sie von der Probe kommt, fangen wir sie hier ab und warnen sie.«

Marie seufzte.

»Es wird schon alles gut gehen. Und bisher wissen wir noch nicht einmal, ob sie uns überhaupt suchen, und auch nicht, was mit den anderen ist.«

»Was machen wir bloß?« Marie fuhr sich mit allen zehn Fingern durchs Haar. »Schließlich können wir nicht für den Rest unseres Lebens auf dieser Terrasse hocken.«

»Ich gehe noch einmal um den Block, um zu schauen, ob ich irgendetwas Verdächtiges sehe, und du schonst so lange deinen Fuß.«

Marie nickte Amiel zu und sah, wie sie sich erhob und davonging. Die Freundin war kaum um die nächste Straßenecke verschwunden, als plötzlich jemand von hinten ihre Schulter berührte. Maries erster Instinkt war Flucht. Sie sprang auf, doch sofort drückten sie zwei riesige Pranken zurück in den Stuhl. Marie drehte sich um. Hinter ihr stand Maciej. »Verdammt, soll ich mich zu Tode erschrecken?«

»*Desolé*, nein, natürlich nicht!« Er setzte sich neben sie, schaute in ihre Tasse, trank einen Schluck und verzog angewidert das Gesicht. »Der schmeckt ja grauenhaft.«

Statt ihm zu antworten, sah Marie ihn einfach nur an. Sie sah ihm in die Augen, in diese immens blauen Augen, und versuchte, darin zu lesen, was er hier wollte, was in ihm vorging und ob an ihrem Verdacht gegen ihn etwas dran war. Doch seine Miene war einfach nur so ernst und verschlossen wie immer.

»Woher wusstest du, dass wir hier sind?«, fragte sie ihn schließlich. »Und hast du gestern nicht gesagt, du seist heute früh beschäftigt?«

»Das war ich auch. Bis vor einer halben Stunde.« Maciej lehnte sich in seinem Stuhl zurück. »Und jetzt sieht es so aus, als müssten wir etwas besprechen.«

»Du weißt also schon, dass Sim–« Sie biss sich auf die Lippen und sah sich um, doch die Tische in ihrer Nähe waren leer. »Und was ist mit den anderen? Es sind doch nicht etwa alle ...?«

Maciej schüttelte den Kopf.

»Was heißt das? Dass du es auch nicht weißt oder dass sie nicht in Gefahr sind? Herrgott, Maciej, nun rede schon!«

Als er ihr nicht sofort antwortete, entfuhr ihr dann noch die Frage, die sie ihm eigentlich nicht hatte stellen wollen: »Wusstest du, dass dies passieren würde? Hast du es deswegen vorgezogen, heute keine Zeit zu haben?«

»Das fragst du nicht im Ernst, oder?« Ruckartig setzte Maciej sich auf. »Und das denkst du auch nicht.«

»Wie sollte ich nicht?«

»Weil der Mann, von dem wir reden, mir nähersteht als mein eigener Bruder!« Schlagartig brannten Maciejs Augen lichterloh. »Er war es, der mich, als ich hier vor drei Jahren ankam und ausgeraubt und zusammengeschlagen worden bin, zu sich nach Hause gebracht und wieder aufgepäppelt hat. Eher würde ich mir den Arm abhacken, als irgendetwas zu tun, was ihm schaden könnte.«

Marie sah ihn abwartend an.

»Du glaubst mir nicht?«

»Ich stelle mir nur Fragen.«

»Die falschen«, konterte er verletzt.

»Und was wären die richtigen?« Marie merkte, wie sie unsicher wurde. Es lag nicht nur an Maciejs Worten, es lag auch an diesem Blick, der echte Betroffenheit zu spiegeln schien. Außerdem musste sie daran denken, wie er sie in der

Nacht, als Amiel fliehen wollte, alle gerettet hatte. »Und was war da vor drei Jahren? Ich dachte, du wärst hergekommen, um die Geschäfte deines Vaters zum Florieren zu bringen. Er handelt mit Edelsteinen, stimmt's?«

»Früher ja. Seit drei Monaten ist er in einem deutschen Lager. Eine Nachbarin zu Hause hat es mir geschrieben. Mein Vater ist Kommunist. Und da glaubst du, ich würde gemeinsame Sachen mit den Deutschen machen?«

»Oh«, entfuhr es Marie, und sie spürte, wie sie rot wurde. »Das ... das wusste ich nicht. Und, ja, nein, also dann, ach, Maciej, es weiß doch niemand mehr, wem er noch trauen kann und wem nicht.«

Er machte eine wegwerfende Handbewegung.

»Und was war vor drei Jahren, wenn ich fragen darf?«

»Ein Überfall ...« Er strich sich über sein kurz geschorenes Haar. »Als ich in der Stadt ankam, bin ich von meinen vermeintlichen Kunden überfallen worden, und sie haben sich nicht damit begnügt, mir einfach nur die Steine wegzunehmen, sondern haben mich dermaßen zusammengeschlagen, dass ich mehr tot als lebendig war. Vielleicht hatten sie sogar gehofft, dass ich sterbe, dann hätte es keinen Zeugen mehr gegeben. Und was meinst du, wem die Polizei geglaubt hat? Ein paar Pariser Weißwesten oder einem zusammengeschlagenen Polacken, der kaum ein Wort Französisch sprach?«

»Merde.« Jetzt fühlte sich Marie noch schlechter. »Und von zu Hause konnte dir auch niemand helfen? Dein Vater hätte das alles doch bestätigen können.«

»Mein Vater wäre der Letzte gewesen, den ich damals angerufen hätte. Er hat mir noch nie etwas zugetraut, das wäre dann nur die Bestätigung dafür gewesen, dass ich nichts tauge. Und für die Bullen war ich nur ein Polacke, der angesehenen Pariser Bürgern Dreck anhängen will. Also habe ich das Problem allein geklärt.«

»Wie kann man einen Überfall klären?« Marie sah ihn verständnislos an.

»Man kann.« Er zwinkerte ihr zu. »Glaub mir, man kann!«

Als sie ihn weiterhin verständnislos ansah, fuhr er fort: »Als ich mich wieder rühren konnte, habe ich mich auf die Suche nach diesen Schweinen gemacht. Zwei Wochen später hatte ich meine Steine wieder – und die Mistkerle keine Eier mehr.«

»Keine ...« Marie schluckte. »Aha.«

»Unser gemeinsamer Freund hat mir damals sehr geholfen und mich diese Stadt, in der alles so schlecht angefangen hatte, lieben gelehnt. Zwei Jahre später bin ich dann ganz geblieben und habe hier die Handelsbeziehungen meines Vaters weiter ausgebaut – bis die Deutschen ihn ins Lager gesteckt haben.«

»Und wo ist unser Freund?«

»Das«, er sah sie an, »hoffte ich von dir zu erfahren. Er wollte nach eurem Treffen zu mir kommen, aber dann ist er nicht aufgetaucht, und im Bistro ist er auch nicht, und Virginie hat mir gesagt, dass du nach ihm gefragt hättest.«

»Das heißt, du weißt genauso wenig wie ich?«

»Ich befürchte schon.« Und in seine Augen trat eine Sorge, die Maries Herz noch enger werden ließ.

Marie und Maciej und schließlich auch Amiel überlegten hin und her, wie sie weiter vorgehen sollten, und kamen überein, dass Maciej sich nach den anderen über seine speziellen Informanten erkundigen und herausfinden sollte, wo man sie hingebracht hatte und was genau man ihnen vorwarf. Marie und Amiel dagegen sollten Geneviève abfangen und die nächsten Tage irgendwo mit ihr untertauchen. Maciej und Marie wollten sich am späten Nachmittag noch einmal in der Nähe von Maciejs Wohnung treffen, um sich dann neu auszutauschen und das weitere Vorgehen zu besprechen.

Kaum war Maciej gegangen, bog Geneviève um die Ecke. Amiel machte Anstalten, sich zu erheben, um zu ihr gehen, doch Marie bedeutete ihr, dass sie gehen würde. »Das ist das Mindeste«, murmelte sie.

Als sie auf Geneviève zulief, hob diese irritiert die Augenbrauen. »Was hast du denn für eine Leichenbittermiene?«

»Können wir das da drüben besprechen?« Sie zeigte zu Amiel.

»Das ist jetzt nicht das, was ich denke, oder?«

Marie schluckte. »Nun, es … es ist in der Tat nicht alles gut gelaufen.«

Geneviève atmete lange und vernehmlich aus, ging dann aber mit ihr mit.

Eine Viertelstunde später war klar, dass Geneviève in der Tat so wütend war wie noch nie. Sie nannte Marie eine dumme Nuss, Amiel eine noch viel dümmere, wünschte beide auf den Mond und schwor ihnen, dass sie ihnen dies hier nie, nie, nie verzeihen würde. »Ich habe euch gewarnt, verdammt, ich habe euch gewarnt!«

»Gigi, leise, bitte, leise!«, rief Amiel erschrocken, und auch Marie sah hastig zu den Nachbartischen. In der Tat sahen einige der Umsitzenden bereits zu ihnen herüber.

»Natürlich hast du mich gewarnt«, zischte Marie Geneviève zu, »aber das hilft uns auch nicht weiter!«

»Wieso höre ich nur immer wieder das Wort *uns*, wenn das allein eure verdammte Scheiße ist?«, herrschte sie sie beide an und schließlich zu Amiel: »Und du hör auf, einen auf heulendes Elend zu machen, das zieht bei mir nicht.«

Zumindest hatte das Letzte aber weniger scharf als das Erste geklungen.

»Ich heule keineswegs, um dein Mitleid zu wecken«, presste Amiel hervor und wischte sich hastig mit dem Handrücken über die Augen. »Aber das Ganze ist ... Gigi, du müsstest die Menschen, die sich da vor den Deutschen verbergen, mal erleben! Letzte Woche habe ich einem Siebzehnjährigen eine Kugel aus dem Bauch operiert. Er hatte versucht, in ein deutsches Waffenlager einzudringen, um Pistolen für die Résistance zu erobern.«

»Seit wann bezeichnet man den Tatbestand des Diebstahls als Eroberung?«, knurrte Geneviève. »Ich nenne so was klauen!«

»Denn eben klauen«, fuhr Amiel im gleichen Tonfall fort. »Und ja, das war sicher keine kluge und gewiss auch keine gut geplante Aktion. Wenn man verzweifelt ist, macht man eben manchmal unüberlegte Dinge. Aber immerhin – er hat es versucht.«

»Das kann er ja auch alles machen, aber warum müsst ihre beide da mitmischen?« Geneviève sah von einer zur anderen.

»Und warum nicht wir?«, gab Marie leise zurück. »Wenn alle klein beigeben, haben die Deutschen ein leichtes Spiel. Oder findest du die Deutschen, für die du da jeden Abend spielst, inzwischen so großartig, dass du dir wünschst, dass sie für immer bleiben?«

»Nein, natürlich nicht.« Geneviève blies sich eine Locke aus dem Gesicht. »Aber ich habe dir schon einmal gesagt, dass da andere die Verantwortung übernehmen müssen: Pétain, seine Minister, die Soldaten ...«

»Schon vergessen, dass unsere Soldaten in Gefangenschaft sind? Und unser Präsident immer mehr zu einer Marionette mutiert?«

Geneviève öffnete den Mund und hob die Hand, als wollte sie etwas mit vollem Elan sagen, doch stattdessen ließ sie die Hand wieder sinken und presste hervor: »Ich habe doch nur Angst um euch.« Zugleich schossen ihr die Tränen in die Augen. »Und ich hätte sowieso nie den Mut, den ihr habt.«

»Ach, Gigi«, rief Amiel und drückte hastig ihre Hand. »Natürlich hast du Mut, jede Menge sogar! Ich sehe ein, dass du diesen Weg gewählt hast, aber versteh du auch, dass unserer ein anderer ist.«

»Ich habe ganz ehrlich geglaubt, dass wir dich da raushalten können«, meinte Marie, »und ich hoffe noch immer, dass es so ist.«

»Hoffen bringt uns auch nicht weiter«, fiel Geneviève ihr brüsk ins Wort, »also kommt!« Sie erhob sich.

»Kommt wohin?«, stotterte Marie.

»In die Wohnung, in der wir vor ein paar Monaten schon mal über Nacht waren. Die steht immer noch leer. Na los. Bezahlt habt ihr schon?«

»Du ... du hilfst uns?«, stotterte Marie.

»Lieber würde ich euch eigenhändig erwürgen, das kannst du mir glauben. Und jetzt bezahlt endlich, damit wir gehen können.«

23. Kapitel

Marie – Paris – 15. September 1940

Die nächsten Tage in ihrer Notunterkunft zerflossen Marie und Amiel gegenüber Geneviève vor schlechtem Gewissen, und deren grimmiges Schweigen machte es nicht besser – und dazu kam die Angst. Ständig diese Angst. Die Angst, dass die Deutschen auf einmal vor der Tür stehen und sie verhaften könnten.

Der einzige Mensch außer Geneviève, zu dem sie in dieser Zeit regelmäßig Kontakt hatten, war Maciej, und stets war es Marie, die sich mit ihm traf. Trotz aller Anstrengungen und trotz der guten Verbindungen, über die ihre Widerstandsgruppe inzwischen verfügte, hatte Maciej bislang jedoch weder herausfinden können, was mit ihren Freunden aus der Metro geschehen war – sie waren tatsächlich allesamt wie vom Erdboden verschluckt –, noch, ob auch Amiel und Marie in das Fadenkreuz der Deutschen geraten waren. Auch an diesem Morgen, einem wolkenverhangenen Sonntag Mitte September, hatte sich Marie wieder mit Maciej kurz vor Sonnenaufgang auf der Freitreppe zu Füßen von Sacré-Cœur verabredet. Während Maciej sonst immer vor ihr da gewesen war, konnte sie ihn heute nirgends entdecken, und das, obwohl um die frühe Morgenstunde noch kaum jemand unterwegs war. Schließlich setzte sie sich dahin, wo er sonst immer auf sie wartete, auf die oberste Stufe direkt nach dem ersten Treppenabsatz der Freitreppe, und ließ ihren Blick über die erwachende Stadt schweifen. Schon konnte sie das erste Morgenrot am unteren Rand der Wolken erahnen, es erstrahlte allmählich, bis sich hellrot glühende Streifen zwischen den Wolken durchschoben, schließlich auch der erste schmale Widerschein der sich erhebenden Sonne, und in der nächsten Sekunde – so jedenfalls schien es ihr – war sie auf einmal aufgegangen, strahlte hell, rot und eigensinnig hoffnungsvoll zwischen all den Wolken hindurch und erlaubte keiner, sich wieder vor sie zu drängen.

»Schon der Wahnsinn, wie schnell die Sonne im Endeffekt aufgeht: Erst das lange Vorspiel – und dann ist sie auf einmal da«, brummte Maciej hinter ihr. Seine warme Stimme tauchte so selbstverständlich in die Morgenröte ein, als wäre sie eigens dafür erschaffen worden.

»So müsste es auch mit uns sein«, gab Marie leise zurück.

»Mit uns?« Maciej setzte sich neben sie und sah sie an. Marie erwiderte seinen Blick, verstand auf einmal, wie er ihr »uns« interpretiert hatte, und merkte, wie sie errötete.

»Nun uns – für den Widerstand, nicht für uns-uns«, stotterte sie und spürte, wie ihr Gesicht noch heißer wurde. »O Mann, du weißt schon, wie ich das meine.«

Maciej lachte auf. Sein typisches, kerniges, volltönendes Maciej-Lachen. Er versetzte ihr einen gutmütigen Nasenstüber. »Gegen ein uns-uns hätte ich durchaus nichts einzuwenden.«

Als sie ihn verdutzt ansah, lachte er noch lauter, drückte kurz ihre Hand und wies dann mit dem Kinn zur Stadt. »Aber du hast schon recht. Auch wenn wir jetzt in einer Zeit der Dunkelheit leben, ist das erste Morgenrot schon zu erahnen. Wir werden uns durchsetzen gegen die braune Brut und schneller alles wieder im hellen Licht erscheinen lassen, als sich das derzeit jemand vorstellen kann.«

Marie nickte. »So muss es sein, es kann nur so sein!« – und zugleich schwang auch das, was Maciej zuvor gesagt hatte, weiter in ihr nach. *Gegen ein uns-uns hätte ich durch-*

*aus nichts einzuwenden. H*atte er das nur zum Spaß gesagt? Wollte er sie auf den Arm nehmen? Und sie? Wie stand sie zu ihm? Der Gedanke wühlte sie auf, und das so sehr, dass sie ihn schließlich beiseiteschieben musste. »Weißt du mehr von unseren Freunden?«

Maciej bejahte. »Sieht gut aus, sehr gut sogar.« Er warf einen kurzen Blick hinter sich, aber sie waren nach wie vor allein auf der Treppe. »Wenn mein Informant recht behält, werden sie heute oder morgen entlassen. Alle!«

Marie hatte das Gefühl, eine Tonnenlast wäre von ihren Schultern genommen worden. »Du meine Güte, was bin ich froh!«

»Und ich nicht weniger. Trotzdem müssen wir künftig noch vorsichtiger sein.«

»Und welch gutem Geist verdanken wir ihre Freilassung?«

»Sie konnten ihnen nichts nachweisen. Anscheinend haben sie es geschafft, die Deutschen davon zu überzeugen, dass unser Treffen ganz harmloser Natur waren: einfach nur eine Gruppe von Freunden, die zu einem Picknick im Park wollte. Geholfen hat ihnen wohl, dass Simon an diesem Tag seinen achtundvierzigsten Geburtstag hatte und Luzie und Sofie Kuchen dabeihatten. Das hat die Geschichte der feiernden Freunde um einiges glaubhafter gemacht.«

»Und warum haben sie Amiel und mich nicht verhaftet?«

»Offenbar seid ihr noch nicht in deren Radar geraten.«

Schon allein beim Gedanken, wie knapp Amiel und sie einer Verhaftung entgangen waren, wurde es Marie heiß und kalt zugleich. Trotzdem war sie keineswegs gewillt, dem Widerstand den Rücken zu kehren – was Geneviève heute Morgen erneut von ihr und Amiel verlangt hatte.

»Auf alle Fälle ist zu befürchten, dass wir zumindest eine Weile unter Beobachtung stehen«, meinte sie zu Maciej. »Und wir werden neue Treffpunkte finden müssen.«

»Und wir brauchen ein neues Radio.« Maciej sah sie vielsagend an.

»Eine Hausdurchsuchung?«

Maciej bejahte. »Simon wird fluchen. Als die Polizei kam, hat Simons Schwester den Apparat vor Schreck aus dem Fenster geworfen – direkt in den Hof der Nachbarn, wobei das gute Stück zerborsten ist.«

»Ach du meine Güte! Und die Flugblätter?«

»Waren gerade alle verteilt.« Maciej wiegte den Kopf hin und her. »Alles zusammengenommen hatten wir verdammtes Glück.«

»Allerdings.« Marie strich sich die Haare aus dem Gesicht. »Und wie geht es jetzt weiter?«

»Ich denke, du und Amiel und eure schöne Freundin könnt wieder nach Hause.«

Marie hob die Augenbrauen. »Du kennst Geneviève?«

»Wer nicht?« Er grinste breit. »Schließlich ist sie auf den Plakaten des *Chez Lulu* groß genug abgebildet.«

»Und du findest sie also schön?« Marie schürzte die Lippen.

»Jeder findet sie schön.«

»Aha, jetzt auch noch jeder!« Marie wollte kokett wirken, merkte aber selbst, dass es gezwungen klang. Während sie sich noch fragte, was eigentlich mit ihr los war und ob es um Geneviève, Maciej oder um beide oder keinen der beiden ging, versetzte Maciej ihr einen gutmütigen Stoß in die Rippen. »Du willst doch nur, dass ich jetzt sage, dass du schöner bist!«

»Blödsinn!« Brüsk stand sie auf. Maciej nahm sie an der Hand und sah zu ihr auf. »He, warum so empfindlich?«

»Bin ich gar nicht.« Marie strich ihr Kleid glatt. »Ich dachte nur, wir hätten alles besprochen, und ich könnte gehen.«

»Marie ...«

»Haben wir oder haben wir nicht?«

»Ja, aber …«

»Na also.« Marie zuckte mit den Achseln. »Und wann und wo ist das nächste Treffen? Und wie geht es jetzt überhaupt mit *Combat Paris* weiter?«

»Am besten treffen wir beide uns morgen wieder: gleiche Zeit, gleicher Ort. Dann kann ich dir sagen, ob Simon und die anderen wieder zu Hause sind.«

Marie bestätigte den Termin und ging ohne ein Wort des Abschieds. Als sie ein paar Stufen zwischen sich und Maciej gebracht hatte, hörte sie ihn lachen. Dieses unverwechselbare Maciej-Lachen. Und es galt ihr … Er lachte sie aus.

24. Kapitel

Marie – Paris – 15. September 1940

»Hier, da entlang, gleich da vorn ist das Restaurant, in das ich euch einladen möchte!« Ausgelassen wie ein Schulmädchen hakte Amiel Marie und Geneviève unter und drückte beiden einen dicken Schmatzer auf die Wangen. »Ich bin so froh, so froh, so froh: Endlich kann ich wieder ohne Angst arbeiten gehen!«

Der Tag geriet für die Freundinnen zunehmend zu einem einzigen großen Freudentag: Nachdem Maciej Marie gesagt hatte, dass sie wahrscheinlich nie ins Visier der Deutschen geraten waren und sie wieder nach Hause gehen konnten, fand Amiel dort ein Schreiben der *Préfecture* vor. Bis zur endgültigen Entscheidung über ihren Widerspruch gegen das Berufsverbot für Ärzte, die nicht schon in zweiter Generation Franzosen waren, durfte sie ihren Beruf weiter ausüben. Zwar war dies nur ein Aufschub, aber er ließ sie hoffen, dass doch noch alles gut und das Gesetz am Ende vielleicht sogar gekippt werden würde. So lange, wie die *Préfecture* für die Antwort auf ihren Widerspruch gebraucht hatte, konnte sich das ganze Prozedere ohnehin endlos hinziehen. Und nachdem sich so ein Problem nach dem anderen in Luft aufgelöst hatte, schaute auch Geneviève endlich nicht mehr grimmig drein, was Marie fast noch mehr als Amiels gute Nachrichten erleichterte, eine Erleichterung, die wie ein Schluckauf ständig aufs Neue in ihr aufploppte und sie sich ebenso leicht und übermütig wie Amiel fühlen ließ. Und als wäre es damit nicht schon genug, war dieser Spätsommerabend einer der schönsten seit Langem: milde Temperaturen, eine leichte, angenehme Brise, und von irgendwo wehte ihnen der verführerische Duft von Jasmin entgegen.

»Was wollen wir eigentlich essen?«, rief Marie. »Eine leckere Bouillabaisse oder eine Quiche Lorraine oder ein saftiges Entrecôte? Und als Vorspeise? Aber hinterher auf alle Fälle eine Käseplatte.«

»Träum weiter«, murrte Geneviève, musste dann aber doch lachen. Zugleich überflog ihr Gesicht ein Hauch Sehnsucht. »Ach Mädels, wie lange es wohl dauern wird, bis es so etwas wieder zu essen gibt? Und bis überhaupt wieder so etwas wie Normalität in unser Leben zurückkehrt?«

»Auf alle Fälle genießen wir erst einmal diesen Abend, ehe die Lebensmittel noch knapper werden«, meinte Marie. »Und wer weiß, vielleicht hat Olivier wirklich etwas Leckeres auf der Karte. So oder so – wir werden feiern!«

Geneviève pflichtete ihr bei, und dann erreichten sie das Restaurant. Mit einem übermütigen »Tatatata!« stieß Amiel die Tür des Lokals auf – und erstarrte. Marie und Geneviève schoben sich an ihr vorbei und blieben dann ebenfalls wie angewurzelt stehen. In dem Lokal saßen mindestens dreißig deutsche Soldaten der verschiedensten höheren Dienstgrade vor dampfenden Tellern. Alle waren in bester Feierstimmung.

»Oha«, rief ihnen einer von ihnen entgegen. »Wir bekommen weibliche Gesellschaft!«

Auch einige der anderen begannen beim Anblick von Marie, Amiel und Geneviève zu johlen.

»Das ist jetzt nicht wahr, oder?«, presste Marie durch die Zähne hindurch. Sie sah zu Amiel, die noch immer zu den Deutschen starrte, und murmelte: »Kommt, gehen wir!«

Geneviève nickte, woraufhin Amiel die Tür losließ, doch noch ehe sie zuschlug, sprang einer der Soldaten, der direkt an der Tür saß, herbei und hielt sie auf. »Aber, Geneviève,

Sie und Ihre Freundinnen werden uns doch nicht schon wieder allein lassen?«

Auch einige der anderen Soldaten erkannten sie jetzt. »Ja, Mensch, das ist doch die Pianistin aus dem *Chez Lulu!*«, riefen sie aufgeregt.

»Wir ge-hen!«, zischte Marie.

Schließlich drehte sich noch ein Soldat um, und zwar einer, den sie alle drei kannten: Peter Neumann.

»Na, das ist ja eine nette Überraschung«, rief er. Er legte seine Serviette beiseite, erhob sich und ging mit einem freudigen Strahlen auf Geneviève zu. »Im *Chez Lulu* haben sie gesagt, Sie wären krank.«

»Krank, ja, ich war ... krank«, erwiderte Geneviève. Marie sah, wie sie errötete – etwas, was sie überhaupt nicht von Geneviève kannte.

»Und jetzt geht es Ihnen wieder gut?«, fragte Peter Neumann. »Ein letzter freier Abend, bevor es wieder losgeht?«

Geneviève nickte und blieb seltsam stumm.

»Wunderbar, dann sehen wir Sie morgen ja wieder auf der Bühne«, rief ein junger Mann, der weiter hinten saß. »Sie sind echt mein Hoch der Woche!«

»Wenigstens ein Hoch pro Woche!«, versetzte der Soldat direkt neben ihm, woraufhin der junge Mann feuerrot wurde und alle in grölendes Lachen ausbrachen.

Marie hakte Amiel unter, sah drängend zu Geneviève und zischte erneut: »Wir ge-hen!«

Geneviève nickte entnervt und machte Anstalten, sich von Peter abzuwenden, aber im gleichen Moment machte der eine weite, einladende Geste zu den Tischen hin: »Aber ich bitte Sie, meine Damen, treten Sie näher. Was können wir für Sie bestellen? Der Koch hat heute eine Meisterleistung vollbracht: Anlässlich des Geburtstags meines Freundes hat er Gänsebraten gekocht, dazu leckere Kartoffeln und deftigen Rotkohl, wir fühlen uns wie zu Hause.«

»Gänsebraten mit Rot...« Marie sah ihn fassungslos an.

Geneviève verpasste ihr einen Stoß in die Rippen. »Wie schön für Ihren Freund.« Sie schenkte Peter Neumann ein freundliches Lächeln. »Aber wir wollen Sie nicht stören.«

»Bleiben, bleiben, bleiben!«, riefen die Soldaten im Stakkato.

»Nein, nein danke, das ist Ihre Feier, wir stören da nur.«

»Ach woher«, unterbrach Peter Neumann sie und hakte sie unter. »Es ist uns eine Ehre, Sie als unsere Gäste begrüßen zu dürfen.«

Brandender Beifall und Fußgetrappel unterstrich seine Worte.

Hilfe suchend sah Geneviève zu Marie. Marie erwiderte den Blick, drängte sie wortlos, sich frei zu machen, wegzugehen. Stattdessen ließ sich Geneviève von Peter Neumann weiter zu den Tischen führen, wo eifrige Jungspunde drei Stühle herbeischafften und ein anderer in die Küche flitzte, um Gläser, Teller und Bestecke für sie zu ordern. Überhaupt schien auf einmal alles in Bewegung: Stühle wurden gerückt, ein Teil des Tisches für sie frei gemacht, andere fanden, das reiche nicht und es müsse ein weiterer Tisch herbeigeschafft werden, damit die Damen es auch bequem hätten, und taten dies dann auch, während wieder jemand anderer eine Tischdecke und Servierten holte ... Einzig Marie und Amiel rührten sich nicht von der Stelle. Amiel starrte auf das bizarre Treiben, Marie zu Geneviève, die wiederum ergeben mit den Achseln zuckte. Ein Soldat eilte zu Geneviève und drängte ihr so übereifrig ein Glas Wein auf, dass er ihr dabei fast etwas aufs Kleid schüttete, woraufhin Geneviève es ihm schließlich abnahm. Zuerst hielt sie es in der rechten, dann in der linken Hand, gerade als wüsste sie nicht, was sie eigentlich damit tun sollte. Kurz darauf prostete Peter Neumann ihr zu, woraufhin Geneviève einen Schluck trinken musste, dann nahm Peter Neumann ihr das Glas ab, stellte es auf den Tisch und rückte ihr seinen Stuhl zurecht. Hastig sprang ein junger Mann herbei und stellte

Peter Neumann einen neuen Stuhl hin. Da Geneviève noch immer stand, drückte Peter Neumann sie mit einem aufmunternden Lächeln auf ihren Stuhl, nahm dann selbst Platz und sagte etwas zu ihr, was Marie nicht hören konnte. Sie sah nur, dass er anschließend lachte und in Genevièves Gesicht zumindest ein schiefes Lächeln erschien. Immer weiter starrte Marie zu ihnen, sah dieses Lachen, sah, dass Geneviève, auch wenn sie sich weiter zierte, es durchaus genoss, dass man wegen ihr viel Aufhebens machte – und sie konnte ihre Freundin sogar verstehen. Statt sich mit ihnen voller Angst in einer Wohnung zu verkriechen, war es natürlich angenehmer, sich hier offen in der Bewunderung so vieler Männer zu sonnen.

Trotz ihrer Größe wirkte Geneviève neben Peter Neumanns hünenhafter Gestalt schmal und angreifbar und er wie jemand, der nur darauf wartete, sie in seine starken Arme zu schließen. Überdies musste Marie zugeben, dass dieser semmelblonde Kerl ziemlich gut aussah. Wenn er lachte, blitzten seine grünen Augen vor Übermut, und wann immer er Geneviève ansah, war alles in seiner Miene pure Zuneigung. Schließlich erwiderte Geneviève sein Lachen auch, erst vorsichtig, wobei sie zu Marie schielte, aber dann immer offener. Marie bekam das Gefühl zu ersticken.

»Was machen wir denn jetzt?«, hauchte Amiel ihr zu.

»Gehen.« Marie wandte sich zu Geneviève. »Gigi …«, wollte sie rufen, doch als sie sah, wie sie diesen Peter Neumann ansah, kam kaum mehr als ein Krächzen über ihre Lippen. »Gigi!«

Als einer der Soldaten nun auch auf sie zukam und ihnen sagte, dass ihr Tisch fertig sei, drehte sich Marie auf dem Absatz um und stürmte in die Nacht hinaus.

Marie war noch keine zwei Häuserblöcke weit gerannt, als ein Mann so plötzlich um die Ecke kam, dass sie regelrecht in ihn hineinrannte. Beherzt packte der Mann sie bei den

Schultern und brachte sie wieder in die Gerade. »Marie?«, rief er erstaunt

Erst jetzt erkannte auch Marie, wer da vor ihr stand. »Maciej?«

Er ließ sie los. »Du meine Güte, was ist denn mit dir los? Du bist ja völlig aufgelöst.« Er wischte ihr mit dem Daumen über die Wange. Erst da merkte Marie, dass sie weinte. Hastig fuhr sie sich mit dem Ärmel ihrer Bluse über das Gesicht und schüttelte den Kopf.

»Und was heißt dieses Kopfschütteln?«, fragte Maciej. »Dass du nicht aufgelöst bist, sondern nur zum Spaß weinst, oder dass ich nicht nachfragen soll?«

Sie sah zu ihm auf, sah die Sorge und Betroffenheit in seinen Augen und wollte wieder den Kopf schütteln, aber stattdessen entfuhr ihr: »Geneviève ...« Sie keuchte, fuhr sich über die Stirn. »Sie ... sie ist ... sie ist eine so verdammte ...« Sie presste die Lippen zusammen und merkte, dass ihr schon wieder Tränen kamen.

Maciej schloss sie in die Arme. »He, he, *mój słodki mały,* nicht weinen. Nicht wegen so etwas.« Er strich ihr über den Rücken.

Marie drückte ihre Stirn an seine Brust und spürte die Wärme und den Trost seines großen, starken Körpers. Maciej schob ihr den Zeigefinger unter das Kinn und brachte sie so dazu, ihn anzusehen. »Egal, was zwischen euch war – das kommt schon wieder in Ordnung.«

Marie schüttelte den Kopf. Es war nur eine kleine Bewegung, und sie führte sie fast unbewusst aus. Dann sah sie wieder Maciej an. Maciej ... Peter ... Wie Geneviève diesen Mann angestrahlt hatte. Wie sie sie und Amiel einfach vergessen hatte!

Doch je länger sie Maciej ansah, desto mehr verschwand das Bild von Geneviève, und nicht zum ersten Mal dachte sie, was für unglaublich blaue Augen dieser Mann hatte, und zugleich sehnte sie sich nach Trost. Nach jemandem, der sie in den Arm nahm und hielt und ... noch ehe sie wusste, was sie tat, näherte sie ihm ihr Gesicht, suchte seine Lippen mit den ihren und wurde weich und warm empfangen.

»Marie«, Maciej seufzte, »ach, Marie.« Er zog sie an sich, und auch Marie schlang ihre Arme um Maciej, um seinen starken Nacken. Sie schloss die Augen und drückte ihr Gesicht an seinen Brustkorb, spürte die Wärme seiner Hände, doch dann kam auch Genevièves Bild zu ihr zurück, und sosehr sie es auch wollte: Es gelang ihr nicht, es wieder aus ihrem Kopf zu bringen.

25. Kapitel

Marie – Paris – 19. Oktober 1940

»Amiel, Gigi, seid ihr zu Hause?«, rief Marie, kaum dass sie die Wohnungstür geöffnet hatte. Aus der Küche klang Gelächter. Sie stürmte zu ihnen und warf den *Matin* zwischen ihre Frühstücksteller. »Schaut euch das an!«

»Judenverordnung erlassen«, las Amiel. Hastig nahm sie die Zeitung hoch, las weiter vor, doch von Wort zu Wort erstarb ihre Stimme mehr. *»Alle Juden sind ab sofort von sämtlichen öffentlichen Ämtern ausgeschlossen …«* Mit bangem Blick überflog sie die weiteren Erlasse. Geneviève legte ihr Frühstücksbrot beiseite und las ebenfalls.

»Merde«, brummte Geneviève anschließend. Amiel ließ die Zeitung sinken und sackte gegen die Rückenlehne ihres Stuhls. »Kommt nun zu der deutschen Hetzjagd auch noch eine französische? Reichen nicht schon die Erlasse und Verbote, die die Deutschen gemacht haben? Wollen uns jetzt auch noch die Franzosen an die Wand drücken?«

Nur eine Woche vor dieser – französischen – Judenverordnung hatten in der Tat auch schon die Deutschen eine erlassen. Sie hatten darin nicht nur eine Meldepflicht für Juden angeordnet, sondern außerdem auch eine Volkszählung für alle Personen, die mehr als zwei jüdische Großeltern besaßen, und das schloss auch all jene ein, die ihren Wohnsitz eigentlich in der Freien Zone im Süden hatten, sich derzeit aber hier, in der besetzten Zone befanden – ihnen wurde kurzerhand die Rückkehr verweigert. Außerdem musste ab sofort an jüdischen Geschäften ein Schild mit der Aufschrift jüdisches Geschäft – *entreprise juive* – hängen, und für die Geschäfte und Unternehmer geflohener Juden wurden Treuhänder eingesetzt. Was die Franzosen den deutschen Bestimmungen jetzt noch hinzufügten, waren umfassende Berufsverbote: höhere politische Ämter waren Juden fortan ebenso verboten wie der öffentliche Dienst, Lehrerberufe, das Militär und sämtliche Medienberufe.

»Was unsere Regierung vorhat, weiß ich nicht«, erwiderte Marie auf Amiels Frage. »Ich weiß nur, dass vier meiner Lehrerkollegen ab sofort nicht mehr zum Dienst erscheinen dürfen.«

»Und zwei Kollegen von mir sicher auch nicht«, stöhnte Geneviève. »Unser Violinist ist Jude und eine der Sängerinnen, Emilie, ebenfalls.« Sie fuhr sich durch ihre Locken. »Ich fasse es nicht: Theater, Kino, Verlage, Presse … Zu allem wird den Juden der Zugang verwehrt. Was dürfen sie eigentlich überhaupt noch machen? Die Straße kehren?«

»Aber dieser Punkt ist der schlimmste, denn der macht viele von ihnen komplett zu Freiwild.« Marie zeigte auf den letzten Absatz des Artikels. »Danach kann ab sofort jeder im Land lebende Jude ohne französische Staatsangehörigkeit – und da sie im Sommer so vielen Juden die Staatsangehörigkeit entzogen haben, sind das verdammt viele – einfach in einem Sonderlager interniert werden. Alles, was dafür nötig ist, ist die Anweisung des lokalen Präfekten.«

»Aber wir haben doch niemandem was getan. Warum wollen sie uns einsperren? Und wovon sollen wir leben, wenn sie uns immer mehr Berufe verwehren? Die Berufsverbote für jüdische Ärzte und Anwälte sind ja auch noch nicht vom Tisch, und wenn ich mir das hier ansehe, wird es wohl auch dabei bleiben.« Amiel massierte sich die Schläfen. »Mein Gott, das darf doch alles nicht wahr sein!«

»Ja, da kriegt man es allerdings mit der Angst zu tun.« Marie trank einen großen Schluck Wasser und schob auch

Amiel ein Glas zu. »Und ich weiß echt nicht, worüber ich entsetzter bin: darüber, dass unsere eigene Regierung gerade die Deutschen übertrumpft hat – oder darüber, welche Absichten man dahinter vermuten soll.«

»Absichten?« Amiel sah sie irritiert an. »Was für Absichten denn?«

»Nun, die deutsche Verordnung der letzten Woche zielt meiner Ansicht nach lediglich darauf ab, den Juden den wirtschaftlichen Einfluss zu nehmen, aber die Verordnung unserer Regierung entzieht den Juden überdies auch noch den politischen, militärischen, künstlerischen und intellektuellen Einfluss.«

»Stimmt«, murmelte Geneviève.

»Wirklich wundern darf uns das allerdings nicht«, warf Marie ein. »Wie judenfeindlich Pétain und seine Minister sind, wissen wir schon, seit sie Ende August das Marchandeau-Gesetz gekippt haben und seither wieder jeder rassistische und antisemitische Propaganda in der Presse schreiben darf.«

»Aber ...« Amiel sah von einer zur anderen. »Wie wird das weitergehen? Legen die uns jetzt einen Strick nach dem anderen um den Hals und ziehen immer fester zu?«

Marie sah zu Geneviève. »Verstehst du endlich, warum ich im Widerstand bin?«

»Verstanden habe ich das schon vorher, aber trotzdem sollten wir eines nicht aus dem Blick verlieren: Zumindest diese neue Verordnung stammt von uns selbst!«

»Aber warum haben sie das gemacht?« Amiel stöhnte. »Warum?«

»Weil Pétain sich bei den Deutschen lieb Kind machen will!« Marie pochte mit dem Finger auf den Tisch. »Schon als er bereit war, den Krieg gegen die Deutschen zu beenden, habe ich dir gesagt, dass es dem dabei nicht um die Leben seiner Soldaten geht. Der hat ganz andere Ziele, und das hier beweist es.«

»Trotzdem wirst du mich nicht dazu bringen, zu deinem de Gaulle überzulaufen«, konterte Geneviève.

»Weil?« Marie sah sie abwartend an.

Geneviève schob ihre Hände über den Tisch zu Marie und sah sie eindringlich an. »Marie, jetzt sei doch mal realistisch: Dein de Gaulle hat keine Chance gegen die Deutschen. Norwegen, Dänemark, Belgien, Finnland, Polen, Russland ... egal wo du hinschaust, überall sind die Deutschen. Glaub mir, es ist besser, sich ihnen nicht entgegenzustellen, wenn man nicht zermalmt werden will.«

»Zermalmt?« Marie schnaubte. »Es geht hier doch wohl eher darum, dass du nicht in die Hand beißen willst, die dich füttert.«

»Jetzt lass uns nicht streiten, Marie.« Geneviève holte ein Taschentuch hervor und schnäuzte sich. »Im Prinzip sehe ich das doch wie du, nur bin ich eben nicht bereit, deswegen mein Leben zu riskieren. Und was erreicht ihr schon mit eurem Widerstand? Ihr schmuggelt eine Handvoll Menschen aus dem Land, macht ein paar Sabotageakte – aber damit werdet ihr das Ruder nicht herumreißen. Am Ende ist alles nur heiße Luft.«

»Menschen, die ich in die Freie Zone schmuggle, sind keine heiße Luft, Geneviève.« Marie erhob sich. Sie hatte keine Lust, sich am Ende noch richtig mit Geneviève zu streiten. »Du wirst schon noch einsehen, dass nur Général de Gaulle uns hier rausholen kann, Général de Gaulle und die Engländer. Und sie können es nicht nur, sie werden es auch!«

»Warten wir es ab.« Geneviève zuckte mit den Achseln. Dann ging ihr Blick zur Uhr. »Was tust du hier eigentlich noch? Hast du heute früh keinen Unterricht?«

»Mittwochs habe ich erst zur vierten Stunde.« Marie schaute zur Küchenuhr und stellte fest, dass sie, wenn sie jetzt gleich loslief, sogar noch Zeit hatte, bei Simon reinzuschauen. Ihr Blick ging zurück zu Geneviève. »Tu mir den

Gefallen, und denk über das, was ich gesagt habe, wenigstens mal nach.«

Geneviève versprach es. Marie umarmte sie, dann auch Amiel, flüsterte ihr »Nicht die Deutschen werden siegen, sondern wir!« ins Ohr und eilte los.

Als Marie Simons Bistro betrat, waren die einzigen Gäste zwei alte Männer, die in einer Ecke Schach spielten, und statt Simon stand Maciej hinter dem Tresen. Unwillkürlich verharrte Marie, sah, wie nun auch Maciej sie bemerkte, fand ihre Reaktion dann albern und ging weiter auf den Tresen zu. Seit dem Kuss an dem Abend, als sie sich so über Geneviève geärgert hatte, hatten sie sich nicht wiedergesehen. Sie konnte zwar nicht behaupten, dass sie nicht mehr an ihn und ihren Kuss gedacht hatte, aber noch weit mehr als an ihn hatte sie an diesen Peter Neumann gedacht und wie der Geneviève angesehen hatte. Peter Neumann und Genevié... Marie verbot es sich, weiterzudenken.

»Bonjour, Maciej«, sagte sie leise und setzte sich auf einen der Barhocker.

»Bonjour, Marie«, gab er zurück und sah sie einfach nur mit einem kleinen, offenen Lächeln an. Schließlich musste auch Marie lächeln, von ganz allein, ein ebenso kleines, leises Lächeln ... das ihr zugleich klarmachte, wie ernst sie ihn zuvor angesehen hatte.

»Ah, du kannst es also noch«, frohlockte Maciej.

»Was?«

»Lächeln!« Er lachte auf.

Marie musste mitlachen. »Weißt du, dass du unmöglich bist?«

Er grinste breit. »Willst du einen Kaffee?«

Marie pickte einen Brotkrümel vom Tresen. »Ich weiß nicht ... Soweit ich weiß, hat Simon nur noch dieses Zichoriengebräu, oder?«

»Nein, keinen Zichorienkaffee, ich meine echten. Und richtig guten noch dazu.«

»Wo hast du den jetzt her?«

»Ich bin Pole, schon vergessen? Wir Polen sind Meister im Organisieren von Dingen, die es nicht gibt.«

»Dann mach mal.« Marie grinste.

Kurz darauf dampfte vor Marie tatsächlich eine Tasse besten Kaffees. Genussvoll inhalierte sie den Duft.

»Wenn ich dieses Strahlen in deinem Gesicht sehe, bekomme ich Lust, dir jeden Morgen eine Tasse Kaffee zu kochen – und gern auch direkt ans Bett zu bringen.«

Marie sah ihn an. »So, so, ans Bett«, gab sie zurück, bemüht seinen flapsigen Tonfall aufzunehmen. Zugleich überlegte sie, ob auch sie Lust darauf hätte – nicht nur auf den Kaffee, sondern auch auf Maciej, dass er ihr morgens Kaffee ans Bett brachte. Ein Bett, aus dem er sich zuvor erhoben hatte. Nach einer langen, wilden ... Sie räusperte sich und trank einen Schluck. *»Mon dieu,* ist der gut!«

»Wie ich.« Wieder dieser Blick. Der gleiche Schalk.

»E-eigentlich bin ich gekommen, weil ich m-mit Simon über die neue Verordnung –«

»Seit wann stotterst du?«

Seit du mich nervös machst, du Holzkopf, dachte Marie, sagen aber konnte sie nichts. Sie brachte einfach keinen Ton heraus und konnte ihn nur ansehen. Immer weiter ansehen. Und dann beugte er sich über den Tresen und küsste sie.

»Ähm!«

Ein Räuspern riss sie auseinander. Ihr beider Blick ging zur Bistrotür, von wo Simon sie angrinste.

26. Kapitel

Marie – Paris – 30. Oktober 1940

Unruhig lief Marie vor dem Bühneneingang des *Chez Lulu* auf und ab und sah zu der Straßenecke, um die Geneviève hoffentlich bald biegen würde. Ihr war klar, dass diese kaum begeistert sein würde, sie hier zu sehen, und noch weniger, wenn sie hörte, warum sie hier war, aber darauf konnte sie keine Rücksicht nehmen. Als sie die nächste Kehrtwende machte, kam Geneviève endlich. Kaum hatte sie sie bemerkt, verdüsterte sich ihre Miene. »Was willst du denn hier?«

Marie sah sie flehend an. »Bitte, Gigi, nur eine Minute, dann verschwinde ich auch sofort wieder.«

Geneviève atmete heftig durch die Nase aus. »Marie, das damals war alles knapp genug. Das hier ist mein Leben. Du hast mir versprochen, dass du mir diesen Kram vom Hals hältst.«

»Ich habe doch nur eine Frage.« Marie setzte ihr flehendlichstes Gesicht auf und verzog sich unter das Vordach des Nebenhauses, von wo aus sie weniger den Blicken von Genevièves Kollegen ausgesetzt waren, die jetzt ebenfalls nach und nach eintrudelten. Geneviève grummelte, folgte ihr aber. »Und warum musst du damit herkommen? Mehr deutsche Soldaten und Gestapo-Leute als hier findest du in der ganzen Stadt nicht.«

»Ach, die Gestapo habt ihr jetzt auch als Gäste gewinnen können?« Marie biss sich auf die Zunge. Ihre Spitzen würden sicher nicht dazu beitragen, Geneviève für ihre Bitte geneigter zu machen. *»Desolée,* ich wollte dich nicht angreifen, ich wollte …« Sie atmete aus. »Wir brauchen deine Hilfe.«

»Und wobei?« Es war mehr ein lang gezogenes Stöhnen als eine Frage.

»Es geht um drei Kinder …«

»Jüdische Kinder, nehme ich an.« Geneviève verschränkte die Arme vor der Brust.

Marie bestätigte es. »Die Eltern sind durch die Judenstatute arbeitslos geworden und verarmt und jetzt auch noch in den Fokus der Gestapo geraten. Da wir die Familie momentan nicht in den Süden bringen können, haben wir sie in einem unserer Verstecke untergebracht, aber da gibt es seit heute früh einen Fall von Diphterie. Amiel sagt, dass die Kinder da schnellmöglich wegmüssen, damit sie sich nicht anstecken. Du bist doch so gut im Organisieren von Wohnraum, ich meine, für uns drei hast du doch auch schon … Bitte, Gigi, unsere anderen Notunterkünfte sind alle hoffnungslos überfüllt oder aufgeflogen.«

»Aufgeflogen, aha, na super, ja, doch, das beruhigt mich jetzt ungemein.« Geneviève machte Anstalten zu gehen. Marie verstellte ihr den Weg. »Gigi, bitte, Milo ist acht, sie war letztes Jahr in meiner Klasse, ihre Schwester Hannah ist fünf und der kleine Jakob gerade erst auf die Welt gekommen.«

»Ein Baby, wie praktisch. Das fällt dann auch überhaupt nicht auf, wenn das nachts loskräht.«

»Eben das ist unser Problem – man kann nicht mit einem Baby fliehen, wenn man sich an Soldaten vorbei über die grüne Grenze schleichen muss.«

»Aber mich könnt ihr in eine Geschichte ziehen, bei der man garantiert im Gefängnis landet, oder was?« Geneviève schob sie unwirsch beiseite. »Lass mich damit in Frieden.«

»Gigi, es sind Kinder, Kinder!«

»Bon soir, les dames«, ertönte plötzlich eine warme, rauchige Männerstimme hinter ihnen.

Wie vom Blitz getroffen schnellten Marie und Geneviève herum. Hinter ihnen stand Peter Neumann. Marie fühlte, wie alles Blut aus ihrem Gesicht wich. Geneviève hatte sich schneller wieder im Griff. »Oh, Peter, wie schön, Sie zu sehen. Dann darf ich mich also drauf freuen, Sie heute Abend wieder im Publikum zu finden?«

»Mais bien sûr«, erwiderte er und begrüßte Geneviève mit zwei Wangenküssen. Anschließend stellte er sich an ihre Seite und musterte Marie. »Kennen wir uns nicht?«

Marie schluckte. »Nun …«

Geneviève hängte sich bei Peter Neumann ein und schenkte ihm ihr gewinnendstes Lächeln. »Es geht um einen Kindergeburtstag. Sie wissen ja – es gibt fast nichts mehr, vor allem nichts, was Kinder gern essen, und die Kinder ihrer Freundin sind krank und haben morgen Geburtstag. Da wollte meine Freundin ihnen wenigstens einen Kuchen backen – aber dazu fehlt ihr der Zucker.«

»Die Kinder haben beide morgen Geburtstag?« Peter Neumann wirkte ungläubig.

»Ja, ja«, haspelte Marie. »Es sind … Zwillinge.«

»Oh, und was fehlt ihnen?«

»Die Masern, sie haben die Masern«, sagte Geneviève.

»Na, das kriegen wir doch hin. Ich laufe schnell noch einmal zu meiner Wohnung, kein Problem. Ein halbes Kilo reicht?«

»Ja, schon, aber ich … will Ihnen auch keine Umstände machen«, stotterte Marie.

»Das ist doch kein Umstand«, rief Peter Neumann und eilte davon.

Kaum war er um die Ecke verschwunden, atmete Marie aus und sah zu Geneviève. »Deine Geistesgegenwart hätte ich auch mal gern. Danke!«

»Da siehst du wenigstens, in welche Bredouille du mich bringst«, zischte Geneviève. Und dann drehte sie sich um und eilte ins Theater, ohne sich noch einmal umzusehen.

Marie verbrachte die halbe Nacht damit, sich bei Freunden nach einer sicheren Unterkunft für die jüdische Familie mit den drei Kindern umzuhören, aber niemand hatte einen Rat und noch weniger ein Zimmer für die Familie. Todmüde, frustriert und mit schmerzenden Füßen sank sie nach Mitternacht in ihr Bett und fiel in einen schweren, unruhigen Schlaf. Als sie am nächsten Morgen in die Küche kam, stand dort ein halbes Päckchen Zucker auf dem Tisch. Als sie es hochhob, entdeckte sie einen Zettel darunter. Verschlafen rieb sie sich die Augen, las die Adresse darauf und entdeckte erst dann den Schlüssel, der ebenfalls auf dem Küchentisch lag.

»Oh, Gigi«, seufzte sie und drückte den Schlüssel an ihre Brust. »Du bist die Beste, das vergesse ich dir nie!«

27. Kapitel

Marie – Paris – 2. November 1940

Schon lange hatte Marie keinen so guten Tag mehr gehabt: Die jüdische Familie mit den drei Kindern war dank Geneviève neu untergebracht und hatte jetzt nicht nur ein Zimmer, sondern mehrere Räume in einem leer stehenden Fabrikgebäude für sich allein. Niemand würde die Kinder dort hören, egal wie sehr sie weinten, lachten oder herumtobten. Mehr als ein paar Matratzen und einen alten Kohleherd in der Betriebsküche gab es dort zwar nicht, aber die Eltern waren trotzdem überglücklich, und Simon und Maciej hatten versprochen, ihnen weitere Möbel zu beschaffen. Als Marie gehen wollte, tauchte Maciej gerade mit einer Wiege für das Baby auf. Die Eltern strahlten ihn an, als wäre er der Weihnachtsmann persönlich, und auch Marie kam er ein bisschen so vor. Als sie kurz darauf gingen, sagte sie dies Maciej auch.

»So wie Madame Goldstein und ihr Mann gestrahlt haben, werden sie sicher noch ihren Enkeln von dieser Wiege erzählen.«

Maciej lachte, und wieder einmal dachte Marie, wie unwiderstehlich er dabei aussah. Alles in ihr drängte sie dazu, ihm über die Wange zu streichen – und ihn an sich zu ziehen. Maciej erwiderte ihren Blick und sah sie dabei an, als würde er ahnen, was in ihr vorging, tat aber trotzdem nichts. Marie fragte sich warum. Mochte er sie nun oder nicht? Zwei Küsse ... und dann kam nichts weiter. Worauf lief das hinaus?

»Hallohallo? Paris an Marie, Paris an Marie. Bist du noch auf Empfang?« Maciej grinste sie an.

Marie spürte, wie sie errötete. »Entschuldige«, haspelte sie. »Ich ... ich war gedanklich gerade woanders. Was hast du gesagt?«

»Ich habe dich gefragt, ob du morgen Abend mit mir essen gehen willst.«

»E-essen?« Sie merkte, wie sie noch mehr errötete, und kam sich albern vor. »Ähm, ja, ja, natürlich, sehr gern.«

»Kennst du das Restaurant *Trumilou?«*

»In der *Rue Duhesme?«*

Maciej nickte. »Um sieben? Ich reserviere uns einen Tisch.«

Marie strahlte und nickte ebenfalls. Maciej strahlte zurück, und das so hell und alles überscheinend, dass es Marie wie ein Versprechen auf mehr erschien. Dann drückte er kurz ihre Hand, gab ihr einen schnellen Kuss auf den Mund und verschwand um die nächste Ecke.

Den ganzen Heimweg über lächelte Marie und tanzte geradezu über die Straße. Schon lange hatte sie sich nicht mehr so leicht, so beschwingt, so hoffnungsvoll und glücklich gefühlt wie in diesem Moment. Ganz tief in ihr drin pochten zwar noch die Erinnerung an einen vergangenen Schmerz und die Angst, dass es auch mit ihm – wenn sie denn zusammenkamen – so werden könnte wie damals mit Bertrand, aber sie wollte sich jetzt davon nicht ihre gute Stimmung verderben lassen. Bertrand ... Ihre erste große Liebe. Er war ein Kommilitone gewesen, im gleichen Studienjahr wie sie, ein Bild von einem Mann, der Schwarm aller Mitstudentinnen, und ausgerechnet in sie hatte er sich verliebt. Drei wundervolle Jahre waren sie ein Paar gewesen, redeten vom Heiraten, vom Kinderkriegen, von einer sonnigen Dachwohnung, die sie später, wenn sie Geld verdienten, auf dem Montmartre kaufen wollten. Im letzten Studienjahr erwischte sie ihn mit einer anderen und fand dabei heraus, dass er sie schon öfter betrogen hatte. Statt sich zu entschuldigen oder Ausreden zu suchen, meinte er nur, dass sie sich »nicht so anstellen« sollte. Die anderen würde ihr doch nichts »wegnehmen«.

Seither hatte Marie einen großen Bogen um Männer gemacht. Seufzend kickte sie einen Stein beiseite, hob dann wieder den Blick – und stutzte. Das da vorn auf dem Bürgersteig war doch ... Geneviève! Aber was tat die da? Und vor allem: Was tat sie hier, gut einen Häuserblock von zu Hause entfernt mit dem Kopfteil eines Bettes, das genau wie das aussah, das sie zu Hause hatte? Nach dem ersten Innehalten lief Marie nur umso schneller weiter und erreichte Geneviève, noch ehe sie im Hauseingang verschwinden konnte.

»Was wird das hier?«, fragte sie sie.

Geneviève schob sich mit dem Unterarm ein paar Locken aus dem Gesicht, die sich aus ihrem Zopf gelöst hatten, und bedeutete dem jungen Mann, der ihr half, das Bettteil abzusetzen. Sie lehnten es gegen die Hauswand. »Lässt du uns bitte kurz allein, Julien?«

Der junge Mann nickte. Marie meinte, ihn schon im *Chez Lulu* auf der Bühne gesehen zu haben. Er spielte Oboe. Oder Geige? Sie wusste es nicht mehr. Sie sah, wie er zu dem Handkarren ging, auf dem noch mehr von Genevièves Möbeln waren. Er setzte sich darauf und zündete sich eine Zigarette an.

»Was – wird – das?«, wiederholte Marie ihre Frage.

»Es ist das, wonach es aussieht, Marie.« Geneviève seufzte. »Ich ziehe hier ein.«

»Du ... du ziehst ...« Marie zwang sich auszuatmen. »Aber du kannst doch nicht nur, weil ich dich um diese Unterkunft für die Kinder gebeten habe –«

»Doch, ich kann, Marie, ich kann.« Geneviève machte eine hilflose Geste. »Was willst du eigentlich von mir? Du bist doch diejenige, die sich nicht an die Abmachung gehalten hat.«

»Aber ich habe doch nichts weiter getan, als dich um einen verdammten Gefallen –«

»Als mich in deine verdammten Angelegenheiten reinzuziehen, wolltest du wohl sagen.« Geneviève rieb sich die Hände, als wollte sie weiterarbeiten. Marie trat einen Schritt auf sie zu. »Es war ein Gefallen.« Sie merkte, wie ihr Tränen in die Augen stiegen. »Gigi, bitte, du … du kannst das doch nicht zum Anlass nehmen –«

»Was soll ich denn sonst tun, Marie? Du hältst dich an nichts von dem, was wir ausgemacht hatten. Ich wollte nichts von euren Aktionen hören. Ich wollte nicht reingezogen werden. Ich wollte, dass ihr nicht mehr zum *Chez Lulu* kommt. Und was machst du?« Sie hob vielsagend die Augenbrauen. »Komm, lass uns nicht streiten. Vielleicht können wir so wenigstens unsere Freundschaft retten. Und jetzt lass mich bitte weitermachen. Ich will bis heute Abend fertig sein.«

Marie sah, wie Geneviève diesem Julien zuwinkte, der daraufhin wieder zu ihr kam.

»Weiß … weiß Amiel es schon?«, stammelte Marie.

»Auf dem Küchentisch liegt ein Zettel für euch«, sagte Geneviève noch, dann hoben Julien und sie das Kopfteil ihres Bettes hoch und verschwanden im Haus.

28. Kapitel

Marie – Paris – 2. November 1940

Das Restaurant, in das Maciej Marie eingeladen hatte, war mit seinen edlen Mahagonimöbeln, den jadegrünen Seidentapeten und den Ölgemälden alter Meister nicht nur auf angenehme Art gediegen, sondern es roch dort auch unglaublich gut: nach gedünstetem Knoblauch, feinen Provencekräutern, Boeuf Bourgignon und schwerem Wein. Marie wusste nicht mehr, wann sie zum letzten Mal so viele Wohlgerüche zugleich gerochen hatte. Es grenzte für sie an ein Wunder, dass Maciej in diesem Restaurant einen Tisch bekommen hatte, ja, dass es jetzt, da es immer mehr Rationierungen gab und sogar Bezugskarten für Lebensmittel ausgegeben worden waren, überhaupt noch solchen Luxus gab, aber vielleicht war es so, wie Maciej so gern behauptete: Für einen echten Polen gab es keine Grenzen. Organisieren war, so Maciej, seine zweite Natur. Außerdem stammte der Chef des Restaurants aus der gleichen Stadt wie Maciej, und gewiss hatte auch das dabei geholfen, dass sie in diese edlen Hallen vordringen durften.

Der Kellner führte Marie zu dem Tisch, den Maciej für sie reserviert hatte. Er stand direkt am Fenster, was ihr sehr recht war. Kurz darauf servierte der Kellner ihr eine Flasche Rotwein, die Maciej extra für sie hatte besorgen lassen. Eigentlich wollte Marie warten, bis auch Maciej da war, aber da hatte der Kellner die Flasche schon entkorkt und ließ sie kosten. Notgedrungen trank Marie einen Schluck und lobte den Wein so sehr, dass der Kellner ihr freudig nachschenkte. Dann ließ er sie allein mit der burgunderroten Köstlichkeit, von der sie schon der erste Schluck ganz benommen gemacht hatte, so stark war der Wein. Aber warum auch nicht? Sie war ohnehin entschlossen, an diesem Abend alles zu genießen, und dieses »alles« beinhaltete weit mehr als nur den Wein und feines Essen ...

Nach einem neuen Schluck schaute Marie aus dem Fenster, aber noch immer war nichts von Maciej zu sehen, was sie nicht wunderte. Sie war zu früh gekommen, aber da es regnete, hatte sie nicht draußen warten wollen. Marie gönnte sich einen weiteren Schluck, fand ihn noch köstlicher als die beiden vorherigen. Ohne Eile ließ sie ihn im Mund umherwandern, schmeckte ihn ausgiebig und ließ ihn dann genießerisch die Kehle herunterrinnen. Wieder breitete sich sogleich diese angenehme Wärme in ihr aus. Sie seufzte, sah zu den anderen Gästen: ein betagtes Ehepaar, alter französischer Adel, nahm sie an, zumindest der Schmuck der Dame sah danach aus, vier allein speisende Herren in maßgeschneiderten Anzügen, zwei dickliche, goldbehangene Mamsellen, die ständig am Tuscheln waren – und sie. Mehr Tische gab es in diesem Raum nicht, und den größeren, der sich anschloss, konnte sie nicht einsehen. Marie hätte lügen müssen, wenn sie behauptet hätte, dass sie nicht davon beeindruckt war, dass Maciej sie mitten im Krieg an so einen Ort führen konnte. Und sie hätte noch mehr lügen müssen, wenn sie behauptet hätte, dass sie nicht den ganzen Tag an ihn und sein Lachen, dies wundervolle Lachen, gedacht hätte ...

Marie sah auf die Uhr. Inzwischen war es sieben, genau genommen sogar zehn nach sieben ... Sie räusperte sich, rutschte auf ihrem Stuhl hin und her, trank noch einen Schluck und fragte sich nun allmählich doch, wo Maciej blieb, denn normalerweise war er die Pünktlichkeit in Person. Als weitere fünf Minuten vergangen waren, beugte sie sich vor, schob den schweren Vorhang ein kleines Stück beiseite und spähte nun fast pausenlos aus dem Fenster, doch auch das brachte Maciej nicht herbei. Der nächste Schluck Wein entlockte ihr kein Wohlgefühl mehr, sondern ließ es ihr nur heiß werden, unangenehm heiß. Sie schob das Glas ein Stück von sich weg und fragte sich, was sie eigentlich tun sollte, wenn Maciej nicht kam. Würde es reichen, wenn sie nur das Glas Wein bezahlte? Oder musste sie die ganze Flasche bezahlen? Wie teuer sie wohl war? Aber der Besitzer des Restaurants hatte dann ja auch den Tisch völlig umsonst für sie freigehalten ... einen Tisch, für den es sicher viele gut zahlende Interessenten in der Stadt gab. Bei dem Gedanken wurde ihr noch heißer.

Jedes Mal, wenn der Kellner zu ihr sah, nahm Marie trotzdem einen neuen Schluck. Sie wollte beschäftigt wirken, kam sich dabei wie ein Hochstapler vor und wusste nicht, ob sie sich um Maciej sorgen oder ob sie ihn verfluchen sollte. Schließlich war ihr Glas leer, ihr Magen, ihr Kopf verwirrt angesichts des ungewohnten Alkohols und noch mehr angesichts Maciejs Nichterscheinen. Der Kellner kam und fragte sie, ob er ihr nachschenken dürfe und ob sie, wenn der Herr sich verspätete, nicht vielleicht schon eine Vorspeise bestellen wolle. Marie erschrak. Sie hatte das Gefühl, noch röter als der Wein zu werden, den sie trank, und starrte den Kellner hilflos an. Da sie nichts sagte – nichts sagen konnte, was aber nur sie wusste –, zuckte der Kellner schließlich ergeben die Achseln und zog sich zurück. Als er schon fast am Tresen war, fand Marie endlich ihre Sprache wieder und stammelte etwas, aus dem man mit viel gutem Willen die Frage nach der Rechnung erahnen konnte. »Meinem ...«, sie räusperte sich, »meinem Begleiter scheint etwas ... etwas dazwischengekommen zu sein. Die Umstände, also, es tut mir leid, dass ich Ihnen Umstände ... Äh, ja, also, was muss ich zahlen?«

Der Kellner verzog keine Miene, wofür Marie ihm unendlich dankbar war, und versprach, sofort wiederzukommen.

Wenige Minuten später stand Marie auf der Straße und dachte, dass ihr in ihrem Leben selten etwas so peinlich wie dieser Abgang eben gewesen war. Dazu wusste sie nach wie vor nicht, ob sie sich nun um Maciej sorgen oder wütend auf ihn sein sollte. Immerhin aber hatte sie nicht den Rest ihres Monatsgehalts für den Wein hergeben müssen: Der Kellner hatte gemeint, dass sein Chef und Maciej das unter sich regeln würden und man von ihr nicht einen Centime annehmen würde.

Unschlüssig schaute Marie auf der Straße von rechts nach links und wieder nach rechts und wusste nicht, wohin sie sich wenden und was sie jetzt tun sollte. Zumindest hatte es aufgehört zu regnen. Maciej ... Warum war er nicht gekommen? Wo steckte er? Einen Moment erwog sie, einfach nach Hause zu gehen, aber ihr war klar, dass sie da keine Ruhe finden würde. Vielleicht hatte er tatsächlich ein Problem gehabt, eine Razzia, Ärger mit der Polizei oder den Deutschen, eine Verhaftung, Schüsse ... so vieles konnte passiert sein. Sie beschloss, bei der Wohnung vorbeizugehen, in der Maciej derzeit wohnte. Vielleicht wussten seine Mitbewohner mehr, oder er war sogar dort, und alles würde sich klären.

Schon eine Viertelstunde später hatte Marie das Abbruchhaus erreicht, in dem Maciej mit einer Handvoll Flüchtlinge wohnte. Das Haus war am Ende einer Sackgasse und genau wie die beiden benachbarten Gebäude in den letzten Jahrzehnten so sehr verfallen, dass man sich von außen kaum vorstellen konnte, dass es darin noch intakte Zimmer geben konnte. Marie aber wusste, dass es sogar eine ganze Wohnung gab, die noch ziemlich heil war – fließend Wasser inklusive!

Marie sah sich um, ob jemand sie sehen konnte, doch die Gasse war menschenleer. Also quetschte sie sich durch die nur noch an einer Angel hängende Haustür in den Flur, schlich die Stufen zum ersten Stock hoch und machte an der Wohnungstür das vereinbarte Klopfzeichen. Sie lauschte. Von drin war kein Geräusch zu hören. Sie trat zurück, hoffte, dass das diffuse Licht der Straßenlampe, von der das Treppenhaus profitierte, ausreichte, dass die anderen sie durch den Spion erkannten. Als sich weiterhin nichts tat, klopfte sie noch einmal und rief leise: »Ich bin's, Marie!«

Als sie schon dachte, dass ihr niemand mehr öffnen würde, ging die Tür auf einmal einen Spalt auf. Damien, einer der Jungen, den sie als Nächstes aus der Stadt schaffen wollten, spähte heraus.

»Alles gut, Damien, ich bin's bloß.«

Er öffnete die Tür, ließ sie eintreten und schloss die Tür gleich wieder.

»Ist was passiert?«, fragte er bang.

»Aber nein, warum denn?«, versuchte sie ihn zu beruhigen.

»Weil es schon den ganzen Tag drunter und drüber geht.« Er strich sich den Pony aus dem Gesicht.

Marie musterte ihn. Damien, ein blasser, hochgeschossener Fünfzehnjähriger mit feinen Gesichtszügen, war ohnehin ein ziemlich ängstlicher Junge, aber so unruhig hatte sie ihn noch nicht erlebt. Seine Eltern hatten ihn in ihre Obhut gegeben, damit sie ihn entweder in einem der Waisenhäuser der *Œuvre de secours aux enfants,* kurz OSE, unterbrachten, oder ihn bei ihren Verbündeten in Spanien versteckten. Eine Flucht für alle drei hatten sich die Eltern nicht leisten können, aber wenigstens ihren Sohn wollten sie in Sicherheit wissen. Und wie alle hofften sie, dass dieser Krieg irgendwann enden, die Deutschen irgendwann verschwinden würden und sie ihr Kind dann wieder zu sich nehmen konnten.

In der letzten Zeit hatten Marie und ihre Freunde schon mehrmals jüdische Kinder in einem der Waisenhäuser der OSE unterbringen können. Die Abkürzung OSE bildete ein Akronym, da die Mitarbeiter die drei Buchstaben nicht voneinander getrennt, sondern wie das Verb *osé*, wagen, sich zutrauen, aussprachen – und in der Tat kämpfte die Organisation mit vollem Einsatz und großem Mut für die Kinder. Auch Marie hatte angefangen, ab und an in den Waisenhäusern auszuhelfen und hatte sich in einem neuen in der Innenstadt um eine Festanstellung beworben. Für die Kinder hatte die Unterbringung im Waisenheim den Vorteil, dass sie nicht den ebenso gefahrvollen wie anstrengenden Gewaltmarsch nach Südeuropa hinter sich bringen mussten, und für die Eltern, dass sie mehr oder minder genau wussten, wo ihre Kinder waren. Die Kinder, die das Glück hatten, in eines der Waisenhäuser der OSE zu kommen, bekamen mit Wissen und teilweise sogar mithilfe der OSE falsche Papiere, waren ab da offiziell arischer Abstammung und gläubige Christen und dadurch vor den Nachstellungen der Deutschen sicher. Aber natürlich konnten sie dort nur eine begrenzte Anzahl von Kindern unterbringen. Marie ging mit Damien in den großen Raum, der als Schlaf- und Wohnraum diente. Auf dem Boden lagen fünf Matratzen. Hinten in der Ecke stand ein Tisch mit ein paar bunt zusammengewürfelten Stühlen. Zwei weitere Stühle neben dem verhangenen Fenster dienten als Kleiderständer. Doch heute waren sowohl die Betten als auch die Kleiderstühle leer, und auch keines der anderen Kinder war da. »Wo sind denn alle?«, fragte Marie erstaunt.

»Weg«, sagte Damien.

»Wie weg?«

»Nach Spanien.«

»Nach …« Marie krauste die Stirn. »Wer ist nach Spanien? Und wieso heute? Maciej wollte euch doch erst nächste Woche aus der Stadt bringen.«

Damien zuckte mit den Achseln. »Sie sind vorhin los.«

»Aber wer nimmt ihm denn die Kinder ab? Und wieso sind sie ohne Absprache los? Was soll das alles?«

Damien zuckte erneut mit den Achseln.

»Und wieso bist du noch hier?«, fragte Marie weiter.

Damien zeigte auf seinen Fuß. Erst da fiel Marie auf, dass sein rechter Fuß dick verbunden war. »Ich bin gestern in eine Scherbe getreten. Amiel musste die Wunde nähen, und jetzt kann ich nicht auftreten. Maciej hat gesagt, dass er mich so nicht mitnehmen kann ...«

»Und wann genau sind sie weg?«

»Vor ein paar Stunden erst, um vier oder um fünf.«

»Und ...« Marie hielt inne. Sie verstand noch immer nicht, was hier vorging. Warum ging Maciej mit den Kindern ohne jede Vorbereitung los? Und warum hatte er sie nicht gefragt, ob sie mitkam? Sonst brachten sie die Kinder ja auch immer zusammen aus der Stadt. Sie sah Damien an. »Was ist los? Hier stimmt doch was nicht.«

»Ich habe keine Ahnung.« Damien hob die Achseln. »Am Nachmittag ist Maciej auf einmal reingefegt, schnauzte herum und sagte, wir sollten packen, und dann hat er seine Sachen in einen dicken Rucksack gestopft und ist mit den anderen Kindern weg.«

»Auch Maciej hat seine Sachen mitgenommen?« Marie riss die Augen auf.

Damien nickte.

Maries nächster Weg führte sie zu Simon. Sie lief so schnell, dass ihr, als sie dort ankam, überall der Schweiß herunterrann. Hastig trocknete sie sich zumindest das Gesicht und stürmte dann ins Bistro. An den vorderen Tischen saßen einige kleinere Grüppchen mit alten, Karten spielenden Männern, hinten in der Ecke drei deutsche Soldaten. Ohne ein Wort der Begrüßung ging Marie um den Tresen herum und zog Simon mit sich in die Küche.

»Was ist denn los?« Ärgerlich machte sich Simon dort von ihr frei. »Geht es vielleicht auch ein bisschen weniger dramatisch – und weniger auffällig?«

Marie sah zu ihm auf und merkte, wie ihr die Tränen in die Augen traten.

»Mensch, Marie, was hast du denn?«

»Maciej«, stieß Marie hervor. »Weißt du, wo er ist?«

Simon ging zu der Verbindungstür zum Lokal und schloss sie leise. Als er zurückkam, sah er sie nur an.

»Was ist, Simon?« Marie keuchte. »Du weißt doch was!«

»Ich habe ihm gleich gesagt, er solle sich wenigstens von dir verabschieden.« Er machte eine hilflose Geste. »Das ist doch alles Mist. Ich verstehe ihn auch nicht, das ist doch sonst nicht seine Art.«

»Was ist Mist, Simon, was ist nicht Maciejs Art? Verdammt, rede endlich!«

Er seufzte. »Heute Mittag kam Maciej zu mir. Er war völlig durcheinander, nun, zumindest für seine Verhältnisse – bislang jedenfalls dachte ich, man könne ihn gar nicht aus der Fassung bringen. Als ich ihn gefragt habe, was passiert sei, hat er nur den Kopf geschüttelt, und dann habe ich weiter mit Maurice geredet, du weißt schon, dem Mann –«

»– der seit ein paar Monaten die Spanienroute organisiert«, fiel Marie ihm ins Wort.

»Genau der.« Simon zuckt mit den Achseln. »Er ist gekommen, weil einer unserer Pyrenäenführer beim Überqueren der Grenze angeschossen und verhaftet worden ist, und jetzt fehlte jemand, der –«

»Du willst mir nicht sagen, dass Maciej –«

»Doch.« Simon seufzte. »Ich fand das auch Wahnsinn, aber er war nicht davon abzubringen: Er wollte diese Route übernehmen. Und noch heute losgehen. Er wirkte wie jemand, der auf der Flucht ist, und als ich ihm das gesagt habe, hat er mir fast eins auf die Nase gegeben. Ich solle mich um meinen Mist kümmern. Er müsste mal raus. – Was auch immer das zu bedeuten hat.«

»Die Route, die Spanienroute ...« Marie schüttelte den Kopf, wieder und wieder. »Maciej ist noch nie südlicher als Grenoble gewesen. Und jetzt soll er Flüchtlinge über die Pyrenäen ...« Ihre Stimme erstarb. »Der kennt sich im Süden doch überhaupt nicht aus!«

»Na ja«, machte Simon. »Beim ersten Mal ist natürlich ein Führer dabei, der ihm den Weg zeigt, aber danach muss er zusehen, wie er die Flüchtlinge allein über die Pyrenäen bringt.«

»Danach?« Marie sah ihn an. »Wie danach? Wie lange soll er das denn machen?«

»Ach, Marie, frag mich doch nicht ständig Sachen, die ich selbst nicht weiß. Und wie gesagt: Ich versteh's ja auch nicht. Er hatte hier schon genug Aufgaben.« Simon strich sich sein dickes Wuschelhaar zurück. »Aber fest steht: Schon als Maciej hier aufgetaucht ist, war er völlig durch Wind. Er hat sich regelrecht reingeworfen in die Aufgabe.«

»Oder ... in die Gefahr«, ergänzte Marie leise.

»Oder das, ja.« Simon stülpte die Lippen vor.

»Aber warum?«, rief Marie. »Wa-rum?«

»Das wird er uns hoffentlich erzählen, wenn er irgendwann wiederkommt.«

»WENN er wiederkommt«, hauchte Marie.

Simon ging an den Küchenschrank, schob einen Stapel Teller beiseite und holte eine Flasche Cognac heraus. Er schenkte zwei Gläser voll, verstaute die Flasche wieder sorgfältig und hielt eines der Gläser Marie hin. »Hier, du siehst aus, als könntest du einen brauchen.«

Marie sah zu ihm, dann zum Glas, ergriff es und kippte den Cognac in einem Zug herunter.

»Olàlà«, machte Simon. »Noch schlimmer, als ich dachte. Aber ihr ... ihr ...«

Marie sah ihn an.

»Na ja«, druckste Simon herum und nahm nun auch selbst einen Schluck. »Ihr wart doch kein, also, ihr wart nicht zusammen, oder?«

»Nein«, sagte Marie, es war kaum lauter als ein Hauch. »Nein.« Und dachte: Gott sei Dank! Aber sie spürte keine Erleichterung, sondern sie fühlte sich eher so wie damals mit Bertrand. Wie hatte Maciej einfach weggehen können? Er wusste doch, dass sie auf ihn gewartet hatte, und sie war doch nicht dumm, sie hatte gespürt, dass auch er gewisse Hoffnungen an diesen Abend geknüpft hatte. Warum also stürmte er dann wenige Stunden zuvor aus der Stadt, als wäre der Teufel hinter ihm her? Warum hatte er ihr nicht wenigstens eine Erklärung oder eine Nachricht hinterlassen? War sie der Grund? Weil er sie nicht wiedersehen wollte? Weil ihm das alles auf einmal zu weit gegangen war? Aber hätte es da nicht gereicht, ihr einfach zu sagen, nein danke, wird doch nichts aus uns?

»Und Maciej hat gar nichts gesagt?«, fragte Marie.

Simon schüttelte den Kopf. »Tut mir leid, Marie, nein.«

Marie nickte, auch wenn sie nicht wusste, wozu. »Kann …« Sie schniefte und fuhr sich mit dem Ärmel über die Nase. »Kann ich noch einen Moment hier hinten bleiben? Du musst … musst ja sicher wieder ins Bistro.«

»Klar kannst du hierbleiben.« Simon rieb ihr über den Arm. »Und jetzt mal dir nicht wer weiß was aus. Maciej ist ein großer Junge, der boxt sich durch, der wird schon wiederkommen, und dann wird er uns sicher alles erklären.«

»Ja, ja.« Marie machte Zeichen, dass er beruhigt hinausgehen konnte. Als Simon weg war, sank sie gegen den Herd und kämpfte nicht weiter gegen die Tränen an. Du Mistkerl, pochte es dabei in ihrem Kopf. Du gottverdammter polnischer Mistkerl!

29. Kapitel

Geneviève – Paris – 3. November 1940

»Nein, so hängt das Bild schief, Peter, es hängt schief!« Lachend ging Geneviève einen Schritt zurück und bedeutete Peter, das Bild auf der rechten Seite ein bisschen anzuheben. Er tat es und wandte sich dann wieder zu ihr um. »So?« Er sah sie abwartend an.

»Nein, das war zu viel.«

Er drückte den Bilderrahmen wieder ein winziges Stück nach unten, trat dann neben Geneviève und strahlte zufrieden. »So hängt es perfekt.«

»Perfekt?« Geneviève lachte erneut. »Ich dachte, Sie wären Deutscher, und die verstehen was von Perfektion.«

»Tun wir auch.« Er wandte ihr den Blick zu. »Und deswegen weiß ich, dass perfekt nicht unbedingt kerzengerade heißt und –«, je länger er sie ansah, desto weicher, wärmer und rauchiger wurde seine Stimme, »und dass nicht für alle das Gleiche perfekt ist. Und für mich bist du ... perfekt.«

Es war das erste Mal, dass Peter sie duzte, und das erste Mal, dass er sie so ansah. Und ebenso wie dies verwirrte Geneviève der Klang, den seine Stimme bei seinen letzten Worten angenommen hatte – und noch viel mehr, dass sie den Blick nicht mehr von ihm nehmen konnte.

»Perfekt und wunderschön«, hauchte er und trat noch einen Schritt näher.

»Danke«, flüsterte Geneviève. Selbst in ihren eigenen Ohren klang es kehlig, seltsam rau. Und ehe sie noch mehr sagen oder denken oder tun konnte, spürte sie auf einmal seine Lippen auf den ihren. Sie waren weich, zart und warm und so groß, dass sie ihre schmalen, kleinen mühelos überdeckten. *Ich sollte zurücktreten*, schoss es Geneviève durch den Kopf. *Das wird zu heiß, viel zu heiß!* Stattdessen schlang sie ihre Arme um seinen Hals. Als hätte er nur auf dies Zeichen gewartet, packte Peter sie, presste sie an sich und küsste sie noch leidenschaftlicher. Im ersten Moment erschrak Geneviève, aber dann sprang seine Hitze, seine Leidenschaft über, und sie spürte, wie er seine Männlichkeit an ihren Leib presste und ihre Brustwarzen sich zusammenzogen. Sie rang nach Luft, schlang ihr linkes Bein um seine Hüfte, zog ihn noch näher an sich heran, aber dann ließ er sie plötzlich los, drehte sich um, sah zum Bild und meinte: »Nun, vielleicht sollten wir die rechte Ecke tatsächlich wieder ein Stück anheben.«

Im ersten Moment wusste Geneviève gar nicht, wovon er sprach. Alles in ihr rauschte, pochte, glühte, verlangte nach mehr. Weder Marie noch Amiel ahnten, wie viele Affären und Affärchen sie schon gehabt hatte. Die meisten waren nur für eine Nacht gewesen, das allerdings nicht, weil die Männer sie nur für eine Nacht gewollt hatten, sondern weil sie nicht mehr gesucht, nicht mehr gewollt hatte. Geneviève liebte Männer, sie liebte Sex. Sie liebte es, sie anzufassen, sie in sich zu spüren. Heiß und hart und schnell. Dass sie nach außen kühl und abweisend wirkte, wusste sie. Und sie war es auch. Auch beim Sex war sie nicht wirklich leidenschaftlich. Sie war nur heiß. Gierig und heiß, drängend. Und dann war es vorbei. Ein solches Feuer wie Peter eben hatte allerdings noch nie ein Mann in ihr entfacht, und dann diese Sehnsucht, dies brennende Verlangen, dass er zu ihr zurückkäme, sie wieder berührte, küsste, packte …

»Geneviève, ist es so gut?«

»Gut?« Sie sah ihn verständnislos an.

»Das Bild. Bist du so zufrieden?«

Sie schüttelte den Kopf. Er trat zurück, nur einen kleinen Schritt. »Jetzt ist es aber wirklich gerade!«

Geneviève sah nicht das Bild an. Sie sah nur ihn an. Seine breiten Schultern. Die mächtige Statur. Die weichen Lippen. Und sie roch ihn. Sein Rasierwasser war das Erste gewesen, was sie an ihm angezogen hatte. Nein, es war mehr als das Rasierwasser: Es war die Mischung seines Geruchs mit dem des Rasierwassers. Er roch nach Sommer, nach Zuflucht, nach Halt. Wenn dies einen Geruch hatte, dann den. Trotzdem hatte sie ihn bisher, wie alle Deutschen, die sie im *Chez Lulu* belagerten, auf Distanz gehalten. Eine schnelle Nummer mit einem Musikerkollegen oder einem der vielen Maler oder Schriftsteller, die sich spätabends zu ihnen gesellten, wenn sie nach der Arbeit noch in einer Bar zusammensaßen oder, seit die Deutschen da waren, in privaten Wohnungen – eine solche Nacht war ein Ding, aber ein Deutscher ... Ausgerechnet ein Deutscher! Sie fuhr sich über die Stirn. *Verdammt, werde klar im Kopf! Was ist denn los mit dir*, herrschte sie sich an. *Ein Deutscher. Marie wird dich kreuzigen dafür!*

Peter krauste die Stirn. »Geneviève? Ist alles in Ordnung?«

Sie hob die Achseln.

»Willst du das Bild so hängen lassen?«

Sie wusste nicht, was sie sagen sollte. Sie wusste gar nichts mehr. Sie ging an ihm vorbei zu dem Bild, schob es hoch, runter, hoch, und verfluchte sich, dass sie ihn, als er vorhin in der Straße vorbeigekommen und ihr seine Hilfe beim Möbelschleppen angeboten hatte, nicht gleich weggeschickt hatte. Aber er war hartnäckig gewesen. Und als dann Julien gegangen war, hatte er ihr noch beim Aufbauen des Bettes helfen wollen und dann beim Aufhängen der Bilder ...

Sie merkte, wie er von hinten an sie herantrat, seine Hand auf ihre legte und das Bild behutsam wieder gerade schob. Anschließend ließ er seine Hand auf ihrer liegen. Und sonst tat er nichts. Das Brennen in Geneviève wurde unerträglich. Sie rang nach Luft, bekam keine, keuchte – schnellte zu ihm herum und küsste ihn. Küsste ihn, ohne ihn auch nur anzufassen, trieb ihn mit ihrem Kuss Schritt um Schritt zurück und küsste immer fordernder und brannte immer heftiger. Auch er berührte sie nicht, ließ sich von ihr treiben, bis er mit dem Rücken gegen die Wand prallte. Dann erst ließ sie ab von ihm, sah ihn an, wusste, dass ihre ohnehin dunklen Augen jetzt vor Hitze glühten, und versank mit all ihrer Hitze in der seinen.

»Mein Gott, Geneviève, Geneviève!«, keuchte er. Er wollte sie berühren, aber sie schnappte seine Handgelenke, bremste ihn, wollte den Blick zwischen ihnen auf das wirklich Unerträgliche steigern. Er hielt ihrem Blick stand, drängte ihr seine Hüfte entgegen, bis sie ihn spürte, sein Verlangen, seine Stärke, und dann war es vorbei mit Genevièves Beherrschung. Sie ließ seine Hände los, öffnete seinen Gürtel, den Reißverschluss seiner Hose und befreite das, was da so nach ihr verlangte und wonach es auch sie verlangte. Mit einem einzigen Ratsch riss Peter ihre Bluse auf, die Knöpfe sprangen über den Parkettboden, dann schob er ihr Unterhemd hoch, den BH, den Rock, zerriss die Unterhose. Und sie war ihm dankbar dafür. Sie wollte ihn, mein Gott, wie sehr sie ihn wollte, und sie wollte ihn jetzt. Dann packte er sie, presste sie gegen die Wand, hob sie hoch und drang mit einem Schrei der Lust in sie, den sie heiser und lustvoll erwiderte.

30. Kapitel

Marie – Paris – 12. März 1941

»Mann, das darf doch nicht wahr sein.« Geneviève rieb sich die Hände, die von der Kälte allmählich kalkweiß wurden, und schaute zu Marie, die, genau wie sie, auf einem Mauervorsprung ausharrte und wartete. »Wie lange dauert das denn noch?«

Marie zuckte mit den Achseln und rieb ebenfalls ihre Hände aneinander. Auch ihr war elend kalt vom langen Sitzen in der Kälte. Wenigstens hatte der Nieselregen aufgehört.

»Aber das ist doch nicht normal«, schimpfte Geneviève weiter. »Vor geschlagenen zwei Stunden ist Amiel in die verdammte *Préfecture* reingegangen. Was tun die da drinnen mit den Juden? Es geht doch nur darum, sie zu zählen – nicht, sie zu sezieren!«

»Keine Ahnung, was die da tun.« Marie schnäuzte sich in ihr Stofftaschentuch. »Aber wenn du wegmusst, dann geh nur. Ich kann auch allein weiter warten. Groß was ausrichten können wir sowieso nicht. Es ging auch nur darum, Amiel zu zeigen, dass wir an ihrer Seite sind.«

»Allmählich wird es von der Zeit her allerdings eng für mich.« Geneviève zeigte auf ihre Uhr. »Um vierzehn Uhr beginnt die Probe, und Luc hasst es, wenn jemand zu spät kommt.«

»Das weiß Amiel doch auch.« Marie nickte ihr beruhigend zu. »Na los, schwirr ab, ich halte die Stellung.«

Geneviève sah sie an, zögerte, riss sich dann aber doch los. Im Laufen drehte sie sich noch einmal zu ihr um. »Gib ihr einen dicken Kuss von mir! Ich komme später bei euch vorbei. Die Probe dauert sicher nicht länger als zwei Stunden. Einverstanden?«

Marie nickte noch einmal, sah Geneviève nach und erwischte sich dabei, wie sie unwillkürlich aufatmete. Sofort bekam sie deswegen ein schlechtes Gewissen, aber seit Geneviève vor einem halben Jahr ausgezogen war, war ihr Verhältnis einfach nicht mehr dasselbe, und sosehr sie weiter an ihr hing – in dieser gezwungenen Einheit nebeneinanderzusitzen fand sie noch schlimmer, als gar nicht zusammen zu sein. In den ersten Wochen nach Genevièves Auszug hatten sie sich kaum noch gesehen, oder wenn, dann ergab schnell ein Wort das andere, weil Marie ihren Groll gegen Geneviève nicht unter Kontrolle bekam. Inzwischen verliefen ihre Treffen wieder friedlicher, aber die alte Nähe und Verbundenheit stellte sich trotzdem nicht wieder ein, und Marie fand, dass dies Genevièves Schuld war, zumal diese wirklich alles tat, um Amiel und sie aus ihrem neuen Leben herauszuhalten. Dass Geneviève Angst wegen ihrer Mitarbeit in der Résistance hatte, war das eine, aber musste sie dabei so weit gehen, dass sie sie – wenn überhaupt – nur alle zwei oder drei Wochen einmal zu sich einlud? Einlud, ja, einlud! Und Überraschungsbesuche, das waren ihre Worte, sollten sie bei ihr lieber keine machen, weil sie in letzter Zeit so »schreckhaft« war.

»Wenn es unerwartet läutet, denke ich immer, die Gestapo steht vor der Tür, also tut mir die Liebe und kündigt euch bitte vorher an«, hatte sie zu ihnen gemeint und tauchte auch bei ihnen eigentlich nie mehr spontan auf. Und wenn sie dann zusammen waren, so wie heute, bevor Amiel zu der Zählung gegangen war, stockte die Unterhaltung ständig, und Marie hatte den Eindruck, als gingen ihnen die gemeinsamen Themen immer schneller aus. Die Arbeit, ja, läuft prima, Marie und Amiel sagten das Gleiche – und jeder von ihnen vermied dabei alles, was irgendwie mit den Deutschen zu tun hatte, denn seit ihrem Auszug verteidigte Geneviève die Deutschen noch mehr als früher.

»Es sind ja nicht alle so«, hörten sie jetzt ständig von ihr. »Es gibt solche und solche.« Oder: »Sie befolgen nur ihre Befehle, meine Güte, was erwartet ihr denn, was sie tun sollen? Gegen die eigene Regierung vorgehen oder am besten gleich die Revolution ausrufen? Ist euch eigentlich klar, welche Strafe auf Befehlsverweigerung steht?«

Wes Brot ich ess, des Lied ich sing, ging Marie dann immer durch den Kopf. Aber trotzdem hatte sie zunehmend das Gefühl, dass es nicht nur die Deutschen, nicht nur die räumliche Trennung war, die zwischen ihnen stand. Nein, da gab es noch etwas, da war sie sich sicher. Nur wusste sie nicht was. Sie wusste nur, dass da etwas war. Es lag an Genevièves Blick. Schlechtes Gewissen war vielleicht zu viel gesagt, aber weit davon entfernt war es nicht.

Eine kleine, leichte Hand legte sich auf Maries Arm. Sie schrak hoch und sah Amiel neben sich stehen.

»Ich habe dich gar nicht kommen sehen.« Sie drückte kurz ihre Hand. »Ist alles gut gegangen?«

Amiel zuckte mit den Achseln. »Das war alles ziemlich seltsam, und es ging ganz gewiss nicht nur darum, uns zu *zählen.*«

»Sondern?«

Amiel setzte sich neben sie auf den Mauervorsprung. »Auf endlosen langen Seiten musste man ganz präzise Angaben über Beruf, Besitz und Vermögen machen, und dann haben die Beamten das direkt auf verschiedenfarbige Karteikarten übertragen.«

»Was hat denn das damit zu tun, dass du Jüdin bist?«

»Keine Ahnung.« Amiel atmete aus. »Auf alle Fälle ist es jetzt geschafft, und auch Arthur hat alle Formalitäten hinter sich. Er ist gleich zur Arbeit gelaufen. Ich habe heute ja nur Nachtdienst.«

Arthur … Seit die beiden sich gemeinsam um die Kranken und Verletzten des *Combat Paris* kümmerten, hatten sie sich immer öfter auch privat getroffen und schließlich ineinander verliebt. Jetzt waren sie seit gut vier Monaten ein Paar, und seit zwei Monaten arbeitete Arthur überdies im gleichen Krankenhaus wie Amiel. Er hatte das Glück, dass er nur Halbjude war und sich sein jüdischer Großvater überdies schon vor dem Ersten Weltkrieg in Frankreich hatte einbürgern lassen, womit er bisher von den meisten Anordnungen nicht betroffen war. Abgesehen davon aber war er »jüdischer als jüdisch«, wie er sagte, und hoffte, wie Amiel, dass ihrem Widerspruch gegen das Berufsverbot für jüdische Ärzte am Ende stattgegeben werden würde. Nach wie vor stand Amiels Arbeitsvertrag im Krankenhaus auf der Kippe.

Amiel sah sich um. »Gigi musste schon zur Probe, nehme ich an?«

Marie bejahte. »Aber sie kommt danach noch mal bei uns vorbei.« Sie atmete tief durch, überlegte, ob sie sagen sollte, was ihr auf der Seele brannte, und tat es dann tatsächlich: »Meinst du nicht auch, dass Geneviève etwas vor uns verheimlicht?«

»Gigi?« Amiel schüttelte den Kopf. »Ach woher. Wieso denn?«

»Findest du sie denn nicht komisch in letzter Zeit?«

»Ja, nein, ich weiß nicht.« Amiel lachte auf. »Ja, sie ist anders, aber ich denke, sie hat vielleicht einfach ein schlechtes Gewissen, weil sie ausgezogen ist. Auch wenn wir die Wortbrüchigen waren, ist es sicher trotzdem ein komisches Gefühl für sie.«

»Ja, das habe ich zuerst auch gedacht, aber …« Marie stieß einen Schwall Luft aus. »Nein, je mehr ich darüber nachdenke, desto sicherer bin ich mir, dass sie etwas vor uns verbirgt.«

»Und was?« Amiel krauste die Stirn. »So aufregend ist unser aller Leben nun wirklich nicht, als dass es da viel zu verbergen gäbe, nun, zumindest wenn man von unseren besonderen Freunden absieht.«

Marie war klar, dass sie damit auf *Combat Paris* anspielte. »Vielleicht geht es ja um einen Mann?« Marie rieb sich über die Stirn. »Ist dir der Seidenschal aufgefallen, den sie um den Hals getragen hat?«

»Ja, und?«

»Als sie sich einmal am Hals gekratzt hat, hat er sich verschoben, und darunter kam ein dicker fetter roter Fleck zum Vorschein. Es würde mich nicht wundern, wenn das ein Knutschfleck war. Vielleicht hat sie einen Freund?«

»Und warum sollte sie den uns vorenthalten?«

Marie hob die Schultern. »Weil er Deutscher ist?«

Amiel legte den Kopf schief. »Das ist nicht dein Ernst, oder?«

»Weiß man's?« Marie strich ihren Rock glatt. »Wundern jedenfalls würde es mich nicht.«

Amiel blies die Backen auf, sagte aber nichts mehr.

Während Amiel versuchte, irgendwo etwas zum Abendessen aufzutreiben, machte sich Marie auf den Weg zu Maciejs neuer Wohnung. Ja, er war wieder da. Seit gestern. Simon hatte es ihr gesagt. Vier Monate, drei Wochen und vier Tage war er weg gewesen, und rein gar nichts hatte sie in dieser Zeit von ihm gehört, kein Brief, kein Anruf, gar nichts. Nach seinem überstürzten Verschwinden hatte sie zwar auch nichts anderes erwartet, aber ihr dummes Herz hatte trotzdem auf eine Nachricht von ihm gehofft. Wieder und wieder hatte sie sich damit getröstet, dass seine neue Aufgabe so gefährlich und von so vielen Unwägbarkeiten begleitet war, dass er weder Zeit noch Muße für einen erklärenden Brief gehabt hatte, und den auch nicht einfach auf der Post hätte aufgeben können. Andererseits aber kannte sie Maciej und wusste, dass es für ihn keine Hindernisse gab. Wenn er ihr eine Erklärung, eine Nachricht, ein Lebenszeichen hätte zukommen lassen wollen, dann hätte er einen Weg gefunden.

Und so hatte sie nur von Simon gehört, dass die Gruppe, die er führte, wohlbehalten in Spanien angekommen war – und Wochen später, dass er in ihrem Unterschlupf vor den Toren von Paris war, wo er auf die nächste Gruppe wartete, die er nach Spanien bringen würde. Von daher hatte sie zwar gewusst, dass er noch lebte, aber auch nicht mehr als das. Und jetzt war er zurück, zurück in der Stadt, und wieder wusste sie nichts über seine Beweggründe. Was hatte ihn zurückgetrieben? Hatte er einfach nur genug davon, des Nachts bei Eis und Schnee über die Pyrenäen zu kraxeln und ständig die *Carabineros* in seinem Rücken zu wissen? Oder hatte er eine Verletzung, wegen der er die Strecke nicht mehr bewältigen konnte? Oder sollte ihm plötzlich wieder eingefallen sein, dass er eine junge Lehrerin namens Marie ins *Trumilou* eingeladen und versetzt hatte und dass er ihr zumindest eine Erklärung schuldete? Marie wusste es nicht. Sie wusste nur, dass sie Angst hatte, ihn wiederzusehen. Gerade hatte sie angefangen, seltener an ihn zu denken, zur Ruhe zu kommen – und da kam er wieder.

Schon im Treppenhaus hörte Marie Maciejs Lachen – dies wundervolle, unverwechselbare Maciej-Lachen. Es schnitt ihr direkt ins Herz. *Mein Gott, Maciej, wie sehr hast du mir gefehlt. Und ich gäbe sonst was darum, nicht zu so fühlen!*

Als Marie den letzten Treppenabsatz erreicht hatte, lehnte sie sich mit dem Rücken an die Wand und starrte an die Decke. *Warum musste bloß alles so kompliziert sein?* Als sie merkte, dass ihr Tränen über die Wangen rannen, wischte sie sie ärgerlich weg, stieß sich von der Wand ab und zwang sich, auch noch die letzten Stufen hochzusteigen. Die Tür der Wohnung war nur angelehnt; Marie hörte Maciejs volltönende Stimme bis ins Treppenhaus hinaus. Noch ein letztes Mal atmete sie tief durch, dann schob sie die Wohnungstür weiter auf und trat ein. Maciej saß im Erker des Wohnraums auf dem Fensterbrett: der riesige Maciej, umrahmt von Licht und Helligkeit. Ihm gegenüber hatten es sich Simon, Luzie und Sofie auf einem zerschlissenen Sofa bequem gemacht und lauschten seinem Bericht. Ohne ein Wort zu sagen, trat Marie näher und verharrte an der Zimmertür. Maciej erzählte gerade, wie sie im eisigen Schneetreiben die Höhen der Pyrenäen erklommen hatten, und sprühte dabei vor Vitalität und Lebendigkeit. Braun gebrannt war er, vielleicht ein bisschen schmaler geworden, aber er strotzte vor Kraft und urwüchsiger Energie. Maries Herz klopfte bis zum Hals, sie konnte ihn einfach nur ansehen und ansehen.

»He, Marie!« Maciej hatte sie bemerkt. Er sprang vom Fensterbrett, lief auf sie zu und schloss sie in seine riesigen Arme, als wäre dies das Selbstverständlichste auf der Welt. Marie durchfloss seine Wärme und das eigenartige Gefühl von Heimat – obwohl sie genau das nicht fühlen wollte. Ehe seine Wärme auch noch den letzten Krumen Wut ihr aufsaugen konnte, brummte sie: »Ganz schön dreist, einfach abzuhauen und jetzt so zu tun, als wäre nichts gewesen.«

Sie sah zu ihm auf. Seine Augen waren womöglich noch blauer, als sie sie in Erinnerung gehabt hatte.

»Dreist? Ach, Marie«, war alles, was er erwiderte.

Noch immer sah sie ihn an, versuchte, etwas in seinen Augen zu lesen, eine Entschuldigung zumindest oder das Versprechen auf eine Erklärung, aber da war nichts als dies verdammte Strahlen, das sie mitten im Herz traf. »Geht es dir gut?«, kam da wider Willen aus ihr heraus. »Ja? Wirklich gut?«

Maciej nickte und umfing sie außer mit den Armen auch mit seinem breiten Lächeln. »Ja, es geht mir gut. Und du, *moje małe słońce?«*

Marie wusste nicht, was *moje małe słońce* bedeutete, aber so, wie er es sagte, hörte es sich warm und liebevoll an. Und auf einmal konnte sie nicht anders, als sein Lächeln zu erwidern, und bekam das widersinnige Gefühl, dass vielleicht doch noch alles, alles wieder gut werden würde.

Nachdem Maciej Marie begrüßt hatte, schloss er die Wohnungstür, woraus Marie folgerte, dass sie auf niemanden sonst mehr warteten. Simon und Maciej schoben den wackeligen Couchtisch näher an die Couch und die beiden alten Sessel und breiteten eine Landkarte darauf aus. Morgen Nacht schon wollten die Freunde erneut eine Gruppe jüdischer Kinder zu einem der Waisenhäuser der OSE in der Freien Zone bringen, wo sie neue Namen, arische Papiere und eine christliche Erziehung erwarteten.

»Warum schickt die OSE die Papiere eigentlich nicht gleich her, dann wäre es doch viel ungefährlicher für die Kinder«, meinte Luzie, die heute zum ersten Mal mit der OSE zu tun hatte.

»Weil die Kinder auch dann schwerlich einen Passierschein für die Freie Zone bekommen würden, und wenn sie sich bei einer Ausweiskontrolle auf dem Weg zum Waisenhaus verplappern würden, würden sie damit die OSE samt aller beschützten Kinder in Gefahr bringen«, erwiderte Simon. »Die Gestapo bräuchte den Jungs nur die Hosen runterziehen, dann würde man feststellen, dass sie beschnitten sind – und damit flöge alles auf.«

»Also, dann lasst uns jetzt mal anfangen«, drängte Sofie und zeigte auf die Karte. »Wir müssen diesmal besser planen. Das letzte Mal sind wir in *Salbris* beinahe in eine Ausweiskontrolle geraten, und in *Vierzon,* bei der Übergabe der Kinder, sind wir auch fast erwischt worden.«

Seit der deutschen Besetzung war die Stadt *Vierzon* zweigeteilt. Die Demarkationslinie zwischen der besetzten und der unbesetzten Zone verlief längs des Flusses Cher. Ihre Freunde von der OSE der Freien Zone nahmen ihnen die

Kinder immer im besetzen Teil der Stadt ab und traten den Rest des Weges dann selbst an.

»Übrigens bin ich nach wie vor nicht begeistert davon, dass du gleich morgen mitmachst, Maciej«, meinte Simon zu Maciej. »Du bist erst gestern zurückgekommen – du musst doch geschlaucht sein von dieser Wahnsinnsstrecke, die du da hinter dich gebracht hast.«

»Ach woher.« Maciej grinste ihn an. »Das morgen ist nichts als ein Spaziergang für mich. Wer fünfmal die Pyrenäen in beide Richtungen überquert hat, kann auch mit dem Auto nach *Vierzon* fahren.«

Bis sie sich endlich einig waren, welcher Weg der sicherste war, brach schon die Dämmerung über die Stadt herein. Maciej holte ein paar Kerzen. Strom gab es in der Wohnung schon lange keinen mehr, offiziell stand sie leer. Er zog die Vorhänge zu und zündete die Kerzen an.

»Wen sollen wir diesmal eigentlich rausbringen?«, fragte Marie anschließend.

»Vier Jugendliche und drei Kinder«, antwortete Simon. »Aber nur die Kinder kommen ins Waisenhaus. Für die Jugendlichen hat die OSE keinen Platz. Wir bringen sie weiter nach Spanien.«

Erschrocken sah Marie zu Maciej. Wollte er etwa gleich wieder nach Spanien? Maciej erwiderte ihren Blick nicht, er war noch mit der Karte beschäftigt, also schaute Marie wieder zu Simon.

»Wir haben jetzt jemand anderen, der die Flüchtlinge über die Grenze bringt.« Simon nickte ihr so beruhigend zu, als wüsste er ganz genau, was in ihr vorging.

Marie versuchte, nicht laut aufzuatmen. »Und wo«, sie räusperte sich, »wo sind die Kinder jetzt?«

Maciej sah von der Karte auf und wies auf den Raum, der sich in ihrem Rücken an den Wohnraum anschloss. »Komm, ich stelle sie dir vor.«

Er nahm eine der Kerzen und erhob sich, Marie folgte ihm. Als er die Tür öffnete, schraken ihre Schutzbefohlenen auf. Sie lagen auf dem Boden und starrten sie an, als hätten sie sie gerade aus dem Schlaf gerissen. Ihre dunklen Kleider ließen sie im Kerzenlicht noch bleicher und abgemagerter wirken, als sie es sicher ohnehin waren. Es waren vier Mädchen und drei Jungen; Marie schätzte die Jugendlichen auf fünfzehn oder sechzehn, die Kinder waren höchstens acht Jahre alt.

»Ihr braucht keine Angst haben«, sagte Marie. »Ich wollte mich nur kurz vorstellen. Ich bin Marie und bringe euch morgen zusammen mit Maciej und noch ein paar Freunden aus der Stadt.«

»Schlaft weiter«, brummte Maciej. »Ihr werdet für die kommenden Tage und Wochen alle Kraft brauchen, die ihr aufbringen könnt.«

Die Jugendlichen brachten die Kleineren dazu, sich wieder hinzulegen, und streckten sich bis auf den Ältesten dann auch selbst wieder aus.

»Sollten wir den Kindern nicht erst mal ordentlich was zu essen geben, ehe wir abfahren?«, raunte Marie Maciej zu. »In dem Zustand schaffen die Jugendlichen es doch niemals bis zu unseren Verbündeten in *Zaragoza.* Von *Vierzon* sind das doch noch achthundert Kilometer, oder?«

»Ja, sie werden rund drei Wochen zu Fuß unterwegs sein.« Maciej wies auf die Rucksäcke, die gepackt in der Zimmerecke standen. »Aber den Speck werden sie sich unterwegs anfuttern müssen. Du wirst dich wundern, was man alles kann, wenn man die *Carabineros* in seinem Rücken weiß.«

»Was ist eigentlich mit den Eltern?«, fragte Marie.

»Die sind seit den Judenstatuten arbeitslos. Frag mich nicht, wie sie überhaupt so lange ohne Einkommen haben überleben können. Du findest die Kinder mager? Dann hättest du ihre Eltern sehen sollen. Aber mit ein bisschen Glück können die Jugendlichen von *Vierzon* ab sogar bis *Valence* mit einem Lkw mitfahren, der Waren für die Deutschen transportiert.«

Marie hob erstaunt die Brauen. »Wie habt ihr denn das hinbekommen?«

»Schon vergessen, dass ich der Meister im Organisieren bin?« Maciej zwinkerte ihr zu. Dann stellte er die Kerze auf den Boden, nahm ihre Hand und zog sie an sich heran. »Ich habe dich vermisst.«

Hastig sah Marie zu den Freunden hinüber, aber die waren so sehr in ihre Unterhaltung vertieft, dass sie gar nicht mitbekamen, was in ihrem Rücken passierte. Marie erwiderte seinen Händedruck und hätte am liebsten »Ich dich auch« gesagt – und gleichzeitig wollte sie weglaufen. Es war, als wäre dies alles erst gestern gewesen: Wie sie da im *Trumilou* auf ihn gewartet hatte. Wie Simon ihr gesagt hatte, dass er weggegangen war. Wie sie mit nichts zurückblieb als mit ihrer Erinnerung an zwei Küsse und diesen Abend, der so verheißungsvoll begonnen hatte ... Sie sah ihn an, hoffte, dass ihre Augen sagten, was sie nicht auszusprechen wagte. Als er nicht reagierte, wandte sie sich wieder den Kindern zu. Sie fragte den Ältesten nach den Namen und versuchte, ihm Mut zu machen.

»Wir haben schon viele Gruppen nach *Vierzon* gebracht. Ihr müsst keine Angst haben, alles wird gut gehen.«

»Aber was, wenn nicht?«, rief das Mädchen, das sich als Renée vorgestellt hatte und auch zu den Älteren gehörte. Sie richtete sich wieder auf. Ihr hübsches Gesicht war von vielen kleinen schwarzen Locken umrahmt. Sie rang sichtlich mit den Tränen.

»Und unsere Eltern – kommen sie ganz sicher nach?«, fragte ihre ein Jahr jüngere Schwester Nadine.

»Wir werden jedenfalls alles in unserer Macht Stehende dafür tun, damit euch eure Eltern möglichst bald folgen können«, erklärte Maciej ihr und sagte Marie anschließend, warum die Eltern der Mädchen nicht mitkommen konnten: Der Vater hatte eine Gehbehinderung, und die Mutter wollte ihn nicht allein zurücklassen, aber zumindest ihre Töchter in Sicherheit bringen. Sie konnten nur hoffen, dass die Lage sich früher oder später verbessern und sie dann ganz normal mit dem Zug würden nachkommen können.

»Und in *Zaragoza* seid ihr nicht allein«, versprach Marie ihnen, »sondern unter guten Freunden.«

Nadine zog Renée an sich und flüsterte: »Wir schaffen das, wir zwei, und dann bereiten wir dort schon alles für Mama und Papa vor, und zu ihrer Ankunft backst du ihnen den besten Honiglekach, den sie je gegessen haben.«

Marie hoffte, dass ihre Hoffnung in Erfüllung gehen würde, und nahm sich vor, die anderen zu drängen, dass die Kinder wenigstens noch zwei bis drei Tage einfach nur ruhten und aßen. Wenn sie unterwegs zusammenbrachen, hatte niemand etwas davon.

31. Kapitel

Marie – Paris – 18. März 1941

»Stopp!« Maciej fuhr zurück und presste Marie mit dem Arm gegen die Hauswand, und auch die Jugendlichen, die direkt hinter Marie waren, verschmolzen blitzschnell mit der Dunkelheit der Hauswände. Maciej legte die Finger an die Lippen. Es war drei Uhr früh, sie lauschten, lauschten in eine stille, schlafende, mondlose Stadt. Marie hielt den Atem an … und dann hörte auch sie es: Schritte. Schritte von mehr als einer Person. Schritte von schweren Stiefeln. Und kurz darauf überquerten zwei deutsche Soldaten nur knapp zwanzig Meter vor ihnen die Kreuzung mit eiligen Schritten von links nach rechts. Hätte Maciej nicht so frühzeitig reagiert, wären sie direkt in sie hineingelaufen. Marie fragte sich, wie Maciej hatte wissen können, dass hier jemand kam, sie jedenfalls hatte die Männer nicht kommen hören.

Niemand von ihnen rührte sich, bis die Schritte der Soldaten in der Nacht verhallt waren. Dann machte Maciej ihnen Zeichen weiterzugehen. Marie musste erst einmal tief durchatmen, ehe sie sich rühren konnte; der Schreck saß ihr tief in den Gliedern. Sie war froh, dass die Gruppe sich geteilt hatte: Luzie und Sofie kümmerten sich um die jüngeren Kinder und waren schon vor einigen Stunden losgelaufen, Maciej und sie hatten die Jugendlichen übernommen. Lautlos wie Schatten huschten sie weiter, warteten an der Straßenecke, bis Maciej ihnen bedeutete, dass sie weitergehen konnten, und eilten über die menschenleere Kreuzung auf die andere Seite, um in Richtung Stadtgrenze zu laufen. Kaum waren sie ein paar Schritte weit in die Gasse hineingelaufen, brüllte plötzlich jemand hinter ihnen auf Deutsch: »Halt, sofort stehen bleiben!«

»Rennt!«, zischte Maciej, packte Marie an der Hand und sprintete dann ebenfalls los. Die Jugendlichen zischten wie Fledermäuse an ihnen vorbei, stoben in die nächste Seitenstraße, ganz so, wie sie es für den Ernstfall besprochen hatten, und Marie wusste, dass sie von da aus versuchen würden, zu ihrem Ausgangspunkt zurückzukehren. Simon würde sie dort in Empfang nehmen und entscheiden, was zu tun war. Marie und Maciej rannten geradeaus weiter, um die Aufmerksamkeit der Soldaten auf sich lenken. Sie wollten in die übernächste Seitenstraße einschwenken, sahen sie auch schon vor sich – da zerrissen Schüsse die Stille der Nacht.

»Stehen bleiben!«, brüllten die Soldaten hinter ihnen und schossen erneut. *»Arrêtez-vous!«*

»Weiter!« Maciej trieb Marie an. »Schneller, Marie, schneller!«

Marie versuchte es, aber dann knickte sie um, strauchelte.

»Lauf allein weiter«, keuchte sie und versuchte, Maciej ihre Hand zu entziehen, doch der packte sie nur noch fester und zerrte sie weiter. Wieder peitschten Schüsse über sie hinweg und im gleichen Moment spürte Marie einen heißen, brennenden Schmerz im Oberschenkel. Mit einem Aufschrei sank sie an die Hauswand. Maciej ließ sie noch immer nicht los. »Marie, weiter!«

Marie schüttelte den Kopf, wieder krachten Schüsse über sie hinweg – und in der gleichen Sekunde zog Maciej selbst eine Pistole aus der Jackentasche, schoss auf die Soldaten und brüllte zu Marie: »In den Hauseingang!«

Von der anderen Seite zischten neue Kugeln auf sie zu. Maciej folgte Marie in den Hauseingang und feuerte zurück. Ein Schrei ertönte, ein zweiter – dann war es still. Gespenstisch still. Marie sah zu Maciej, dann lugte sie um den Hausvorsprung auf die Straße. Ihre Verfolger lagen ausgestreckt auf dem Boden. Maciej wartete, und als sie sich auch weiter nicht rührten, lief er zu ihnen, die Pistole im Anschlag. Die Männer waren nur noch wenige Häuser hinter ihnen gewesen. Auch als Maciej vor ihnen stand, regten sie sich nicht. Maciej trat mit dem Fuß gegen sie. Keine Reaktion. Dann eilte er zurück zu Marie und untersuchte ihr Bein.

»Bzdury«, fluchte er. »Das blutet viel zu viel, die Kugel muss die Arterie erwischt haben!« Er zog seinen Gürtel aus und lehnte Marie gegen die Wand. »Beiß die Zähne zusammen, das tut gleich weh.«

Mit wenigen Handgriffen schlang er den Gürtel um ihr Bein, nickte ihr zu – und zurrte ihn mit einem gewaltigen Ruck fest. Marie presste vor Schmerz die Zähne aufeinander, alles in ihr krampfte zusammen, aber es kam kein Laut über ihre Lippen. Maciej fixierte den Gürtel und fragte sie, ob sie laufen könne. »Wir müssen hier weg.«

»Aber das bringt doch nichts«, keuchte Marie. »Die Schüsse ... sicher kommt gleich Verstärkung.«

»Bis dahin sind wir längst verschwunden. Komm, steh auf, ich stütze dich. Marie, hörst du, was ich sage?«

Marie sah ihn an und hatte das eigenartige Gefühl, dass er an Farbe verlor.

»Marie, he, Marie, bleib bei mir!«

Dann sah sie ihn gar nicht mehr.

»Na endlich!«

Marie öffnete die Augen, doch das Licht, das auf ihre Pupillen traf, war so grell, dass sie sie gleich wieder schloss. Verwirrt versuchte sie, sich auf die andere, dem Licht abgewandte Seite zu drehen, doch augenblicklich zischte ein so scharfer Schmerz durch sie hindurch, dass sie stöhnend innehielt. *Mein Bein, um Himmels willen, was ist mit meinem Bein?* Eine große, warme Hand legte sich auf ihre Schulter.

»Scht, Marie, ruhig, ganz ruhig. Bleib am besten so liegen, wie du bist. Amiel hat dein Bein versorgt, alles kommt wieder in Ordnung, aber du hast viel Blut verloren. Die Kugel hatte tatsächlich die Arterie getroffen, sie musste ziemlich viel rumschnippeln an dir.«

»Amiel? Kugel?« Wieder versuchte Marie die Augen zu öffnen, doch das Licht war immer noch zu grell. Sie schirmte ihr Gesicht mit der Hand ab, blickte in Maciejs gute blaue Augen und atmete dann ruhiger. Er saß bei ihr auf dem Bett. Dann wurde es ihr erneut schwummrig, und sein Bild verblasste.

»He, Marie, na komm, nicht wieder ohnmächtig werden. Bleib bei mir.«

Sie versuchte es, aber er wurde trotzdem blasser.

»Marie!«

Behutsam strich er ihr über die Stirn und klopfte auf ihre Wangen. Marie versuchte durchzuatmen, sein Bild bekam wieder mehr Farbe, und damit kehrte auch die Erinnerung zurück.

»Was ... was ist mit den Jugendlichen?« Sie sah wieder vor sich, wie sie voller Panik weggerannt waren. »Haben sie es bis zum Haus geschafft? Hat Simon sie in Sicherheit bringen können?«

»Alles ist gut gegangen, Marie, sie sind unversehrt zurückgekommen. Luzie und Sofie haben sie noch in der Nacht über die Stadtgrenze gebracht. Sie kamen sogar noch rechtzeitig für den Lkw.« Maciej strich ihr beruhigend über die Schulter. »Und du kümmerst dich jetzt nur um dich selbst.«

Marie atmete aus. Die Tür öffnete sich. Erst da ging ihr auf, dass sie nicht zu Hause, sondern in einem ihr unbekannten Raum lag: Altbau, hohe, verdunkelte Fenster, eine grelle Deckenlampe, abblätternder Putz. Nur ein Tisch, zwei Stühle, dies Bett und ein kleiner Kohleofen standen in dem Zimmer. Amiel trat zu ihr, Maciej rückte zum Fußende.

»Wie schön, dass du endlich wieder bei uns bist!« Amiel lächelte sie an, strich ihr eine Haarsträhne aus dem Gesicht und fühlte ihren Puls. »Immer noch ein bisschen schwach, aber das wird schon wieder.«

»Na und ob«, rief Maciej. »Immerhin strömt jetzt dickes, fettes polnisches Blut durch deine Adern!«

Fragend sah Marie von einem zum anderen.

»Ja, du verdankst Maciej gleich mehrfach dein Leben.« Amiel sah zu Maciej und wandte sich dann wieder an Marie. »Er hat dich bis zu unserem Versteck getragen.«

»Aber wir …« Marie sah Maciej erstaunt an. »Wir waren doch schon fast am *Parc Monceau.«*

»Ja, das war in der Tat kein simples Über-die-Schwelle-Tragen, und zwischendurch habe ich mehr als einmal gedacht, dass ich lieber weiter die Route über die Pyrenäen hätte gehen sollen, das ist weniger anstrengend gewesen.« Maciej zwinkerte ihr zu. »Aber ins nächstgelegene Krankenhaus hätte ich dich mit der Schussverletzung ja kaum bringen können.«

Marie schluckte, denn sie wusste, dass er sie dann gleich an die Deutschen hätte ausliefern können.

»Und damit es jetzt schnell wieder mit dir bergauf geht, brauchen wir erst mal Wasser. Könntest du das holen, Maciej?« Amiel reichte ihm einen Krug. »Wir haben keins mehr, und je mehr Marie trinkt, desto besser. Und wenn du auch gleich noch bei Luzie vorbeigehen könntest? Sie hat eine Kraftbrühe für Marie gekocht. Auch das wird ihr helfen, schnell wieder auf die Beine zu kommen.«

»Aye, aye, Mam.« Maciej rieb Marie noch einmal über den Arm, dann ging er los.

Kaum hatte er den Raum verlassen, grinste Amiel Marie an. »Der hängt ja kolossal an dir. Bei der Operation ist er dir nicht eine Sekunde von der Seite gewichen, und als klar wurde, dass du zu viel Blut verloren hast, hat er mir gleich seinen Arm hingestreckt.«

»Wusstest du denn meine Blutgruppe?«

»Erstens wusste ich die tatsächlich, aber Maciej hat die Blutgruppe 0, er hätte dir also auf alle Fälle Blut spenden können. Aber das ist nicht der Punkt, Marie. Du hast ein riesiges Stück von seinem Herzen erobert.«

»Ich weiß nicht ...« Marie versuchte, sich ein wenig aufzusetzen, doch sofort schoss wieder dieser glühende Schmerz durch ihr Bein, sodass sie in ihre alte Position zurücksank. »Dann hätte er sich vor sechs Monaten doch nicht einfach so sang- und klanglos verdrückt. Von Simon musste ich erfahren, dass er weg ist und wohin. Von Simon, nicht von ihm! Er hat ja noch nicht einmal aus irgendeiner Notlage heraus so gehandelt. Kein Mensch hat ihn gezwungen, sofort aufzubrechen, im Gegenteil, das war für die Flüchtlinge sogar noch viel gefährlicher. Nein, er WOLLTE weg, und das sofort. Und später hat er mir nicht einmal eine Nachricht zukommen lassen.«

»Ich glaube, ich weiß, warum er so plötzlich weg ist.«

»Ach ja? Und warum?«

»Wegen seiner Frau.«

»Seiner ... was?« Marie riss die Augen auf.

»Das hat er mir alles nach der Operation erzählt. Wir haben hier bis zum Morgengrauen bei dir am Bett gesessen und gebangt, ob du über die Nacht kommst oder ob der Blutverlust doch schon zu groß war. Und des Nachts, im Dunkeln, da redet es sich gut.«

»Ich wusste nicht einmal, dass er eine Frau hat.«

»Die beiden hatten anscheinend ein schwieriges Verhältnis; er wollte die Scheidung, doch die hat sie strikt abgelehnt. Als Maciej die Möglichkeit hatte, nach Paris zu gehen, ist er mit fliegenden Fahnen auf und davon. Vor sechs Monaten, an dem Tag, an dem ihr abends zum Essen verabredet wart, hat er die Nachricht bekommen, dass seine Frau an einer Lungenentzündung gestorben ist. Das hat ihm klargemacht, wie feige es von ihm gewesen ist, einfach wegzugehen und ihr nicht einmal mehr die Möglichkeit für eine letzte Aussprache zu geben. Er musste weg, raus aus der Stadt, um erst einmal mit sich klarzukommen. Nicht die Trennung ist das Ende einer Beziehung, hat er zu mir gesagt, sondern der Tod, erst dann ist gewiss, dass man nie mehr etwas ändern kann.«

»Aber warum hat er mir das denn nicht gesagt?«, fragte Marie. »Warum ist er einfach weg?«

»Das hat er sich inzwischen auch vorgeworfen. Erst ist er bei seiner Frau auf und davon, dann bei dir ... Beides tut ihm unendlich leid.«

»Und warum hat er mir nicht einmal später eine Nachricht zukommen lassen?«

»Das musst du ihn selbst fragen.«

Ein Weilchen sagte keine von ihnen mehr etwas. Dann fragte Marie: »Hat er ... haben sie auch Kinder gehabt?«

Amiel schüttelte den Kopf.

»Und er hat sich wirklich so große Sorgen um mich gemacht?«

»Allerdings.« Amiel drückte ihr die Hand.

Sie hörten, wie die Haustür ins Schloss fiel, und kurz darauf stapfte Maciej mit dem Krug Wasser in der einen und einem Essensbehälter in der anderen Hand ins Zimmer. Munter hob er beides an. »Wasser und Rinderbrühe – mit besten Grüßen von Luzie!«

»Na komm, noch ein Löffel«, drängte Maciej Marie, aber sie konnte nur matt den Kopf schütteln. »Bitte, Maciej, ich kann nicht mehr.«

Inzwischen hatte Maciej ihr schon zum dritten Mal an diesem Tag von Luzies Suppe eingeflößt, und Marie merkte auch, wie gut sie ihr tat, aber jetzt wollte sie trotzdem einfach nur schlafen, schlafen, schlafen. Maciej stellte den Teller beiseite und strich ihr über den Kopf, und als Marie später wieder wach wurde, hatte sie das Gefühl, dass er noch genauso wie zuvor dasaß, den Blick auf sie geheftet, ein dankbares Lächeln im Gesicht.

Bis auf den flackernden Lichtschein der Kerze, die neben ihrem Bett auf dem Boden stand, war es stockdunkel im Zimmer. »Wie …« Sie musste sich räuspern. »Wie lange habe ich geschlafen? Wie spät ist es?«

»Lange, du hast sehr lange geschlafen.« Er zog ihre Bettdecke bis zum Kinn. »Und schlaf ruhig weiter … Es ist mitten in der Nacht. Das letzte Mal hat die Kirchturmuhr vier Uhr geschlagen.«

»Und du?« Sie näherte ihre Hand seinem Arm, strich kurz darüber. »Warum schläfst du nicht? Du hast doch anscheinend auch letzte Nacht schon nicht geschlafen.«

»Jetzt sorgen wir uns erst einmal nur um dich.« Er packte ihre Hand und schob sie unter die Decke. »Pst, schlaf weiter, *moje małe słońce.*«

»Was heißt das?«

Er maß sie mit einem liebevollen Blick. »Meine kleine Sonne.«

Einen Moment lang herrschte Stille zwischen ihnen. Dann atmete Maciej heftig aus. »Ich weiß, dass ich einen Fehler gemacht habe. Und nicht nur einen. Mein Leben scheint mir gerade eine einzige Aneinanderreihung von Fehlern zu sein, und ich kann nur hoffen, dass du mir verzeihen kannst.«

»Immerhin hast du mir das Leben gerettet …«

»Aber zuvor habe ich dir wehgetan. Dir und Patrycja.«

»Ist das der Name deiner –«

Er nickte, ehe sie den Satz zu Ende bringen konnte. »Hat Amiel dir von ihr erzählt?«

»Ja, und auch, dass sie …« Marie zog die Schultern hoch. »Es tut mir leid.«

»Danke! Als ihr Vater mich angerufen hat, war das für mich wie ein Schlag in die Kniekehlen gewesen, zumal er mir die heftigsten Vorwürfe gemacht hat, aber das entschuldigt trotzdem nicht, dass ich weggegangen bin, ohne dir ein

Wort zu sagen. Und leider war es nicht das erste Mal, dass ich vor einer schwierigen Situation einfach weggelaufen bin. Auch bei Patrycja bin ich … Ich …« Er rieb sich über den Hals. »Es ist so viel einfacher, der Held zu sein, der Flüchtlinge über die spanische Grenze bringt, als … als sich mit einer Frau auseinanderzusetzen und eine Beziehung wieder auf die Reihe zu bekommen.«

»Du muss mir nichts erklären, wenn du nicht willst«, sagte Marie leise.

»Ich will aber.« Erneut atmete er heftig aus. »Ich weiß auch nicht, was das bei mir ist, aber wenn es in einer Beziehung schwierig wird, dann fällt es mir so verdammt schwer, das auszuhalten. Und in jeder Beziehung kommt ja irgendwann so ein Punkt. Vielleicht liegt es daran, dass ich von klein auf immer alles allein mit mir ausmachen musste. Ich habe gelernt, dass ich auf mich aufpassen muss, weil es sonst niemand tut, und ebenso, dass ich, wenn ich mich zu sehr auf andere einlasse, am Ende der Verlassene bin. Meine Mutter war … Weißt du, wenn meine Mutter mit meinem Vater Streit hatte, dann war ich der Größte für sie, aber wenn sie sich dann wieder vertragen haben, dann war ich nur noch der Klotz am Bein. Und für meinen Vater war ich sowieso nur ein Störenfried und Versager. Er hatte nie Kinder gewollt. Patrycja – sie war die Erste, die mir das Gefühl gegeben hat, jemand zu sein und vor allem auch etwas wert zu sein. Wie sie einen anstrahlen konnte! Ich habe mich anfangs wie im siebten Himmel gefühlt und dachte, sie sei die Frau meines Lebens. Aber kaum waren wir verheiratet … Sie kam nicht damit zurecht, dass ich immer und überall den Mund aufmachen musste und damit zwangsläufig aneckte. Aber wenn ich eine Ungerechtigkeit sah, konnte ich das doch nicht totschweigen! Als ich zum dritten Mal binnen weniger Monate meine Arbeit verloren hatte, hatte sie nur noch Vorwürfe für mich. Sie wollte Kinder, einen Mann, der ihr ein ruhiges, sicheres Leben bot – aber so war ich nicht.

Dann hatte ich endlich wieder Arbeit, sie wurde schwanger, ich verlor meine Arbeit erneut – und sie, nur Stunden nachdem sie das herausgefunden hatte, das Kind. Danach war alles nur noch schwarz zwischen uns, und eine neue Arbeit fand ich auch nicht. Schließlich überredete sie mich, bei meinem Vater zu Kreuze zu kriechen und für ihn zu arbeiten. Und so kam ich nach Paris.«

»– und wurdest überfallen«, ergänzte Marie.

Maciej bejahte. »Ich ... das, was ich über unsere Beziehung gesagt habe, das soll keine Entschuldigung sein, aber nachdem ich die Steine wiederbeschafft und danach ordnungsgemäß für meinen Vater verkauft hatte und eigentlich zurück nach Polen hätte gehen sollen, da habe ich das einfach nicht gekonnt. Die Enge dort, mein Vater, der stinksauer auf mich war, weil er so lange auf das Geld für die Steine hatte warten müssen, und der ja nicht ahnte, wie das alles wirklich gewesen war, und dann Patrycja, zurück zu ihr, ihren Vorhaltungen ... Und hier, hier war alles so offen, so froh, so frei. Zuerst wollte ich nur noch ein paar Tage bleiben, dann fand ich Arbeit, schickte Patrycja Geld und wollte später zurück – und dann verging die Zeit. Ach, verdammt«, er raufte sich die Haare, »alles, was ich sagen will, ist, dass ich in dieser Beziehung ganz schön viel Mist gebaut habe.«

»Und warum bist du an jenem Abend nicht ins *Trumilou* gekommen?«

»Weil ... weil ich mich so mies gefühlt habe, nachdem ich von Patrycjas Tod erfahren habe. Wie konnte ich mich, kurz nachdem ich von ihrem Tod erfahren habe, mit einer wunderschönen Frau im Restaurant verwöhnen lassen?«

»Du hättest mir einfach absagen können, und das hätte ich vor dem Hintergrund auch verstanden.«

»Aber das war es ja nicht allein. Ich ... ich hatte das Gefühl, ständig alles falsch zu machen, und wieder einmal war es so viel einfacher wegzulaufen. Aber all das ist mir erst in den Pyrenäen, in diesen verdammten, eisigen, unendlichen schwarzen Nächten in den Bergen mit weinenden, heulenden, jammernden Flüchtlingen klar geworden.« Er machte eine Pause, die sich immer mehr ausdehnte.

»Du musst nicht weiterreden«, sagte Marie. »Ich denke, ich habe auch so verstanden.«

»Doch, lass es mich zu Ende bringen. Ich ... Nach der Nachricht von Patrycjas Tod konnte ich mich noch nicht einmal mehr im Spiegel ansehen, und das noch weniger, weil ich mich auch da schon in dich ...« Er atmete tief durch und sah ihr direkt in die Augen. »... weil es da dich gab!«

Marie sah Maciej an. Eine verwirrende Woge von Zärtlichkeit und Angst vibrierte in ihrem Bauch. *Und jetzt?*, wollte sie fragen. *Und jetzt?* – brachte es aber nicht über die Lippen. So sah sie ihn nur an. Und auf einmal näherte er seine Lippen den ihren und küsste sie. Es war ein leichter, aber trotzdem inniger und intensiver Kuss, ein Kuss, der von so viel Wärme und Liebe sprach, Wärme und Liebe, die sie erschreckten und doch alles waren, wonach sie sich sehnte. Sie verbot es sich nachzudenken, legte ihre Hände um seinen Nacken und zog ihn näher zu sich. Nach dem Kuss ließ Maciej seinen Kopf auf ihre Brust sinken. Sanft strich sie ihm übers Haar, das so borstig wirkte, aber weich und seidig wie Kinderhaar war, und merkte auf einmal, wie ihr Hemd an ihrer Brust nass wurde. Maciej weinte.

32. Kapitel

Josephine – heute

»Mein Gott, vor den Zug …« Malou rieb sich über den Hals. »Das tut mir so leid. Weißt du warum?«

Josephine stieß einen Schwall Luft aus und sah Malou vielleicht zum ersten Mal richtig an: eine Frau in ihrem Alter, blond, sommersprossig, auch sonst der nordische Typ, schmale, kleine Hände, saubere, kurze Fingernägel, nettes, helles, geblümtes Sommerkleidchen, adrette Riemchensandalen und auch sonst sicher bourgeois bis in die Knochen. »Und warum hat deine Mutter ständig geschwiegen?«

»Das ist eine längere Geschichte, und ich –«

»Dann ist das definitiv nichts für eine Aufzugfahrt«, fiel Josephine ihr ins Wort.

»Warum bist du schon wieder so brüsk? Ich will doch nur verstehen –«

»Verstehen, ach ja?« Josephine war bewusst, dass sie schon wieder zu heftig reagierte, aber sie konnte nicht anders. »Tja, wenn man aus seinem Puppenhäuschen rausschaut, wundert man sich eben, wie die Welt so ist, oder? Auf jeden Fall nicht so idyllisch, wie man es sich gedacht hat. Aber wie solltest du es auch besser wissen? Marie war eine Lehrertochter, wurde selbst Lehrerin, und deine Mutter und du, ihr seid sicher auch Lehrerinnen. Gesichertes Bildungsbürgertum. Die Welt beginnt morgens um sieben Uhr zwölf, wenn der Wecker klingelt, und endet abends um halb elf mit den Nachrichten – oder wenn das letzte Schulheft korrigiert ist. Rote Tinte auf alles, was euch nicht korrekt erscheint. So erschafft ihr euch die Welt!«

»Josephine, bitte …«

»Bitte was?«, ereiferte sich Josephine weiter. »Das willst du nicht hören, oder? Dass die Welt vielleicht nicht überall so ist, wie ihr es euch in euerem niedlichen Bildungsbürgerpuppenhaus vorstellt. Aber Geneviève ist nicht so groß geworden. Sie war nur das Bankert der Köchin. Das uneheliche Kind, das nirgends hingehörte. Und der jeder aus dem Puppenhaus vorwerfen durfte, dass sie für die bösen, bösen Deutschen Klavier spielte.«

Malou erhob sich, ging in dem Aufzug auf und ab, die zwei, drei kleinen Schritte, die man dort eben gehen konnte, und erwiderte nichts.

»Ja, weglaufen, wegsehen, wenn es unbequem wird, das ist alles, was ihr könnt.« Josephine schnaubte. »Nur dass so ein Aufzug ein bisschen zu klein ist, um richtig weglaufen zu können, was?« Sie warf den Kopf nach hinten, knallte gegen die Aufzugswand, es dröhnte. »Aber wenn du es schon wissen willst: Ja, auch alles, was nach dem Selbstmord meiner Mutter kam, war nicht sehr amüsant, und schon gar nicht der Moment, als die Polizei zu uns nach Hause kam und Geneviève die Überreste meiner Mutter identifizieren musste. Aber es gab eben einiges, was meine Mutter nicht mehr schultern konnte, und Geneviève konnte ihr nicht helfen, es zu tragen. Weil auch sie immer alles allein hatte tragen müssen. Marie hat ja lieber wildfremde jüdische Kinder gerettet, als darauf zu achten, dass andere nicht in Gefahr kamen. Aber das hätte ihr natürlich nicht den Ruhm der Heldin eingebracht.«

Malou wandte sich zu ihr um und sah sie an. Es war ein langer, unerträglich milder und unverschämt nachsichtiger Blick. Eben so ein richtig beschissener Lehrerinnenblick. Ja, Josephine war sich sicher, dass nur Lehrerinnen so schauen konnten. Wahrscheinlich lernten sie das schon im Referendariat. Sie knurrte: »Leck mich doch!« – und knallte ihre Stirn auf die Knie, um nichts mehr sehen zu müssen.

33. Kapitel

Marie – Paris – 15. Dezember 1941

»Was ist denn mit euch los?« Erschrocken stürzte Amiel aus ihrem Zimmer in den Flur und packte Marie und Geneviève am Arm. »Ihr könnt hier doch nicht so herumschreien – und dann auch noch solche Sachen! Wollt ihr, dass euch das ganze Haus hört?«

»Schon gut, schon gut!« Marie hob ergeben die Hände und sank mit dem Rücken gegen die Wand. Geneviève aber blies die Backen auf, und es war ihr nur zu gut anzusehen, dass sie noch längst nicht alles losgeworden war, was sie zu sagen hatte.

»Kommt, wie gehen in die Küche«, schlug Amiel vor. »Da hört man euch wenigstens nicht so leicht, und ein Lindenblütentee zur Beruhigung tut euch sicher auch gut.«

Marie nickte, Geneviève aber schüttelte den Kopf. »Nein danke, ich gehe. Es ist sowieso alles gesagt.«

Sie machte Anstalten, sich an Amiel vorbei zur Tür zu schieben, aber irgendetwas in Amiels Blick machte, dass sie innehielt. »Verdammt, Amiel, willst du mich jetzt auch noch unter Druck setzen? Oder war das Ganze etwa von Anfang an deine Idee?«

»Zweimal nein.« Amiel ging zur Küche und bedeutete den beiden, ihr zu folgen und Platz zu nehmen. »Ich weiß davon nur das, was ich eben durch die Tür aufgeschnappt habe. Aber ich denke, man kann ein solches Thema zwischen Freundinnen in Ruhe besprechen.«

»Ich habe in Ruhe geantwortet«, erwiderte Geneviève ärgerlich. »Aber Marie akzeptiert einfach kein Nein. Und mal ehrlich: Ein jüdisches Mädchen als meine arische Nichte ausgeben – Marie hat doch einen Knall!«

Amiel sah zu Marie.

»Jetzt schau du mich nicht auch noch an, als wäre ich übergeschnappt«, schimpfte Marie. »Wir wissen einfach nicht, wohin mit dem Kind. Den Eltern gehört die Rothenburg-Klinik. Trotz der Berufsverbote haben sie in ihrer Klinik zumindest jüdische Patienten weiterbehandelt, obwohl sie eigentlich natürlich niemanden mehr hätten behandeln dürfen. Vor drei Wochen hat jemand sie angezeigt. Sie haben das Kind bei den Nachbarn verstecken können, und die haben es uns gebracht. Die Eltern haben Angst, dass sie deportiert werden, und wollen wenigstens ihr Kind retten. Seither schieben wir das Mädchen von einem zum anderen. Die OSE hat derzeit nämlich auch keinen freien Platz mehr.«

»Und jetzt«, Geneviève wandte sich an Amiel, »soll ich so tun, als hätte ich eine Nichte, und das Kind bei mir aufnehmen – und das, wo ich so viel zu Hause bin und so unheimlich viel Ahnung von kleinen Kindern habe.«

»Oh«, machte Amiel. »Das ist allerdings …«

»Ja, das ist al-ler-dings!« Geneviève nickte ihr nachdrücklich zu.

»Jetzt tut doch nicht so, als hätte ich Geneviève gebeten, eine Bombe bei sich zu verstecken.« Marie versuchte, ruhig zu bleiben. »Viele Kinder sind derzeit ohne Eltern. Und jeder hat das Recht, eine Nichte bei sich aufzunehmen.«

»Es sei denn, er hat keine!« Geneviève fuhr zu ihr herum. »Und in dem Fall ist das Mädchen dann wirklich eine Bombe – um mal bei deinem Vergleich zu bleiben. Ich habe dir das eben schon gesagt: Jeder im Theater weiß, dass ich keine Verwandten habe. Von daher kann auch keine Nichte vom Himmel fallen. Und bei den ganzen Deutschen bei uns im Theater ist es dann nur eine Frage der Zeit, bis da jemand etwas mitbekommt. Marie, die Hälfte meiner Kolleginnen ist mittlerweile mit deutschen Soldaten liiert, wie schnell kann da ein falsches Wort sonst was auslösen!«

»Und wer weiß, ob du nicht schon eine von diesen deutschen Bräuten bist!« Marie funkelte Geneviève böse an. »Vielleicht geht es dir weit mehr um eine sturmfreie Bude als um –«

»Das muss ich mir nicht sagen lassen.« Geneviève schoss von ihrem Stuhl hoch. »Das ist meine Wohnung, das ist mein Leben, und wen ich da empfange, ist allein meine Sache!«

»Aha, dann hast du also tatsächlich etwas mit einem Deutschen angefangen? Mit diesem Peter Neumann etwa?« Marie wusste selbst, dass es ihrem Anliegen nur schaden konnte, wenn sie weiter auf diesem Thema herumhackte, aber sie konnte nicht anders. »Dann geht es also in der Tat nur darum, dass das Kind euch stören würde.«

Geneviève machte eine rüde Geste und verließ ohne ein weiteres Wort die Küche.

»So gib es doch wenigstens zu!«, schrie Marie ihr hinterher.

»Marie.« Amiel legte ihr die Hand auf den Arm. »Marie, bitte!«

Unwillig machte sich Marie von ihr frei. »Ist doch wahr!«

Sie hörten die Wohnungstür ins Schloss fallen. Wütend klatschte Marie auf den Tisch, dann stürmte sie ans Fenster und sah kurz darauf, wie Geneviève aus dem Haus trat und davoneilte.

»Mensch, Marie.« Amiel trat hinter sie und strich ihr über den Rücken. »So erreichst du gar nichts – außer dass du Geneviève immer weiter von uns wegtreibst.«

»Wieso bin immer ich die Schuldige?« Marie schnellte herum. »Geneviève hätte meine Frage nach den Deutschen ganz normal beantworten können. Sie hätte lachen und sagen können: ‚Ach woher, da ist nichts. Niemals würde ich mich mit einem Deutschen einlassen.‘ Und warum hat sie das nicht getan? He? Was meinst du?«

»Marie, Marie, Marie.« Amiel wedelte mit der Hand. »Du solltest dich mal sehen. Worum geht es hier eigentlich? Diese Wut – das hat doch schon längst nicht mehr mit diesem jüdischen Mädchen zu tun, das du unterbringen willst. Was ist denn los mit dir?«

»Nichts«, blaffte Marie sie an. »Gar nichts.« – Und in der nächsten Sekunde schossen ihr Tränen in die Augen. »Geneviève fehlt mir einfach so sehr.«

Amiel zog sie an sich und strich ihr über den Rücken und ihr Haar.

Marie hob den Blick. »Weißt du noch, wie Geneviève damals, als wir in diesem Restaurant feiern wollten, dass wir uns nicht mehr verstecken müssen, bei den Deutschen geblieben ist? Irgendwie ist seither zwischen uns nichts mehr, wie es war. Warum ist sie damals bei ihnen geblieben, statt mit uns wegzugehen? War damals schon etwas zwischen ihr und diesem Neumann? Diese Art jedenfalls, wie er sie angesehen hat ... Und auch als ich einmal für eine unserer Flüchtlingsfamilien so dringend eine Wohnung gesucht habe, habe ich sie miteinander gesehen. Der Mann ist kein normaler Theatergast, Amiel, da ist viel mehr zwischen ihnen.«

»Manchmal hörst du dich an wie jemand, der seiner Ex-Geliebten kein neues Glück gönnt.« Amiel küsste sie auf den Scheitel. »Komm runter, Marie. Du hast deinen Maciej, ich meinen Arthur, und Geneviève hat genauso das Recht, sich zu verlieben.«

»Willst du damit etwa andeuten, es ... es wäre dir egal, wenn Geneviève etwas mit einem Deutschen hat?« Fassungslos sah Marie zu ihr auf. »Ein Deutscher, Amiel, ein deutscher Soldat!«

»Auch die Deutschen sind Menschen.«

»Menschen? Diese ... SS-Leute und Obersturmsonstwasführer, die Juden abführen, Widerstandskämpfer foltern und noch nicht einmal davor zurückschrecken, fliehende Kinder zu erschießen, das sollen Menschen sein?«

»Ja, Marie, auch das sind Menschen. Denn man ist nicht nur dann ein Mensch, wenn man Gutes tut. Und ob etwas gut oder nicht gut ist, hängt auch allzu oft vom Standpunkt des Betrachters ab.«

»Du willst jetzt nicht verteidigen, was die Nazis hier tun.«

»Nein, natürlich nicht, aber auch wenn ich es falsch finde, bleiben sie Menschen. Marie, ich bin Ärztin. Für mich *müssen* alle Menschen gleich sein.«

»Eine Ärztin, der die Deutschen die Berufserlaubnis entziehen wollen!«

»Es war unsere *Préfecture,* die meinen Widerspruch abgelehnt hat, nicht die Deutschen.«

»Aber garantiert wegen deren Maßgaben, und die Grundlage war sowieso eine deutsche Verordnung.«

»Selbst wenn, Marie. Ob mit oder ohne Arbeitserlaubnis – ich bin und bleibe trotzdem Ärztin. Und als solche sind für mich alle Menschen gleich. Das müssen sie sein, wenn ich den hippokratischen Eid ernst nehmen will. Meine Aufgabe in diesem Leben ist es, Menschen zu heilen, nicht, sie zu verurteilen.«

»Willst du mir allen Ernstes sagen, dass du, wenn du einen von diesen Mistkerlen auf den Operationstisch bekommst, tatsächlich um sein Leben kämpfst?«

»So wie ich um deines gekämpft habe, genau.« Sie nickte und zwinkerte ihr dann zu. »Um deins habe ich natürlich ganz besonders gekämpft. Aber Spaß beiseite: Natürlich kämpfe ich um *jedes* Leben. Ich habe den hippokratischen Eid abgelegt.«

Ungläubig schüttelte Marie den Kopf. »Du bist von einer anderen Welt.«

»Nein, ich bin Jüdin.« Sie lachte auf. »Im Talmud steht: *Achte auf deine Gedanken, denn sie werden Worte, achte auf deine Worte, denn sie werden Handlungen, achte auf deine*

Handlungen, denn sie werden Gewohnheiten, achte auf deine Gewohnheiten, denn sie werden dein Charakter, achte auf deinen Charakter, denn er wird dein Schicksal.«

»Ah, nun, dann entwickle ich mich vor dem Hintergrund des ganzen Nazitreibens wahrscheinlich gerade zu einem Monster – und das wird mein Schicksal werden.«

»Blödsinn, Marie, und das weißt du auch. Du tust doch wirklich alles, was in deiner Macht steht, um anderen zu helfen.«

»Aber das ist leider zu wenig. Weißt du noch, wie ich dich vor gut einem Jahr zum ersten Mal zu einem Treffen von *Combat Paris* mitnehmen wollte? Auf dem Weg zur Metro haben wir auf der *Place des Abbesses* diesen Exekutionsanschlag der Deutschen gesehen. Alfred Debarge, Léon Delattre und Marcel Legros – das waren die ersten Opfer der Deutschen aus dem Widerstand, die ich persönlich kannte. Und dann André ... Weißt du, wie viel weitere Menschen aus dem Widerstand inzwischen von den Deutschen gefangen, gefoltert, hingerichtet worden sind? Wie soll ich die Deutschen da nicht hassen?«

»Indem du nicht alle über einen Kamm scherst. Und indem du nicht urteilst. Richter fällen Urteile. Vielleicht auch das Leben. Ganz sicher aber werden wir alle uns im nächsten Leben zu verantworten haben. Zugleich sind wir viel zu klein, um uns anmaßen zu können, ein Urteil über andere auszusprechen.« Amiel erhob sich, ging zum Herd und setzte einen Kessel mit Wasser auf. »Ich habe ganz vergessen, den Lindenblütentee zu machen. Du musst dich beruhigen, Marie. Mit Hass kommst du nirgendwo an im Leben. Der frisst dich auf und wird dich unglücklich machen. Dich und alle, die dich lieben. Apropos lieben«, sie drehte sich kurz zu Marie um, »vielleicht solltest du darüber auch mal mit Maciej reden. Der hat zu alldem eine weit entspanntere Einstellung als du. Du verrennst dich, Marie. Und soweit ich weiß, ist dieser Peter Neumann kein Folterknecht, sondern lediglich als Übersetzer tätig. Und so oder so kann Geneviève lieben, wen sie will.«

»Entspanntere Einstellung.« Marie blies die Backen auf.

»Ja, entspannter«, beharrte Amiel. »Auch Maciej bekämpft die Deutschen, aber er ist dabei nicht von Hass zerfressen. Hass macht krank, das sage ich dir auch als Ärztin. Und wenn du schon nicht auf mich hören willst, dann nimm dir wenigstens ein Beispiel an ihm.«

Der verliert auch nicht gerade seine beste Freundin an die Deutschen, grummelte es in Marie, sie sagte aber nichts mehr.

34. Kapitel

Josephine – heute

Den Blick starr auf den Boden zu richten, half Josephine auch nicht gegen ihre Wut. Raus. Sie wollte endlich hier raus! Wütend schlug sie auf den Alarmknopf. Natürlich tat sich wieder nichts. Sie sah zur Decke. Kletterten die Leute in Filmen nicht immer über die Decke aus dem Aufzug? Sie stand auf, sprang hoch, stieß an verschiedenen Stellen probeweise gegen die Decke, um festzustellen, wo sie sich anheben ließ, doch leider tat sich gar nichts.

»Das wird so nichts«, sagte Malou leise hinter ihr.

»Das wird so nichts.« Josephine machte sie nach. Höhnisch. Fies. Und sie wusste es. Sie trat gegen die Aufzugswand. »Diese verdammte Selbstherrlichkeit! Wenn Marie genauso war, verstehe ich Geneviève. Ihr glaubt doch echt, ihr wärt's, oder? Aber so großartig, wie du glaubst, war deine Marie gar nicht!«

»Geneviève war aber auch nicht so großartig, wie du glaubst«, gab Malou leise zurück.

»Wenigstens wusste sie, was Liebe ist. Und egal ob Peter Neumann nun Deutscher war oder nicht – er war die Liebe ihres Lebens. Und auch Geneviève hat Menschen gerettet – nur hat sie es nicht so an die große Glocke gehängt wie Marie.«

»Ach ja? Und wen?«

Malou schnellte zu ihr herum. »Marie zum Beispiel. Und auch ich würde nicht leben ohne sie.«

35. Kapitel

Marie – Paris – 10. Juli 1942

»Ich dachte, ich hätte mich unmissverständlich ausgedrückt? Besuche nur nach Voranmeldung.« Misslaunig zog Geneviève ihren Bademantel vor der Brust zu und strich sich das vom Schlafen noch ganz verstrubbelte Haar aus dem Gesicht. »Außerdem weißt du genau, dass ich mich nachmittags hinlege, damit ich abends ausgeruht bin.«

»Ja, und es tut mir leid, dass ich ungemeldet reinplatze, aber es ist dringend.« Marie zeigte auf Genevièves Wohnungstür. »Darf ich reinkommen? Es ist wirklich wichtig. Und ehe du mich fragst: Nein, es geht nicht um die Leute, an die du denkst. Zumindest nicht direkt. Im Moment geht es vor allem um Amiel.«

Seufzend ließ Geneviève sie eintreten und schloss die Tür hinten ihnen. »Geh ins Wohnzimmer, ich ziehe mich nur eben an, damit ich danach gleich ins *Chez Lulu* gehen kann.«

Während Geneviève im Schlafzimmer verschwand, ging Marie ins Wohnzimmer weiter. Es war ein heller, hoher, freundlicher Raum mit drei nach Westen gehenden Stehbalkonen. Da am Mittag ein schweres Gewitter über der Stadt niedergegangen war, war die Temperatur stark gesunken. Marie zog die Rollos hoch und ließ die letzten Sonnenstrahlen des Tages ins Zimmer fluten. Einen kurzen Moment lang genoss sie die angenehm prickelnde Wärme der Sonne in ihrem Gesicht, dann wandte sie sich zum Raum um. Geneviève war schon immer die Ordentlichste von ihnen gewesen, aber hier war es so penibel sauber und aufgeräumt, als wäre gerade eine Putzkolonne durch die Räume gegangen. Nicht einmal ein Zettel lag irgendwo herum. Außer den fein säuberlich gestapelten Noten in dem Regal neben dem Piano war nirgendwo etwas Persönliches zu sehen, und auch die letzten Male, als Amiel und sie Geneviève besucht hatten, war es so gewesen. *Als wollte sie nicht, dass jemand Rückschlüsse auf das ziehen kann, was sich hinter verschlossenen Türen abspielt,* hatte Marie schon mehr als einmal zu Amiel gesagt, woraufhin die ihr allerdings jedes Mal einen Vogel gezeigt hatte. Trotzdem dachte Marie erneut, dass vielleicht tatsächlich nicht alles mit rechten Dingen zuging. Auch all die schönen Sachen, die sich Geneviève auf einmal leisten konnte: das elegante Sofa, das ebenso wie die beiden Sessel mit einem dezenten, hochwertigen Blumenstoff bezogen war, die Bücherregale aus edelstem Kirschholz ... Außerdem hatte sie ihr altes Klavier gegen einen Flügel ausgetauscht. Natürlich war es möglich, dass Geneviève, da ihre Auftritte bei den Deutschen offenbar sehr beliebt waren, mehr als früher verdiente – genauso aber war es auch möglich, dass Geneviève, wie viele derzeit, von den Notverkäufen der Juden profitierte, die jeden Centime zusammenkratzten, um sich falsche Papiere zu besorgen oder Beamte zu bestechen, um doch noch irgendwie aus dem Land zu kommen.

Marie setzte sich in den Sessel, suchte im hellen Licht der Sonne nach Gebrauchsspuren auf den Möbeln, obwohl sie wusste, dass auch die kein Beweis dafür gewesen wären, dass Geneviève wirklich von der Not anderer profitiert hatte – und dann betrat diese auch schon den Raum. Marie sah zu ihr auf. Wie anders Geneviève wirkte. Ihr Haar war inzwischen schulterlang, und jetzt, wo sie es frisch gebürstet hatte, kringelten sich keine kleinen Locken, sondern es wallten sanfte Wellen um ihre schmalen Schultern. Sie trug ein himmelblaues, ärmelloses Kleid aus einem angenehm fließenden Stoff, was sie noch weicher und weiblicher erschienen ließ. Nein, so war sie früher nicht gewesen, dachte Marie noch einmal, und zugleich versetzte es ihr einen Stich, der noch schmerzhafter wurde, als sie sich fragte, ob tatsächlich dieser Peter Neumann etwas mit Genevièves Wandlung zu tun hatte.

»Möchtest du etwas trinken?« Die Freundin sah sie abwartend an. »Oder essen? Ich habe noch Kuchen da. Meine Mutter ist heute früh vorbeigekommen und hat mir ein paar Stücke dagelassen. Die Leute, für die sie jetzt arbeitet, haben gestern anscheinend üppigst Geburtstag gefeiert.«

Da Marie wusste, dass Genevièves Mutter seit zwei Jahren für einen deutschen General kochte, schüttelte sie den Kopf. Der Kuchen wäre ihr zweifellos im Hals stecken geblieben. Geneviève zuckte mit den Achseln und setzte sich. »Und? Was ist mit Amiel?«

»Noch nichts, hoffe ich, zumindest nicht konkret, aber ich würde gern dafür sorgen, dass das auch so bleibt.«

»Heißt?«

»Heißt, dass es Gerüchte gibt.«

»Du und deine Gerüchte!« Geneviève atmete heftig durch die Nase aus. »Was haben die Deutschen denn jetzt wieder angestellt, wofür du mich verantwortlich machen willst?« Sie warf Marie einen langen Blick zu, hob dann aber sogleich die Hände. *»Desolée,* das war unfair. Und es passieren wahrhaftig genug abscheuliche Dinge, die ich gar nicht verteidigen will. Also, um was für Gerüchte geht es?«

»Offenbar ist eine groß angelegte Umsiedelung von Juden geplant. Man munkelt, dass eine unglaubliche Anzahl von ihnen deportiert werden soll.«

Geneviève krauste die Stirn. »Wer munkelt das?«

»Diejenigen, die es uns zugetragen haben, sind absolut zuverlässig. Nur wissen wir bislang leider weder etwas vom genauen Umfang noch vom Datum oder dem Ziel der Aktion und schon gar nicht, wie wir die Leute schützen können.«

»Sie wollen die Juden deportieren?« Geneviève rieb sich über das Dekolleté, als wäre ihre Brust auf einmal zu eng. »Und Amiel …«

»Wenn das eine groß angelegte Aktion ist, kann natürlich auch Amiel davon betroffen sein.« Marie nickte nachdrücklich. »Unsere Informanten meinten zwar, sie sollten wahrscheinlich in Arbeitslager gebracht werden und dass sie deswegen vielleicht nur Männer mitnehmen würden, aber das ist keinesfalls sicher. Außerdem wäre so zumindest Amiels Freund in Gefahr.«

»Ich …« Geneviève atmete ein paarmal tief ein und aus, dann erhob sie sich und trat auf einen der Balkone hinaus. Als Marie schon dachte, sie würde gar nichts mehr sagen, drehte sie sich um und meinte: »Keine Sorge, ich werde mich umhören. Aber ich kann nicht versprechen, dass ich etwas herausfinden werde. Die Deutschen sind in Bezug auf ihre Arbeit alles andere als redselig. Aber eine der Tänzerinnen ist mit einem hohen Tier zusammen, und ihr Schwager ist selbst Jude. Vielleicht kann ich die überreden, sich umzuhören.«

»Und dein … und dieser Peter Neumann?« Marie streckte sich. »Der ist auch kein so kleines Licht …«

»Mmh«, machte Geneviève. Und noch einmal: »Mmh.«

»Mmh was?« Marie hob fragend die Augenbrauen.

»Er … ich …« Geneviève presste kurz die Lippen zusammen. »Ja, ich könnte ihn … fragen.« Sie atmete lange aus. »Komm morgen wieder, um die gleiche Zeit. Ich tu, was ich kann.«

Marie döste auf ihrem Bett und versuchte, noch einmal einzuschlafen. Es war noch nicht einmal fünf Uhr, aber in ihrem Zimmer war es schon wieder so heiß und stickig wie die Tage vor dem großen Gewitter. Unruhig drehte sie sich von rechts nach links, dann wieder nach rechts, und als sie hörte, wie Amiel ins Bad tappte, wurde sie noch unruhiger. Bislang hatte Geneviève nichts, aber auch wirklich gar nichts herausfinden können, und auch ihre besten Informanten in der Résistance kamen mit ihren Nachforschungen nicht weiter. Das Einzige, was inzwischen klar zu sein schien, war, dass die Deportationen in der nächsten Woche stattfinden sollten, eine Massenfestnahme von Juden, die allerdings wohl nicht, wie sie zunächst dachten, von den Deutschen, sondern von der französischen Polizei durchgeführt werden würde. Und überhaupt schien die ganze Aktion von Anfang an zusammen mit den französischen Behörden geplant geworden zu sein. Auf alle Fälle galt als sicher, dass sie mit der Duldung oder sogar dem Gutheißen der französischen Vichy-Regierung und damit mit der Duldung von Pétain stattfand. Marie hatte versucht, Amiel zu überreden, zusammen mit Arthur unterzutauchen, bis sie mehr wussten, aber bisher weigerte sich Amiel ebenso wie Arthur. Sie sagten, dass sie nicht vorhätten, fortan *wie Karnickel im Bau* zu leben. Aus irgendwelchen Gründen, die Marie nicht nachvollziehen konnte, hatte man letztlich auch Arthur die französische Staatsbürgerschaft entzogen, womit auch er seit ein paar Monaten nicht mehr als Arzt arbeiten durfte und jetzt ebenso Freiwild für die Deutschen war wie Amiel. Er ging davon aus, dass er, da er gegen den Entzug der französischen Staatsbürgerschaft Widerspruch eingelegt hatte, zumindest bis zur Bewilligung oder Ablehnung desselben geschützt war. Da heute Sonntag war und damit die Ämter, in denen ihre Informanten arbeiteten, geschlossen waren, machte Marie sich wenig Hoffnung, dass sie mehr herausfinden würde, was sie genauso verrückt machte wie Amiels und Arthurs stoischer Gleichmut zu dem Thema.

»Es wird schon alles gut gehen«, beharrte Amiel. »Ich praktiziere doch noch nicht einmal den jüdischen Glauben und habe nie jemandem ein Leid zugefügt. Warum sollten sie gerade mich herausgreifen?«

Plötzlich hörte Marie ein Klopfen an der Wohnungstür. Es klopfte nur ganz leise, aber schon allein die Tatsache, dass es noch mitten in der Nacht war, ließ sofort alle Alarmglocken in ihr läuten. Hastig sprang sie aus dem Bett, eilte zur Tür und blickte durch den Spion. Es war Geneviève. Marie öffnete. Atemlos drückte Geneviève sich an ihr vorbei, schloss die Tür und sank dagegen.

»Amiel und Arthur müssen fort«, keuchte sie. »Je schneller, desto besser!«

Im gleichen Moment kam Amiel aus dem Badezimmer. »Wie bitte?«, fragte sie. Genau wie Marie war auch Amiel im Nachthemd. »Wieso fort?«

»Diese Umsiedelung von Juden, von der Marie erzählt hat – sie werden sie tatsächlich machen, schon diese Woche.« Geneviève drückte sich von der Tür ab und machte einen Schritt auf Amiel zu. »Du musst weg, Amiel. Die Juden sollen alle in Arbeitslager in Osteuropa gebracht werden.«

»Sie sollen was?« Marie starrte sie fassungslos an.

»Arbeitslager, Amiel, und man kann nur hoffen, dass sie dort wirklich nur arbeiten müssen. Es ... es gibt Gerüchte, schlimme Gerüchte.«

»Von wem hast du das?«, fragte Marie.

»Das spielt keine Rolle. Ihr nennt mir auch nicht eure Informanten.«

»Von Peter Neumann also«, schloss Marie und erkannte an Genevièves Gesichtsausdruck, dass sie ins Schwarze getroffen hatte. »Also tatsächlich er«, sagte sie dann noch einmal und dachte, dass es ihr lieber gewesen wäre, wenn ihnen jemand anders geholfen hätte, aber Hauptsache, es half ihnen überhaupt jemand.

»Hundertprozentig sicher weiß ich es nicht«, fuhr Geneviève fort, »aber das Ganze findet wahrscheinlich in der Nacht von Mittwoch auf Donnerstag statt. Es bleiben uns also nur drei Tage, um Amiel und Arthur verschwinden zu lassen.«

»Aber ich …« Hilflos sah Amiel von einer zur anderen. »Wohin sollen wir denn?«

Geneviève öffnete ihre Handtasche und holte ein Bündel Geldscheine heraus. »Hier, das hilft euch vielleicht. Nimm es ruhig, auch für Arthur.«

Ungläubig starrte Marie auf das dicke Geldbündel, das Geneviève Amiel hinhielt. »Woher hast du so viel Geld?«

»Trinkgeld, es ist einfach nur gespartes Trinkgeld und ein paar Schmuckstücke, die ich verkauft habe«, erwiderte Geneviève mit zitternder Stimme und streckte es Amiel noch fordernder hin. »Jetzt nimm es schon! In zwei Tagen kann ich dir noch mehr geben.«

Amiel stierte sie an, als wüsste sie nicht, was ihr hier gerade passieren würde, und auch nicht, wie sie reagieren sollte. Also nahm Marie das Geld für sie an. »Danke, Gigi, damit werden wir sicher etwas für die beiden organisieren können. Aber wenn sie die Juden wirklich deportieren wollen, dann können wir eine Flucht derzeit vergessen, weil sie Reisende nun noch stärker als bisher kontrollieren werden. Dann müssen wir sie hier verstecken.«

»Aber besser nicht in der Wohnung, da finden sie sie sofort!« Geneviève rieb sich die Schläfen. »Meine Güte, das … niemals hätte ich gedacht, dass … Das ist einfach unfassbar!« Ihr Blick ging wieder zu Marie. »Die Résistance hat doch sichere Verstecke, oder?«

»Äh, ein paar, ja, wobei sicher immer relativ ist, aber wovon genau reden wir hier eigentlich? Bei der Volkszählung kam heraus, dass es hundertfünfzigtausend Juden in der Stadt gibt. Nur ein Viertel davon hat gültige französische Ausweise. Aber die anderen, die … Sie können sie doch niemals alle mitnehmen wollen?« Kaum hatte Marie ihre Frage ausgesprochen, wurde ihr bewusst, wie illusorisch sie war. Und noch etwas wurde ihr bewusst: Eigentlich mussten nicht nur Amiel und Arthur, sondern Tausende von Juden versteckt werden. Sie sah ihren Freundinnen an, dass denen gerade das Gleiche durch den Kopf ging.

»Das ist Wahnsinn«, stotterte Geneviève. »Das alles ist doch – Wahnsinn!«

»Allerdings«, stammelte Marie. »Und angesichts dieser Anzahl Verfolgter werden uns auch unsere Freunde von *Combat Paris* nicht viel weiterhelfen können.«

»Ich weiß auch keinen Unterschlupf mehr«, fuhr Geneviève fort. »Ich habe schon auf dem Weg hierher die ganze Zeit überlegt, aber mir fällt absolut nichts ein, was sich da eignen würde.«

»Aber untertauchen«, stammelte Amiel, »ich ... wie denn untertauchen? Ich meine, ich habe doch ein Leben. Unsere Wohnung, die Privatpatienten, die ich gerade mühsam für mich gewinnen konnte ...«

Marie nahm ihre Hände. »Amiel, es geht nicht um das Leben, das du hast, es geht nur noch darum, morgen überhaupt noch am Leben zu sein.«

36. Kapitel

Marie – Paris – 11. Juli 1942

»Jetzt geh endlich, Maciej, ich kriege das hier mit Geneviève schon allein hin.« Drängend sah Marie zu Maciej auf, doch der schüttelte den Kopf. »Ich lasse dich nicht allein mitten auf der Straße stehen. Meinst du, ich habe Lust, noch mal dabei zuzusehen, wie du fast stirbst? Am besten wäre sowieso, du würdest mich das machen lassen.«

Ergeben sank Marie gegen die Hauswand. Sie waren nur wenige Schritte von dem Hintereingang des *Chez Lulu* entfernt, bis zur Sperrstunde fehlten noch zwei Stunden. Sie hoffte, dass Geneviève in ihrer Pause tatsächlich Zeit fand, zu ihr herauszukommen und ihr rasch noch den Rest der Kaution für die neue Wohnung zu geben. Wenn sie der Vermieterin nicht noch heute Nacht die Kaution brachte, würde sie die Wohnung morgen früh an jemand anderen vermieten, aber Marie wollte unbedingt diese Wohnung. Sie war sofort bezugsfähig, lag im vierten Stock eines Altbaus, und das Beste war: Sie hatte einen Balkon, von dem man schnell aufs Dach kam, sodass Amiel und Arthur im Notfall über die angrenzenden Dächer fliehen konnten. Ein weiterer Vorteil des Gebäudes war, dass das gegenüberliegende Haus niedriger war und somit niemand in die Wohnung hineinsehen konnte. Die Wohnung war ideal, um Amiel und Arthur zur Not auch über einen längeren Zeitraum zu verstecken. Offiziell würde Marie die Wohnung mit Maciej mieten. Dies war Maciejs Idee gewesen. »Wenn sich in der Wohnung mehr als eine Person bewegt, hört man das in der Wohnung darunter. Also sollten zumindest zwei Personen angemeldet sein.«

Marie musste zugeben, dass sie froh war, die Verantwortung für die beiden mit Maciej teilen zu können, und ebenso natürlich, ihn überhaupt bei sich zu haben. Ja, es lief gut mit ihnen, richtig gut sogar. Ihre Beziehung hatte nichts Lautes. Es gab da eine stille Kraft, die sie zusammenschweißte, ein wortloses Einverständnis. Nun, bis auf Momente wie diesen …

Maries Blick ging zurück zu Maciej. »Aber vielleicht solltest du wenigstens nicht direkt neben mir herumstehen und noch weniger vor dem Hinterausgang des *Chez Lulu.«*

»Ich wusste nicht, dass du so nervig sein kannst.« Grinsend trat Maciej einen Schritt zurück, tat so, als würde er über seine eigenen Füße stolpern und brachte Marie damit zum Lachen.

»Weißt du eigentlich, dass du unmöglich bist?« Grinsend wedelte sie mit der Hand, um ihm deutlich zu machen, dass er endlich verschwinden sollte. Maciej salutierte, ging wieder rückwärts, stolperte erneut und hüpfte zum Spaß abwechselnd auf dem einen, dann auf dem anderen Bein davon, bis er in einem Hauseingang verschwand. Noch immer grinsend wandte Marie sich wieder dem *Chez Lulu* zu und sah, wie Geneviève ins Freie trat und direkt zu ihr lief.

»Hier …« Sie zog ein Bündel Scheine aus ihrem Dekolleté. Marie fand das Dekolleté mehr als gewagt. Nie hätte sie gedacht, dass Geneviève ein Kleid mit so einem Dekolleté besaß. »Das sollte für die Kaution reichen.«

Rasch ließ Marie das Geld in ihrer Handtasche verschwinden. »Ich hoffe, du musstest nicht –«

»Nein.« Geneviève schnitt ihr das Wort ab. »Ich musste gar nichts weiter tun, außer mich vielleicht ein kleines bisschen weiter vorbeugen und zwei Zugaben geben.« Sie fingerte an ihrer Hochsteckfrisur und sah sich nervös um.

Doch die Straße war nach wie vor menschenleer. »Die Wohnung ist garantiert sicher?«, flüsterte sie.

Marie nickte. »Und uns bleiben immerhin drei Tage, um die Zwischenwand für das geheime Zimmer hochzuziehen. Den Schrank, der vor den Durchgang kommt, haben wir schon präpariert, und Amiel und Arthur bringen wir dann morgen Nacht dorthin. Niemand wird die beiden jemals sehen. Es gibt also keinen Grund, warum jemand dort auftauchen und etwas kontrollieren sollte.«

»Das schon, aber man weiß ja nie.«

»Wenn jemand kommt, verschwinden sie in dem Versteck hinter dem Schrank. Das klappt schon, wirst sehen, und tausend Dank!« Marie warf Geneviève einen langen Blick zu, den diese mit der gleichen Intensität erwiderte, dann umarmte sie Marie. »Passt bloß auf euch auf«, flüsterte sie ihr ins Ohr. »Auch wenn ich nicht mehr bei euch wohne: Wir sind und bleiben die drei Unbesiegbaren, und ich liebe euch mehr als mein eigenes Leben.«

Dann drückte sie Marie noch einen schnellen Kuss auf die Stirn und eilte zurück ins Theater. Marie sah ihr nach, gerührt und berührt, voller Wärme und ja, Liebe, und fühlte sich mit einem Mal so verloren wie schon lange nicht mehr. Geneviève, ach, Geneviève, warum musstest du uns bloß verlassen? Warum haben wir seit dem Einzug der Deutschen so viel streiten müssen? Jetzt können wir doch auch an einem Strick ziehen!

»Ich liebe dich auch«, hauchte sie ihr hinterher, obwohl sie schon längst im *Chez Lulu* verschwunden war. »Ich dich auch.«

In der Sekunde darauf spürte sie eine Hand auf ihrer Schulter. Erschrocken fuhr sie herum. Es war Maciej.

»Alles in Ordnung?« Irritiert sah er sie an.

Marie spürte, dass sie errötete, und hatte ihm gegenüber plötzlich ein schlechtes Gewissen, ohne dass sie einen Grund dafür hätte benennen können. »Ja, ja«, stammelte sie hastig, »alles in Ordnung.«

Maciejs Blick wurde noch fragender.

Verlegen wies Marie auf ihre Handtasche. »Wir können los. Ich habe alles.«

Statt sich in Bewegung zu setzen, sah Maciej sie weiter an.

»Was ist?«, fragte Marie und merkte selbst, wie brüsk es herauskam.

»Nichts ist«, erwiderte Maciej, und auf einmal war es, als hätte sich ein Schatten über sein Gesicht gelegt, ein Schatten und eine unbestimmte Traurigkeit.

»Was ist?«, beharrte Marie und bemühte sich, wärmer, fürsorglicher zu klingen.

Zunächst schwieg Maciej weiter, dann schüttelte er den Kopf und sagte so leise, als spräche er nur zu sich selbst: »Mich jedenfalls siehst du nie so an.« Er drehte sich zum Gehen um.

»Wie bitte?« Marie legte ihm die Hand auf den Arm. »Was hast du gesagt?«

»Vergiss es!« Maciej lief weiter, Maries Hand landete im Nichts. Und obwohl sie wusste, dass sie ihm nacheilen sollte, tat sie es nicht.

37. Kapitel

Geneviève – Paris – 13. Juli 1942

»Ja, natürlich liebe ich dich, *mon petit bête,* und wie!« Geneviève strich mit ihren Lippen über Peters frisch rasierte Wange – und biss ihn ins Ohrläppchen. Peter schrie auf, packte und kitzelte sie, woraufhin Geneviève so lachen musste, dass sie es losließ und fast von der Parkbank fiel, auf der sie saßen. Im letzten Moment schnappte er sie und zog sie an sich. Geneviève küsste ihn. *»Je t'aime même très fort«,* raunte sie ihm zu und versuchte es dann auch auf Deutsch: »Isch lieben disch ganz fill.«

Sie blieb in seinen Armen, genoss seine Nähe, seine Wärme, seine Kraft. Es tat so gut, sich ein paar Minuten frei und losgelöst zu fühlen, und sie war dem Schicksal unendlich dankbar, dass es ihnen heute diesen unverhofften Moment der Zweisamkeit geschenkt hatte. Gerade als sie im Begriff gewesen war, mittags zu kochen, hatte Peter an die Tür geklopft. Er hatte sein Mittagessen ausfallen lassen, um sie sehen zu können. Also waren sie mit einem Stück Baguette in den Park gelaufen, der um die Mittagszeit ebenso leer war, wie sie erhofft hatten; die Bank, auf der sie saßen, war ihre Insel des Glücks.

Sie versank noch tiefer in seiner Umarmung. »Warum bist du immer so unsicher, ob ich dich liebe?«, fragte sie ihn. »Du bist der Mann, mit dem ich leben will, du und sonst niemand.«

»Ach, Gigi, meine Gigi.« Peter vergrub sein Gesicht in ihren Haaren, und sie merkte, wie er tiefer einatmete, als müsste er ihren Geruch tief verinnerlichen, um ihn nie wieder zu vergessen. Dann küsste er sie auf die Nase und den Mund. »Du bist das Beste, was mir in meinem Leben passiert ist, und ich sehne mich so sehr danach, dass dieser Krieg endlich zu Ende geht und wir ein normales Leben führen können.«

Geneviève hörte sein Herz klopfen, ganz nah an ihrem Ohr, stark und regelmäßig – und nur für sie. Mein Gott, ja, auch sie wollte, dass dies ihr Alltag wurde. Kein Krieg mehr, keine Uniform, keine Repressalien – einfach nur leben, wie sie vor dem Krieg gelebt hatten. Peter könnte in Paris bleiben, als Lehrer arbeiten, sie könnten zusammenwohnen, und Kinder wollte er mit ihr haben, hatte er gesagt, mindestens drei! Das Seltsamste für Geneviève war: Selbst das konnte sie sich mit ihm vorstellen. Und nach dem Krieg statt zu den nächtlichen Festen mit ihren Künstlerfreunden zu ihm nach Hause ins von ihm vorgewärmte Bett zu schlüpfen, erschien ihr wie die Verheißung allen möglichen Glücks.

Liebe – bisher war das nur ein Wort für sie gewesen. Von klein auf war sie für alle nur »das arme Bankert« gewesen, das uneheliche Kind der Köchin, ein Kind, das bestenfalls geduldet wurde und Mitleid hervorrief – oder Verwunderung: »Aus solchen Verhältnissen zu stammen und dann so Klavier zu spielen!« Von klein auf hatte sie dieser Satz wie ihr Schatten begleitet. Und wie gut sich alle, die ihr auf ihrem Weg zur Pianistin geholfen hatten, fühlten, weil sie »dem armen Mädel, aus dem sonst nie etwas geworden wäre«, unter die Arme gegriffen hatten. Amiels Mutter, der sie ihren ersten Unterricht zu verdanken hatte, war die Einzige, die ihr einfach aus Freude am Helfen geholfen hatte, aber alle anderen hatten es vor allem getan, um sich damit brüsten zu können, wie edel, wie liberal, wohltätig und unfassbar gut sie waren … Wie oft hätte sie kotzen können deswegen –

und hatte stattdessen brav geknickst. Die Klavierlehrer, die ihr zu einem verminderten Preis Unterricht gegeben hatten und damit vor allem ihr eigenes Genie hatten herauskehren wollen; »sogar« das *bac*, das Abitur, hatte sie dank ihrer Förderer machen können und dank wieder anderer das *conservatoire national supérieur*, wobei sie zur Konversatoriumszeit schon angefangen hatte aufzutreten und sich damit ihren Lebensunterhalt und zunehmend auch das Studium selbst finanzieren konnte.

»Erstaunlich, wie genau Sie wissen, wohin Sie wollen, und das bei den Verhältnissen, aus denen Sie stammen.« – Wie oft sie solche Sätze gehört – und wie sehr sie sie gehasst hatte. Als ob die Tatsache, dass sie keinen Vater hatte, sie zu einem Menschen zweiter Klasse machte, und dazu noch die grauenhafte Untertänigkeit ihrer Mutter. Ja, der einzige Mensch, der ihr in ihrem Leben ohne Dünkel und ohne gönnerhaftes Lächeln weitergeholfen hatte, war Amiels Mutter gewesen, die aber leider viel zu früh gestorben war. Kaum fünfzehn waren Amiel, Marie und sie damals gewesen. Danach war Amiels Vater in eine Wohnung gezogen und hatte die Kochkünste von Genevièves Mutter durch Restaurantbesuche ersetzt. Er hatte es nicht ertragen, weiter in einem Haus zu leben, in dem er seine Frau nach wie vor in jedem Winkel sah, selbst der Anblick der Köchin war ihm zu viel gewesen. Immerhin aber bezahlte er Genevièves Klavierunterricht weiter und schenkte ihr Amiels Klavier. »Der letzte Wunsch meiner Frau. Danke es ihr!«

Und jetzt Peter, der sie als die liebte, die sie war, und der ihr das Gefühl gab, eine wundervolle Frau und Pianistin zu sein und nichts und niemanden neben ihr gelten ließ: »Du bist mein Ein und Alles. Vom ersten Moment an, in dem ich dich im *Chez Lulu* habe spielen sehen, wusste ich: Das ist die Frau deines Lebens, die oder keine.«

Und auch sie liebte ihn, und wie sie ihn liebte! Deswegen wollte sie ihre Liebe auch nach außen offen leben, ohne

Angst vor den schiefen Blicken anderer haben zu müssen, weil er eine deutsche Uniform trug, vor allem ohne Angst, von Marie und Amiel erwischt und als ehrlose Kollaborateurin beschimpft zu werden.

»Mein Gott«, seufzte sie, »wann wird dieser gottverdammte Krieg endlich vorbei sein?«

Statt einer Antwort wiegte Peter sie hin und her. Plötzlich hielt er inne. »Ist … ist das da hinten nicht eine deiner Freundinnen?«

Geneviève richtete sich auf. Ja, dort lief Amiel. Wohin wollte sie in diesem Stechschritt? Wieso blieb sie nicht zu Hause und gefährdete alles, was Marie für sie geplant hatte? Warum brachte sie sich noch im letzten Moment in Gefahr?

Hastig sah sie zu Peter. Er ahnte nichts von Maries und ihren Plänen für Amiel, er wusste nicht einmal, dass Amiel Jüdin war. Er hatte sie auch nur zweimal gesehen: einmal, als sie bei Amiels vereitelter Flucht im *Chez Lulu* untergetaucht waren, und einmal, als Marie, Amiel und sie in diesem Restaurant feiern wollten und sie dann dort auf Peter und die Gruppe deutscher Soldaten gestoßen waren.

Amiel hatte sie nicht bemerkt, sie hastete weiter durch den Park, hielt auf den Ausgang zu, war ein gutes Stück von ihnen entfernt. Plötzlich tauchte dort ein SS-Mann auf. Unwillkürlich hielt Geneviève die Luft an. In der letzten Zeit war Amiel immer öfter ohne Judenstern auf die Straße gegangen. Sie war es leid, überall wie ein Mensch zweiter Klasse behandelt zu werden. In vielen Geschäften hatte sie als Jüdin nicht einmal mehr Zugang. Wenn sie ohne Stern unterwegs war, nahm sie einfach keine Ausweispapiere mit, obwohl sie die natürlich, wie jeder, ständig mit sich führen musste. Die Wahrscheinlichkeit, angehalten zu werden, war ohne den Stern zwar geringer, aber wenn jemand sie anhielt … Kaum hatte Geneviève dies gedacht, streckte der SS-Mann Amiel die Hand entgegen. Geneviève blieb das Herz stehen.

»Was ist?«, fragte Peter. »Du bist ja auf einmal kreidebleich.«

»Ja, ich ... ich ...« Geneviève wusste nicht, was sie erwidern sollte. *O mein Gott, mach, dass er Amiel laufen lässt. Mach, dass sie nicht, einen Tag bevor wir sie verstecken, festgenommen wird!*

»Geneviève, was hast du?«

»Ich ...« Sie schluckte, lachte nervös auf. »Ich kenne Amiel, sie verschusselt immer alles, und schon neulich ... neulich hatte sie schon einmal Ärger, weil sie ohne Papiere unterwegs war ...« Sie hasste sich dafür, ihn anzulügen, aber was sollte sie sonst sagen?

»Ohne Papiere herumzulaufen ist allerdings keine gute Idee.« Peter krauste die Stirn. Dann sahen sie, wie Amiel ihre Handtasche durchwühlte und kurz darauf bedauernd die Schultern hob. Geneviève wäre am liebsten im Erdboden versunken.

»Ich ...« Geneviève holte tief Luft. »Ich gehe da mal hin. Vielleicht reicht dem Mann ja, wenn ich ihm meinen Ausweis zeige.« Sie erhob sich, aber Peter drückte sie zurück auf die Bank und stand stattdessen selbst auf. »Lass mal, wenn ich mit ihm rede, wird es weniger Fragen geben, außerdem kenne ich den Kerl. Der kann ziemlich unangenehm werden.« Er erhob sich und ging mit ausholenden Schritten zu Amiel und dem SS-Mann.

Geneviève sah, wie der SS-Mann immer heftiger auf Amiel einredete und ihr plötzlich einen Stoß versetzte, der sie zum Straucheln brachte. Peter rief dem SS-Mann etwas zu. Was, konnte Geneviève mit den paar Brocken Deutsch, die sie im *Chez Lulu* aufgeschnappt hatte, nicht verstehen. Der Mann herrschte Peter an und versetzte Amiel gleich noch einen Stoß. Peter machte eine beschwichtigende Geste, doch der Mann wurde nur noch wütender und zeigte dabei auf Amiel. Peter erreichte ihn, redete auf ihn ein. Je länger die beiden sprachen, desto heftiger wurden ihre Gesten, und desto mehr richteten sie sich auf – während Amiel regelrecht zwischen ihnen versank. Geneviève hätte schreien können vor Wut auf sie. Warum, verdammt, war Amiel nicht zu Hause geblieben?

Die Auseinandersetzung der beiden Männer wurde immer hitziger. Als Geneviève schon aufspringen und alle Schuld oder was auch immer auf sich nehmen wollte, damit nicht auch noch Peter Ärger bekam, trat der andere Mann auf einmal einen Schritt zurück und ließ Amiel weitergehen. Es gab noch einen letzten kurzen, aber besonders heftigen Wortwechsel zwischen den beiden Männern, dann drehte sich der SS-Mann um und verließ den Park. Peter wischte sich über die Stirn und kam zurück zu Geneviève.

»Meine Herren, was für ein Korinthenkacker«, schimpfte er, als er sie erreichte. Aufatmend ließ er sich neben sie auf die Bank sinken.

Geneviève drückte seine Hand. »Es tut mir so leid, dass ich dich da mit reingezogen habe.«

»Kein Problem.« Peter winkte ab. »Der Kerl kann mir gar nichts. Aber leider hat es ihm nicht gereicht, dass ich ihm mein Wort gegeben habe, dass mit deiner Freundin alles in Ordnung ist.«

»Und wieso hat er sie trotzdem gehen lassen?«

»Weil ich ihm zugesichert habe, dass deine Freundin morgen früh pünktlich um acht zur *Préfecture* geht und dort ihre Papiere vorlegt. Und die *Préfecture* wird ihm dann Meldung erstatten.« Er strich sich seine Uniform glatt, als könnte er damit auch seine Verärgerung abstreifen. »Was für ein Spinner! Also ob ich Juden decken würde, stell dir mal vor, genau das hat er mir vorgeworfen!«

»Oh!«, machte Geneviève.

Irritiert sah Peter sie an. »Wieso oh? Ich meine, die Papiere deiner Freundin *sind* doch in Ordnung, oder? Du hast doch gemeint, sie habe sie nur vergessen?«

»Ja, ja«, sagte Geneviève hastig. »Ganz genau. Nur das! Kein Problem. Morgen früh wird sie pünktlich auf die Minute dort erscheinen. Ich kümmere mich persönlich darum.«

»Das brauchst du nicht. Das weiß sie ja schon selbst.« Er küsste sie auf die Stirn, die Nase und den Mund und fand zu seiner Ruhe zurück. »Wo waren wir gerade stehen geblieben?«

Geneviève erwiderte seinen Kuss, obwohl alles in ihr pochte und bebte und sie am liebsten auf der Stelle zu Amiel und Marie gerannt wäre, um zu retten, was noch zu retten war.

38. Kapitel

Geneviève – Paris – 14. Juli 1942

»Du meine Güte, wie kann man nur so dumm, so bescheuert, so absolut hirnrissig sein!«, brüllte Geneviève und klatschte vor Wut gegen Amiels Zimmertür. »Ist dir eigentlich klar, dass du damit den ganzen Plan zunichtegemacht haben könntest?«

»Jetzt krieg dich mal wieder ein«, sagte Marie und schob sich an Geneviève vorbei in Amiels Zimmer. »Amiel ist doch sowieso schon am Boden zerstört.«

In der Tat saß Amiel tränenüberströmt auf ihrer Bettkante. »Es tut mir so leid.« Sie schluchzte. »Es tut mir so so leid! Ich kann nur anbieten, dass ich jetzt gleich zur *Préfecture* gehe, alles zugebe und versichere, dass Herr Neumann nichts gewusst hat.«

»Um Peter damit noch mehr in die Scheiße zu reiten?«, schimpfte Geneviève. »Er hat gesagt, dass er dich kennt. Und dass du natürlich keine Jüdin seist. Was meinst du, was ihm blüht, wenn jetzt das genaue Gegenteil herauskommt?«

»Ach, *Peter?«* Marie hob die Augenbrauen. »So eng also bist du mit dem Herrn?«

Irritiert hielt Geneviève inne, erkannte dann, dass sie sich verplappert hatte, doch das machte sie nur noch wütender. »Was spielt denn das hier jetzt für eine Rolle? Er hat Amiel aus der Scheiße geholt – und sitzt dafür jetzt selbst mittendrin!«

»Amiel hatte ihn nicht darum gebeten«, konterte Marie.

»Aber er hat sie damit gerettet!« Geneviève spuckte die Worte regelrecht aus. »Und jetzt will ich, dass ihr ihn aus dieser Scheiße wieder rausholt!«

Marie lachte auf. »Wir sollen deinen Deutschen retten?«

»Aber wie denn?« Amiel wischte sich über die Augen, aus denen immer mehr Tränen flossen. »Wenn ich in die *Préfecture* gehe, kriegt er genauso viel Ärger, wie wenn ich nicht hingehe. Denn wenn sie sehen, dass ich Jüdin bin und keinen Stern trug, und er behauptet hat ... Gigi, bitte, ich wollte das nicht, ich wollte das nicht!«

»Was wolltest du überhaupt?«, donnerte Geneviève sie an. »Du solltest in der Wohnung bleiben, bis du heute Nacht in die neue kommst, und sonst nichts! Was, um alles in der Welt, hattest du da draußen zu suchen?«

»Arthur ...« Amiel wischte sich erneut über die Augen.

»Arthur? Aber den siehst du doch morgen sowieso in der Wohnung.«

»Nein, nicht ihn, ich wollte ... wollte nur das Buch abholen, das ich für seinen Geburtstag bestellt habe. Es sollte eine Überraschung sein.«

»Ich fass es nicht.« Geneviève strich ihr Haar aus dem Gesicht. »Ein Buch, eine Überraschung ...« Sie schüttelte den Kopf. »Und dafür riskierst du Menschenleben.«

Eine halbe Stunde später saßen die drei am Küchentisch. Genevièves Wut war der Verzweiflung gewichen, Marie hatte aufgehört, Amiel zu verteidigen, denn auch sie konnte nicht fassen, dass Amiel nur wegen eines verdammten Geburtstagsgeschenks für Arthur alles aufs Spiel gesetzt hatte. Und Amiel sah allmählich so aus, als würde sie sich aus dem Fenster stürzen, wenn sie nur noch ein einziges Wort gegen sie sagten – bloß dass damit niemandem geholfen wäre.

»Papiere«, sagte Geneviève plötzlich und sah zu Marie. »Wir brauchen andere Papiere für Amiel. Arische. Bis morgen früh.«

»Bis morgen?« Marie lachte auf. Es klang wie das Krächzen eines Raben. »Weißt du, was so was kostet? Außerdem kriegt man die nicht auf die Schnelle, und schon gar nicht bis morgen früh. Und die Papiere dürften noch nicht einmal hoppladihopp Gefälschte sein, sondern sie müssten richtig, richtig gut sein. Immerhin will Amiel damit auf die *Préfecture* gehen. Aber das Hauptproblem ist, dass die Fälscher derzeit sowieso schon rund um die Uhr ackern, um vor der Razzia noch zu retten, wen sie retten können.«

»Das ist mir egal.« Voller Wut kramte Geneviève einen Gummi aus ihrer Tasche heraus und band ihr Haar zu einem Zopf. »Amiel ist so gut wie tot, wenn wir bis morgen keine arischen Papiere haben – und Peter gleich mit.«

»Peter«, echote Marie, winkte dann aber ab. »Lass. Dein Problem, wenn du mit dem Feind ins Bett gehst.«

»Euer Glück würde ich eher sagen.« Geneviève war es leid, zu dementieren und zu lügen. Sollten sie doch ruhig wissen, dass sie mit Peter zusammen war. »Und jetzt denk lieber darüber nach, wie wir an Papiere kommen.«

»Papiere.« Marie schnaubte. »Warum nicht gleich einen Lkw voll Goldbarren?«

»Was kosten Papiere derzeit?« Geneviève sah Marie geradeheraus an. »Was, wenn wir das Doppelte bieten?«

»Geneviève, verstehst du nicht das Problem: *Alle* brauchen derzeit *dringend* neue Papiere. Die Fälscher arbeiten sowieso schon wie irrsinnig. Es gibt keine Notfälle mehr – jeder ist derzeit ein Notfall. Da hilft es auch nichts, das Doppelte oder Dreifache zu bezahlen.« Marie schüttelte den Kopf und hielt plötzlich inne.

»Was ist?«, fragte Geneviève. »Hast du doch eine Idee?«

»Na ja ...« Marie atmete tief durch. »Vielleicht würden sie es tun, wenn wir ihnen die Papiere bringen würden ...«

»Was redest du da?«

Marie hob die Schultern. »Ich weiß nicht, ob das geht, aber ... aber wenn ich denen meinen Ausweis geben würde und sie nur die Fotos austauschen ...«

»Oh nein, dann reiße ich dich da noch mehr mit rein«, rief Amiel, und Geneviève fragte: »Geht das denn?«

»Das werden wir gleich wissen.« Marie erhob sich und eilte aus dem Haus.

39. Kapitel

Marie – Paris – 15. Juli 1942

»Und denk daran: Du heißt Marie.« Marie umarmte Amiel noch ein letztes Mal, dann setzte sie sich an einen der schmiedeeisernen Tische auf der Terrasse des Cafés und sah Amiel nach. Die *Préfecture* lag nur drei Häuser weiter auf der gegenüberliegenden Straßenseite. Marie wusste nicht, womit Maciej die Passfälscher bestochen oder bedroht hatte, aber dank ihm war aus Maries Ausweis tatsächlich der von Amiel geworden – und würde, sobald die Judenrazzia vorbei und die Fälscher wieder mehr Zeit hatten, sogar wieder zu ihrem werden können. Jetzt musste nur noch auf der *Préfecture* alles gut gehen.

Die Kellnerin kam. Marie bestellte sich ein Glas Wasser, weil sie den Zichorienkaffee, den es mangels echten Kaffees nur noch gab, nicht mehr riechen konnte. Als die Kellnerin ihr endlich das Gewünschte brachte, hatte sie das Gefühl, es sei so viel Zeit vergangen, dass Amiel eigentlich schon zurückkommen müsste. Meine Güte, seufzte sie, wenn ich schon jetzt anfange, die Geduld zu verlieren, wird das ein verdammt langer Vormittag.

In der Tat zogen sich die Minuten wie Stunden – und überdies wurden es echte Stunden: erst eine, dann eine zweite, und noch immer war Amiel in der *Préfecture*. Maries Kopf platzte allmählich fast vor Anspannung und Sorge. Auch Geneviève ging es anscheinend nicht anders. Schon dreimal war sie an Maries Tisch vorbeigekommen. Sie hatten es als sicherer angesehen, dass sie hier nicht alle beide auf Amiel warteten, und da Geneviève – wegen Peter – leichter mit dem Vorfall vom Vortag in Verbindung gebracht werden konnte, hatten sie beschlossen, dass nur Marie auf Amiel warten sollte. Bisher aber hatte Marie immer nur abwinken können: Nein, es hat sich noch nichts getan. Immerhin, und das war das Einzige, was Marie tröstete, war Amiel aber auch nicht abgeführt worden wie inzwischen drei andere junge Männer und zwei Frauen, die Marie kurz nach Amiel in das Gebäude hatte hineingehen sehen. Aber was es da an einem einzigen Ausweis so lange zu prüfen gab, verstand sie trotzdem nicht.

»Und?«, hörte Marie plötzlich eine tiefe Männerstimme hinter sich raunen. Auch ohne sich umzudrehen, wusste sie, dass es Maciej war. Er ging neben ihr in die Hocke und tat so, als müsste er sich den Schuh binden. »Irgendwelche Neuigkeiten?«

»Nein«, gab Marie leise zurück. »Aber immerhin ist Amiel auch nicht abgeführt worden.«

»Keine Sorge, das geht alles glatt«, erwiderte er. »Wollen wir jetzt tauschen? Du gehst nach Hause, und ich warte hier?«

»Nein.« Mit Tränen in den Augen sah Marie zu ihm. »Ich gehe nicht weg, ehe ich Amiel nicht wiederhabe.«

»Liebes, alles wird gut.« Maciej erhob sich, ging weiter und blieb nach wenigen Schritten wieder stehen. Und als er dann einen Schritt zur Seite trat, sah es auch Marie: Amiel – sie kam aus dem Gebäude heraus. Allein. Ohne begleitende Beamte. Ohne Handschellen. Vor Erleichterung schossen Marie noch mehr Tränen in die Augen. Rasch holte sie Kleingeld aus ihrem Portemonnaie, legte das, was sie zu zahlen hatte, auf den Tisch und eilte auf sie zu. Maciej erreichte Amiel mit ihr zugleich.

»Alles gut gegangen?«, fragten sie Amiel wie aus einem Mund.

Amiel nickte. Sie war weiß wie die Wand.

»Dann bringe ich euch jetzt in die neue Wohnung, und anschließend hole ich Arthur«, sagte Maciej, »und dort rührt ihr euch nicht wieder heraus, ehe ich es euch erlaube, und das gilt auch für dich, Marie, verstanden?«

Marie umarmte Amiel und strahlte ihn dankbar an. Und zugleich wusste sie, dass das Härteste noch vor ihnen lag.

40. Kapitel

Marie – Paris – 15/16. Juli 1942

Schreie, Getrappel, etwas fiel um. Ein Stuhl vielleicht. Oder ein Tisch ... Marie rieb sich die Augen und stützte sich in ihrem Bett auf. Der Lärm kam direkt aus der Wohnung unter ihr. Es war mitten in der Nacht, nur der Schein des Mondes erhellte ihr Zimmer. Wieder krachte etwas zu Boden, etwas noch Schwereres als ein Stuhl oder ein Tisch. *Die Razzia,* schoss es Marie durch den Kopf. *Sie sind bei den Juden in der Wohnung unter uns!*

Sie nahm an, dass auch Amiel und Arthur den Lärm gehört hatten und deren Herz jetzt ebenso schnell raste wie das ihre. Sie legte die Hand an die Wand hinter ihrem Bett, die Wand, die Maciej mit zwei Freunden im Eiltempo hochgezogen, verputzt und tapeziert hatte. Hinter der Wand lag eine winzige fensterlose Kammer, in die man nur kam, wenn man in der Rückwand des Kleiderschrankes ein paar Bretter herausnahm. Maries größte Sorge war der Sauerstoff. Zwei Menschen in einem Raum von nicht mal zehn Quadratmetern ... Aber Amiel und Arthur hatten ihr versichert, dass sie das schon schaffen würden. Und dass sie kein Licht hatten, hatte ihnen auch keine Angst gemacht.

»Es ist doch nur für die Tage der Razzia. Nachher werden wir den Durchstieg zumindest stundenweise öffnen können, und wenn sich alles beruhigt hat, werden wir uns gewiss auch ab und an vorsichtig in der Wohnung bewegen können.«

Ja, natürlich war das der Plan, aber trotzdem: Niemand wusste, wie lange sich diese Razzia hinziehen würde und wie lange man danach weiter auf der Hut sein musste. Und überhaupt: Sich eine Woche in einer Wohnung aufzuhalten, war ein Ding, dies über Monate oder sogar über Jahre tun zu müssen, noch einmal etwas ganz anderes. Bisher allerdings hatte niemand von ihnen gewagt, das Wort »Jahre« auszusprechen. De Gaulle und seine Verbündeten ... Du meine Güte, sie mussten endlich Erfolg haben, die Deutschen durften und konnten nicht für immer hierbleiben! Und jetzt galt es sowieso erst einmal nur, die nächsten Tage zu überstehen.

Marie legte ihre Hand auf die rechte Bettseite, Maciejs Seite. Das Bett war noch warm, aber Maciej nicht da. Sie nahm an, dass er im Wohnzimmer war und auf die Straße schaute. Wie immer hatte er die Gefahr lange vor ihr gespürt.

Wieder ein Schrei, so schrecklich, so angstvoll, dass es Marie die Luft abschnürte. Sie setzte sich ganz auf, rutschte zurück gegen die Wand, dachte an Amiel und Arthur. Sie alle wussten, dass ihr Plan nur funktionierte, solange niemand ihre Wohnung auf den Kopf stellte und dabei den Durchgang hinter dem Kleiderschrank entdeckte. Immerhin war es ein immens wuchtiger Schrank, der sich nicht so einfach bewegen ließ. Der aber vielleicht auch gerade deswegen die Aufmerksamkeit auf sich ziehen könnte ...

Erneut fielen Möbelstücke um. Noch mehr Schreie, durchmischt von gebrüllten Befehlen. Marie sah zum Fenster, heftete ihren Blick auf den Mond und versuchte, nicht zu hören, nicht zu fühlen, nicht zu denken ... was unmöglich war. Zwar hatten sie den Mietern unter ihnen einen Zettel mit einer Warnung unter der Tür hindurchgeschoben, aber entweder hatten sie die Warnung nicht ernst genommen oder keine Möglichkeit gehabt, sich vor der Razzia in Sicherheit zu bringen. Marie wollte nicht wissen, wie vielen anderen Juden es in dieser Nacht ebenso ging und wie viele die Razzia völlig unvorbereitet traf. Plötzlich sah sie einen Schatten in der Zimmertür. Marie schoss hoch, bereit zur Flucht, wohin auch immer, aber dann sah sie, dass es nur Maciej war.

»Du lieber Himmel, hast du mich erschreckt!« Sie stöhnte und sank zurück gegen die Wand.

»Auf der Straße ist die Hölle los«, sagte er leise. »Mir war gar nicht bewusst, wie viele Juden in dieser Straße leben.«

Wieder Höllenlärm von unten, Schreie, Schreie, Schreie.

»Du meine Güte«, keuchte Marie. »Was machen sie denn mit den armen Leuten?«

»Ich weiß es nicht.« Maciej setzte sich neben sie und drückte kurz ihre Hand.

»Sie sollen alle in Arbeitslager?«

Er hob die Achseln. »Das zumindest munkelt man. Und auch, dass da nicht viele wieder lebend rauskommen werden.«

»Aber nehmen sie jetzt nur Männer oder auch Frauen und Kinder mit?«

»Ich weiß es nicht. Die Polizisten sind in die Häuser eingedrungen, aber es ist noch niemand wieder rausgekommen.« Er erhob sich. »Ich schaue mal, was sich unten tut.«

Marie erhob sich und folgte ihm auf Zehenspitzen. Bloß kein Geräusch machen, bloß keine Aufmerksamkeit auf sich ziehen. Zu ihrem Glück hatte sie die Ummeldung für die neue Wohnung auf dem Amt schon erledigt gehabt, ehe ihr Ausweis zu dem von Amiel geworden war, sodass sie hoffte, nicht kontrolliert zu werden. Offiziell wohnten in der Wohnung ja nur Arier. Falls sie doch kontrolliert werden würde, würde sie allerdings nicht besser dastehen als jeder Jude, der meinte, sich ohne Papiere retten zu können. Und auch Maciej besaß seit Langem nur einen gefälschten Pass ... Doch wo sonst hätten sie in dieser Nacht hingehen sollen? In diesen Tagen war kein Ort in und um Paris mehr sicher.

Als sie ins Wohnzimmer kam, stand Maciej schon am Fenster. Behutsam schob er die dicke Übergardine beiseite.

Marie lehnte sich an ihn, um auch selbst etwas sehen zu können, woraufhin Maciej den Arm um sie legte und ihr einen Kuss aufs Haar drückte. »Keine Sorge, Amiel und Arthur sind in Sicherheit.«

Marie hoffte es und schob sich noch enger an seinen warmen, tröstenden Körper.

»Da, schau.« Maciej wies unten auf die Straße, und dann sah es auch Marie: Aus dem Nachbarhaus wurde eine Familie mit drei Kindern geführt. Die Kinder klammerten sich an ihre Mutter, sie weinten, die Mutter presste sie an sich. Plötzlich zog der Gendarm ihrem Mann so fest den Schlagstock über, dass dieser zu Boden ging. Die Frau wollte zu ihm, aber ein anderer Gendarm stieß sie heftig zurück. Sie fiel mitsamt ihren Kindern hin, und dann trat er auch noch nach ihnen.

»Das sind nicht die Deutschen«, presste Maciej zwischen zusammengebissenen Zähnen hervor. »Das sind französische Beamte. Und ganz sicher haben sie nicht den Auftrag bekommen, kleine Kinder zu treten.«

»Warum nehmen sie die überhaupt mit?«, fragte Marie. »Ich denke, die Leute sollen in ein Arbeitslager?«

»Weiß der Himmel«, knurrte Maciej und zischte dann zu den Polizisten da unten: *»Gnój, Skurwysyn!«*

Der Hass in seiner Stimme machte eine Übersetzung überflüssig.

Kurz darauf wurde das Ehepaar, das unter Marie wohnte, mit Knüffen und Schlägen aus dem Haus getrieben. Immer wieder versuchte die Frau, zurück ins Haus zu laufen, doch die Polizisten ließen sie nicht. Schließlich wurde sie genau wie die anderen Juden der Straße auf die Ladefläche eines der Polizeitransporter gepfercht. Anschließend gingen die beiden Gendarme, die sie heruntergebracht hatten, noch einmal zurück.

»Was wollen die denn noch mal in unserem Haus?«, stammelte Marie. »Es gibt hier doch nur eine jüdische Familie!«

Die Stiefel der Gendarmen knallten auf der Treppe wie Gewehrschüsse. Der erste Stock, der zweite. Und sie gingen weiter. Marie umkrallte Maciejs Hand. Sie wagte kaum noch zu atmen. Die Schritte kamen immer näher. Und dann hatten sie ihr Stockwerk erreicht.

»Maciej«, hauchte Marie.

Er legte ihr die Hand auf den Mund. Dann klopfte es. Hart und wummernd. »Aufmachen! Polizeikontrolle.«

Entsetzt sah Marie zu Maciej. Er schüttelte den Kopf.

Wieder wummerten sie gegen die Tür. »Aufmachen! Oder müssen wir erst die Tür aufreten?«

Marie machte sich von Maciej frei. Eilte zur Tür. Löste das Vorhängeschloss, schloss auf. Öffnete. Die beiden Polizisten stießen sie beiseite, eilten ins Bad, ins Schlafzimmer, dann in die Küche und schossen auf Maciej zu. »Ausweis!«

Maciej zeigte ihn. Der eine der Polizisten betrachtete ihn intensiv, der andere stieß seinem Kollegen in die Seite. »Der ist viel zu alt. Der Sohn von denen da unten ist erst achtzehn, das kann er nicht sein.«

Der Polizist schleuderte Maciejs Ausweis auf den Küchentisch und schnauzte: »Wo ist der Jude aus der Wohnung im dritten Stock?«

Marie meinte, ohnmächtig umsinken zu müssen. Sie suchten den Sohn der Familie unter ihnen? Was, wenn sie jetzt deswegen ihre Wohnung auseinandernahmen und Amiel und Arthur fanden?

»Wir haben den Jungen schon seit Tagen nicht gesehen«, sagte Maciej. »Außerdem ... mit diesem Judenpack ... Also, wir schauen da ja nicht so genau hin, nicht wahr, Liebes?«

Er zog Marie an sich. Sie bestätigte es hastig. »Ja, genau, wir ... Dank Ihnen ist ...«

»... das Haus endlich sauber«, beendete Maciej ihren Satz und nickte den Polizisten anerkennend zu. »Gute Arbeit!«

»Aha, ich sehe, wir verstehen uns.« Trotzdem blieb der Polizist angespannt, sein Kollege strich weiterhin durch die Räume.

Maciej bot dem Polizisten, der bei ihnen geblieben war, etwas zu trinken an. Er lehnte ab und rief seinem Kollegen zu, dass sie weitermüssten. »Na komm, die Nacht wird noch lang genug, hier ist er nicht. Schauen wir noch mal im Keller nach.«

»Genau, das ist doch der Ort, wo sich Ratten am liebsten verkriechen!« Maciej lachte auf. Marie nahm wahr, wie heiser es klang.

Der Polizist hob die Hand an seine Schirmmütze. »Nichts für ungut, Monsieur, und noch eine gute Nacht. Und wenn Sie den Juden sehen, melden Sie ihn bitte.«

»Da können Sie sicher sein«, sagte Maciej.

»Jean, kommst du?«, rief der Polizist seinen Kollegen.

»Moment, ich schaue mir noch den Kleiderschrank im Schlafzimmer an. Der ist so riesig – da bringt man locker vier Juden unter.«

Marie wurde es schwarz vor Augen. Maciej zog sie noch fester an sich heran und folgten den Männern in scheinbar bester Laune zum Schlafzimmer. »Toller Schrank, was? Ist noch von meinem Großvater. Den hat er sich von seinem Sold im Ersten Weltkrieg gekauft.«

Der Polizist, der schon drüben gewesen war, rüttelte an dem Schlüssel herum. Maciej schob Marie zum Bett und ging zu ihm. »Das ist eine alte Dame, mit der muss man behutsam umgehen. Darf ich?«

Knurrig machte der Polizist ihm den Weg frei. Maciej schloss die Tür auf, öffnete auch die zweite und machte eine einladende Geste. Zu sehen waren nur eine lange Reihe von auf Kleiderbügeln hängenden Männer- und Frauenkleidern. Der Polizist trat vor, schob die Bügel hin und her, drückte sie dann auseinander, bis er in der Mitte ein größeres Loch bekam und klopfte gegen die Rückwand.

»Mensch, Jean, du siehst doch, dass der Kerl nicht im Schrank ist!«

»Mmh«, machte sein Kollege. »Mmh.«

»Also ich geh jetzt im Keller nachsehen, ich habe keine Lust, derjenige zu sein, der am wenigsten Juden von seiner Liste mit nach Hause bringt.« Er drehte sich um, verabschiedete sich von Maciej und Marie und ging. Sein Kollege aber stierte weiter in den Schrank, hämmerte jetzt noch fester gegen die Rückwand, und als er nichts feststellen konnte, noch einmal. Dann schnaubte er und ging ebenfalls. Exakt in der Sekunde, in der er die Wohnungstür wütend hinter sich ins Schloss knallte, knallte auch etwas im Schlafzimmer: Die Rückwand des Kleiderschrankes krachte nach unten. Fassungslos starrte Marie zu Maciej und der zu ihr. Keiner von ihnen wagte, auch nur Luft zu holen. Einen Moment war nichts zu hören. Gar nichts. Dann hörten sie die donnernden Schritte der Polizisten. Sie gingen nach unten.

»Weißt du, wie knapp das war?«, keuchte Marie zu Maciej. »Weißt du, wie verdammt knapp das war?«

»Es ist vorbei«, sagte Maciej. »Es ist ja vorbei.«

Er zog sie an sich und küsste sie auf den Scheitel.

41. Kapitel

Marie – Paris – 27. August 1942

Es ist vorbei … Noch oft dachten Marie und Maciej in den nächsten Tagen und Wochen an Maciejs Worte von jener Nacht, und ebenso oft, wie falsch er damit gelegen hatte. Nicht einmal für diesen einen Tag war es »vorbei« gewesen. Amiel und Arthur, ja, sie waren – fürs Erste – gerettet und retteten sich weiter von einem Tag zum anderen. Aber für all die anderen, die von den viertausendfünfhundert beteiligten französischen Polizisten und Gendarmen mitgenommen worden waren, war nichts vorbei. Für sie war es erst der Anfang der Hölle.

Maciej erfuhr, dass über achttausend Juden, vor allem Frauen und Kinder, nach der Verhaftung in der Pariser Radsporthalle *Vélodrome d'Hiver* zusammengepfercht worden waren, und niemand von ihnen wusste, was man mit ihnen vorhatte. Von einer Freundin aus *Combat Paris,* die beim Roten Kreuz arbeitete, erfuhren Marie und ihre Freunde, welch unfassbares Leid man den Juden dort zumutete: Unter dem Glasdach der Radsporthalle herrschte brütende Hitze, fünf der zehn Toiletten wurden zugenagelt, weil man durch die Fenster hätte fliehen können, die anderen Toiletten waren im Nu verstopft. Die Menschen litten Durst, die Kinder weinten vor Hunger, doch das Rote Kreuz und die Quäker durften so gut wie kein Wasser oder Essen verteilen. Babys dehydrierten und gingen zugrunde, mehrere ältere Menschen erlitten einen Hitzschlag und starben ebenfalls. Erst fünf Tage später kümmerte sich die Gestapo um den Weitertransport der Gefangenen – und ab da gab es keine Informationen mehr über diese Menschen, doch man munkelte, dass sie in das Durchgangslager *Darcy* gebracht worden seien.

Auf Tage des Entsetzens folgten die der unfassbaren Trauer. Vor allem Amiel tat sich schwer, damit fertigzuwerden. Aber dann regte sich ihr Widerstandsgeist, und schließlich beschloss erst sie und dann auch Arthur, dass sie nicht wie die Kaninchen im Bau darauf warten durften, dass irgendwann auch sie erwischt und abtransportiert werden würden. Sobald die Passfälscher mehr Zeit hatten, besorgte Maciej ihnen arische Pässe, Marie färbte Amiel und Arthur die Haare blond, und danach begannen beide, sich wieder um die Kranken und Verletzten von *Combat Paris* zu kümmern – worüber ihre Freunde dort ebenso erleichtert wie besorgt waren. Da Arthur über gute technische Kenntnis verfügte, half er überdies bei der Planung von Sabotageakten, deren Schlagkraft zu ihrem Verdruss aber immer weit hinter dem zurückblieb, was sie den Boches gern angetan hätten.

Die Judenrazzia von Paris steckte noch in ihrer aller Knochen, als sie von der nächsten erfuhren: Am sechsundzwanzigsten August fand auch in den Departements der Region von Lyon eine groß angelegte Verhaftungswelle statt. Ab den frühen Morgenstunden wurden die Juden aus ihren Häusern geholt und in das Lager von Vénissieux gebracht.

»Aber wie kann das sein?« Amiel stöhnte, kaum dass Marie ihr davon erzählt hatte. Sie setzte sich auf deren Bett und sah zu, wie Marie Kleider in einen Rucksack packte. »Die Departements von Lyon sind doch in der Freien Zone, da haben die Deutschen gar nichts zu melden.«

»Frag mich nicht, ich verstehe es selbst nicht, niemand im Büro der OSE hat es verstanden.« Nach der Pariser Judenrazzia hatte Marie ihre Stelle als Lehrerin gekündigt und angefangen, nur noch für die OSE zu arbeiten. Sie hoffte, so mehr für den Schutz der Juden ausrichten zu können. Die OSE konnte sich natürlich nicht öffentlich für die Juden einsetzen, aber Marie wusste, dass sie im Verborgenen nach wie vor viel für sie taten.

Als Marie ihren Rucksack bis zur Hälfte gefüllt hatte, ging sie noch einmal zum Schrank und überprüfte, ob sie nichts Wichtiges vergessen hatte. Die Wohnungstür öffnete sich. Maciej trat herein. Als er Marie beim Packen entdeckte, zog er irritiert die Augenbrauen zusammen. »Wo willst du denn hin?«

»In einer Stunde geht mein Zug nach Vénissieux.«

»Machst du Witze?« Maciej schob sich an Amiel vorbei und baute sich breitbeinig im Zimmer auf.

»Maciej, bitte, versteh doch, in Vénissieux sind …«

»Ich weiß, was dort unten passiert ist«, unterbrach Maciej sie. »Aber ich wüsste nicht, was du da zu suchen hast.«

»Die OSE von Lyon hat unser Büro um Hilfe gebeten. Sie haben einen Plan, um einige der internierten Kinder zu retten, aber um ihn umzusetzen, brauchen sie mehr Leute.«

»Um was genau zu tun?« Von Wort zu Wort verdunkelte sich Maciejs Stimme mehr.

»Sie …« Marie atmete tief durch. »Sie haben eine Gesetzeslücke entdeckt und wollen versuchen, die Kinder aus dem Lager zu holen. Und dabei sollen wir ihnen helfen und die Kinder dann auch mitnehmen.«

Maciej krauste die Stirn. »Wie soll das gehen?«

»Charles Ledermann, der Chef der OSE von Lyon, hat herausgefunden, dass die Juden in Vénissieux genau wie bei uns aus dem *Vélodrome d'Hiver* in polnische Arbeitslager gebracht werden sollen. In den Statuten aber steht, dass nur die Kinder deportiert werden dürfen, die bei ihren Eltern sind.«

»Ich verstehe noch immer nicht, wo der springende Punkt ist. Die Kinder da sind doch mit Sicherheit alle mit ihren Eltern dort …«

»Ja, aber wir werden die Eltern bitten, ihre Elternschaft auf die *Amitié Chrétienne* zu übertragen. Dann gelten die Kinder als unbegleitet und dürfen nicht mehr deportiert werden.«

»Aber welche Mutter wird denn ihr Kind hergeben?«, rief Amiel. »Ich meine, die kennen euch doch gar nicht!«

»Und selbst wenn«, pflichtete Maciej ihr bei. »Du glaubst doch nicht allen Ernstes, dass die französischen Gendarmen und noch mehr die Gestapo solche Spitzfindigkeiten nicht durchschauen?«

»Wir müssen es wenigstens versuchen. Und sobald wir die Kinder haben, verstecken wir sie, ehe die Gendarmen oder die Nazis es sich wieder anders überlegen können. Darum die Eile, und darum wollen sie möglichst viele Mitarbeiter zusammenziehen – damit wir schnell handeln können. Und der größte Teil der Kinder soll in den Norden gebracht werden.«

»Ist dir klar, wie gefährlich das ist, was ihr da vorhabt?« Maciej schüttelte den Kopf.

»Maciej, in Vénissieux haben sie über eintausend Juden eingepfercht! Hier in Paris waren wir in Schockstarre, als es passiert ist, und wussten nicht, was wir tun sollen, aber diesmal haben wir einen Plan. Wir müssen es wenigstens versuchen!«

»Das sollen sie auch, aber nicht du, Marie. Du tust schon genug, was dich in Gefahr bringt.«

»Warum nicht ich? Ich bin bei der OSE angestellt, von daher ist es unauffällig, wenn ich dort auftauche, und ich habe auch schon einen Passierschein.«

»Nein, Marie, ich will das nicht.« Maciej ging auf sie zu.

Marie gab ihm einen Kuss. »Es wird mir nichts passieren. Und ich muss das tun. Für mich – und André.«

»Dann komme ich mit. Ich lasse dich nicht allein in so ein Lager gehen.«

»Sei vernünftig, Maciej, du hast noch nicht einmal einen Passierschein.« Rasch stopfte Marie eine Jacke in ihren Rucksack, schnappte ihn dann, eilte in die Küche, packte den dort vorbereiteten Proviant noch obendrauf und schloss den Rucksack. Maciej folgte ihr. »Marie, bitte, tu das nicht.«

Marie umarmte ihn und strich ihm seine Locken aus dem Gesicht. »Alles was wir die letzten Monate getan haben, war gefährlich. Warum sollte ich ausgerechnet jetzt, wo wir auf einen Schlag so viele Kinder wie nie zuvor retten können, einen Rückzieher machen?«

»Weil ich dich darum bitte.« Maciej zog sie noch fester an sich. »Ich … habe Instinkte wie ein Raubtier, und ich rieche Verderben. Marie, das geht nicht gut aus!«

»Natürlich wird das gut ausgehen.« Marie küsste ihn noch einmal, löste sich dann aus seinen Armen, umarmte kurz Amiel, schulterte ihren Rucksack und eilte zur Tür. »In einer halben Stunde geht mein Zug, ich muss die Metro kriegen!« Und dann war sie zur Tür heraus.

Als Maries Zug am späten Abend in den Bahnhof von Vénissieux einfuhr, war es schon dunkel, und das umso mehr, als gerade ein heftiges Gewitter über der Stadt niederging. Es blitzte, krachte und donnerte, als sollte der Weltuntergang eingeleitet werden, und dazu schüttete es wie aus Kübeln. Unwillkürlich musste Marie an Maciej und seine Warnung denken, schob den Gedanken dann aber von sich. Als sie aus dem Zug stieg, hielt sie sich ihren Rucksack über den Kopf und sprintete durch den Regen, bis sie das Vordach des Bahnhofs erreichte. Kaum hatte sie den Rucksack vom Kopf genommen, sprach eine zierliche junge Frau sie an, der regelrechte Sturzbäche aus den rot gelockten Haaren rannen. »Marie? Sind Sie Marie?«

Marie bestätigte es und blickte in ein Paar sanfte rehbraune Augen. »Und Sie sind Charlotte?«

Die junge Frau lächelte sie an. »Wir können uns duzen, oder? Wir sind ja fast gleich alt.«

»Klar, gern.« Marie erwiderte ihr Lächeln. »Wie ist es bisher gelaufen?«

Charlotte sah sie nur an. Marie merkte, wie sie errötete. »Entschuldigung, kein guter Ort für solche Fragen.« Sie blickte sich um, aber niemand schien sich für sie zu interessieren. Es herrschte das normale Treiben auf einem Bahnsteig: Menschen, die, wie sie, gerade angekommen waren und willkommen geheißen wurden, andere, die weitereilten, wieder andere, die einstiegen und zuvor noch letzte Umarmungen verteilten. Nur am oberen Ende des Bahnsteigs waren Uniformierte zu sehen.

»Müssen wir da durch?«, fragte Marie Charlotte mit Blick auf die Männer.

»Leider der einzige Weg hier heraus.« Sie hob die Augenbrauen. »Und sie kontrollieren jedes einzelne Gepäckstück. Wenn du also etwas hast, was sie lieber nicht sehen sollten, müssten wir das vorher loswerden.«

»Nein, nein, keine Sorge. Das sind nur Kleider und Essen, und mein Passierschein ist echt. Das sollte alles glattgehen.«

In der Tat waren sie schon kurz darauf ohne jedes Problem durch die Kontrolle. Als sie aus dem Bahnhof traten, wies Charlotte die Straße hoch. »Wir müssen da entlang, keine Sorge, es ist nicht weit, aber nass wirst du trotzdem werden. Wollen wir rennen?«

Marie schob ihre Finger unter die Riemen ihres Rucksacks. »Bei drei?«

Charlotte zählte, und sie rannten los. Der Regen klatschte nur so auf sie nieder, dazu spritzte ihnen bei jedem Schritt auch das Wasser von unten entgegen. Als sie eine Minute später ein Bauernhaus erreichten, war auch Marie nass bis auf die Knochen. Sie sprinteten über den Hof, dann öffnete sich die Haustür, und eine kleine, kräftige, grauhaarige Frau empfing sie mit zwei Badetüchern in der Hand. Ihr Gesicht war wettergegerbt, ihre Hände rau von der Arbeit auf dem Feld.

»Zieht die Schuhe aus, ich stelle sie für euch in der Küche neben den Herd, dann sind sie morgen wieder trocken«, meinte sie statt einer Begrüßung.

Marie nickte und streifte genau wie Charlotte die klatschnassen Schuhe ab. Anschließend brachte Charlotte sie in ein Zimmer im ersten Stock. Das Bett dort war ganz an die Wand zu ihrer Rechten gerückt, daneben lagen bis zur gegenüberliegenden Wand Matratzen auf dem Boden.

»Für dich ist die Matratze hinten rechts in der Ecke. Die drei daneben gehören den anderen Helfern.«

Marie legte ihren Rucksack neben ihrer Matratze ab, zog sich die nassen Kleider aus und trockene an. Charlotte reichte ihr Kleiderbügel, sodass sie die nassen Sachen zum Trocknen aufhängen konnte. Als sie ans Fenster trat, sah sie in der Ferne von Scheinwerfern angestrahlte Wachtürme, zwischen denen übermannshohe Stacheldrahtzäune entlanggezogen waren, und hielt inne. »Ist das das Lager? Sind da die Leute eingesperrt?«

Charlotte trat neben sie. »Ja, genau, da sind sie.«

Im gleichen Moment hörten sie unten Stimmen und Schritte. »Das sind sicher Simon Duval und die anderen Helfer«, meinte Charlotte. »Komm, gehen wir runter und hören, wie es heute gelaufen ist.«

Schnell hängte Marie die Kleider ans Fenster und eilte ihr nach.

Als Marie die Küche betrat, saßen schon alle auf den Bänken an dem langen Esstisch. Die alte Frau, die ihnen die Handtücher gereicht hatte und die alle als Madame Duval ansprachen, versorgte sie mit heißem Tee, auf dem Tisch stapelten sich mehrere Baguettes, außerdem gab es Holzplatten mit Käse und hausgemachte Wurst – beides ein unglaublicher Luxus im Vergleich zu dem, was Marie in der Stadt für ihre

Lebensmittelkarten bekam. Vor jedem Sitzplatz lagen ein Brett und ein scharfes Messer, jeder versorgte sich selbst. Auf Madame Duvals Geheiß hin setzte sich Marie zusammen mit Charlotte auf die Bank am unteren Kopfende, alle rückten zusammen, bis sie wie die Heringe dasaßen. Die Küche dampfte von Feuchtigkeit, es war wohl niemand von dem Regen verschont geblieben. Zusammen mit Charlotte und ihr saßen zwölf Menschen um den Tisch herum, die meisten davon waren in ihrem Alter, alle redeten durcheinander, alle waren aufgeregt. Den einzigen Namen, den Marie mehrfach hörte und darum behielt, war der von Simon Duval, dem Mann von Mme Duval, der sie an »ihren« Simon zu Hause erinnerte, nur dass er kein Holzbein hatte und kaum noch Haare auf dem Kopf. Im Gegensatz zu seiner Frau wurde er von allen geduzt. Er saß am oberen Kopfende, eine große, mächtige Gestalt mit riesigen Händen, ernsten Augen und sorgenvoller Miene. Als er mit dem Knöchel auf die Tischplatte klopfte, verstummten sofort alle. Mme Duval lehnte sich gegen den Küchenschrank und warf ihrem Mann einen besorgten Blick zu. »Vielleicht erzählst du erst mal, was ihr bisher erreicht habt?«

»Tja, was wir erreicht haben ...« Er atmete schwer aus. »Schwierig, sehr schwierig, aber wir hatten auch nichts anderes erwartet. Immerhin konnten unsere Anwälte durchsetzen, dass wir morgen mit allen OSE- und *Amitié Chrétienne*-Mitarbeitern, die wir hier haben, in das Lager gehen und überprüfen dürfen, wie viele Kinder mit ihren Eltern dort sind und wie viele unbegleitet.«

»Heißt das«, fragte seine Frau, »dass ihr heute noch nicht einmal bis zu den Eltern vorgedrungen seid?«

»Leider nicht, nein.« Er strich sich über das stoppelige Kinn. »Und wir alle wissen, was das bedeutet: Wir treffen morgen auf völlig unvorbereitete Eltern, und es bleiben uns nur wenige Stunden, um sie dazu zu bringen, uns die Verantwortung für ihre Kinder zu übertragen, und das, obwohl sie uns nicht kennen – und mit dem Wissen, dass sie ihre Kinder danach vermutlich nie wiedersehen werden.«

»Uff«, machte Charlotte. »Und du meist wirklich, in der kurzen Zeit können wir bei den Eltern genug Vertrauen aufbauen, damit sie die Papiere unterschreiben?«

»Ihr müsst es schaffen«, gab Simon Duval zurück. »Das ist die einzige Überlebenschance, die die Kinder haben. Aus diesen polnischen Lagern ist bislang niemand wieder rausgekommen, und da sie ständig neue Leute dorthin deportieren, kann man sich wohl keinen Illusionen darüber hingeben, was sie mit den Menschen dort anstellen.«

»Aber die Eltern kennen uns doch gar nicht, die meisten haben sicher noch nie etwas von unseren beiden Organisationen gehört«, meldete sich Marie schüchtern zu Wort. »Ich meine, sein Kind wegzugeben, ist schon schlimm genug, aber dann auch noch an völlig Fremde … Warum sollte uns auch nur einer von ihnen glauben?«

»Weil sie keine Wahl haben. Sie haben nur uns – oder die Nazis.«

Marie rutschte das Herz in die Kniekehlen.

42. Kapitel

Marie – Vénissieux – 28. August 1942

Um Punkt sieben Uhr am nächsten Morgen standen Marie und alle anderen Helfer der OSE vor den Toren des Lagers von Vénissieux und warteten darauf, dass sie eingelassen wurden. Wiederum waren es die Anwälte der OSE und der *Amitié Chrétienne,* die mit den französischen Wachen am Eingang verhandelten, und als der Wortwechsel zwischen ihnen immer lauter und heftiger wurde, befürchtete Marie schon, dass alles umsonst gewesen war. Dann trat der befehlende Wachmann auf einmal ruckartig mit einem bitterbösen Fluch beiseite, und die Anwälte gaben ihnen Zeichen, dass sie passieren konnten.

Zunächst kontrollierten die Wachleute die Papiere von jedem Einzelnen von ihnen, jeder Name und jede Adresse wurde fein säuberlich vermerkt. Marie betete, dass dies nicht bedeutete, dass man von nun an bei ihnen regelmäßig »Hausbesuche« machte und sie damit Amiel und Arthur gefährdete. Erneut dachte sie an Maciejs Warnung, aber jetzt war sie ohnehin schon registriert, jetzt konnte sie nur noch nach vorn sehen.

Bis sie tatsächlich ins Lager durften, verging noch einmal fast eine Stunde, eine Stunde, in der alle immer nervöser und angespannter wurden, denn sie wussten genau, wie knapp die Zeit war – und wie viele Eltern es zu überzeugen galt. Über tausend Menschen waren im Lager eingesperrt, rund ein Viertel von ihnen, so schätzten sie, waren Kinder und Jugendliche.

Endlich durften sie das Lager betreten. Bewaffnete Soldaten brachten sie in Gruppen von je zwei Personen zu den verschiedenen Baracken. Marie war froh, dass sie mit Charlotte zusammenbleiben konnte, aber als sie die Baracke betrat und die Angst und Verzweiflung von so vielen Menschen sah, verflog der Trost im Nu. Angesichts so viel Verzweiflung gab es keinen Trost.

Die meisten Menschen saßen oder lagen auf notdürftig zusammengezimmerten Stockbetten. Als Marie und Charlotte die Baracke betraten, merkten die Menschen sofort, dass hier nicht zwei neue Mitinsassen kamen. Viele erhoben sich oder setzten sich auf und sahen sie an, einige Mutige taten auch ein paar Schritte auf sie zu. Marie schätzte, dass in der kleinen Baracke an die zweihundert Menschen eingepfercht waren. Alte und Junge, Gesunde und Kranke, Alleinstehende und Familien. Und obwohl Marie diesen Geruch noch nie wahrgenommen hatte, wusste sie doch sofort, wonach es hier roch – nach Angst. Und auch sie hatte die auf einmal. Denn wer oder was sagte ihr eigentlich, dass sie selbst hier wieder lebend herauskam?

»Könnten wir …« Marie räusperte sich und wandte sich zu den Wachleuten um. »Könnten wir bitte allein mit den Leuten reden?«

Die Wachleute tauschten einen unwilligen Blick.

»Die Anwälte der OSE und der *Amitié Chrétienne* haben mit der Lagerverwaltung vereinbart, dass wir ungestört mit den Leuten reden können«, fuhr sie mit fester Stimme fort, obwohl ihr das Herz bis zum Hals schlug. Sie hoffte, dass Charlottes Mimik durch nichts verriet, dass sie das gerade frei erfunden hatte. Nein, natürlich gab es kein solches Übereinkommen, aber wie sollten sie mit den Leuten offen reden, wenn die Wachleute direkt neben ihnen standen? Die Wachleute berieten sich kurz, einer murrte, murrte noch mehr, aber dann traten sie ein paar Schritte beiseite und rückten auch nicht nach, als Marie und Charlotte noch näher zu den Leuten gingen.

»Wir …« Marie ließ ihren Blick über die Menschen schweifen. »Wir würden gern mit den Kindern und all den Personen reden, die sich bisher um sie gekümmert haben.« Bewusst vermied sie das Wort Eltern.

Zögernd rückten die ersten Eltern vor, die meisten hielten ihre Kinder an der Hand. In einigen Fällen trat auch nur die Mutter oder nur der Vater vor.

»Worum geht es?«, fragten einige, und andere: »Warum werden wir hier festgehalten?«

»Wissen Sie mehr als wir?«

»Warum dürfen wir nicht wieder nach Hause gehen?«

»Was haben wir verbrochen?«

Marie und Charlotte hoben die Hände. »Bitte, beruhigen Sie sich«, rief Marie, und Charlotte: »Wir haben nur wenig Zeit, um mit Ihnen über ein sehr wichtiges Thema zu reden, und deswegen lassen Sie uns bitte keine Zeit verlieren. Marie kommt von der *OSE* Paris, vom Kinderhilfswerk *Œuvre de secours aux enfants,* ich arbeite für die *Amitié Chrétienne* in Lyon. Wir sind hier, um zu helfen, aber leider können wir, wenn überhaupt, nur etwas für die Kinder tun.«

Eine Mutter trat vor und streckte ihr ihren Säugling entgegen. »Bitte, nehmen Sie ihn, ich flehe Sie an, wir kommen hier doch nie wieder lebend raus!« Andere wichen entsetzt zurück und schoben ihre Kinder hinter sich. Stimmen wurden laut. »Wollen Sie uns jetzt etwa auch noch die Kinder wegnehmen?« und: »Woher wissen wir, dass Sie tatsächlich für die OSE und die *Amitié Chrétienne* arbeiten? Vielleicht wollen Sie uns auch nur die Kinder wegnehmen und weiß der Himmel was mit ihnen tun?«

Die Stimmen wogten immer heftiger, so laut, dass am Ende kaum noch ein Wort zu verstehen war. Einige der Insassen, überwiegend die Frauen, machten Drohgesten zu

Marie und Charlotte, Kinder begannen zu weinen, Männer beschimpften sie und brüllten, sie sollten verschwinden. Man habe ihnen schon alles genommen, da ließen sie sich nicht auch noch ihre Kinder nehmen – und dann wieder die Frau mit Säugling: »Bitte, bitte, so nehmt sie doch! Sie heißt Manon und ist drei Monate alt. Ich flehe euch an, nehmt sie mit!«

Marie schielte unruhig zu den Wachen hin. Ihr war klar, dass sie, wenn sich das hier weiter so aufschaukelte, jeden Moment eingreifen und sie der Baracke verweisen würden. Sie klatschte mehrfach in die Hände, bat um Ruhe, rief noch lauter – und endlich ebbten die Stimmen ab.

»Wir reden mit Ihnen allen, die Sie Kinder bei sich haben, aber bitte, mit einem nach dem anderen. Und ich verspreche Ihnen: Wir werden nichts tun, was Sie nicht wollen.«

Marie sprach zuerst mit der Frau mit dem Säugling, Charlotte mit einer Familie mit drei Kindern zwischen zwei und fünf Jahren. Marie erklärte der Frau ihren Plan und dass sie ihr Kind an einen sicheren Ort bringen konnten, wenn sie der OSE die Elternschaft übertrug. Die Frau überlegte nicht lange und unterzeichnete die Papiere. Marie bat die Frau, sich jetzt nach rechts zu begeben und ihr Kind noch zu hüten, bis sie gehen würde. Dann bat sie die nächste Familie vorzutreten. Es war eine Frau mit zwei halbwüchsigen Jungen.

»Nein, *Maman,* nein«, rief der Jüngere von ihnen. Marie schätzte ihn auf zwölf. »Ich lasse dich nicht allein, *Maman,* bitte, mir ist egal, was aus uns wird, aber ich lasse dich nicht allein. Luc und ich haben Papa versprochen, auf dich aufzupassen!«

»*Mais oui, mon chérie,* aber das habt ihr ja auch. Und jetzt bin ich wohlbehalten angekommen, und damit könnt ihr beruhigt nach Hause zurückkehren.«

Die Frau warf Marie einen verzweifelten Blick zu. Sie war Mitte dreißig, hatte langes, schwarzes, seidiges Haar, nachtschwarze Augen, ein fein geschnittenes Gesicht und wunderschöne, langgliedrige Hände. »Bitte sagen Sie mir, was ich tun muss, um meine Jungs hier herauszubringen.«

Noch ehe Marie antworten konnte, fing ihr jüngerer Sohn erneut zu zetern an. »Ich lasse dich nicht allein, *Maman,* niemals!«

Die Frau bat ihren älteren Sohn, ihn beiseitezunehmen. Der Ältere musste all seine Kraft aufbringen, um den Jüngeren mitzuziehen. Er trat und biss ihn, aber schließlich sackte er weinend in seine Arme und heulte. »Aber wir können *Maman* nicht allein lassen. Wir haben Papa versprochen, auf sie aufzupassen!« Auch der Ältere weinte. Doch es waren stumme Tränen. Sein Gesicht war eine einzige unbewegliche Maske.

Bis zum Abend hatte Marie mit so vielen Eltern Gespräche geführt, dass sie kaum noch eine Stimme hatte. Auch Charlotte hatte die Familien von ihrem Rettungsplan für die Kinder zu überzeugen versucht, und je älter die Kinder waren, die sie übernehmen sollten, desto dramatischer waren die Szenen, die sich abspielten, denn kein einziges der Kinder wollte von seinen Eltern getrennt werden. Und längst nicht alle Eltern ließen sich überzeugen. Einige hatten sich auch Bedenkzeit ausgebeten.

»In fünfzehn Minuten ist Schluss!«, rief plötzlich einer der Wachleute.

Marie schaute zu der Schlange, die noch vor ihr war. »Können wir nicht noch zwei Stunden mehr bekommen?«, fragte sie ihn. »Sie sehen doch, wie viele Menschen noch warten.«

»Jetzt sind es nur noch vierzehneinhalb Minuten«, gab der Wachmann hämisch grinsend zurück.

Marie unterdrückte, was sie am liebsten geantwortet hätte, und wandte sich den Wartenden zu: »Sie ... Sie haben ja gehört, was er gesagt hat. Und Sie haben von den anderen mehr oder minder mitbekommen, worum es geht. Wir haben nur noch wenige Minuten. Wer will, dass wir uns um die Kinder kümmern, muss jetzt hier unterschreiben. Bitte, ich ... es tut mir leid, dass wir uns nicht mehr Zeit für Sie nehmen können, mein Gott, das alles hier tut mir so ...« Marie brach die Stimme. Viele der Eltern rissen ihr die Formulare aus der Hand, einige prügelten sich sogar um die Stifte.

»So, Schluss, Schluss!«, brüllten kurz darauf die Wachleute.

»Aber das waren doch noch keine fünfzehn Minuten«, begehrte Marie auf, und auch Charlotte und die Eltern, die die Formulare noch nicht ausgefüllt hatten, beschwerten sich lautstark.

»Zurück, zurück!« Der ältere der beiden Wachleute zielte mit seiner Waffe auf die Menschen. »Alle zurück! Noch ein falsches Wort, und alle bleiben hier!«

Ergeben senkte Marie den Blick, die Eltern wichen zurück. Drei Eltern setzten noch rasch blindlings ihre Unterschrift aufs Papier, dann winkten die Wärter Marie und Charlotte hinaus. Marie schaute zu den Eltern, die sich entschlossen hatten, ihnen ihre Kinder mitzugeben. Achtzehn Eltern oder Elternteile hatten die Papiere unterschrieben, vierundzwanzig Kinder zwischen null und fünfzehn Jahren sollten mit ihnen kommen.

»Na los, Sie sollen gehen«, herrschte der ältere Wachmann Marie und Charlotte an. »Und vergessen Sie nicht Ihr jüdisches Geschmeiß!«

Marie sah zu den Kindern. Kaum war ihnen klar geworden, dass sie nun tatsächlich ihre Eltern verlassen mussten, klammerten sie sich bitterlich weinend an deren Hälse. Wie sollten Charlotte und sie allein vierundzwanzig heulende Kinder aus der Baracke schaffen?

»Bitte, so lassen Sie die Leute die Kinder doch wenigstens bis zum Ausgang bringen. Meine Kollegin und ich können die Kinder doch nicht allein –«

»Das ist nicht mein Problem«, schnauzte der Wachmann sie an.

Hilfe suchend sah Marie sich um. Ihr Blick ging zu Luc, der genau wie sein Bruder schluchzend in den Armen seiner Mutter lag, dann wieder zu den anderen Kindern und zurück zu Charlotte.

»Wie kriegen wir die raus?«, raunte Charlotte ihr zu. Marie ging kurz entschlossen zu Luc. Sie fasste ihn sanft an der Schulter. »Bitte, Luc, wir brauchen eure Hilfe. Du weißt, dass du für deine Mutter nicht mehr tun kannst, als ihr einfach das gute Gefühl zu schenken, dass du und dein Bruder euch in Sicherheit begebt. Bitte hilf mir, die Kinder herauszubringen, und auch dein Bruder«, sie fasste nun auch ihn an der Schulter, »ich flehe euch an, helft uns, sonst war alles umsonst.«

Die Mutter der Jungen trat zu ihnen. »Ja, bitte, helft den Frauen mit den Kindern, euer Vater wäre stolz auf euch«, sagte sie zu ihnen. Sie wischte sich dabei immer wieder neue Tränen vom Gesicht. »Gebt mir die Erinnerung mit, dass ihr als Helden rausgegangen seid. Wenn ihr das Lager verlasst, werden euch die anderen folgen – und ihr seid groß, ihr könnt helfen, die kleinen Kinder zu tragen.«

Luc fasste sich als Erster. Er küsste und umarmte seine Mutter noch ein letztes Mal und redete dann auf seinen Bruder ein. Schluchzend löste auch er sich von seiner Mutter und dann ging diese mit ihren Söhnen zusammen zu den kleinen Kindern, sprach mit deren Eltern und gab die Kinder ihren Söhnen auf den Arm. Gefolgt von ihrem Beispiel redeten nun auch die Eltern von anderen älteren Kindern mit ihnen, und so mussten Charlotte und Marie am Ende nur drei Kinder selbst tragen. Alle anderen trugen oder führten die älteren Kinder hinaus. Das Weinen und Schluchzen der Kinder und der zurückbleibenden Eltern hatte längst auch Marie und Charlotte zum Weinen gebracht. Als sie das Lager verließen, warteten dort schon ihre Kollegen mit weiteren Kindern. Der Bus öffnete seine Türen, die ersten Kinder stiegen ein. Nie wieder würde Marie das Weinen der Kinder und das Wehklagen der Eltern vergessen. Und sie betete, dass es ihnen tatsächlich gelingen würde, die Kinder in Sicherheit zu bringen.

43. Kapitel

Marie – Vénissieux – 29. August 1942

Zu Maries Verwunderung brachte der Bus sie nicht zurück zu dem Bauernhof, in dem sie die Nacht verbracht hatten, sondern zu einem verlassenen Gestüt, fast eine Stunde von Vénissieux entfernt. Ihre Sachen, meinte Simon, habe man schon alle dort hinbringen lassen. Er begründete den Umzug damit, dass hier mehr Platz für alle sei. Marie fand es seltsam, dass man ihnen dies nicht schon am Vormittag angekündigt hatte, zumal sie ihre Sachen dann alle selbst hätten packen können. Auch die Tatsache, dass Simon und die beiden anderen Organisatoren beim Abendessen mehr als nervös waren, nährte ihren Verdacht, dass hier noch mehr vor sich ging, und ebenso die Eile, mit der die drei direkt nach dem Abendessen verschwanden. Dann aber fingen die Kinder wieder zu weinen an, sodass sie keine Zeit mehr für weitere Grübeleien hatte.

Auch die Nacht gestaltete sich schwierig. Jedes Mal, wenn eines der Kinder nach seinen Eltern fragte, fingen wieder alle zu weinen an. Charlotte und Marie und die anderen Helfer kamen mit dem Trösten kaum hinterher. Immerhin halfen ihnen einige der älteren Kinder, es bildeten sich kleine Grüppchen, die sich gegenseitig trösteten und aneinandergekuschelt in den Schlaf fanden, aber wirkliche Ruhe kehrte nicht ein. Immer wieder erwachte eines der Kinder schreiend aus einem Albtraum, der sich beim Aufwachen nicht als Traum, sondern als neue Wirklichkeit offenbarte. Am schwierigsten war es mit den Säuglingen: Vier Babys hatte man ihnen anvertraut, und gerade sie, von denen man hätte denken können, sie würden am wenigsten mitbekommen, was passierte, weinten am meisten. Einzig Manon, das erste Kind, das Marie im Lager anvertraut worden war, war etwas ruhiger, was allerdings wohl auch darauf zurückzuführen war, dass Marie das Kind bei sich hatte. Aber so schwierig die Nacht auch war: Sie alle, die dazu beigetragen hatten, die Kinder zu befreien, hätten in dieser Nacht sowieso kein Auge zutun können. Zwischen den Einschüssen von Adrenalin, die im Lager den ganzen Tag durch ihre Adern geflossen waren, und der Euphorie, hundertacht Kinder – *hundertacht Kinder* – dem sonst sicheren Tod entrissen zu haben, sowie der Sorge, was nun aus deren Eltern und all den anderen Menschen in dem Lager wurde, waren ohnehin alle viel zu aufgewühlt, um sich auch nur hinlegen zu wollen. Am bedrückendsten fand Marie den Gedanken an die Eltern. Sein Kind herzugeben in der Gewissheit, es wohl nie wiederzusehen ... Wie sehr musste man sein Kind lieben, um ein solches Opfer bringen zu können. Wie hielt man das aus, fragte sie sich. Wie, um Himmels willen, hielt man das aus?

Am nächsten Morgen brachte Madame Duval ihnen Frühstück und half mit drei Frauen aus Vénissieux, die Jüngsten zu versorgen. Dann wurden alle Kinder, die nicht hier in der Gegend untergebracht werden sollten – was aus Gründen der Vorsicht die meisten waren – nach und nach zusammen mit ihren Begleitern nach Lyon zum Hauptbahnhof gefahren. Simon Duval hatte entschieden, dass es sicherer war, die Kinder nicht alle gleichzeitig, sondern in kleinen Gruppen wegzubringen. Er wollte nicht auffallen, nicht riskieren, dass ihnen die Kinder jetzt noch wieder weggenommen wurden, und darum hatte er auch den Bahnhof von Lyon gewählt, der so viel größer und schwerer zu kontrollieren war als der von Vénissieux. Charlotte, deren Kinder alle mit neuer Identität bei Familien in der Nähe leben werden würden, begleitete Marie auf der einstündigen Fahrt nach Lyon und half ihr, die Kinder im Bus unterzubringen. Wiederum hielt Marie die kleine Manon ständig im Arm, wodurch sie viel ruhiger als die anderen kleinen Kinder war und zwischendurch sogar vergnügt gluckste. Marie kontrollierte gerade noch ein letztes Mal, ob sie in ihrem Gepäck genug Essen, Wasser, Säuglingsmilch und Windeln hatte, als Charlotte sie am Arm fasste. »Dir ist schon klar, dass du es dir unnötig schwer machst, oder?« Sie wies mit dem Kinn auf das Kind in Maries Arm.

Marie zog die Augenbrauen zusammen. »Was mache ich mir unnötig schwer?«

»Du wirst Manon nachher nicht mehr hergeben wollen. Aber genau das wirst du müssen. Soweit ich weiß, werden die Kinder alle in Kinderheimen untergebracht, in denen niemand von uns arbeitet, damit man sie nicht über uns wiederfinden kann. Gewöhn das Kind nicht zu sehr an dich – und dich nicht an das Kind.«

Marie atmete tief durch.

»Siehst du, schon jetzt hast du sie in dein Herz geschlossen.« Charlotte strich ihr über den Arm. »Du musst auch auf dich aufpassen.«

»Ich weiß.« Marie seufzte, legte Manon aber nicht ab und gab sie auch keinem anderen.

Eine halbe Stunde später fuhren sie nach Lyon ab. Mit Marie reisten Luc, sein Bruder Adrian, drei Geschwister zwischen fünf und elf, ein neunjähriger Junge, ein zwölfjähriges Zwillingspärchen und die kleine Manon. All diese Kinder sollten in verschiedenen Waisenhäusern der OSE in der Nähe von Paris untergebracht werden. Als sie in Lyon am Bahnhof ankamen, mussten sie nur zehn Minuten auf den Zug warten. Charlotte half Marie, die Kinder ins Abteil zu setzen. Als alle

Kinder einen Platz hatten, bat Charlotte die Älteren, kurz auf die Kleineren aufzupassen, und zog Marie auf den Gang.

»Du willst mir nicht nur *au revoir* sagen, oder?« Marie nahm Charlottes Hand. »Was ist passiert?«

Charlotte strich ihre roten Locken aus dem Gesicht. »Ich weiß, warum sich Simon und die anderen gestern Abend alle so schnell verdrückt haben.«

Marie sah sich um. Sie waren die Einzigen im Gang. »Und?«

»Eine Splittergruppe der OSE *Auvergne-Rhône-Alpes* hat letzte Nacht das Elektrizitätswerk sabotiert. Dadurch war fast eine Stunde lang im ganzen Kreis der Strom weg – und damit auch der Strom auf dem Stacheldraht um das Lager herum.«

»Willst du damit etwa andeuten …« Marie wagte nicht weiterzusprechen.

»Genau!« Charlotte strahlte sie an. »Einige unserer Kollegen aus unserer Gruppe haben den Lagerzaun aufgeschnitten und vielen Insassen zur Flucht verholfen. Simon hatte die Leute gestern anscheinend teilweise schon darauf vorbereitet, dass es nachts vielleicht eine Fluchtmöglichkeit geben würde. Natürlich suchen sie die Geflohenen jetzt überall, und sicher werden sie auch einige wieder einfangen oder sogar auf der Flucht erschießen – aber zumindest ein paar von ihnen werden durchkommen.«

»Oh, Charlotte!« Marie fiel ihr um den Hals. »Das ist so wunderbar!«

Charlotte strahlte von einem Ohr zum anderen. »Und die Eltern, die es in die Freiheit schaffen, können später, wenn dieser ganze verdammte Wahnsinn vorbei ist, ihre Kinder wieder holen. Sie wissen ja, wer sie für sie versteckt hat.«

»Ich freue mich so, mein Gott, wie sehr ich mich freue«, rief Marie und umarmte Charlotte gleich noch einmal. »Deswegen sind wir also gestern Abend so weit von Vénissieux weggebracht worden.«

»Genau! Aber durch diese Aktion sind jetzt alle, die gestern mit im Lager gewesen sind –«

»– in Gefahr«, beendete Marie Charlottes Satz. Sie nickte ihr zu. »Aber das ist es mir wert. Wir haben die Kinder – und einige der Kinder vielleicht auch irgendwann wieder Eltern, und sicher sind auch andere Männer und Frauen dabei, die sich retten können.«

»Sobald du die Kinder untergebracht hast, musst du eine Weile untertauchen. Wie wir alle«, schob Charlotte noch nach. »Also, pass auf dich auf! Gute Reise, und vielleicht sehen wir uns mal wieder.«

Im gleichen Moment rief der Schaffner, dass der Zug in zwei Minuten abfahren würde. Nach einer letzten Umarmung eilte Charlotte aus dem Zug, und Marie setzte sich zu ihren Kindern. Als der Zug abfuhr, winkte sie Charlotte noch lange zu. Danach nahm sie die Hände der älteren Kinder und betete.

Auch bei der Ankunft in Paris war alles bestens organisiert: Kaum stieg Marie aus dem Zug, kamen auch schon Helfer der OSE und nahmen ihr ein Kind nach dem anderen ab. Zeit für einen langen Abschied blieb ihr nicht. Alle Helfer wussten, was in Vénissieux außer der Auslösung der Kinder noch passiert war, und alle befürchteten Vergeltungsmaßnahmen, für die Carl Oberg, der SS- und Polizeiführer von Paris, ebenso berüchtigt war wie Klaus Barbie, der Gestapo-Chef von Lyon. Je eher die Kinder und alle Beteiligten von der Bildfläche verschwanden, desto besser für sie.

Hastig drückte Marie jedem der Kinder einen Kuss auf die Stirn. Am schwersten fiel ihr der Abschied von Manon. Nie hätte sie gedacht, dass man sein Herz binnen weniger Stunden so völlig an einen Menschen verlieren konnte. Manon hergeben zu müssen, zerriss sie fast, aber sie wusste, dass es keinen anderen Weg gab. Als Letzten der Gruppe sagte sie Luc und seinem Bruder Lebwohl. Marie durfte ihnen zwar nicht verraten, was in Vénissieux in der Nacht passiert war, beschwor sie aber, nicht die Hoffnung zu verlieren, ihre Mutter wiederzusehen. Dann brachten die Helfer auch noch die beiden Jungen weg. Marie wartete noch, bis alle durch die Kontrolle gegangen waren, dann schulterte sie ihren Rucksack, um nun auch selbst durch die Kontrolle am Bahnhofsausgang zu gehen. Ganz wie sie es erwartet hatte, musste sie ihre Papiere vorlegen und ihren Rucksack öffnen.

»Woher kommen Sie?«, fragte der Polizist barsch.

»Aus Vén…, Lyon«, verbesserte sich Marie rasch.

»Von wo?« Der Polizist zog die Augenbrauen zusammen.

»Aus Lyon.«

»Und Sie haben da was gemacht?«

Marie fluchte innerlich, weil sie sich nichts zurechtgelegt hatte. Und ihren ursprünglichen Passierschein für Vénissieux, wurde ihr im gleichen Moment bewusst, hätte sie auch besser vernichtet. Nach dem Sabotageakt der OSE *Auvergne-Rhône-Alpes* war Vénissieux der letzte Ort, von dem sie gerade gekommen sein sollte. Auch ihre Arbeit für die OSE wagte sie nicht zu erwähnen, denn es war klar, dass die Gendarmen und die Nazis die OSE mit dem Sabotageakt in Verbindung brachten.

Der Polizist versetzte ihr einen rüden Stoß. »Kriege ich heute noch eine Antwort, oder soll ich Sie gleich abführen?«

»Ich … ich habe meine Tante –«

Im gleichen Moment gab es direkt neben ihnen einen unglaublichen Tumult. Ein junger Mann versuchte, sich dem Griff von zwei Polizisten zu entziehen und brüllte einer jungen Frau zu, sie solle davonlaufen, was diese sofort tat. Der junge Mann trat und biss die Gendarmen, kam frei und preschte mitten durch die Menschen hindurch zum Ausgang. Immer mehr Polizisten rannten den beiden hinterher. Der Polizist vor Marie grunzte wütend, schleuderte ihr ihren Ausweis entgegen und rannte ihnen ebenfalls hinterher. Einen Moment lang starrte Marie ihm nach, dann ging ihr auf, welche Chance sich ihr gerade eröffnete. Sie setzte ihr harmlosestes Gesicht auf, schulterte ihren Rucksack und eilte davon.

Als Marie der *Rue Ramey* nahe kam, ging ihr auf, dass sie lieber nicht direkt nach Hause gehen sollte. In Vénissieux wusste man, dass sie an der Befreiungsaktion der OSE beteiligt gewesen war, man wusste, wo sie wohnte, und jetzt, nach dem Sabotageakt, war schlicht alles möglich. Sie fragte sich, wann dieser Wahnsinn ein Ende haben, sie endlich wieder ruhig und normal würden leben können. Drama an Drama, so viel Leid, so viel Elend, so viel Angst ...

Sie lehnte sich gegen eine Platane und fühlte sich auf einmal unendlich müde. Die schlaflose Nacht, die Sorge um die Kinder – alles brach über ihr zusammen, und zugleich hatte sie trotz des Sieges gegen die Deutschen auf einmal das Gefühl, gegen Windmühlen zu kämpfen. Hundertacht Kinder hatten sie gerettet, schön, aber für wie lange? Wie lange würde es dauern, bis die französischen Gendarmen oder die Nazis ihr Spiel durchschauten und ihnen die Kinder wieder abjagten? Manon, Luc und all die anderen ... Und die im Schutz der Nacht dank des Stromausfalls Geflohenen? Wie viele würden noch vor dem Abend wieder eingefangen oder auf der Flucht erschossen werden? Natürlich hatte sie diese und ähnliche Gedanken auch schon vorher gehabt, aber jetzt hatten sie ein anderes Gewicht, ein Gewicht, das sie so sehr niederdrückte, dass sie kaum noch atmen konnte. Maciej ... Ihr Kopf sank an den Baum. Maciej ... Wenn er hier wäre, sie ihren Kopf an seine Brust legen und er ihr neuen Mut hätte zusprechen können ...

»Ausweis!«

Mitten in ihre Gedanken hinein knallte das deutsche Wort, das inzwischen wohl jeder Franzose fürchtete, und gleich noch einmal: »Den Ausweis habe ich gesagt!«

Marie stemmte sich von dem Baum ab, schwankte, musste sich abstützen.

»Wird's bald!«

Marie nahm den Rucksack ab, fingerte an dem Verschluss, doch sie bekam ihn nicht auf. Ihre Hand zitterte zu sehr. Schließlich hatte der SS-Mann genug und riss ihr den Rucksack aus der Hand. Erst da fiel Marie auf, dass er nicht allein war, sondern neben ihm noch zwei Männer standen. Der, der sie nach dem Ausweis gefragt und ihr jetzt den Rucksack weggenommen hatte, war in ihrem Alter, die anderen beiden schätzte sie auf Mitte dreißig. Alle trugen die gleiche schwarze Uniform, hatten die gleiche verschlossene, kalte Miene. Der SS-Mann fand den Ausweis und zugleich auch noch den Passierschein für ihre Fahrt nach Vénissieux. Triumphierend hielt er ihn seinen Kollegen hin.

»Abführen«, donnerte einer der Älteren.

Die beiden anderen packten Marie am Oberarm. Sie führten sie zu einer schwarzen Limousine, die direkt vor ihrem Haus parkte, und stießen sie auf den Rücksitz. Gerade als der letzte der SS-Leute die Wagentür hinter sich zuzog, entdeckte Marie Maciej. Er kam aus einer Seitengasse heraus. Starr vor Schock sah Marie zu ihm – und dann entdeckte auch er sie. Augenblicklich rannte er auf den Wagen zu.

»Marie, Marie!«, brüllte er und rannte immer schneller. Der Fahrer ließ den Motor an, legte den Gang ein und fuhr los. Als sie um die erste Straßenbiegung fuhren und Maciej damit hinter ihnen verschwand, traten Marie vor Erleichterung, ihn in Sicherheit zu wissen, Tränen in die Augen. Sie drückte die Hand an die Scheibe und fragte sich, ob sie Maciej je wiedersehen würde.

44. Kapitel

Marie – Paris – 2. September 1942

Wasser. Wasser!

Marie wusste nicht, wie oft sie das schon gesagt hatte. Oder hatte sie das gar nicht gesagt? Weil ihr Mund längst so trocken war, dass sie gar nichts mehr sagen konnte? Und wo war sie überhaupt? Lebte sie noch? Marie versuchte, sich zu rühren, konnte aber weder ihre Arme noch ihre Beine bewegen. Es ging einfach nicht. Als würde jemand sie festhalten. Und zugleich spürte sie ihre Gliedmaßen kaum noch, fast als wären sie gar nicht mehr Teil von ihr ... Dann sank sie wieder weg in gnädige Dunkelheit.

Wasser. Wasser!

Wasser. Wasser!

Marie versuchte, die Augen zu öffnen. Grelles Licht knallte ihr entgegen. Sie blinzelte, versuchte, trotzdem die Augen aufzuhalten. Sah Schuhe. Schwarze Schuhe. Die Fußleisten einer Zimmerecke. Der Boden war dreckig. Die Schuhe nicht. Die glänzten. Dann kam wieder die Dunkelheit.

Eisige Kälte schlug über Marie zusammen, und von einer Sekunde zur nächsten war sie klatschnass. Panisch drehte sie den Kopf, versuchte, über die Wasseroberfläche zu kommen, ohne zu wissen, wo die überhaupt war, merkte dann, dass sie atmen konnte, egal in welcher Position ihr Kopf war – bis sich der nächste eisige Schwall über sie ergoss. Auf einmal ging ihr auf, was es bedeutete, nass zu sein. Sie leckte sich über die Lippen. Wasser, ja, das war Wasser. Sie leckte weiter, wollte mehr, mein Gott, sie hatte solchen Durst! Die Lippen aber waren sofort abgeleckt, und sie taten fürchterlich weh, waren so trocken, aufgeplatzt ... Sie öffnete die Augen. Glänzende schwarze Schuhe. Die Fußleiste einer Zimmerecke. Das Bild kam ihr bekannt vor. Sie versuchte, sich zu bewegen, konnte es aber nicht. Ihre Arme, ihre Beine, eigentlich alles an ihr schien irgendwo festgehalten zu werden. Sie wusste, dass sie das Gefühl kannte, kam sich vor, als würde sie in seiner Wiederholungsschleife feststecken. Diesmal aber sank sie nicht in die gnädige Dunkelheit zurück, sondern versuchte, sich in dem grellen Licht zurechtzufinden. Sie sah sich um, drehte den Kopf. Sah mehr von der Fußleiste. Der Boden war sauber. Sie wusste nicht, was das bedeutete, aber es schien wichtig zu sein. Sie sah weiter an sich herab. Sie war in einer sitzenden Stellung – und lag zugleich auf dem Boden ... Erst nach und nach verstand sie, warum sie diese eigenartige Körperhaltung hatte. Sie war an einem Stuhl festgebunden. Mit den Beinen. Den Füßen. Der Hüfte. Den Schultern. Den Armen. Den Händen. *Ein elektrischer Stuhl*, schoss es durch ihren Kopf. *Haben die mich etwa auf einen elektrischen Stuhl geschnallt?* – Dann aber wurde ihr klar, dass ein elektrischer Stuhl sicher nicht auf dem Boden liegen, sondern stehen würde. Nein, dies war ein normaler Holzstuhl.

»Lasst mich frei, bitte!«, krächzte sie. Zumindest hatte sie das Gefühl, dass sie das krächzte. Doch, doch, sie hörte sich. Oder bildete sie sich das nur ein? Alles kam ihr so surreal vor ... Sie versuchte, an den schwarzen Schuhen hochzusehen. Es folgte eine schwarze Uniformhose, die schwarze Uniformjacke, ein Gesicht. Das sie nicht kannte. »Bitte!«

Keine Reaktion.

»Wasser, bitte ... mehr ... Wasser«, krächzte sie.

»Nur wenn du endlich redest«, knurrte der Mann. Er hatte einen starken deutschen Akzent.

»Was ... reden?«

»Wo – sind – die – Kinder? Wie heißen sie? Wem hast du sie gegeben?«

Marie schloss die Augen. Dann bekam sie einen Tritt gegen den Kopf, und es wurde wieder dunkel um sie.

45. Kapitel

Geneviève – Paris – 2. September 1942

Auteuil zwischen dem Bois de Boulogne und dem *Rive Droite,* dem rechten Seineufer, war eines der vornehmsten und teuersten Viertel der Stadt. Bisher war Geneviève so gut wie nie dort gewesen, weil sie in dem Quartier schlicht niemanden kannte und dort auch sonst nichts zu tun gehabt hatte. Trotzdem waren ihr, wie wohl jedem Pariser, die schnurgeraden Haussmann'schen Boulevards mit den prächtigen Villen, den vergoldeten Balkongeländern und den parkähnlichen Gärten vertraut.

Gleich zu Kriegsbeginn waren viele der reichen Villenbesitzer in den Süden geflohen, und seit dem Einmarsch der Nazis lebten dort noch weniger Menschen und sicherlich kein einziger Jude mehr, obwohl so vielen von ihnen hier Häuser gehörten. Stattdessen nisteten sich hier immer mehr Angehörige der *Crème de la Crème* der Nazis ein; offenbar waren die Luxushotels der Stadt, in denen sie bisher gewohnt hatten, zumindest einigen von ihnen auf die Dauer nicht bequem oder nicht geräumig genug.

Auch SS- und Polizeiführer Johann Strebers gehörte zu ihnen. Geneviève suchte die Hausnummer des Anwesens, das er bezogen hatte, fand es schließlich. Das Grundstück war durch einen hohen, mit mit Pfeilspitzen bespickten schmiedeeisernen Zaun vor unliebsamen Besuchern gesichert; von der Hofeinfahrt aus konnte sie auf den imposanten Eingang des Herrenhauses schauen, das, seit Strebers hier wohnte, wohl im doppelten Wortsinn eines war, denn die Deutschen hielten sich doch für die *Herren der Welt.*

»Boche de merde«, zischte Geneviève durch die Gitterstäbe, aber es half ja nichts: Wenn sie Marie aus dem Gefängnis holen wollte, gab es dafür nur einen Weg, und der führte zu Strebers.

Geneviève läutete, ein französischer Hausangestellter öffnete und führte sie in den weitläufigen Empfangssalon, der so reich mit edlen Möbeln und wertvollen Gemälden bestückt war, wie man das vom Äußeren des Hauses hatte erwarten dürfen. *Schön, wenn man sich einfach so ins gemachte Nest setzen kann,* schoss es Geneviève durch den Kopf. Sie kannte den knapp fünfzigjährigen SS- und Polizeiführer schon länger. Seit mehr als einem Jahr war er in der Stadt stationiert und feierte mit seinen Freunden in regelmäßigen Abständen im *Chez Lulu* Feste, die oft an die Grenzen dessen gingen, was in einem Varietétheater oder überhaupt irgendwo noch sittlich vertretbar war. Geneviève wusste, dass er von Anfang an ein Auge auf sie geworfen hatte. Unzählige Einladungen von ihm zu privaten Festen hatte sie schon abgelehnt, auch als Pianistin hatte er sie wiederholt und zu immer höheren Gagen engagieren wollen, aber Geneviève konnte den Mann nicht ausstehen, und überdies wusste sie, wie eifersüchtig Peter war – und dass er ihr nie verzeihen würde, wenn sie auch nur ein Geburtstagsständchen in Strebers Haus spielen würde. Dass sie Strebers aufsuchte, wusste Peter natürlich ebenfalls nicht, so wie sie ihm wohlweislich auch verschwiegen hatte, dass und warum Marie von seinen Landsleuten verhaftet worden war.

Die Tür öffnete sich, Johann Strebers trat ein. Als er Geneviève sah, hob er erstaunt die rechte Augenbraue, was sein ohnehin sehr grobes und asymmetrisches Gesicht noch gröber und schiefer erscheinen ließ. »Gigi Duval, Sie sind es tatsächlich«, sagte er statt einer Begrüßung. »Welch hoher Besuch in meinen einsamen Hallen.«

»Ja, ich bin es.« Geneviève setzte ein Lächeln auf. »Aber einsam sind Sie hier sicher eher nicht.«

»Auf meinen Festen vielleicht nicht, aber sonst … Wer weiß!« Er lachte auf. Es war ein hartes, bellendes Lachen, ebenso hart und bellend wie sein Akzent. Wie immer trug er die schwarze SS-Uniform, die ihm, schlank und sehnig, wie er war, wie eine zweite Haut am Körper lag. »Als mir der Hausdiener eben Ihren Besuch gemeldet hat, dachte ich, er müsse sich verhört haben. Seit einem Jahr lehnen Sie alles ab, was ich Ihnen antrage – und jetzt kommen Sie auf einmal einfach her?«

»Ich …« Geneviève holte tief Luft. »Ich wollte Sie um eine Gefälligkeit bitten.«

»Eine Gefälligkeit?« Unglaube trat in seine Miene. »Nachdem Sie bisher noch nicht einmal ein Glas Wein mit mir trinken wollten, kommen Sie ausgerechnet zu mir, um eine Gefälligkeit zu erbitten?«

Wenn Geneviève noch Zweifel gehabt hatte, wie er ihre ständigen Absagen aufgenommen hatte – jetzt konnte sie keine mehr haben.

»Ich bitte Sie um nichts für mich.« Geneviève versuchte, ruhig zu bleiben. Wirke stolz und überlegen, hatte ihre Kollegin ihr eingeschärft; wenn du untertänig wirkst, verliert er sofort das Interesse. Sie hatte wohl schon mehrere »Gefälligkeiten« von Strebers bekommen, ihr allerdings nicht verraten, was sie dafür im Austausch hatte geben oder tun müssen, nur dass es »kein Spaß« gewesen sei, hatte sie ihr noch entlocken können, und dass sie sich gut überlegen sollte, ob sie wirklich zu ihm gehen wolle. Geneviève war natürlich klar, dass Strebers ihr nicht aus purer Menschlichkeit helfen würde, aber wenigstens versuchen musste sie es. Nur ein Fingerschnipsen von ihm wäre nötig, und Marie könnte noch heute nach Hause gehen.

»Es …« Geneviève strich eine Locke aus ihrem Gesicht und trat einen Schritt auf ihn zu. »Es geht um meine Freundin Marie Loubon. Obwohl sie nichts Unrechtes getan hat, sitzt sie seit drei Tagen im Gefängnis.«

»Und was hat das mit mir zu tun?«

Geneviève sah ihn an. Eisgraue Augen mit kleinen braunen Sprengseln in der Mitte. Kein Gefühl war aus ihnen herauszulesen, eine undurchdringliche Mauer.

»Ich ...« Geneviève räusperte sich. »Ich wüsste gern, was man meiner Freundin vorwirft und was ich tun kann, um ihr zu helfen.«

»Ich habe vollstes Vertrauen zu unseren Vollzugsbeamten und sehe keine Veranlassung, mich da einzumischen.«

»Es ist gut, dass Sie so viel Vertrauen zu Ihren Vollzugsbeamten haben können ...« Geneviève machte eine Kunstpause und dann auch noch den letzten Schritt auf ihn zu. Kaum ein Fuß passte jetzt noch zwischen sie. Als er ausatmete, spürte sie seine Hitze in ihrem Gesicht, und er sicher auch ihre.

Wirke stolz und überlegen, wer vor ihm kriecht, den tritt er nieder! Sie beschloss, ihn zu provozieren. »Es ist nur so, dass ich mir Sorgen mache, und eine Kollegin hat gemeint, Sie hätten vielleicht ein offenes Ohr für mich. Aber womöglich reicht Ihre Befehlsgewalt gar nicht so weit, wie ich dachte.«

»Meine Befehlsgewalt reicht sogar noch viel weiter, als Sie es sich ausmalen können«, gab Strebers mit einem Anflug von Ärger zurück. »Also, nun sagen Sie schon. Worum geht es?«

»Ich befürchte, dass Maries Verhaftung mit einem Lagerbesuch zu tun hat, den sie kürzlich im Auftrag des Kinderheimes gemacht hat, in dem sie arbeitet. Aber dafür sollte sie nicht im Gefängnis landen. Schließlich war der Lagerbesuch genehmigt.«

»Ist Ihre Freundin etwa eine von denen aus Vénissieux?«

Notgedrungen musste Geneviève nicken. »Aber mit den Sabotageakten hat sie nichts zu tun. Sie ist Lehrerin und arbeitet im Waisenhaus. Sie war nur in Vénissieux, um humanitäre Aufgaben zu erfüllen.«

Er sah sie an. Zuerst schaute er ihr nur in die Augen, dann glitt sein Blick auf ihre Lippen und schließlich auf ihr Dekolleté. Es war ein warmer, schöner Spätsommertag, und da Geneviève schon klar gewesen war, dass ihre Reize ein Argument sein würden, hatte sie bewusst eines ihrer luftigsten und recht tief dekolletierten Sommerkleider gewählt. Ein weißer Hauch von Unschuld, der in einem, wie sie gehofft hatte, vielversprechenden Kontrast zu ihren tiefrot geschminkten Lippen stand. Doch als er sie jetzt so ansah, wünschte sie, sie hätte sich in einen dicken Umhang gehüllt. Noch nie in ihrem Leben hatte sie sich so nackt und angreifbar gefühlt. Sie fragte sich, welcher Teufel sie geritten hatte hierherzukommen.

»Humanitäre Aufgaben nennen Sie so etwas?« Strebers starrte ihr erneut direkt in die Augen.

»Ja, sicher, es ging um Kinder ...« In Geneviève krampfte sich alles zusammen, aber sie zwang sich, seinem Blick trotzdem standzuhalten. Sein Atem wurde immer heißer, so heiß, dass sie das Gefühl hatte, er könne sie verbrennen. Zugleich wusste sie, dass sie auf keinen Fall zurückweichen durfte.

Strebers schnippte eine sicher nur imaginäre Fluse von ihrer Schulter und ließ anschließend seinen Zeigefinger über ihr Schlüsselbein zum Dekolleté hinabgleiten.

»Humanitär, so, so«, raunte er und ließ seinen Zeigefinger weiter zu ihrem Magen herabgleiten, dem Bauchnabel, ihrer Scham – und bohrte seinen Finger tief zwischen ihre Beine. »Wer hat Sie geschickt?«

»Niemand.« Geneviève musste sich allen Zwang antun, um seine Hand nicht wegzuschlagen. »Aber man hört, Sie würden viel Gutes tun – auch wenn es einen Preis hat.«

Er lachte erneut auf und nahm dabei wenigstens die Hand von ihr. »Alles im Leben hat seinen Preis. Warum sollte ich meine Zeit gerade an Sie und Ihre Freundin verschwenden? Sie waren bisher ja nicht eben zugänglich ...«

»Das könnte man ändern.« Geneviève holte tief Luft. »Wie wäre es mit einem großen Konzert in Ihren Hallen?« Sie verbot es sich, an Peter zu denken.

Er lachte wieder sein hartes, bellendes Lachen. Dann nahm er Genevièves Zeigefinger und zwang sie, mit ihrem Finger bei ihm das Gleiche zu machen, was er zuvor bei ihr getan hatte: vom Brustbein über den Bauch zum Hosenbund. Plötzlich hielt er inne und sah sie herausfordernd an. »Na los, das Weitere können Sie auch allein!«

»Ich ...« Sie schluckte. »Ich dachte eher an Ko...konzerte ...«

»Tiefer«, zischte er. »Viel tiefer. Und nicht so zimperlich. Wenn, dann wollen wir richtig Spaß haben.«

Geneviève wich zurück. Strebers grinste. »Na, jetzt sag nur, deine Kollegin hat dir nicht erzählt, was für schöne Spielchen wir getrieben haben. Du hast doch nicht geglaubt, mit ein bisschen Wimpernklimpern und drei Klaviersonaten hänge ich mich für dich so weit aus dem Fenster, dass sie deine Freundin nach Hause gehen lassen?«

»Ich ... nein, aber ich ...« Geneviève wusste nicht, was sie sagen sollte.

»Keine Sorge: Dein kleiner Freund wird nichts von unserem Tête-à-Tête mitbekommen.« Er grinste anzüglich. Noch ehe Geneviève etwas darauf erwidern konnte, packte er ihre Hand und drückte sie gegen seinen heftig pochenden Schritt. »Wenn ich mich für deine Freundin einsetzen soll, will ich hier ganzen Einsatz erleben. Mit deinem Neumann wirst du ja auch nicht nur Schach gespielt haben.«

Während er ihre Hand weiter an seinen Schritt drückte und sich damit massierte und immer mehr erregte, suchte Geneviève verzweifelt nach einer Möglichkeit, alles noch einmal in eine andere Richtung zu drehen. Als er mit seiner freien Hand seinen Gürtel öffnete und Anstalten machte, seinen Hosenknopf aufzumachen, entriss Geneviève ihm ihre Hand und wich erneut zurück. Lachend kam Strebers ihr nach, nahm ihr Kinn und hob es an. »Na was denn, meine Schöne? Willst du deine Freundin retten oder nicht? Und hör bloß auf, so zu tun, als ob du ein Unschuldslamm wärst. Eure Künstlerorgien sind legendär. Na los, erzähl mir, welche Sauereien du alles gemacht hast. Vielleicht kann sogar ich noch was lernen.«

Fassungslos stierte Geneviève ihn an und wollte nur noch raus, raus, raus, aber was würde dann aus Marie? Amiel war mit Maciej zu ihr gekommen, weil auch er nicht mehr weitergewusst hatte. Zwar hatte er herausgefunden, in welchem Gefängnis sie saß, aber ansonsten nur noch, wer dort für ihr Verhör zuständig war: Kurt Gerb, einer der Schlimmsten. Bisher hatten alle, die er verhört hatte, irgendwann geredet – oder ihr Leben eingebüßt. Maciej sah keine, überhaupt gar keine Möglichkeit, Marie da herauszuholen. Während er dies gesagt hatte, hatte Amiel pausenlos geweint.

»Na los, erzähl mir, was ihr getrieben habt«, raunte Strebers in ihr Ohr und strömte womöglich noch mehr Hitze aus. »Rede endlich, du geiles Luder.«

Als Geneviève noch immer wort- und tatenlos blieb, versetzte er ihr einen so harten Stoß, dass sie quer durch das Zimmer flog und hinfiel. Dann drehte er sich um und machte Anstalten, das Zimmer zu verlassen. »Wo die Haustür ist, weißt du ja!«

Hastig rappelte Geneviève sich auf und eilte ihm nach. »Bitte, warten Sie, ich …«

Strebers blieb stehen, drehte sich aber nicht wieder zu ihr um. Geneviève drückte sich von hinten an ihn heran und fuhr ihm mit beiden Händen über die Brust, den Bauch und nach kurzem Zögern über sein noch immer steinhartes Glied. Dann hob sie ihr rechtes Bein, fuhr ihm damit über die Hüfte und raunte: »Es kostet Sie doch nur ein Nicken …«

Einen Moment lang ließ Strebers sie einfach nur machen. Geneviève merkte, wie sein Glied noch größer und härter wurde.

»Mich …«, presste er hervor, »kostet es vielleicht nur ein Nicken, aber dich definitiv mehr als das hier, wenn du mich rumkriegen willst.«

Geneviève schossen Tränen in die Augen, trotzdem zwang sie sich weiterzumachen. Solange sie zumindest nicht vor ihm stehen, ihn nicht auch noch dabei ansehen musste … Doch dann packte er plötzlich seinen ohnehin schon geöffneten Gürtel, zog ihn mit einem Ratsch aus den Schlaufen des Hosenbundes und drehte sich, den Gürtel in die Hand klatschend, zu ihr um. »Du willst deine Freundin, ja? Ganz sicher?«

Geneviève erstarrte.

»Ich frage dich nicht noch einmal: Willst du sie wiederhaben oder nicht?«

Geneviève nickte hastig. Dann klatschte er ihr den Gürtel mit voller Wucht quer über die Beine. Geneviève japste nach Luft, der Schmerz war so scharf und brennend, dass ihr schwarz vor Augen wurde. Als er sie gleich noch einmal schlug, sank sie mit einem Aufschrei zu Boden. Strebers machte einen großen Schritt auf sie zu, packte sie an den Haaren und zog sie zu sich heran, immer näher, immer näher, bis sie ihn ganz, ganz groß vor sich sah.

»Mach den Mund auf!«, herrschte er sie an und verpasste ihr den nächsten Peitschenhieb.

46. Kapitel

Marie – Paris – 7. September 1942

Nichts an Marie war mehr heil, auch nicht ihr Innerstes. Da sie nichts gesagt hatte, hatten sie nicht aufgehört, sie zu quälen, und ihr war klar, dass es weitergehen würde, bis sie nichts mehr sagen konnte. Dabei war Marie kein bisschen tapfer gewesen. Sie hatte nur schlicht keine Ahnung von dem gehabt, was Kurt Gerb von ihr hatte erfahren wollen. Sie wusste nicht, welche neuen Namen die Kinder bekommen hatten, und ebenso wenig, welche ihrer Kollegen die Kinder wohin gebracht hatten. Und noch weniger, wer hinter der Sabotage steckte. Simon Duvals Namen hatte Gerb selbst ihr schon genannt.

Anfangs war Marie froh gewesen, dass sie nichts wusste, weil sie so nichts verraten konnte, später hätte sie alles darum gegeben, die Männer zufriedenstellen zu können … Sie konnte einfach nicht mehr, sie konnte nicht mehr.

Als sie sie endlich zurück in ihre Zelle brachten und in den nächsten Stunden auch nicht wieder holten, dachte Marie, sie hätten sie dort zum Sterben abgelegt, aber zu ihrer Verwunderung starb sie nicht, und irgendwann kam der Punkt, an dem sie auch nicht mehr sterben wollte und trotz der Schmerzen in einen tiefen, tiefen Schlaf sank …

Als Marie aufwachte, brauchte es nur den Versuch, die Augen zu öffnen, und schon waren alle Schmerzen wieder da. Stöhnend wollte sie sich zur Seite drehen, weg von der grellen Glühbirne an der Zellendecke, aber das tat so weh, dass sie sofort wieder still liegen blieb. Sie atmete gegen den Schmerz, wartete, dass er abflaute. Aber das geschah nicht.

Erst nach vielen weiteren Versuchen gelang es ihr, wenigstens ein Auge zu öffnen, und auch dieses eine bekam sie nur halb auf. Als sie sich umsah, fiel ihr Blick auf den Boden. Jemand hatte dort einen Napf mit Essen, einen Becher sowie eine Schüssel mit Wasser hingestellt.

Wasser … Marie wusste nicht mehr, wann sie zum letzten Mal Wasser getrunken hatte und nicht nur fast darin ertränkt worden wäre. Sie versuchte, sich aufzurichten, doch es tat alles so weh, so unheimlich weh.

Irgendwann gelang es ihr trotzdem, sich von der Pritsche auf den Boden hinabgleiten zu lassen, den Becher zu ergreifen und an ihre Lippen zu führen. Die Lippen brannten und stachen, noch mehr durch das Wasser, rissen bei der geringsten Bewegung auf, aber sie trank trotzdem, sie musste, und das Wasser füllte sie mit neuem Leben. Anschließend zog sie den Napf zu sich heran und schaffte es sogar, ihn sich auf den Schoß zu stellen. Der Brei darin hatte eine stumpfe, gräuliche Farbe. Sie nahm etwas davon auf den Löffel, schnupperte daran. Ein säuerlicher Geruch stieg zu ihr hoch. Als sie sich etwas davon in den Mund schob, merkte sie, dass es auch säuerlich schmeckte. Trotzdem leerte sie den Napf, bis er wie geleckt aussah. Vielleicht aus Trotz, um ihnen zu zeigen, dass sie sie doch noch nicht hatten unterkriegen können, vielleicht weil sie mit dem Leben tatsächlich noch nicht abgeschlossen hatte.

Anschließend fiel ihr Blick auf die Wasserschüssel, und je länger sie darauf schaute, desto größer wurde ihr Bedürfnis, sich wenigstens ein bisschen zu reinigen. Sie sah an ihrem Kleid herab, das sowieso nur noch aus Fetzen bestand, riss ein Stück Stoff vom Unterkleid ab, tauchte es ins Wasser und begann mit ihrem Gesicht, das zusammen mit dem Schambereich am schlimmsten betroffen war. Das rechte

Auge bekam sie gar nicht auf, das linke nur halb, ihre Nase war mindestens an einer Stelle gebrochen, dazu hatte sie zahllose Platz- und Schürfwunden und zwei wackelnde Backenzähne. Nach dem Gesicht machte sie mit den Armen und den Händen weiter. Zwei Finger ihrer rechten Hand waren gebrochen, der linke Unterarm war an mehreren Stellen aufgeplatzt. Zusätzlich taten ihr bei jeder Bewegung die Rippen weh. Sie nahm an, dass mindestens zwei von ihnen ebenfalls gebrochen waren. Was von alldem am meisten schmerzte, hätte sie gar nicht sagen können. Ihr ganzer Körper war ein wabernder Schmerz. Trotzdem gab ihr das Wegwischen der dicksten Blutkrusten das Gefühl, zumindest etwas von der Zerstörung abwaschen zu können.

Als das Wasser in der Schüssel von ihrem Blut fast so schwarz wie der Boden war, hörte sie auf, rutschte zur Wand und lehnte sich dagegen. Kurz ausruhen. Das Waschen, das Reinigen, es war so mühsam, so schmerzhaft gewesen, jede kleine Bewegung ein neuer Kraftakt. Aber auch das Sitzen tat weh. Sie wollte nicht wissen, wie sie da unten aussah, aber sie hatte ohnehin nicht die Kraft, sich den Schlüpfer auszuziehen und sich auch dort zu säubern. Es kam ihr wie ein Wunder vor, dass sie überhaupt noch einen Schlüpfer hatte und der wieder da war, wo er hingehörte.

Schließlich ließ sie ihren Kopf an die Wand sinken, doch kaum berührte sie sie, pochte der Schmerz aufs Neue los, überall, überall, überall. Egal wie sie sich auch hinsetzte, es wurde nicht mehr besser, nein, sogar schlimmer wurde es, als hätte sie mit der letzten Bewegung allen Schmerz auf einmal geweckt.

»O mein Gott«, wimmerte sie. »O mein Gott!«

Das Licht in ihrer Zelle flackerte, war dann aber sofort wieder ebenso beißend grell wie zuvor. Kurz darauf hörte sie Schritte im Gang. Sofort kam Panik in ihr auf. Nur weil sie ihr Wasser und Essen gebracht hatten, hieß das noch nicht, dass es vorbei war. Hektisch schaute sie sich in der Zelle um. Die Pritschte, der Abtritteimer, die Schüssel ... da war nichts, wo man sich hätte verstecken könnte. Ein Schlüssel wurde ins Schloss gerammt, gedreht, die Tür flog auf, knallte gegen die Wand.

»Loubon, aufstehen!«

Marie starrte zum Eingang. Gerb. Es war Gerb!

»Bitte nicht«, wimmerte sie. »Bitte nicht, ich weiß doch nichts!«

Sie sah, wie Gerbs Kinn vorschnellte, und hörte, wie er zu jemandem grunzte: »Schafft sie ins Amtszimmer!«

Dann eilte er davon.

47. Kapitel

Marie – Paris – 7. November 1942

Behutsam drückte Maciej Marie einen Kuss aufs Haar und strich ihr über die Schulter. »Bleib liegen, *moje małe słońce,* ruh dich noch ein bisschen aus. Du musst dich um nichts kümmern: Ich bringe uns nachher etwas zu essen mit.«

Matt warf Marie ihm einen Luftkuss zu. Maciej winkte ihr noch einmal zu und verließ die Wohnung. Kurz darauf schauten auch Arthur und Amiel noch einmal bei ihr rein, fragten, ob sie noch etwas benötigte, doch Marie brauchte nichts, zumindest nicht das, was Amiel ihr an Hilfe zu geben imstande war. Also schüttelte sie nur den Kopf. »Bis heute Abend!«

Dann fiel die Wohnungstür erneut ins Schloss, und sie war allein. Allein für mindestens drei Stunden. Endlich.

Inzwischen war Marie seit sechs Wochen wieder zu Hause, und sie wusste nach wie vor nicht, welchem Wunder oder welcher Fügung Gottes sie es zu verdanken hatte, dass sie auf einmal entlassen worden war. Gerb hatte gerade die Hand erhoben, um ihr die nächste Ohrfeige zu verpassen, als plötzlich die Tür des Verhörzimmers aufgegangen war, einer seiner Mitarbeiter hereinkam und ihm ein Schreiben hinstreckte. Als Gerb die Nachricht sinken ließ, war seine Miene wutverzerrt.

»Soll das ein Witz sein?«, brüllte er seinen Untergebenen an.

»Ich kann doch auch nichts dafür«, sagte der. »Befehl von oben.«

»Das darf doch nicht wahr sein!« Zornbebend stieß Gerb Marie zu seinem Untergebenen und stürmte davon.

Ohne ein Wort der Erklärung brachte der Mann Marie in ihre Zelle, kam wenig später mit einer Schüssel Wasser und einem neuen Kleid wieder und sagte ihr, sie solle sich fertig machen. Sie könne nach Hause ...

Inzwischen waren die meisten von Maries Schürfwunden, Prellungen und Brüchen verheilt, heil aber fühlte sie sich nicht. Und auch dass Amiel und Maciej ihr immer wieder vorhielten, welches Glück sie gehabt hatte, überhaupt lebend herausgekommen zu sein ... In Wahrheit wusste sie noch nicht einmal, ob sie froh war, noch zu leben. Die Misshandlungen und Folterungen, die Vergewaltigungen – sobald sie die Augen schloss, erlebte sie alles wieder neu, und immer, immer wieder sah sie diesen Gerb und sein dreckiges Lachen vor sich. Sie konnte sich nicht vorstellen, dass sie das je wieder vergessen würde, dass sie je wieder eine Nacht ohne Albträume schlafen würde, je wieder aufhören würde, vor jeder unerwarteten Bewegung zusammenzuzucken. Aber worunter sie noch mehr litt, war dieses Ding, das in ihr wuchs: das Kind dieses Monsters. Und zumindest das würde sie jetzt beenden.

Marie lauschte, doch im Treppenhaus blieb es ruhig. Sie setzte sich auf, kämpfte kurz gegen den Schwindel an, der sie nach wie vor fast ständig begleitete, erhob sich dann und ging in die Küche. Die dritte Schublade von rechts war von jeher die Schublade des Küchenschranks gewesen, in der Amiel, Geneviève und sie das Näh- und Strickmaterial verstaut hatten. Auch jetzt war es dort. Marie suchte sich die zwei längsten Stricknadeln heraus, setzte einen großen Topf Wasser auf, legte sie hinein und machte das Feuer an.

Während sie darauf wartete, dass das Wasser kochte, ging sie zum Fenster und schaute auf die Straße. Als eine große, schmale Frau mit schwarzen Locken die Fahrbahn überquerte, musste sie an Geneviève denken, und es versetzte ihr einen Stich. Geneviève ... Nicht ein einziges Mal seit ihrer Freilassung aus dem Gefängnis war sie bei ihr vorbeigekommen. Kein einziger Besuch, lediglich Grüße, Besserungswünsche, einmal eine Tafel Schokolade, die sie Amiel mitgegeben hatte ... Sie schnaubte bei der Erinnerung. Auch wenn Schokolade in Zeiten wie diesen pures Gold war – glaubte Geneviève allen Ernstes, mit einer Tafel Schokolade könne sie wiedergutmachen, dass sie Marie noch immer nicht besucht hatte? Wahrscheinlich aber fand Geneviève, dass sie verdiente, was sie bekommen hatte. Schließlich war die Freundin von Anfang an gegen ihre Mitarbeit im Widerstand und später auch gegen die bei der OSE gewesen. Und ja, natürlich hatte Geneviève mit ihren Unkenrufen recht behalten. Ja, sie war im Gefängnis gelandet. Ja, sie war gefoltert und vergewaltigt worden. Aber nicht ein einziges Mal nach ihr zu sehen ... Konnte sie sich nicht vorstellen, wie sehr sie sie gerade jetzt brauchte? Die drei Unbesiegbaren – das waren sie doch nur mit Geneviève an ihrer Seite ...

Aber vielleicht hatte sich Geneviève aufgrund von Maries Verhaftung von ihnen losgesagt? Eine Jüdin mit falschen Papieren und eine aktenkundig gewordene Mitarbeiterin der Résistance waren wohl nicht mehr das, was sie sich als Deutschenliebchen an Umgang leisten konnte oder wollte. Wie es aussah, stieg sie immer höher in der Gunst der Boches. Amiel hatte ihr gesagt, sie sei in den letzten Wochen einige Zeit verreist gewesen. Nach Deutschland. Das musste man sich mal vorstellen: Madame Gigi ging mitten im Krieg im Feindesland auf Tournee! Marie hatte kaum ihren Ohren getraut, als Amiel ihr davon erzählt hatte. Während Frankreich unter den Repressalien und Schikanen der Deutschen litt, während Tag für Tag unzählige Juden, Kommunisten und Sozialisten in irgendwelchen Lagern verschwanden, aus denen sie garantiert nie wieder lebend herauskommen würden, während immer neue Résistancekämpfer von den Deutschen verhaftet, gefoltert und hingerichtet wurden, spielte Geneviève den Deutschen in deren Heimat Lieder vor. Marie konnte nicht fassen, dass Geneviève sich dafür hatte einspannen lassen. Im *Chez Lulu* vor den hier stationierten Deutschen zu spielen, fand sie schon schlimm genug, aber nach Deutschland zu reisen und dort zu spielen, war in ihren Augen einfach nur verwerflich. Und was würde Geneviève als Nächstes tun? An der Front für die deutschen Soldaten aufspielen, um ihnen Mut für die nächste Schlacht gegen die Alliierten zu machen? Ihnen zujubeln? Sie anfeuern? *Heil Hitler!*

Marie schüttelte es. Freundin ... Konnte sie Geneviève eigentlich noch als Freundin bezeichnen? War jemand, der gerade dann nicht da war, wenn man ihn am nötigsten brauchte, noch eine Freundin? Und in der Tat brauchte sie Geneviève, vor allem jetzt, vor allem heute, denn nur sie würde verstehen, was sie jetzt tun musste – und nur sie würde ihr dabei helfen. Aber Geneviève kam ja nicht. Und deswegen musste sie es jetzt eben allein tun.

Nach einer Weile beschied Marie, dass die Stricknadeln lange genug im kochenden Wasser gelegen hatten. Sie nahm zwei Gabeln, fischte die Nadeln vorsichtig aus dem Wasser, legte sie auf die beiden Handtücher, die sie schon vorbereitet hatte, wusch sich noch einmal gründlich die Hände und ging mit den Sachen ins Schlafzimmer. Mit Geneviève wäre es so viel einfacher gewesen: Sie hätte die Stricknadeln führen können, sie hätte gesehen, was sie damit tat, und bei ihr hätte sie auch keine Angst gehabt. Aber Marie war fest entschlossen, es auch allein zu Ende zu bringen. Sie breitete die Handtücher auf dem Boden vor ihrem Bett aus, legte die Nadeln in die Mitte, zog ihren Schlüpfer aus, schob ihr Nachthemd hoch und hockte sich breitbeinig über das Handtuch. In der ungewohnten Stellung taten ihr die Rippen weh, aber es würde ja nicht lange dauern. Als sie die Nadel aufnahm, schmerzte die Hand, die sie ihr gebrochen hatten, aber auch das hielt sie nicht auf. Es musste endlich gemacht werden, ehe dieser Fremdkörper mehr Raum in ihr einnahm. So oft war sie nicht allein in der Wohnung. Amiel und Maciej würden niemals zulassen, dass sie dies tat. Seit sie wussten, dass der verdammte Gerb sie mit einem Kind verseucht hatte, erzählten die beiden ihr ständig etwas vom Recht auf Leben und dass sie das Kind, egal wie sie heute dachte, trotzdem lieben und alles andere mit der Zeit vergessen würde ... Vergessen? Sie wussten nicht, wovon sie redeten!

Marie atmete ein paarmal tief durch. Ganz entspannt musste man dabei sein, hatte sie sich sagen lassen, und konzentriert, eine ruhige Hand war wichtig. Danebenzustechen konnte verheerende Folgen haben. Wenn sie die Fruchtblase erwischte, würde alles gut werden, das Kind absterben, der Körper die ungewollte Frucht abstoßen und die Natur ihr alle Arbeit abnehmen. Und wenn der Körper die tote Frucht nicht ausstieß, würde sie hoffentlich zumindest genug Unheil anrichten können, damit Amiel ihr dann doch half.

Marie schaute auf die Nadel und sah, dass ihre Hand zitterte. Ja, natürlich hatte sie Angst. Schließlich hatte Amiel ihr oft genug erklärt, wie gefährlich es war, wenn man danebenstieß und die Gebärmutter perforierte, auch von Bakterien, die so in die Gebärmutter gelangen konnten, hatte sie geredet, und den Eingriff auch deswegen strikt abgelehnt. Aber Marie war das alles egal. Lieber starb sie an inneren Verletzungen, als weiter Gerbs Zellen in sich wachsen zu spüren.

Entschlossen führte Marie die Stricknadel unter sich, bahnte mit ihren Fingern einen Weg in ihr Innerstes und wollte gerade die Nadel einführen – als sie im Treppenhaus Schritte hörte. Atemlos hielt sie inne, wollte schon alles hastig unter dem Bett verstecken, aber dann verhallten die Schritte im Stockwerk unter ihnen. Marie amtete auf.

Wieder machte sie sich bereit, die Stricknadeln einzuführen, schob sie Stück um Stück weiter nach oben, bis sie auf einen Widerstand stieß. Sie fragte sich, ob sie die Fruchtblase schon erreicht hatte, hatte aber das Gefühl, als müsste sie die Nadeln noch tiefer einführen. Behutsam beugte sie sich nach vorn, versuchte, die Nadeln weiter hochzuschieben, stieß aber sofort wieder gegen etwas. Versuchsweise zog sie die Nadel ein Stück zurück und probierte, links oder rechts von dem vorherigen Weg weiter nach oben zu kommen – und kam so tatsächlich besser voran. Fast zwei Zentimeter, so schätzte sie, konnte sie die Nadeln jetzt tiefer in sich hineinschieben, dann stieß sie wieder gegen etwas, und jetzt gab es auch keine andere Stelle, an der sie weiterkam. Marie schloss die Augen, versuchte nicht einen Fötus, sondern nur Gerb zu sehen, befahl sich zuzustoßen – doch ihre Hand rührte sich nicht.

»Na los«, presste sie hervor, »hau den Kretin raus!«

Sie atmete ein paarmal tief ein und aus, zählte eins, zwei, drei – und schaffte es wieder nicht.

»Verdammt!« Sie heulte, fluchte, zitterte vor Wut, wollte wieder zählen, brachte aber nicht einmal mehr ein Wort heraus und rammte die Nadel plötzlich mit einem Wutschrei tief in sich hinein. Der Schmerz war so heftig, dass sie nach Luft rang – und dann spürte sie auch schon eine warme Flüssigkeit über ihre Hand rinnen. Blut, immer mehr Blut …

Erschrocken zog Marie die Nadeln heraus und drückte das Handtuch gegen ihren Schoß. Sie hoffte, dass die Blutung gleich wieder aufhören würde, doch wann immer sie nachsah, floss noch mehr Blut aus ihr heraus. *Merde, merde, merde,* fluchte sie, legte sich auf den Boden und wechselte das Handtuch, aber auch das neue war wieder rasch voll Blut, und als Marie das nächste Mal auf das Handtuch schaute, wurde ihr schwummrig.

»Jetzt bloß nicht ohnmächtig werden«, zischte sie sich zu, doch der Nebel vor ihren Augen wurde immer dichter, und schließlich versank sie ganz darin.

Als Marie wieder zu sich kam, lag sie in ihrem Bett, und Amiel starrte sie so wütend an, dass sie glaubte, sie würde sie ohrfeigen.

»Schau mich nicht so an«, stöhnte Marie matt. »Du wolltest mir ja nicht helfen.« Sie versuchte, sich auf die Seite zu drehen, damit sie Amiel nicht weiter ansehen musste, doch sofort stach es so scharf in ihrem Unterleib, dass sie jede weitere Bewegung schnell unterließ.

»Ich wollte bei dieser Schwachsinnsaktion nicht helfen, weil ich weder das Kind noch dich umbringen wollte«, zischte Amiel sie an. »Außerdem ist Hilfe für mich etwas anderes.«

Marie atmete aus. »Ist es jetzt wenigstens weg?«

Amiel antwortete nicht.

»Amiel, ob es weg ist.«

Amiel erhob sich und ging zum Fenster. Sie rang sichtlich um Fassung. Erst jetzt bemerkte Marie, dass auch Maciej da war. Er lehnte an der Zimmertür, die Arme vor der Brust verschränkt, die Miene ein Tal der Düsternis.

»Danke für die Vorwürfe, aber meint ihr nicht, dass ihr es euch ein bisschen zu einfach macht?«, fragte Marie ihn. »Immerhin müsst nicht ihr das Kind dieses Monsters in euch wachsen spüren.«

»In erster Linie ist es ein Kind, Marie, ein Kind!« Maciej schlug mit der flachen Hand gegen den Türrahmen. »Und es ist auch *dein* Kind. Ich habe dir gesagt, dass ich es lieben und umsorgen würde wie mein eigenes.«

Marie schnaubte und sah von ihm weg. Amiel kam zu ihr zurück.

»Also was jetzt?«, fragte Marie sie erneut. »War mein Eingriff erfolgreich?«

»Erfolgreich?«, schrie Amiel sie an. »Sag mal, ist dir eigentlich klar, was du da getan hast? Das … das war der reinste Selbstmord! Zum Donner, Marie, nein, dein Himmelfahrtsunternehmen war nicht *erfolgreich.* Du bist noch schwanger. Frag mich nicht, durch welches Wunder und dank welcher Gnade Gottes. Auf jeden Fall hat Er es dir erspart, dir das aufs Gewissen zu packen. Aber du hast trotzdem massiv geblutet, weil du dir erhebliche innere Verletzungen zugefügt hast, und ich habe keine Ahnung, ob die jetzt von allein heilen oder ob sich das alles entzünden wird, wobei eine Entzündung übrigens nicht nur das Kind, sondern auch dich das Leben kosten kann.«

»Gut«, sagte Marie. Und gleich noch einmal: »Gut.«

Sie schloss die Augen und betete, dass genau dies passieren würde: dass es sie das Leben kostete.

Am Abend hatte Marie erhöhte Temperatur, die in der Nacht auf neununddreißig Grad Fieber stieg, in der folgenden Nacht sogar auf über vierzig Grad. Zumindest hatte Marie den Eindruck, dass Amiel das zu ihr gesagt hatte, und dass sie so dumm, dumm, dumm sei, dass sie sie am liebsten schlagen würde, auch daran meinte sie, sich erinnern zu können. Alles um sie herum drang wie durch einen dicken Nebel zu Marie, wie aus einem anderen Leben.

Wann immer Maciej oder Amiel ihr Wadenwickel machten, ließ die Kälte Marie hochschrecken, sie stöhnte, jammerte, versuchte, die Tücher abzustreifen, aber von Mal zu Mal hatte sie ihnen weniger Kraft entgegenzusetzen. Die Zeit im Gefängnis … ihr Körper hatte sich noch längst nicht vollends erholt, und entsprechend schnell saugte das Fieber ihre Kräfte hinweg.

Traumfetzen zogen an ihr vorbei, Bilder von einem hellblonden Kind mit grauen Augen, ein Kind, das weinte und anklagend die Hand gegen sie hob. Auch Maciej tauchte in den Traumbildern auf. Er schimpfte, tobte, spuckte vor Wut.

Auch wenn sie zwischendurch kurz zu sich kam, sah sie ihn, allerdings machte er dann einen ganz anderen Eindruck. Da saß er an ihrem Bett, strich ihr über den Arm, und über seine Wangen liefen Tränen ...

Marie wusste nicht, wie viele Tage vergangen waren, aber an einem Morgen wurde sie wach, weil die Sonne ihr ins Gesicht schien und sie Hunger hatte. Sie sah sich um. Maciej lag neben ihr im Bett. Er schlief auf dem Bauch und hatte den Arm über sie gebreitet, als wollte er sicherstellen, dass sie nicht aus dem Bett fiel. Behutsam strich Marie über seinen Arm, ganz behutsam, um ihn nicht zu wecken, doch er schreckte trotzdem hoch. »Marie?«

Sie versuchte zu nicken.

»Geht es dir besser? Geht es dir endlich besser?« Er drückte sich hoch, legte die Hand auf ihre Stirn, und sogleich breitete sich ein Lächeln auf seinem Gesicht aus. »Endlich, endlich glühst du nicht mehr!«

»Ich ... ist es ...« Sie wagte nicht, ihre Frage zu stellen, hoffte, dass Maciej sie auch so verstand und antworten würde, doch er tat es nicht. Marie schloss wieder die Augen, versuchte, in sich zu hören, in sich zu spüren, doch da war nichts.

»Marie, bitte, ich flehe dich an«, hörte sie ihn sagen.

Sie wandte ihm den Kopf zu.

»Tu so etwas nie, nie wieder«, beschwor er sie. »Hörst du: nie wieder! Ich nehme dir das Kind ab, du wirst es nicht mal sehen müssen, aber tu so etwas nie, nie, nie wieder.«

»Es ist also immer noch da«, stöhnte Marie und schloss wieder die Augen.

48. Kapitel

Malou – heute

Malou setzte sich auf den Boden und schaute zu Josephine, die noch immer so dasaß wie eben nach ihrem neuerlichen Wutanfall: Die Beine eng vor der Brust mit den Armen umschlungen, die Stirn stur auf den Knien, alles verschlossen, auf Abwehr getrimmt. Trotzdem hatte Malou nicht vor, alles auf sich beruhen zu lassen. Dafür hatte sie nicht den weiten Weg gemacht.

»Wie hast du eben gesagt? Bildungsbürgerpuppenhaus?« Sie hielt inne, atmete tief durch, denn sie wollte keinesfalls vorwurfsvoll klingen. »Da ist sogar was Wahres dran, aber so ruhig und sicher, wie du dir das vorstellst, geht es in dem Puppenhaus gar nicht zu. Das sieht nur von außen so idyllisch aus.«

Josephine hob den Kopf ein Stück an. »Ach, ist bei euch wirklich mal eine Kaffeetasse umgefallen und dann etwa auch noch kaputtgegangen?«

»Ja, auch das.« Malou lächelte und hoffte, dass es nicht überheblich wirkte. »Und es ist sogar noch mehr als das kaputtgegangen.«

»Nein.« Josephine zog das Nein endlos. Es klang höhnisch und war gewiss auch so gemeint.

»Meine Mutter war Trinkerin«, erwiderte Malou im gleichen, ruhigen Tonfall wie zuvor. »Sie ertrug sich nicht. Und das Leben auch nicht. Erst nach ihrem Tod habe ich herausgefunden warum.«

Ein Ruck ging durch Josephine. Trotzdem fragte sie nichts. Immerhin aber sagte sie auch keine neue Gemeinheit oder schob wieder alles auf Marie, wobei Malou es diesmal noch nicht einmal hätte zurückschieben können. Auch sie hatte Jahre gebraucht, um Marie den Tod ihrer Mutter verzeihen zu können – auch wenn diese genauso ein Opfer wie ihre Mutter gewesen war und Malou das gewusst hatte.

»Meine Mutter«, fuhr Malou fort, »ertrug es nicht, dass ihre eigene Mutter sie nicht lieben konnte.«

»Hört, hört: die perfekte Marie, die im Krieg so vielen Kindern das Leben gerettet hat, hat sich an ihrem eigenen Kind vergangen.«

Da war er wieder, der Hohn. Trotzdem blieb Malou ruhig. Denn auch sie hatte lange Zeit so gedacht, und es war eine seltsame Genugtuung, dies auch einmal einen Außenstehenden sagen zu hören.

»*An ihrem Kind vergangen* trifft es nicht.« Malou setzte sich ein Stück auf, ihr Rücken begann zu ziehen, der Aufzugsboden war kalt. Ihr Ischias war schon immer ihre größte Schwachstelle gewesen. »Ich habe selbst lange gebraucht, um das zu verstehen. Schon als Kind habe ich mich gewundert, warum meine Großmutter, warum Marie so unendlich liebevoll und geduldig mit mir umging und für meine Mutter meist nur harte Worte hatte – oder ein paar wütend gebellte Entschuldigungen, wenn sie mal wieder viel zu grob mit ihr umgegangen war. Marie konnte so liebevoll sein – warum war sie es bei der eigenen Tochter nicht? Mein Gott, wie oft ich mich das damals gefragt habe.«

Josephine sah sie abwartend an.

»Drei Jahre nach dem Tod meiner Mutter habe ich Marie genau das vorgeworfen, was du eben gesagt hattest: dass ich noch eine Mutter hätte, wenn sie sie ein bisschen, wenigstes ein kleines bisschen geliebt hätte. Und was denn an meiner Mutter so falsch gewesen sei, dass sie sie nicht hatte lieben können – denn ich, ich hatte sie geliebt. Sehr sogar.«

»Und was hat sie erwidert?«

»Dass sie nie Zoe in ihr hatte sehen können, sondern immer nur den Mann, der sie ihr aufgezwungen hatte, den Mann, der sie, als sie ins Gefängnis gesperrt worden war, wieder und wieder zusammengeschlagen und vergewaltigt hatte, um Informationen aus ihr herauszupressen, die sie gar nicht hatte. Und dass sie sich selbst vorwarf, dass sie Zoe nie als Zoe hatte sehen können, dass es ihr nie gelungen war, ihr Herz für sie zu öffnen, und dass dies die große Schuld ihres Lebens sei – aber sie hat es einfach nicht gekonnt.«

»Hat deine Mutter das mit der Vergewaltigung gewusst?«

Malou schüttelte den Kopf. »Leider nicht. Und auch ich habe es erst erfahren, als ich fünfzehn war, und da war sie schon tot. Vielleicht hätte es meiner Mutter geholfen zu verstehen, warum Marie sie nicht liebte, und dass es gar nichts mit ihr zu tun hatte. Vielleicht hätte sie dann einen Weg aus ihrer Dunkelheit gefunden. So hat sie ihren Kummer in Alkohol ertränkt. Als ich zwölf war, schlief sie wieder einmal sturzbetrunken auf dem Sofa ein – mit einer Zigarette in der Hand.« Malou hob den rechten Arm und zeigte auf ihren Ellbogen, dessen Haut anders als die des übrigen Arms war. »Ich hatte mehr Glück als sie. Mehr als das habe ich von dem Brand nicht zurückbehalten. Und natürlich dass ich ab da keine Mutter mehr hatte.«

»Merde«, murmelte Josephine. *»Quel merde.«*

Dann war es eine Weile still, bis Josephine meinte: »Aber irgendwer muss sie doch später geliebt haben – oder bist du etwa auch ein Vergewaltigungskind?«

»Zweimal nein.« Malou versuchte zu lächeln, aber es fiel ihr schwer. »Meine Mutter blieb bei keinem Mann sehr lange, oder vielleicht auch nicht die Männer bei ihr – ich weiß es nicht. Und ehrlich gesagt waren ihre Depressionen auch nicht gut auszuhalten. Sie konnte dann gar nichts machen. Saß nur da, starrte vor sich hin, sinnentleert, fleischgewordene Einsamkeit. Ohne Marie wären wir untergegangen, denn ich war ja noch klein, und auch später konnte ich nicht alles übernehmen. Weniger Puppenhaus, als du gedacht hast, oder?«

Josephine zuckte mit den Achseln. Es sollte sicher kaltschnäuzig wirken wie alles, was von ihr kam, aber in ihren Augen glomm ein Erkennen. Und schließlich schob sie tatsächlich genau das hinterher: »Warum soll es dir besser gehen als mir?«

49. Kapitel

Geneviève – Paris – 7. November 1942

»Mir reicht das jetzt mit dir, mir reicht das wirklich!« Wütend warf Peter sein Besteck auf den Teller. Geneviève sah zu den Nachbartischen, an denen fast überall Paare zu Abend aßen: die Männer Soldaten, die Frauen Französinnen. Bei dem Scheppern hatten die meisten zu ihnen herübergesehen. »Bitte, Peter, geht das auch leiser? Und was reicht dir? Ich habe doch gar nichts gemacht.«

»Genau darum geht es: Du machst nichts, ja, du bist nicht mal da!« Er beugte sich über den Tisch hinweg zu ihr, immerhin sprach er jetzt leiser als zuvor. »So geht das seit Wochen. Und eben darum habe ich genug. Ich habe es satt, neben einem Geist zu leben.«

»Aber, Peter, ich ...« Geneviève strich sich die Locken aus der Stirn und atmete aus. »Das hat nichts mit dir zu tun. Ich bin einfach nur müde und ...«

»Müde, müde, müde, ich kann es nicht mehr hören, kein Mensch ist wochenlang müde! Und das ist keine Müdigkeit. Du bist abwesend, wirklich abwesend, und wenn ich dich berühre, zuckst du zurück, als hätte ich dir sonst was getan!«

»Seit dem Überfall ...«

»Jetzt kommt wieder der Überfall.« Peter hob die Hände und ließ sie wieder auf den Tisch sinken. »Natürlich steckt man so einen Überall nicht einfach weg, aber so wie du auf mich reagierst, könnte man glauben, ich hätte dich überfallen.«

Geneviève atmete erneut aus, diesmal noch länger, zumal sie ohnehin nicht wusste, was sie erwidern sollte. Nachdem Strebers sie so zugerichtet hatte, hatte sie Peter natürlich eine Erklärung geben müssen, und ihr war nichts Besseres eingefallen, als zu behaupten, dass sie nachts auf dem Heimweg überfallen worden sei. Am schwierigsten waren die Striemen auf ihrem Rücken zu erklären gewesen. Sie sah aus, als hätte man sie regelrecht ausgepeitscht. Was gar nicht so weit von der Realität entfernt war. Also hatte sie Peter das Einzige gesagt, was ihr dazu eingefallen war: Der Überfall sei eine Strafaktion für ihre Kollaboration mit den Deutschen gewesen, weil sie in den Augen der Franzosen ein »Deutschenliebchen« war.

Peter kochte daraufhin vor Wut, und es hatte sie unendliche Mühe gekostet, ihn davon abzuhalten, den *Überfall* zur Anzeige zu bringen. Aber dann hatte sie ihn endlich davon überzeugen können, dass es für sie nur eine unglaubliche Qual gewesen wäre, den Polizisten alles zu erzählen und es damit noch einmal zu durchleben. Und ein Schutz vor neuen Angriffen wäre die Anzeige ja auch nicht gewesen, zumal sie keine Täterbeschreibung geben konnte: Die Männer hätten schwarze Kleider samt Masken getragen, und alles sei ohne Zeugen vor sich gegangen. Sie hatte behauptet, sie sei in ein Auto gezwängt und aus der Stadt herausgefahren worden und dass sich alles auf einer Lichtung abgespielt hatte. Seither holte Peter sie jede Nacht vom *Chez Lulu* ab und brachte sie nach Hause, oder schickte, wenn er Dienst hatte, Freunde von sich, die sie begleiteten.

»Ganz ehrlich, Gigi«, er sah sie unvermindert wütend an, »der Überfall liegt sechs Wochen zurück. Da kann man doch erwarten, dass sich eine kleine Besserung einstellt und du zumindest aufhörst, auch auf mich wie auf einen Feind zu reagieren.« Er trank einen großen Schluck Wein, einen sehr großen Schluck. Und gleich noch einen hinterher. Geneviève bemühte sich, nicht missbilligend die Augenbrauen zu heben, um ihn nicht noch mehr aufzubringen, aber sie hasste es, wenn er so viel trank, und das wusste er auch. Es machte ihn reizbar, und da er sowieso schon aufgekratzt war, machte der Wein es noch schlimmer.

»Und wieder sagst du nichts«, konstatierte er wutschnaubend.

»Peter, bitte!« Sie legte ihre Hand auf seine und versuchte, ihn zu besänftigen, aber Peter schüttelte sie ab, trank den nächsten Schluck Wein und äffte sie nach: »Peter, bitte!«

Geneviève schnaubte, nahm die Serviette von ihrem Schoß und warf sie auf den Tisch. Natürlich stimmte alles, was er ihr vorwarf, und ebenso, dass sie derzeit keinerlei körperliche Nähe ertrug. Selbst wenn er nur ihre Hand halten oder sie küssen wollte, sträubte sich schon alles in ihr, aber es gab nun einmal keinen Knopf in ihr, um sie alles im Schnellverfahren vergessen zu lassen. Sie rückte ihren Stuhl zurück.

»Ich glaube, ich gehe jetzt lieber«, sagte sie leise und nahm ihre Jacke von der Stuhllehne. Augenblicklich packte Peter sie am Arm. Geneviève fuhr zu ihm herum und maß ihn mit einem alles sagenden Blick. Ärgerlich ließ er sie los. »Mach doch, was du willst!«

»Das habe ich auch vor«, sagte sie, hängte sich ihre Jacke über die Schultern und verließ das Lokal.

Kaum war Geneviève auf der Straße, verrauchte ihr Ärger, und zurück blieb nur tiefe Schwermut. Ihr war klar, dass Peter der Letzte war, der für das alles etwas konnte, und niemanden wollte sie weniger verletzen oder gar verlieren als ihn. Trotzdem ertrug sie derzeit nicht einmal seine Nähe. Sie sah auf ihre Armbanduhr. Es war erst halb neun. Die Vorstellung, schon jetzt in der Wohnung zu sitzen, nahm ihr den Atem. Mit der Stille, die dort herrschte, würde die Erinnerung kommen. Deshalb war sie eigentlich froh gewesen, als Peter vorgeschlagen hatte, heute im Restaurant zu essen. Sie hatte ja nicht ahnen können, dass es so ausgehen würde. Seufzend blieb sie stehen und überlegte, was sie jetzt tun sollte. Durch die Straßen zu streifen, erschien ihr keine gute Idee, zumal sie vermeiden wollte, Strebers über den Weg zu laufen. Auch im *Chez Lulu* war sie ihm schon einige Male begegnet und hatte seine anzüglichen Blicke und Fragen ertragen müssen – *Ich habe gehört, Sie seien überfallen worden. Nein, nein, nein, wer tut denn so etwas Hässliches? Und wie schön, dass Sie schon so weit hergestellt sind, dass Sie uns wieder mit Ihrem Klavierspiel erfreuen können!* Da sie ihn komplett ignorierte, hatte er die Sticheleien inzwischen eingestellt. Doch auf der Straße, wo er freier hätte reden können, wollte sie ihm gewiss nicht auch noch begegnen. Von einer plötzlichen Unruhe gepackt, sah sie sich um, stellte fest, dass auf diesem Straßenstück gerade überhaupt keine SS-Uniformen zu sehen waren, und atmete auf. Sicher war auch er um diese Uhrzeit beim Essen …

Unschlüssig spazierte Geneviève weiter, vorbei an anderen Lokalen. Wann immer sich eine Eingangstür öffnete, drang das lebhafte Stimmengewirr der Restaurantbesucher nach draußen und machte, dass sie sich noch einsamer fühlte. Was hätte sie darum gegeben, jetzt bei Amiel zu sein, und ja, eigentlich sehnte sie sich auch nach Marie, aber seit dieser Nacht mit Strebers … Schon allein der Gedanke, Marie ins Gesicht sehen zu müssen, brachte alles in ihr zum Revoltieren. Marie und ihre verdammte OSE! Amiel und Maciej hatten ihr erzählt, in welch fürchterlichem Zustand Marie aus dem Gefängnis gekommen war, und sie wusste auch, dass sie versucht hatte, das Vergewaltigungskind loszuwerden und fast dabei gestorben wäre. Von daher war Marie schon mehr als genug gestraft und brauchte nicht auch noch ihren Groll. Maciej verstand, dass sie derzeit nicht zu Marie gehen konnte, und ebenso, dass sie nicht wollte, dass Marie jemals erfuhr, wem sie ihre Entlassung zu verdanken hatte. Amiel war da sehr viel eigensinniger: Sie fand, dass Geneviève Marie sagen müsse, was bei Strebers vorgefallen war, weil sonst ihre Freundschaft darüber zerbrechen würde. Geneviève aber war sich sicher, die Nacht mit Strebers irgendwann vergessen zu können. Nur jetzt noch nicht ...

»Gigi!«

Geneviève fuhr herum. Peter lief ihr nach. Sie fuhr sich mit den Händen in die Haare und ließ sie über den Nacken wieder herabgleiten.

»Immerhin wartest du«, knurrte er. Als er vor ihr zum Stehen kam, musste er aufstoßen. Der scharfe Geruch von Rotwein waberte ihr entgegen.

»Oh, Peter ...« Sie schüttelte den Kopf.

»Na was denn?«, schimpfte er. »Trinken darf ich auch nicht?«

Sie sah ihn an, sah, wie rot unterlaufen seine Augen waren, wie ungepflegt sein Haar, das ihm in wirren, fettigen Strähnen ins Gesicht hing. Sie wunderte sich, dass ihn seine Vorgesetzten noch nicht ermahnt hatten. In den letzten Wochen war er schon öfter so herumgelaufen. Dazu entdeckte sie auf seiner Uniformjacke Soßenflecken. So konnte er doch morgen nicht zum Dienst gehen.

»Komm, gehen wir nach Hause.«

»Nur wenn ich mit dir schlafen kann.« Er flehte sie regelrecht an. »Bitte, Gigi, ich ... ich vermisse dich so, ich brauche dich.«

Geneviève krampfte es das Herz zusammen. Sie liebte Peter, sie liebte ihn, wie sie noch nie jemanden geliebt hatte. Aber schon allein beim Gedanken daran, sich vor ihm auszuziehen und berührt zu werden ... Sie trat einen Schritt zurück.

»Dann rutsch mir doch den Buckel runter!«, brüllte Peter sie an, verpasste ihr einen Stoß und lief in die entgegengesetzte Richtung davon.

50. Kapitel

Marie – Paris – 12. Juni 1943

»Willst du das Kind für das Bäuerchen nehmen? Dann kümmere ich mich um den Rest Wäsche.« Marie hielt Maciej das Kind hin. Er hängte gerade die Windeln auf die Wäscheleine vor dem Fenster. Gut gelaunt wandte er sich zu ihr um und klatschte in die Hände. »Und wie gern ich tausche. Dann komm mal her, *ukochaną,* mein Zuckerpüppchen, na komm zu Papa!«

Kopfschüttelnd übergab Marie ihm das Baby. Niemals hätte sie gedacht, dass Maciej so kindisch sein könnte. Seit das Baby da war, war er wie ausgewechselt. Dieses winzige Wesen, das drei Wochen vor der Zeit gekommen war und kaum zweieinhalb Kilo gewogen hatte, war sein ganzes Glück. Kaum hatte er das Baby im Arm, überhäufte er es mit Liebkosungen und wahren Salven an Liebesworten und vergaß die Welt um sich herum.

»Findest du nicht, du übertreibst es ein bisschen?«, meinte Marie. »Außerdem versteht das Kind doch noch gar nichts.«

»Aber natürlich versteht Zoe etwas, ich wette, sie versteht sogar schon alles. Außerdem sollst du nicht immer ‚Kind' zu ihr sagen. Sie hat einen Namen. Zoe, unser Kind heißt Zoe.« Er küsste das Baby auf die Stirn und den feinen goldenen Flaum auf seinem Köpfchen und legte es sich dann für das Bäuerchen über die Schulter.

Zwar war Marie ihm dankbar, dass er sich des Kindes mit so viel Liebe annahm, aber trotzdem wäre es ihr in diesem

Moment lieber gewesen, wenn er sie in den Arm genommen hätte. Nach wie vor fühlte sie sich mit dem Kind völlig überfordert und eigentlich auch vom Leben selbst. Die Ängste, die sie seit der Zeit im Gefängnis verfolgten, hatten sie noch immer fest im Griff, und Gerbs Kind in den Armen zu halten, machte es nicht besser. Maciej und Amiel hatten sie genötigt, das Kind zu bekommen, sie sah ein, dass das Kind Muttermilch brauchte, also stillte sie es, aber die Gefühle, von denen alle gesagt hatten, dass die sich mit der Zeit schon noch bei ihr einstellen würden, die blieben aus. Ein fremdes Wesen saugte an ihrer Brust, und sie konnte es so viel anschauen, wie sie wollte – es stellten sich keine Nähe und schon gar keine Muttergefühle bei ihr ein. Dabei sah das Kind seinem Erzeuger noch nicht einmal ähnlich. Es hatte nicht dessen schmale graue, sondern ihre runden braunen Augen geerbt, keine lange, scharfkantige Nase, sondern ein süßes kleines Stupsnäschen, und die Lippen waren witzigerweise exakt wie die von Maciej: schmal, aber weich gebogen. Und auch sonst gab es eine unleugbare Verbindung zwischen dem Kind und Maciej: Sobald es weinte, brauchte Maciej nur über sein Köpfchen streichen, und schon war es wieder zufrieden. Und Maciej war von dem Kind kaum noch wegzubringen.

Nachdem Marie die letzten Windeln aufgehängt hatte, ging sie in die Küche und trank ein Glas Wasser. Maciej kam ihr nach. »Wollen wir ein bisschen mit ihr spazieren gehen? Amiel hat doch gesagt, Zoe braucht viel Sonnenlicht, damit diese Gelbfärbung wieder weggeht.«

»Ja, sicher, aber ich …« Marie seufzte. »Ich hatte eigentlich etwas anderes vor.«

»Marie, du willst doch nicht etwa –«

»Doch«, beharrte sie. »Maciej, bitte, so versteh mich doch, die Heimkinder haben mich jetzt schon drei Wochen nicht gesehen. Das ist eine lange Zeit für ein Kind.«

»Dann lass uns wenigstens zusammen hingehen. Ich komme kurz mit rein, du stellst den Kindern deine Tochter vor –«

Maries Blick brachte Maciej zum Verstummen.

»Gut, dann nicht.« Gleichmütig schaukelte er Zoe hin und her, aber Marie fühlte sich trotzdem schlecht. »Maciej, ich ... Gib mir Zeit. Drei Wochen sind nichts, verstehst du?«

Er versprach es. »Und wenn wir wenigstens ein Stück Weg zusammen gehen?« Er zwinkerte ihr zu. »So zum Drangewöhnen?«

Wider Willen musste Marie lachen. »Das Wort hartnäckig wurde garantiert für dich erfunden!«

Lust auf diesen »Familienspaziergang« hatte sie zwar keine, aber sie wusste, wie verletzt Maciej gewesen wäre, wenn sie auch das noch abgelehnt hätte. Nicht zum ersten Mal fragte sich Marie, ob ihr der Umgang mit dem Kind leichter fallen würde, wenn man ihr das Kind nach der Geburt weggenommen und es ihr dann mit der Behauptung wiedergegeben hätte, es sei das Kind von jemand anderem. Eigentlich hätte sie mit ... ihrem Kind zu gern genauso herzlich geschmust und geschäkert, wie sie es auch mit den Kindern im Heim tat, aber da war diese Sperre, diese Mauer in ihr. Sobald sie es ansah, schoben sich Gerbs graue Augen zwischen sie, und sie dankte dem Himmel, dass wenigstens Maciej das Kind so liebevoll umsorgte. Sie hätte nicht gewusst, was sie ohne ihn hätte machen sollen.

Kurz darauf wollten Maciej und Marie aufbrechen, aber gerade als Maciej die Wohnungstür öffnete, kam Amiel herein – oder besser gesagt: Sie stürzte herein und stürmte direkt zur Toilette. Kaum war sie dort verschwunden, hörten sie auch schon, wie sie sich übergab. Irritiert sah Marie zu Maciej. »Übergibt sich Amiel in der letzten Zeit nicht eigenartig oft?«

Maciej hob die Achseln. »Seit wann kenne ich mich mit Frauensachen aus?«

»Mit Frauensa–« Marie blieb der Mund offen stehen. Sie machte Maciej Zeichen, auf sie zu warten, und eilte zum Bad. Als Amiel herauskam und ihre Miene sah, wurde sie womöglich noch weißer, als sie ohnehin schon war. Marie schnellte auf sie zu. »Sag nicht, dass es das ist, was ich denke.«

Amiels Bleiche wurde von einem zarten Rot überschwemmt. »Ich hätte mir auch einen anderen Zeitpunkt ausgesucht.«

»Aber, Amiel, kein Mensch weiß, wie lange euch die falschen Papiere schützen. Was, wenn ihr euch wieder verstecken müsst? Was, wenn wir eine Hausdurchsuchung haben und das Baby weint? Amiel, ihr steht doch sowieso schon mit einem Bein auf der Deportationsliste!«

»Das weiß ich alles selbst, Marie, aber der Allmächtige hat offenbar eigene Pläne mit uns.«

»Pläne nennst du das? Amiel, ich bitte dich, das ist Selbstmord!«

»Es wird schon gut gehen«, sagte Amiel leise. »Wir sind bisher immer irgendwie durchgekommen. Aber wenn es dir zu gefährlich mit uns wird, verstehe ich das. Dann suchen wir uns eine andere Unterkunft.«

»Amiel, es geht mir nicht um mich, sondern um euch. Ich will dich nicht verlieren, und das alles ... das kann gar nicht gut gehen.«

»Es muss, Marie, es muss.« In Amiels Augen traten Tränen. »Und die Dinge sind sowieso schon, wie sie sind. Bisher hat der Allmächtige seine schützenden Hände über uns gehalten. Und ich werde beten, dass er es weiterhin tut.«

51. Kapitel

Josephine – heute

»Was meinst du mit: Warum sollte es dir auch besser gehen als anderen?«, fragte Malou.

Josephine blies ihre Backen auf und ließ die Luft wieder entweichen. Was gab es daran nicht zu verstehen? »Ich habe dir doch schon gesagt, dass sich meine Mutter vor einen Zug geworfen hat.« Sie fuhr sich über die Stirn. »Muss man dazu noch mehr sagen?«

»Aber deine Mutter war doch ... doch kein Vergewaltigungskind, oder?«

»Nein, war sie nicht – und meine Großmutter ... Geneviève hat sie abgöttisch geliebt, ihr ganzes Leben hat sie nach ihr ausgerichtet und sie unterstützt, wo sie nur konnte, auch für mich war Geneviève immer da. Trotzdem hat meine Mutter ihren Platz im Leben nie gefunden.«

»Und woran lag das?«

»Meine Mutter war ein extrem unsicherer Mensch, sie war ... irgendwie verloren. Nicht von dieser Welt, würde ich fast sagen, und manchmal wie unsichtbar. Das fing schon bei so einfachen Dingen wie Brotkaufen an ... Wie oft kam es vor, dass in der Bäckerei jeder, wirklich jeder vor ihr drankam – obwohl sie längst an der Reihe gewesen wäre. Keine Ahnung, warum sie so oft übersehen wurde. Immerhin war sie eine sehr schöne Frau. Aber irgendwie konnte sie keine Verbindung zu anderen aufbauen, als wäre sie mit etwas anderem verbunden, das wir nicht wahrnehmen konnten … Sie lebte in ihrer eigenen Welt.«

»Nun«, entfuhr es Malou unwillkürlich, »das kann man von dir nicht gerade sagen.«

»Das mit dem Schönsein oder das mit der eigenen Welt?« Josephine lachte auf und lachte noch mehr, als Malou errötete.

»Das mit der eigenen Welt meinte ich«, haspelte Malou. »*Pardon,* ich hätte gar nichts dazu sagen sollen.«

»Schon gut.« Josephine streckte die Beine aus, um bequemer zu sitzen. »Mir ist herzlich egal, was andere über mich denken.«

»Und dein Vater? Hat der ihr nicht helfen können?«

»Dem kann man vieles nachsagen, aber gewiss nicht, dass er stabile Beziehungen aufbaut. Er ist Maler. Er liebte das Sphärische an meiner Mutter – so nannte er es. Wieder und wieder hat er sie gemalt. Und als er sie oft genug gemalt hatte, ist er zur nächsten *Sphäre* weitergezogen. Ich habe nur sporadisch Kontakt zu ihm. Alle zwei Jahre eine Weihnachtskarte, alle drei ein Geburtstagsgeschenk.«

»Oh«, machte Malou.

»Ja, nicht sehr üppig, aber dafür kann er malen wie ein Gott. In Frankreich kennen ihn nur wenige, aber in den USA ist er sehr bekannt. Und sein Mal-Gen ist anscheinend auch bei mir gelandet. Zumindest sagen meine Professoren, ich hätte was drauf – aber auch, dass ich nicht diszipliniert genug arbeite. Nun, ehrlich gesagt bezeichnen mich die meisten meiner Lehrer sogar als die größte Chaotin, die ihnen je untergekommen ist, aber ein paar von ihnen hoffen trotzdem, dass irgendwann auch die Selbstdisziplin meines Erzeugers bei mir durchbrechen wird. Im Moment plane ich zusammen mit drei Freunden eine Ausstellung. Bis Weihnachten muss ich zehn Bilder fertig haben.« Sie sah zum Alarmknopf. »Falls wir hier noch mal rauskommen, könnte ich das auch schaffen.«

»Eine Ausstellung? Wow, was für eine großartige Chance!«

»Das ist es auch und spült hoffentlich endlich mal Geld in meine Taschen. Meine Großmutter beschwert sich zwar nicht, aber ewig will ich ihr auch nicht auf der Tasche liegen.«

»Hast du ...« Malou hielt inne. »Hast du eine Ahnung, wo die Unsicherheit deiner Mutter herkam?«

»Klar.« Josephine sah ihr direkt ins Gesicht. »Sie wurde in eine große Lüge hineingeboren.«

52. Kapitel

Marie – Paris – 12. Juli 1943

Marie beobachtete, wie sanft Geneviève Zoes Wiege hin- und herschaukelte und wie selbstvergessen ihr Blick dabei auf dem Kind ruhte.

»Ich dachte immer, du magst keine Kinder«, neckte Marie sie.

»Und ich immer, dass du sie magst«, gab Geneviève im gleichen neckenden Tonfall zurück.

Marie presste die Lippen zusammen.

»Na komm, das war nicht böse gemeint.« Sie ließ die Wiege los, ging zu Marie und rieb ihr über den Arm. »Ich mache mir nur Sorgen um dich. Um euch. Sich seinem eigenen Kind gegenüber nicht öffnen zu können ... das muss schrecklich sein.«

»Es *ist* schrecklich. Ich fühle mich grauenhaft.«

»Vielleicht gehst du auch zu hart mit dir ins Gericht. Es war immerhin sehr mutig von dir, das Kind trotz der Umstände seiner Zeugung zu bekommen.«

»Mutig ist etwas anderes. Maciej und Amiel haben mir keine Wahl gelassen.«

»Trotzdem. Wenn du es gewollt hättest, hättest du einen Weg gefunden. Und ganz ehrlich: Ich glaube nicht, dass ich mich mit so einer Situation abgefunden hätte.«

»Ja, du warst schon immer die Kompromissloseste von uns dreien.« Sie lächelte Geneviève traurig an und war einfach nur froh, dass ihre Freundin da war und dass sich ihre

Beziehung über die letzten Monate hinweg normalisiert hatte. Erst zu Beginn des Jahres hatten sie angefangen, wieder miteinander zu reden. Zunächst war ihnen der Zufall zu Hilfe gekommen. Sie waren sich in der Metro begegnet. Auf einmal hatten sie voreinandergestanden, die eine so verdutzt wie die andere. Anfangs war keiner von ihnen auch nur ein *bonjour* über die Lippen gekommen. Dann rutschte Marie heraus: »Ja, stell dir vor, ich lebe noch.« Sie hätte sich in der gleichen Sekunde dafür die Zunge abbeißen können. Wenigstens hatte sie ihr »allerdings bist du diejenige, die am wenigsten dazu beigetragen hat« noch im letzten Moment herunterschlucken können. Denn schließlich: Was hätte Geneviève auch dazu beitragen sollen? Es war nicht ihre Schuld, dass sie im Gefängnis gelandet war, im Gegenteil. Niemand hatte sie so oft gewarnt wie Geneviève.

Geneviève hatte zunächst gar nichts erwidert. Erst als Marie schon glaubte, dass sie stumm weggehen würde, brummte sie: »Ich weiß, dass du noch lebst.« Sie zeigte mit dem Kinn auf Maries Bauch. »Und auch alles andere. Im Mai, oder?«

»Nein, im Juni«, antwortete Marie, und dann schwiegen sie, bis Geneviève an der nächsten Haltestelle Anstalten machte auszusteigen.

»War es das jetzt wirklich mit uns?«, rief sie Geneviève ebenso wütend wie verletzt hinterher.

Erst als Geneviève draußen auf dem Bahnsteig stand, drehte sie sich zu ihr um und zuckte mit den Achseln. Dann knallten die Türen zu.

Ein Monat verging, in dem Marie erneut nichts von Geneviève hörte, dann stand sie auf einmal vor ihrer Tür. Marie war an dem Tag allein zu Hause. Sie bat Geneviève herein, trank einen Tee mit ihr, redete über das Wetter und andere Belanglosigkeiten – und dann ging Geneviève wieder. Von da an kam sie alle zwei bis drei Wochen, stets waren es nur kurze Besuche, stets redeten sie nur über Alltägliches oder zumindest über nichts, woraus sich ein Streitgespräch entwickeln konnte. Heute sprach die Freundin zum ersten Mal solche Themen an.

»Maciej unterstützt dich sehr mit dem Kind, oder?«, fuhr Geneviève fort.

»Allerdings.« Marie rieb sich über den Oberarm. »Er ist total verrückt nach der Kleinen. Es ist wunderschön zu sehen, wie weich und sanft dieser große, ruppige Kerl mit seinen riesigen Händen wird, wenn er sie hält.« Sie sah Geneviève an, überlegte, ob sie sie nach Peter fragen sollte, einfach nur, um ihr zu zeigen, dass auch sie bereit war, einen Schritt auf sie zuzugehen, und tat es schließlich tatsächlich: »Und mit dir und … Ist mit dir und Peter Neumann alles gut?«

Geneviève wiegte den Kopf.

»Nicht?«

»Wir hatten eine … schwierige Zeit, aber das liegt nun Gott sei Dank hinter uns. Allerdings ist er abkommandiert worden. In einer Woche muss er zurück nach Berlin.«

»Oh, das tut mir leid.« Marie merkte zu ihrer Verwunderung, dass es ihr in der Tat leidtat. Nicht wegen des Boches, sondern wegen Geneviève. Denn sie merkte derzeit selbst, wie gut es tat, einen Menschen bei sich zu haben, der einen bei allem unterstützte. Sie konnte sich deswegen gut vorstellen, wie sehr Geneviève Peter vermissen würde.

»Das ist nett, dass du das sagst.«

»Wird er denn lange dortbleiben müssen?«

»Das weiß er noch nicht.« Geneviève rieb sich über den Nacken. »Aber es werden sicher einige Monate werden. Es geht um irgendwelche geheimen Angelegenheiten, über die er nicht reden darf.«

»Verstehe«, brummte Marie. Sie wies mit dem Kinn zur Küche. »Wollen wir uns setzen und was trinken? Ich habe am Morgen Minztee gemacht, der jetzt sicher schön kühl ist.«

Geneviève nickte und folgte ihr. Marie goss jedem von ihnen ein Glas Tee ein. Je weiter der Tag voranschritt, desto höher stiegen die Temperaturen, da tat etwas Erfrischendes gut. Beide tranken einen großen Schluck. Als Geneviève ihr Glas absetzte, sah sie sie zum ersten Mal direkt an. »Ich ... Es tut mir leid, dass ich nach deiner Zeit im Gefängnis nicht hergekommen bin und auch nicht, als du nach deinem Abtreibungsversuch so schwer krank warst.«

Marie machte eine wegwerfende Handbewegung. »Das ist Vergangenheit. Außerdem warst du von Anfang an gegen meine Mitarbeit in der Résistance und bei der OSE. Ich habe schon verstanden, dass du deswegen nicht gekommen bist. Geschah mir ja recht.«

»Du glaubst nicht wirklich, dass das der Grund dafür war?« Geneviève sah sie erstaunt an.

»Was denn sonst?«

»Angst, Marie, einfach nur Angst.« Geneviève setzte sich auf. »Aber davon abgesehen bewundere ich euch sogar für das, was ihr tut.«

»Bewundern?« Marie schluckte. »Und ich dachte immer ...« Sie schüttelte den Kopf. »So viele Missverständnisse. Schade, dass wir nicht offener miteinander geredet haben. Wie es gute Freundinnen eigentlich tun sollten.«

»Meine Beziehung mit Peter hat auch nicht geholfen.« Geneviève drehte ihr Glas in den Händen. »Aber ich liebe ihn eben. Vieles, was die Deutschen tun, findet er selbst nicht gut, und er hat schon einige Juden, die er eigentlich hätte festnehmen müssen, einfach gehen lassen.«

»Ach, Gigi.« Marie drückte kurz ihre Hand. »Wieso ist nur diese Kluft zwischen uns entstanden?«

»Vielleicht weil ihr beide Sturköpfe seid?«, rief Maciej. Grinsend trat er in die Küche. »Marie jedenfalls ist ein unfassbarer Sturkopf.«

Geneviève lachte. »Gut möglich, dass wir uns da nicht viel nehmen.«

Marie stimmte in ihr Lachen ein.

53. Kapitel

Malou – heute

»Deine Mutter wurde in eine große Lüge hineingeboren?« Malou hob die Augenbrauen. »In welche denn?«

»Ich denke nicht, dass dich das was angeht.« Josephine zog ihre Beine wieder vor die Brust. Malou überlegte, was sie sagen könnte, um die Atmosphäre wieder zu entspannen und meinte schließlich: »Nun, immerhin scheint es, dass wir beide uns ganz gut von den Lasten unserer Mütter haben befreien können ...«

»Ach ja, scheint es das?«

Jetzt war der aggressive Unterton wieder da. Malou blies eine Haarsträhne aus ihrem Gesicht. »Du meine Güte! Ich wollte damit nur sagen, dass wir beide weder unsicher noch depressiv durchs Leben wandeln und die Kurve anscheinend besser kriegen.«

»Dass du es dir in deinem Beamtensessel gut eingerichtet hast, glaube ich dir aufs Wort.«

»Musst du das mit diesem Hohn sagen?« Malou krauste die Stirn. »Meine Anmerkung eben war durch und durch freundlich gemeint.«

»Welche Kurve sollen wir denn besser kriegen als unsere Mütter? Du jedenfalls wirkst auf mich nicht wie eine Frau, die weiß, wo es im Leben langgeht.«

»Also erlaube mal ...« Malou verschlug es die Sprache.

»Und bisher habe ich ohnehin nicht den Eindruck, dass du irgendwas getan hast, was ich als *die Kurve kriegen* bezeichnen würde. Ich wette, du latschst lediglich an der schnurgeraden Linie entlang, die deine herrliche Marie für dich vorgezeichnet hat: Erst warst du für deine Mutter da, jetzt hätschelst du Schulkinder, und zwischendurch versorgst du die alte Résistance-Heldin. Viel kurvenreiches Eigenleben blitzt da nicht gerade durch. Garantiert wohnst du mutterseelenallein zwischen schneeweißen Ikea Möbeln und faltest jeden Morgen deinen Schlafanzug zusammen.«

»Ts!« Malou schüttelte den Kopf. »Keine Eigenverantwortung übernehmen, aber andere kritisieren.«

»Ich übernehme sehr wohl Verantwortung für mich.«

»Na, finanziell schon mal nicht, und deine ganzen hingeworfenen Ausbildungen sprechen eine andere Sprache.«

»Was geht denn dich das an? Und woher weißt du das überhaupt?«

»Das Netz vergisst nichts. Ich habe natürlich ein bisschen recherchiert, bevor ich hergekommen bin. Und was mich das angeht? Nichts. Aber darum geht es auch nicht, sondern darum, dass du anfangen hast, Gift zu verspritzen. *Du,* nicht ich! Da werde ich wenigstens kontern dürfen.«

»Der Selbstmord einer Mutter ist nun einmal eine Last und –«

»Das sind doch Ausreden!« Malou sprang auf und lief zwei Schritte auf und ab. Sie fuhr zu Josephine herum. »Wie hast du eben gesagt? Deine Mutter sei in eine große Lüge hineingeboren worden? Nun, wenn du dir einredest, das sei der Grund dafür, dass du bisher noch nichts auf die Reihe bekommen hast, dann lebst *du* eine große Lüge – eine Selbstlüge!«

»Und wenn du denkst, dass das Betutteln anderer Menschen leben heißt, lebst auch du eine. Du kümmerst dich doch nur um andere, um dich nicht selbst sehen zu müssen!«

»Pff!«, machte Malou und drehte sich zur Aufzugswand um. Sie spiegelte sich in dem matten Metall. Am liebsten hätte sie sofort wieder weggeschaut. Sie wollte sich nicht sehen und erst recht nicht so, wie Josephine sie gerade dargestellt hatte. Leider aber spürte sie, dass etwas Wahres dran war. Und kaum hatte sie sich das eingestanden, traten ihr vor Wut Tränen in die Augen.

54. Kapitel

Marie – Paris – 19. Juli 1943

»Maciej und Arthur sind verhaftet worden!« Marie sah Simon über den Tresen hinweg an und kämpfte mit den Tränen. In ihrem Arm weinte Zoe. Marie schuckelte sie hin und her, aber das Kind beruhigte sich nicht. »Simon, ich flehe dich an, wir müssen etwas tun!«

Obwohl das Bistro noch leer war, zog Simon sie mit nach hinten in die Küche und schloss die Durchgangstür hinter ihnen. »Wann?«, fragte er sie dort. »Und wo? Und woher weißt du das überhaupt?«

»Sofie hat es mir gesagt, sie ist eben zu mir nach Hause gekommen. Sie und Amiel warten vor dem Bistro. Wir dachten, es sei besser, wenn nur eine von uns reinkommt. Maciej und Arthur sind letzte Nacht in unser Versteck bei der *Porte de Clignancourt* gegangen. Arthur sollte sich dort um zwei Verletzte kümmern. Es hatte am Abend wohl eine Schießerei mit der SS gegeben. Maciej ist mit Arthur mitgegangen, weil er noch ein paar Fragen dazu hatte. Die SS muss ihnen dort aufgelauert haben, und die beiden Verletzten hat sie natürlich auch mitgenommen.«

»Merde, merde, merde.« Knurrend rieb sich Simon den Bart.

»Simon, was können wir tun?«

»Keine Ahnung.« Simon legte die Hände auf den Kopf. »So ein Mist, so ein gottverdammter Mist!«

»Kann man die Leute nicht so rausholen, wie ihr mich damals rausgeholt habt? Es hat mir immer noch niemand gesagt, wie euch das gelungen ist.«

»Das weiß nur Maciej, und der hat damals kein Wort dazu sagen wollen. Und zaubern kann leider nur er.«

»Noch ein Grund mehr, ihn zu retten.«

»Wo genau sind sie denn hingebracht worden? Wissen wir wenigstens das?«

»In die *Préfecture de Police,* in der *Rue de Clignancourt.* Aber Sofie nimmt an, dass man sie später nach Fresnes schaffen wird. Da haben sie mich ja auch hingebracht.«

Simon presste die Lippen aufeinander. »Wir gehen zu Luzie. Sie und ihre Freunde haben neulich einen Polizeitransporter überfallen. Wenn, dann haben auch wir nur diese eine Chance: Wir müssten sie auf dem Transport von der *Préfecture* nach Fresnes befreien.«

Rastlos lief Marie in ihrer Wohnung auf und ab und hatte zunehmend das Gefühl, verrückt werden zu müssen. Wenigstens schlief Zoe jetzt, sodass sie sich nicht um sie kümmern musste. Amiel ging es nicht anders als ihr. Auch sie brachte die Ungewissheit fast um. Damit sie wenigstens etwas tun konnte, war sie eben losgegangen, um die Kranken der Résistance zu versorgen. Alles war besser, als tatenlos herumzusitzen.

Maciej, Arthur, die beiden Verletzten ... Je länger Marie sich vorstellte, was sie in den Verhören mit ihnen anstellten, desto weniger bekam sie Luft. Simon, Amiel und sie hatten im Lauf des Vormittags mit allen in der Résistance gesprochen, die je an Befreiungsaktionen von Gefangenen beteiligt gewesen waren, aber außer Luzies Aktion hatten fast alle mit Leichen geendet. Auch Luzie meinte, wenn überhaupt, hätten sie tatsächlich nur auf dem Transportweg von der *Préfecture* nach Fresnes eine Chance, aber dafür mussten sie erst einmal herausfinden, wann dieser Transport geplant war – und ob überhaupt. In der letzten Zeit hatten die Boches mit Gefangenen immer wieder kurzen Prozess gemacht und sie einfach im Schnellverfahren abgeurteilt und im Hinterhof der *Préfecture* erschossen. Zu versuchen, sie dort direkt herauszuholen, war reiner Selbstmord.

In ihrer Verzweiflung war Marie vorhin auch zu Geneviève gegangen, aber sie war wohl für Proben im *Chez Lulu* gewesen, auf jeden Fall hatte sie nicht die Tür aufgemacht. Also hatte sie ihr nur eine Nachricht unter der Tür hindurchgeschoben, dass sie sie sprechen müsse. Sie betete, dass sie noch heute bei ihr vorbeikommen würde, auch wenn sie nicht wusste, was sie sich eigentlich von Geneviève erhoffte. Auch sie konnte keine Wunder vollbringen.

Mit ein bisschen Glück würde vielleicht einer der Spitzel der Résistance mehr über die Verhafteten herausfinden. Madame Leroc war ihre größte Hoffnung: Sie arbeitete als Reinemachefrau in genau der *Préfecture,* in der Arthur, Maciej und die beiden Verletzten einsaßen. Luzie wollte nach Dienstschluss mit Madame Leroc reden und dann Marie sofort Bescheid geben, aber das konnte sie frühestens am späten Nachmittag, und jetzt war gerade mal Mittag. Marie wusste nicht, wie sie die Ungewissheit bis dahin aushalten sollte. Schon jetzt brannte jeder einzelne Nerv in ihr.

Auf einmal klopfte es. Augenblicklich stürzte Marie in den Flur und riss die Wohnungstür auf. Vor ihr stand Geneviève. Sie schob sich in die Wohnung und drückte die Tür hinter sich zu.

»Hat deine Nachricht unter meiner Tür mit den Verhaftungen der letzten Nacht zu tun?«, fragte sie leise.

Marie bejahte.

»Das dachte ich mir.« Sie zog Marie von der Tür weg und ging mit ihr zur Küche. »Im *Chez Lulu* haben sie letzte Nacht davon geredet. Zwei der Verhafteten waren die, die in der Nacht zuvor in eine Schießerei mit der SS verwickelt waren.«

»Ja, genau.« Marie rieb sich über den Hals. »Und die beiden anderen sind Arthur und Maciej.«

»O mein Gott!« Geneviève erbleichte. »Und jetzt?«

Marie hob hilflos die Achseln. »Wir überlegen, ob man sie befreien könnte, wenn sie von der *Préfecture* ins Gefängnis Fresnes überstellt werden, aber wir wissen ja nicht mal, ob sie überstellt werden oder ob sie sie nicht gleich ... hinrichten.« Als Marie das letzte Wort aussprach, knickten ihr schlagartig die Beine weg. Geneviève fing sie auf und half ihr, sich zu setzen. »Marie, bitte, so was darfst du nicht sagen. So was darfst du nicht mal denken! Und jetzt beruhige dich. Wenn du zusammenklappst, hilft das niemandem. Wann weißt du mehr?«

»Vielleicht am Nachmittag ...« Marie traten Tränen in die Augen. »Weißt du, wie das ist, wenn ... wenn einem jemand so selbstverständlich ist, dass man ... dass man ihm gar nicht mehr sagt, wie froh man ist, dass es ihn gibt? Gigi, wenn Maciej, wenn er ... wenn sie ihn ...«

»Scht, scht!«, machte Geneviève. »Das darfst du nicht denken.«

»Nein, nein, natürlich nicht.« Sie umklammerte Gigis Hand. »Danke, dass du gekommen bist.«

Geneviève zog sie an sich und strich ihr über das Haar – und hielt plötzlich in der Bewegung inne. »Moment mal, zwei Verletzte plus Arthur plus Maciej – das sind doch vier.«

Marie sah sie an. »Ja, vier. Warum?«

»Weil sie letzte Nacht im *Chez Lulu* nur von drei Verhafteten gesprochen haben, zwei Verwundete und noch jemand.«

»Zwei und ...« Marie stockte der Atem. »Aber ... aber es sind doch Maciej *und* Arthur nicht nach Hause gekommen. Gigi, wenn das bedeutet ... wenn einer der beiden schon to...« Sie verbot sich, das Wort zu Ende zu sagen.

»Damit hätten sie sich gewiss gebrüstet, nein, Marie, der Vierte ist nicht tot.« Geneviève sah sie eindringlich an. »Aber er könnte noch in der Nähe des Verstecks sein.«

»Warum sollte er denn dortbleiben?«

»Dafür kann es eigentlich nur eine Erklärung geben: Weil er so verletzt ist, dass er sich nicht rühren kann.«

55. Kapitel

Marie – Paris – 19. Juli 1943

Schon seit zwei Stunden suchten Geneviève, Amiel und Marie mit der kleinen Zoe sämtliche Gebäudekomplexe in der Nähe des Hauses bei der *Porte de Clignancourt* ab, wo in der Nacht zuvor die Verhaftungen stattgefunden hatten, und noch immer hatten sie keine Spur von Arthur oder Maciej gefunden. Zugleich mussten sie aufpassen, nicht der SS aufzufallen, die hier ebenfalls immer noch herumstrich.

Viele der Wohnungen waren schon vor Kriegsbeginn leer gestanden und teilweise ziemlich heruntergekommen gewesen, sodass es hier reichlich Möglichkeiten gab, sich zu verstecken. Natürlich war Marie und ihren Freundinnen klar, dass auch die SS hier alles schon auf den Kopf gestellt hatte, aber trotzdem wollten sie ihre Suche nicht abbrechen, zumal dies das Einzige war, was sie tun konnten.

Zu jeder vollen Stunde trafen die drei sich auf dem Platz der *Porte de Clignancourt* – doch auch jetzt wieder schüttelte jede von ihnen den Kopf.

»Das gibt es doch nicht.« Marie stöhnte und machte eine weite Geste über den Platz. »Wenn einer der vier nicht verhaftet wurde und trotzdem nicht nach Hause gekommen ist, muss er doch irgendwo hier sein. Denn wenn er in einem anderen Versteck untergetaucht wäre, hätten wir das längst erfahren.«

»Vielleicht ist er auf dem Weg nach Hause zusammengebrochen? Paris ist riesig – er könnte sonst wo sein.« Seufzend massierte sich Geneviève den Rücken. »Marie, es gibt so viele Möglichkeiten, was passiert sein könnte.«

»Ja, ja, aber trotzdem.« Marie sah sich um und wusste selbst nicht, was sie suchte, aber sie spürte, dass sie noch hierbleiben und weitersuchen musste. Kurz entschlossen drückte sie Zoe in Amiels Arme. »Ich nehme mir noch einmal die Kellerräume der umliegenden Häuser vor.«

»Was soll da jetzt anders sein als vor ein paar Stunden?«, warf Amiel ein. »Wenn irgendwo jemand rein- oder rausgegangen wäre, hätten wir das doch mitbekommen müssen.«

»Keine Ahnung, Amiel, aber ...« Marie presste die Lippen zusammen. »Ich kann einfach noch nicht weg, ich kann nicht.«

Die beiden nickten ihr zu, und Marie machte sich auf den Weg. Haus für Haus klingelte sie, bis ihr jemand öffnete, oder huschte mit einem Heimkehrer hinein, schlich sich dann in den Keller und rief leise nach Maciej und Arthur. Im vierten Keller war es so dunkel, dass Marie kaum die Hand vor Augen sehen konnte, trotzdem wagte sie es nicht, Licht anzumachen, falls jemand herunterkam. Sie stolperte über etwas, das im Weg stand, fiel nach vorn und stieß sich an einem Kellerverschlag den Kopf. Fluchend richtete sie sich wieder auf.

»Marie?«, hörte sie da auf einmal jemanden raunen.

Ungläubig hob sie den Kopf. »Maciej? Arthur?«

»Marie!«

»Maciej!« Erschrocken drückte Marie ihre Hand auf den Mund. Ihr Ruf war viel zu laut gewesen. »Maciej, wo bist du?«, flüsterte sie aufgeregt.

»Rechts von dir, am Ende des Ganges!«

»Kannst du herkommen? Ich sehe nichts.«

Sie hörte ein Schaben und einen unterdrückten Schmerzenslaut. »Vergiss es! Ich kann nicht. Ich weiß nicht mal, wie ich es hierhergeschafft habe. Das muss noch der Adrenalinschock gewesen sein.«

»Was ist passiert, Maciej?«

»Ich habe eine verdammte deutsche Gewehrkugel im Knie.« Es folgte ein polnischer Fluch. »Mit dem ganzen Blut auf der Hose konnte ich kaum weiter durch die Straßen humpeln, immerhin suchen sie mich. Und jetzt ... Je länger ich hier festsitze, desto weniger kann ich mich bewegen. Das Knie schwillt immer mehr an.«

Marie folgte seiner Stimme und hatte ihn kurz darauf gefunden. Wenn irgend möglich, war es hier hinten noch dunkler. Aber sie spürte seine Nähe, seine Wärme, roch ihn. Sie ging in die Hocke und tastete nach ihm. Als sie ihn berührte, sank sie in seine Arme und küsste ihn. »Oh Maciej, Maciej!«

Er küsste sie auf den Mund und aufs Haar. »Dass du mich hier gefunden hast.«

»Das haben wir Geneviève zu verdanken. Sie wusste, dass letzte Nacht nur drei Gefangene gemacht wurden, aber ihr wart ja zu viert. Also musste einer von euch noch irgendwo sein.«

»Sie haben alle drei erwischt?«

»Leider.«

»Merde.« Maciej atmete hörbar durch die Nase aus.

»Jetzt schaffen wir dich erst mal nach Hause, und dann sehen wir weiter. Was kann ich tun, um dir zu helfen?«

»Wenig. Sobald ich mich rühre, tut das Knie dermaßen weh, dass ich fast ohnmächtig werde.«

»Und wenn du dich auf mich stützt?«

»Das wird sicher gehen, aber was machen wir auf der Straße?« Sie spürte durch das Schaben von Maciejs Bartstoppeln an ihrem Gesicht, dass er den Kopf schüttelte. »Die suchen garantiert immer noch nach mir.«

»Ja, die SS ist allerdings noch da draußen, auch vermehrt Soldaten.« Marie überlegte. »Und wenn wir einen Handkarren besorgen? Wenn wir dich da draufpacken und ein Laken darüberdecken, würde dich niemand sehen ...«

»Wir?«, fragte Maciej.

»Amiel und Geneviève. Sie sind beide draußen.«

»Und Zoe?«

»Die auch.«

Sie hörte Maciej stöhnen.

»Wo hätten wir sie denn auf die Schnelle lassen sollen?«, knurrte Marie. »Also was? Hast du eine bessere Idee, oder wollen wir's versuchen?«

»Und wo willst du den Karren hernehmen?«

»Da fällt mir schon was ein. Außerdem schicke ich dir Amiel, damit sie nach deinem Knie schaut.«

»Marie, mit schauen ist da nicht viel zu machen. Die Scheißkugel muss raus, und das lässt sich hier nicht erledigen. Wozu also Amiel auch noch in Gefahr bringen?«

»Keine Widerworte. Amiel kann dir dann auch etwas zu essen und trinken bringen. Und da du nicht weglaufen kannst, musst du wohl oder übel machen, was ich sage.«

Leider hatte Maciej recht: Mit *schauen* war hier in der Tat nicht viel zu machen. Amiel bestätigte Marie, dass sie die Kugel herausoperieren musste, aber das konnte sie nicht in dem Keller machen. Also stahl sich Marie am Abend gegen zehn Uhr wieder in das Gebäude und eilte hinunter zu Maciej. Gegen fünf Uhr in der Früh wollten Geneviève und Luzie mit einem Handkarren kommen und sich mit ihr vor dem Haus treffen. Luzies Eltern hatten Gemüsegärten und brachten ihre Ernte jeden Morgen mit Hilfe dieses Karrens auf den Markt. Fünf Uhr in der Früh hielten die Freundinnen für eine gute Uhrzeit, denn da liefen die ersten Gemüsehändler ganz offiziell durch die Stadt, um ihre Ware zu holen, und sie fielen am wenigsten auf. Da Marie um diese frühe Stunde sicher nicht ins Haus hätte kommen können, stahl sie sich schon in den Abendstunden herein. Zuvor hatte sie Milch für Zoe abgepumpt, damit Amiel das Kind über Nacht versorgen konnte. Da sie Amiel wegen der

Schwangerschaft schonen wollten, sollte sie zu Hause bleiben. Außerdem war sie aus Sorge und Angst um Arthur ohnehin völlig fertig.

Als Marie zu Maciej kam, lag er matt am Boden und reagierte nicht auf ihre Ansprache. Marie befühlte seine Stirn. Maciej war vielleicht ein bisschen wärmer als sonst, aber hohes Fieber hatte er nicht. Noch nicht zumindest. Sie nahm ihren Rucksack ab, holte die Wasserflasche heraus und benetzte seine Stirn. Maciej stöhnte. Als er ein bisschen zu sich gekommen war, versuchte sie, ihm Wasser einzuflößen. Er trank, hustete und wehrte sie ab. »Lass, ist gut, ist gut.«

»Trinken ist wichtig«, beharrte Marie, »du hast viel Blut verloren, sicher bist du deswegen so matt.«

Seufzend trank Maciej noch ein paar Schlucke, dann ließ er seinen Kopf in ihren Schoß sinken. »Hier ist es gut, sehr gut, der beste Platz auf der Welt.«

Marie küsste ihn auf die Stirn. »Sobald wir dich aus dem Keller haben, wird Amiel dir die Kugel aus dem Knie holen. Wir haben schon alles bei Simon vorbereitet. Aber so lange musst du durchhalten, hörst du?«

Maciej grunzte nur.

Nachdem sich Maries Augen an die Dunkelheit gewöhnt hatten, begann sie, zumindest Umrisse wahrzunehmen. Wie zuvor lag Maciej am Ende des Ganges, direkt hinter dem letzten Kellerverschlag, der nur zum Abstellen von ein paar Fässern diente und kaum einen Meter breit war. Marie nahm an, dass Maciej sich, als die SS ihn gesucht hatte, hinter den Fässern verborgen hatte. Er hatte verdammtes Glück gehabt, nicht entdeckt worden zu sein. Auf der Suche nach etwas Stoff, um Maciej einen kühlenden Umschlag auf die Stirn zu legen, griff sie durch das Holzgitter zu ihrer Rechten in den Verschlag, erfühlte dort jedoch nur Metallteile, nichts also, was ihr im Moment helfen konnte. Da ihr nichts Besseres einfiel, zog sie ihr Unterhemd aus, tränkte es mit Wasser und legte es auf Maciejs Stirn.

»Nicht schon wieder Wasser«, stöhnte er, doch Marie drückte den Umschlag weiter auf seine Stirn.

»Das bleibt jetzt da, und ich wünschte, ich könnte mehr machen.«

Maciej antwortete nicht, und sein Kopf in ihrem Schoß wog so schwer, dass Marie annahm, dass er schon wieder weggenickt war. Sie stöhnte. Eine lange Nacht lag vor ihr, und niemand konnte ihr sagen, ob Maciej am Morgen noch leben würde.

Als der Tag graute, fiel etwas Licht durch eine Kellerluke und sorgte dafür, dass auch Marie in dieser hintersten Ecke ein klein wenig sehen konnte. Über Nacht war sie mehrmals eingenickt, aber nie für sehr lange. Zum einen war sie viel zu unruhig gewesen, zum anderen war ihre Stellung so unbequem, dass ihr ständig etwas Neues wehtat, und dazu hatte sie das Gewicht von Maciejs Kopf in ihrem Schoß. Als sie wach wurde, fühlte sie zuerst nach seiner Stirn. Sie schien ihr noch etwas wärmer als in der Nacht, aber das lag vielleicht auch daran, dass ihr so kalt war. Sie lauschte auf seinen Atem, er ging sehr flach und gehetzt, als wäre Maciej in einem schweren Albtraum gefangen. Beruhigend strich sie ihm über die Stirn. Als sie dachte, dass es allmählich Zeit sein musste, dass Geneviève und Luzie kamen, legte sie Maciejs Kopf auf den Boden und richtete sich auf. Als sie sich dabei abdrückte, bemerkte sie etwas Klebriges. Sie tastete die Umgebung ab und stellte fest, dass die Flüssigkeit direkt unter Maciejs angeschossenem Knie war. Offenbar hatte die Wunde in der Nacht nachgeblutet. Marie fluchte. *Auch das noch!* Kurz darauf schlich sie hoch an die Tür. Leise schob sie sich hinaus in den Flur, und dank des Lichts, das von der Haustür hereinfiel, konnte sie auf ihre Armbanduhr sehen. Sie hatte gut geschätzt: Es war fast fünf. Sie öffnete die Haustür und blickte auf die Straße hinaus. Erleichtert stellte sie fest, dass weder Polizisten noch SS-Leute zu sehen waren, und kurz darauf schoben Geneviève und Luzie den Gemüsekarren um die Ecke. Sie winkte ihnen zu. Eilig kamen sie näher.

»Ich gehe mit dir runter, um Maciej hochzuschaffen«, sagte Luzie. »Geneviève dreht so lange eine Runde mit dem Karren, damit er nicht so auffällt.«

Luzie war Anfang vierzig, zwar nicht so groß wie Geneviève, aber kräftig, denn sie hatte ein Leben lang den Eltern auf dem Feld geholfen.

»Na los, schwatzt nicht lange herum, sondern macht, dass wir hier wegkönnen!« Geneviève wedelte ihnen mit der Hand zu. »Wenn ich wiederkomme, solltet ihr mit Maciej an der Tür stehen.«

Marie versprach, ihr Bestes zu geben, und eilte mit Luzie nach unten. Lautlos schlichen sie zu Maciej. Marie versuchte, ihn zu wecken, aber erst als sie ihm das Gesicht mit Wasser abrieb, kam er zu sich. »Lass mich, lass mich«, knurrte er.

»Du machst jetzt ausnahmsweise einmal, was andere dir sagen.« Marie versuchte, ihn mit Luzies Hilfe aufzusetzen, doch sofort stöhnte er vor Schmerz. »Maciej, egal wie weh das tut – du darfst auf keinen Fall schreien.«

»Lass mich einfach hier, Marie, lass mich … Ich bin so müde.«

»Vergiss es, Maciej! Entweder ich gehe hier mit dir oder gar nicht mehr weg«, schwor Marie ihm, und Luzie raunte sie zu: »Er hat die Nacht noch einmal recht viel Blut verloren, man kann nur beten, dass es nicht zu viel war.«

Beim nächsten Versuch, Maciej aufzusetzen, kooperierte er mehr, aber trotzdem war es ein hartes Stück Arbeit, bis sie ihn endlich komplett hochgewuchtet hatten und mit ihm in ihrer Mitte im Gang standen. Maciej keuchte vor Schmerz, aber sonst war nichts von ihm zu hören. Sein Gewicht lastete so schwer auf ihnen, dass Marie sich fragte, wie sie es bis zum Treppenaufgang schaffen und dann mit ihm die Stufen erklimmen sollten.

»Hör auf nachzudenken«, hörte sie Luzie sagen. »Wenn wir daran zweifeln, es zu schaffen, wird es uns nie gelingen.«

»Tut mir leid, du hast recht«, gab Marie leise zurück. »Also los!«

In der Tat kamen sie sogar recht zügig bis zum Treppenaufgang, was allerdings vor allem Luzie zu verdanken war, die für eine Frau von ihrer Statur unglaubliche Kräfte hatte.

»Und jetzt die Treppe«, flüsterte Luzie. »Marie, geh du zuerst eine Stufe hoch, dann versuch ich, Maciej zu dir hochzuwuchten, und du ziehst mit und stabilisierst ihn.«

Marie tat wie geheißen, doch die Bewegung tat Maciej so weh, dass er sich aufbäumte und ihnen fast aus den Händen geglitten wäre.

»Maciej, bitte, es gibt keine Alternative«, flehte Marie.

»Komm, weiter, nächste Stufe«, trieb Luzie sie an. »Geneviève ist sicher gleich zurück.«

Marie schob sich die nächste Stufe hoch, Luzie hob Maciej an, Marie zog und beugte sich mit ihm nach vorn und verlor dabei fast das Gleichgewicht, aber dann hatten sie auch diese Stufe erklommen. Stufe um Stufe quälten sie sich weiter nach oben. Dann hörten sie plötzlich ein Geräusch. Erschrocken hielten sie inne. Jemand lief im Treppenhaus nach unten. Marie dankte dem Himmel, dass sie noch im Keller waren – und betete zugleich, dass der- oder diejenige nur auf die Straße gehen wollte und nicht hier runter. Stocksteif blieb sie stehen, als würde sie das unsichtbar machen, und lauschte angespannt. Sie merkte, dass auch Luzie die Luft anhielt. Die Schritte kamen näher, waren jetzt direkt vor der Kellertür, dann schrammte die Haustür auf – und fiel kurz darauf wieder zu.

»Uff, war das knapp!« Luzie ließ einen Schwall Luft entweichen.

Sie warteten noch einen Moment, damit die Person vom Haus weggehen konnte, dann erklommen sie auch noch die letzte Stufe und schafften Maciej zur Haustür.

»Schau mal, ob Geneviève da ist«, flüsterte Luzie. »Einen kurzen Moment kann ich Maciej allein halten.«

Marie schob ihr Maciejs Arm zu, Luzie versuchte ihn zu packen, doch noch ehe sie ihn richtig hatte, rutschte er ihr durch die Arme hindurch und sackte wie ein Kartoffelsack zu Boden.

Maciej jaulte vor Schmerz. Marie hielt ihm den Mund zu. »Pst, Maciej, pst!«

Sie lauschten, doch im Haus blieb es still.

»Schau du nach Geneviève«, flüsterte Marie Luzie zu.

Luzie schlich zur Tür, öffnete sie einen Spalt, spähte hinaus, öffnete sie noch weiter und raunte dann Marie zu, dass sie Geneviève schon sehen könne. Sie schloss die Tür wieder und kam zurück zu Marie. »Na komm, wuchten wir ihn wieder hoch. Auf drei!«

Sie zählte, und bei drei zogen sie Maciej Stück um Stück zurück auf die Füße. Er grunzte vor Schmerz, schrie aber nicht mehr. Als sie ihn endlich wieder in der Senkrechten hatten, dachte Marie, sich keinen Millimeter mehr mit ihm bewegen zu können. Sie fragte sich, wie sie je mit ihm die Treppe hatten hochkommen können, aber vielleicht waren sie einfach am Ende ihrer Kräfte.

»Weiter, Marie, komm, weiter, wir schaffen das.«

Keuchend setzte sich Luzie mit Maciej in Gang, und Marie machte die Bewegung notgedrungen mit. Dann öffnete Luzie die Tür, und im gleichen Moment war Geneviève da, drückte die Tür weiter auf und half ihnen mit Maciej. Einen einzigen Schritt nur mussten sie bis zum Karren machen, dann legten sie ihn so behutsam, wie sie konnten, auf die Pritsche und schoben seine Beine und Arme nah an seinen Körper. Als Marie das viele Blut an seinem Hosenbein sah, schluckte sie und deckte rasch die Decke über ihn, damit sie losgehen konnten.

»Halt durch«, flüsterte sie ihm zu.

Anschließend packten sie zwei Obstkisten auf den Karren und drapierten ein paar Kohlköpfe um Maciej herum, sodass man nicht mehr auf Anhieb seine Körperform sah.

Marie nahm die Griffe in die Hand und versuchte, den Wagen anzuheben, scheiterte aber kläglich. Luzie schob sie beiseite, doch auch sie musste kräftig Luft holen und all ihre Kräfte mobilisieren, um den Wagen anzuheben und in Gang zu setzen.

»Und jetzt nicht mehr stehen bleiben«, keuchte sie. »Ich weiß nicht, ob ich den Wagen noch mal in Fahrt bringen kann.«

Um nicht ständig mit den Kanten der Bürgersteige kämpfen zu müssen, ließen sie den Wagen auf die Straße herab. Geneviève und Marie halfen Luzie, an der Kante nicht das Gleichgewicht zu verlieren, dann packten sie abwechselnd an, um ihr beim Schieben zu helfen.

Eine gute halbe Stunde später erreichten sie endlich Simons Bistro. Er erwartete sie schon vor dem Tor zum Hinterhof. Als er sie sah, öffnete er es sofort und half ihnen, den Karren mit Maciej über das Pflaster zu schieben, bis sie vor der Vorratskammer ankamen. Dort hievten sie alle zusammen Maciej vom Karren und trugen ihn zu den beiden längs aneinandergestellten Tischen, die Amiel als Operationstisch dienen sollten. Sie hatte sie schon erwartet. Bei jedem Schritt stöhnte Maciej; für Schreie schien er keine Kraft mehr zu haben. Kaum lag er, schnitt Amiel sein Hosenbein auf und untersuchte die Wunde.

»Und?«, rief Marie atemlos. »Wie ernst ist es?«

»Das kriegen wir schon hin, nicht wahr, Maciej?« Amiel drückte seine Hand und nickte Marie beruhigend zu. »Und nun raus mit euch, na los, los! Geneviève, du kannst schon mal mit dem Desinfizieren des Tischs anfangen.«

»Warum Geneviève?«, rief Marie. »Warum kann ich dir nicht helfen?«

»Weil es dein Maciej ist, nicht ihrer.« Amiel rieb ihr über den Arm. »Mach dir keine Gedanken, ich gebe mein Bestes.«

»Amiel, bitte, wenn Maciej … wenn er …« Marie kämpfte gegen die Tränen, die ihr die Kehle zuschnüren wollten.

»Scht!«, machte Amiel. »Hab keine Angst, und lasst mich endlich anfangen. Los, raus mit dir! Zoe ist übrigens bei Simons Schwester in der Küche.«

»Auch sie braucht Maciej«, setzte Marie noch nach, aber Amiel hörte ihr schon nicht mehr zu, sondern half Geneviève, die Operationsfläche zumindest halbwegs steril zu bekommen.

»Wag es bloß nicht, schlappzumachen«, flüsterte Marie in Maciejs Richtung. »Wag es bloß nicht.«

Sechs schier endlose Stunden später kam Amiel zu ihnen in Simons Wohnzimmer. Simon lehnte am Bücherschrank, Maries Freundinnen saßen auf dem breiten Ledersofa, Marie selbst kauerte mit Zoe auf einem der beiden Sessel. Kaum bemerkte sie Amiel, sprang sie von ihrem Platz auf und schoss auf sie zu. »Und? Wie geht es Maciej?«

»Alles gut, alles gut.« Amiel lehnte sich erschöpft an den Türrahmen. »Die Operation ist gut verlaufen, allerdings hat die Kugel das Knie übel zugerichtet. Es wird dauern, bis das zusammengeheilt ist und er wieder richtig gehen kann.«

»Danke, Amiel, danke!« Marie umarmte sie so innig, dass Zoe ein Beschwerdemaunzen von sich gab, weil sie sie fast erdrückte. »Ist Maciej schon wieder wach?«

»Erst einmal schläft er noch, und ich hoffe, er schläft noch lange, ich habe nämlich kein Schmerzmittel mehr.« Amiel massierte sich die Schläfen. »Die nächsten Tage werden kein Zuckerschlecken für ihn.«

»Ich habe noch eine eiserne Whiskyreserve«, brummte Simon. »Wenn es hilft, gebe ich ihm gern etwas davon ab.«

»Das wird er dir sicher danken.« Amiel nickte ihm zu.

»Kann ich zu ihm?«, fragte Marie.

»Ja, geh nur.« Amiel lächelte ihr zu. »Ich komme gleich mit den Männern nach, und dann bringen wir das Bett mit. Wir sollten ihn umlagern, solange er noch schläft.«

Als Marie in die Vorratskammer eintrat, war Geneviève gerade mit dem Reinigen fertig. Marie ging zu Maciej und küsste den Schlafenden auf die Stirn. »Wir brauchen dich, hörst du?«, flüsterte sie ihm zu. »Du kannst uns nicht alleinlassen. Ich liebe dich!«

Sie zog sich einen Stuhl heran, setzte sich neben ihn und streichelte seinen Arm.

»Gigi hätte auch eine gute OP-Schwester abgegeben«, sagte Amiel, als sie den Raum betrat. Sie nickte Geneviève anerkennend zu. »Dafür, dass das deine erste OP war, warst du echt große Klasse.«

Marie wandte sich zu ihr um. »Ich bin dir so dankbar, dass du Maciej operiert hast. Hast du eigentlich endlich Nachrichten wegen Arthur?«

»Ja, die habe ich«, gab Amiel leise zurück und wischte mit einem Tuch einen Blutfleck weg, den Geneviève übersehen hatte. »Wir brauchen uns um ihn nicht mehr sorgen.«

Marie sah sie verständnislos an. »Warum nicht?«

»Weil es vorbei ist«, sagte Amiel noch leiser als zuvor. Dann atmete sie tief durch und schaute Hilfe suchend zu Geneviève.

»Arthur …« Geneviève kippte die Stimme weg. »Die Deutschen haben Arthur und die beiden Verletzten um Mitternacht erschossen.«

56. Kapitel

Geneviève – Paris – 24. Juli 1943

Ich kann kaum glauben, Gigi, dass ich erst vor vier Wochen abgefahren bin. Es kommt mir wie Jahre vor – und jede Sekunde davon war endlos. Bei den Göttern, ich sollte nicht in diesem verdammten Berlin sitzen, ich sollte bei dir in Paris sein, dich in den Armen halten, dich küssen, streicheln, beschützen! Gigi, du und du allein bist die Liebe meines Lebens, und ich zähle die Stunden, bis ich endlich einen Marschbefehl zurück nach Paris bekomme. Ich leide hier wie ein Hund, und schon allein die Vorstellung, dass dich im Chez Lulu jeden Abend all diese Männer mit ihren Blicken ausziehen, treibt mich in den Wahnsinn. Ich sehe, wie du jetzt die Stirn kraust, aber das musst du nicht. Wenn ich an deiner Seite sein kann, halte ich das schon aus – aber nicht aus der Ferne. Wir sollten nicht getrennt sein, nichts, nichts, nichts sollte zwischen uns stehen, und schon gar nicht so eine verflucht große Entfernung!

Geneviève ließ den Brief, den sie gestern von Peter bekommen hatte, auf die Bettdecke sinken und sah mit einem wehmütigen Lächeln zum Fenster. Dass sie ihn liebte, hatte sie auch schon zuvor gewusst, aber nicht, wie sehr er ihr fehlen und wie weh ihr dies tun würde. Und auch sonst ging es ihr wie ihm, ja, sogar das im *Chez Lulu* … Bisher hatte sie die Bewunderung der Männer bei ihren Auftritten immer genossen, aber seit er nicht mehr unter den Zuschauern war, war ihr das alles zu viel, diese Blicke, die Zurufe, die Anzüglichkeiten ... Und ganz und gar unerträglich waren ihr die Abende, an denen Strebers unter den Zuschauern war. Wie sehr Stunden sich dann endlos dehnen konnten!

Berlin ... Mein Gott, warum hatten sie ihn nicht einfach hierlassen können? Dabei musste sie noch froh sein, dass sie zumindest diesen Brief von ihm bekommen hatte, noch dazu einen unzensierten Brief. Peter hatte ihn einem Kameraden mitgegeben, der gerade von Berlin nach Paris gereist war.

Geneviève sah zurück zu den Zeilen. Auch der Rest des Briefes war eine einzige große Liebeserklärung. Sicher ein Dutzend Mal hatte sie ihn seit gestern gelesen und könnte ihn noch hundertmal lesen. Zärtlich strich sie über die Worte und dachte, dass es noch nie jemanden gegeben hatte, der sie so geliebt hatte und den sie so sehr geliebt hatte, und wie seltsam es war, dass es ausgerechnet ein Deutscher, ein *Feind*, hatte sein müssen, der ihr zeigte, was lieben bedeutete. Sie war froh, wenigstens zu wissen, dass er heil in Berlin angekommen war und schon einiges unternommen hatte, um seine Rückkehr nach Paris voranzutreiben. In Berlin wurden seine Französischkenntnisse derzeit offenbar dringender gebraucht als in Paris. Ein halbes Jahr würde er mindestens bleiben müssen, hatte er bei seiner Abreise gemeint, und sie konnten nur beten, dass es nicht noch länger wurde. Geneviève wollte gerade anfangen weiterzulesen, als es läutete. Verwundert sah sie auf, weil sie niemanden erwartete, und legte den Brief auf Peters Kopfkissen, wo er auch die ganze Nacht über gelegen hatte. Es hatte ihr das Gefühl gegeben, als wäre so wenigstens ein Teil von ihm bei ihr. Dann erhob sie sich und zog sich auf dem Weg zur Tür den Morgenmantel über.

»Amiel, du so früh am Morgen?« Erstaunt öffnete Geneviève ihre Wohnungstür noch weiter und ließ Amiel eintreten. »Geht es dir nicht gut? Kann ich etwas für dich tun?«

»Nein, nein, ich … ich komme schon zurecht.«

»Dann bist du wegen Maciej da?«

»Auch nicht, keine Sorge, es gibt keine Probleme. Gestern hatte er tagsüber auch endlich weniger Schmerzen, und Marie lässt ihn keine Sekunde aus den Augen.« Sie zeigte auf Genevièves Morgenmantel. »Es tut mir leid, dass ich dich aus dem Bett geholt habe. Ich … es war unüberlegt von mir, so früh herzukommen. Vielleicht sollte ich auch später –«

»Aber nein, lass, Amiel, es ist gut, ich war sowieso schon wach. Und komm erst mal rein.« Geneviève führte sie in die Küche. »Willst du auch einen Kaffee?«

»Hat dir dein neuer Verehrer im *Chez Lulu* wieder welchen mitgebracht?«

»Wenn Peter das wüsste, würde er den Kerl kaltmachen – und mich sicher gleich mit, so eifersüchtig, wie er ist.« Sie lachte, obwohl sie sich nicht sicher war, ob Peter das nicht tatsächlich machen würde. Aber der Kerl war so dick und klein und hässlich, dass Peters Eifersucht auf ihn lächerlich gewesen wäre.

»Dann gern einen Kaffee, ja danke. Ich … ich habe die ganze Nacht kein Auge zugemacht, etwas Warmes täte mir sicher gut.«

»Entschuldige, ich mache hier dumme Witze, und du …« Sie strich sich die Haare aus dem Gesicht. »Dass es ausgerechnet Arthur treffen musste. Er hat doch nichts weiter getan, als nur zu helfen.«

»Ich habe nicht nur wegen ihm nicht schlafen können.« Amiel biss sich auf die Lippen. »Ach, Gigi, ich habe eine solche Angst um das Kind. Natürlich wussten Arthur und ich von Anfang an, wie gefährlich es ist, in diesen Zeiten als Jude ein Kind zu bekommen, aber das Kind war ja nicht geplant. Und wenn ich nach Arthur noch das Kind verliere … Es ist doch alles, was mir von ihm bleibt!«

Geneviève trat zu ihr und strich ihr über die Schulter. »Es wird schon alles gut gehen. Aber vielleicht solltest du dir überlegen, ob du deine Mitarbeit in der Résistance nicht lieber einstellst.«

»Und dann sterben andere für das Wohl meines Kindes?« In Amiels Augen traten Tränen. »Seit Arthurs Tod gibt es nur noch zwei Ärzte in der Résistance: Hervé und mich. Einer allein schafft das nicht. Eigentlich schaffen wir das nicht mal zu zweit. Wie soll ich es vor mir verantworten, dass ich nur noch zu Hause sitze und die Hände in den Schoß lege? Aber wenn sie mich erwischen und dem Kind etwas passiert ...« Sie rieb sich über das Gesicht. »Die ganze Nacht ist mir das durch den Kopf geschwirrt. Das Für und das Wider, das Für und das Wider – ich finde keinen Weg heraus. Und natürlich könnte ich auch bei einer banalen Ausweiskontrolle auffliegen. Es muss nur jemand meinen Pass anzweifeln, und schon ...« Sie knetete die Hände. »Der Gedanke, dass dann nicht nur ich deportiert werde, sondern auch mein Kind ...«

Ohne den Kaffee zu kochen, setzte sich Geneviève an den Tisch und sah Amiel an. »Und was kann ich dabei helfen?«

Amiel presste die Hände auf den Mund.

»Amiel? Du hast doch irgendeine Idee, oder?«

»Ja, nein, nun, ich wollte dich fragen ...« Sie sah auf ihren Bauch, der sich allmählich wölbte, und strich behutsam darüber. Dann ging ihr Blick zurück zu Geneviève. »Gigi, würdest du mein Kind als deines ausgeben?«

»Ich soll ...« Geneviève riss die Augen auf. »Das meinst du nicht ernst, oder?«

»Natürlich nur, bis die Lage sich entspannt hat. Irgendwann werden die Alliierten die Deutschen besiegen, das muss einfach passieren, und dann könnten wir alles richtigstellen.«

»Aber, Amiel ...«

»Bitte, Gigi, es handelt sich sicher nur um wenige Monate, immerhin hat sich das Blatt für die Deutschen längst gewendet: Im Winter ist die Wehrmacht vor Stalingrad gescheitert, und seit dem Frühjahr attackieren die Alliierten den Süden. Auch in Afrika kommen sie voran: Seit Mai ist die Küste von Marokko bis Ägypten in alliierter Hand, das deutsche Afrikakorps hat kapituliert, und vor zwei Wochen sind die Alliierten auf Sizilien gelandet. Die Alliierten siegen überall, Gigi, überall! Und jeder weiß, dass Stalin auf Frankreich abzielt. Er wollte es sogar schon vor Sizilien befreien, und spätestens wenn die Alliierten dort ihre Ziele erreicht haben, werden sie herkommen, und dann sind wir wieder frei, und ich könnte mein Kind zu mir nehmen.«

»Ja, schon, aber …« Geneviève strich sich mit beiden Händen über die Wangen. »Aber was, wenn nicht? Nur weil die Alliierten auf Sizilien sind, ist Frankreich noch lange nicht befreit. Was, wenn die Deutschen noch Jahre hier sind und du dein Kind dann doch nicht zu dir nehmen kannst? *Mon dieu,* Amiel, weißt du, was du da sagst? Du willst dein Kind weggeben? Ausgerechnet du?«

»Aber was soll ich denn sonst tun?« Amiels Augen liefen über. »Ich will nicht, dass es stirbt. Nicht auch noch unser Kind!«

Geneviève sank auf ihren Stuhl zurück. Sie wusste nicht, was sie sagen sollte. Natürlich wollte sie Amiel helfen, aber war dies eine Hilfe? Und wie sollte das überhaupt ablaufen? Sollte sie sich alle paar Wochen ein dickeres Kissen unter das Kleid stopfen? Und was wollte Amiel behaupten, was mit ihrem Kind geschehen war?

»Es tut mir leid, vergiss es, vergiss es!« Amiel presste die Hände aufs Gesicht. »Ich habe kein Recht, dich da reinzuziehen.«

»Es geht doch nicht ums Reinziehen, Amiel. Aber wir müssen zumindest überlegen, wie man das organisieren kann. Und was soll ich eigentlich sagen, von wem das Kind ist? Peter jedenfalls ist zeugungsunfähig. Dafür haben die Masern gesorgt.«

»Stimmt, Peter – ein Vater für das Kind ... Daran habe ich gar nicht gedacht.« Amiel wurde feuerrot. »Entschuldige, ich habe nur an mich ... und nein, das geht natürlich alles nicht.«

Geneviève seufzte. Wenn Peter herausfände, dass sie ein Kind bekam, wäre das in der Tat ein riesiges Problem. »Wir ...« Geneviève räusperte sich. »Wir werden schon eine Lösung finden.«

»Nein, werden wir nicht.« Amiel wischte sich die Tränen vom Gesicht. »Denn du kannst ihm ja auch nicht sagen, dass es das Kind deiner jüdischen Freundin ist.«

»So weit sind wir noch lange nicht. Im Moment ist er weg, und wir müssten nur Marie etwas erklären. Der könnte ich sagen, ich sei mit ein paar alten Freunden losgezogen. Die freut sich, wenn ich Peter betrüge.« Sie zwinkerte Amiel zu, doch die schüttelte den Kopf. »Nein, nein, entschuldige, ich ... Das sind alles nur Auswüchse einer schlaflosen Nacht. Vergiss alles, was ich gesagt habe.« Sie erhob sich. »Ich bitte Marie, sich nach einem Platz im Waisenhaus umzuhören.«

Geneviève sprang auf und hielt Amiel am Arm fest. »Jetzt lauf nicht weg. Das Waisenhaus – das arme Kind! Nein, die Idee ist eigentlich ganz vernünftig. Wir müssen nur überlegen, wie wir sie umsetzen. Na komm, lass uns nachdenken. Wir finden schon eine Lösung.«

»Heißt das, du ...?« Fassungslos sah Amiel zu ihr auf. »Aber Peter. Was ist mit Peter?«

»Auch da wird uns etwas einfallen.« Geneviève warf Amiel einen aufmunternden Blick zu, obwohl sie keineswegs das Gefühl hatte, dass ihnen etwas einfallen würde. Und sie wusste, wie eifersüchtig Peter war ...

57. Kapitel

Josephine – heute

»Damit, dass du die Aufzugswand anstarrst, änderst du auch nichts«, sagte Josephine nach einer Weile leise und so mild sie eben konnte. Sie hatte das Gefühl, dass sie eben – wieder einmal – über das Ziel hinausgeschossen war: Malou vorzuwerfen, dass sie sich nur um andere kümmerte, um sich nicht selbst sehen zu müssen ... Was hatte sie sich dabei bloß gedacht? Was wusste sie schon von ihr? So gut wie nichts. Und wieso meinte sie dann, sich ein solches Urteil erlauben zu können? Aber ein Angriff war für sie schon immer die beste Verteidigung gewesen. Sie wartete, doch Malou rührte sich nicht.

»He«, rief sie sanft, »na komm, setz dich wieder!«

Sie sah, wie Malou tief durchatmete, sich endlich umdrehte und wieder auf den Boden glitt – allerdings ohne sie anzusehen.

»Ich ...« Auch Josephine atmete tief durch. »Es war schon sehr hart, als erst ich und dann meine Mutter herausgefunden hat, dass ihr ganzes Leben auf einer einzigen großen Lüge basierte.«

Malou sah immerhin kurz zu ihr herüber, sodass Josephine fortfuhr. »Es war nach ihrem vorletzten Selbstmordversuch. Wir waren über Weihnachten in einem verdammten Nest in den Pyrenäen und total eingeschneit worden, keiner kam mehr raus aus dem Dorf, keiner rein. Während Geneviève und ich beim Bäcker Brot kaufen gegangen sind, hat sich meine Mutter mal wieder die Pulsadern aufgeschnitten, diesmal aber richtig. Zu unserem Glück hat in der Wohnung direkt unter uns ein Arzt gewohnt. Er hat die Pulsadern meiner Mutter wieder zusammengeflickt, meinte aber, sie bräuchte dringend eine Bluttransfusion. Meine Mutter hatte Blutgruppe B minus, was ja sehr selten ist, und da wir eingeschneit waren ...«

»Und Geneviève konnte ihr kein Blut spenden?« Malou sah sie abwartend an.

»Ich war elf damals«, fuhr Josephine fort. »Ich weiß es noch wie heute, wie ich neben Geneviève stand – und wie sie nach der Frage des Arztes, welche Blutgruppe sie habe, weiß wie die Wand wurde. Tja, so kam es heraus.«

»Geneviève war nicht die Mutter deiner Mutter?«

»Exakt.«

»Und wer sonst?«

»Amiel.«

»Deine Mutter war Amiels Toch...« Malou verschlug es die Sprache. »Nein, oder?«

»Doch.«

»Und deine Großmutter hatte es deiner Mutter bis zu diesem Tag nicht gesagt?«

»Nein, und auch da hätte sie es vielleicht nicht getan, aber meine Mutter hatte das Gespräch trotz ihrer Schwäche mitbekommen. Der Arzt konnte dann Gott sei Dank einen anderen Blutspender aus dem Dorf organisieren, jemanden mit Blutgruppe 0, sonst wäre meine Mutter gestorben. Von dem Schock hat sie sich trotzdem nie wieder erholt. Ihre Depressionen wurden noch schlimmer, und mit Geneviève redete sie nie wieder. Sie konnte ihr nicht verzeihen, dass sie sie ihr Leben lang angelogen hatte. Drei Monate später versuchte sie wieder, sich umzubringen. Diesmal war sie erfolgreich.«

58. Kapitel

Geneviève – Paris – 12. Dezember 1943

»Dieser verdammte Gurt!« Zunehmend entnervter versuchte Geneviève, die Riemen über ihrem aufwendig ausgepolsterten Bauch so zurechtzuziehen, dass sie endlich glatt anlagen. Dreimal hatte sie ihr Kleid schon an- und wieder ausgezogen, doch jedes Mal zeichneten sich die Gurte aufs Neue durch den Stoff hindurch ab. Sie schaute auf ihre Armbanduhr. Schon nach sieben. Die Probe im *Chez Lulu* hatte längst begonnen, um acht war ihr Auftritt. Als sie das Kleid diesmal überzog und darüberstrich, schmiegte es sich endlich überall an sie an. Schnell nahm sie noch ihren Mantel, den dicken Schal und ihre Tasche und eilte aus dem Haus.

Geneviève war kaum zwei Häuserblocks weit gelaufen, als sie auf eine Gestalt aufmerksam wurde, die sich an einer Hauswand abstützte. Als sie näher kam, erkannte sie, dass es Amiel war. Hastig lief sie zu ihr. »Amiel, was hast du?«

»Das Kind ... Es will nicht mehr warten.« Amiel zeigte auf ihr Kleid. Der Schoß war völlig durchnässt. »Vor einer halben Stunde ist die Fruchtblase geplatzt, ich wollte gerade zu deiner Wohnung.«

»U...und was muss ich jetzt tun?«, stotterte Geneviève.

»Erst mal gar nichts.« Amiel lächelte ihr beruhigend zu.

»Aber das Kind hat doch noch drei Wochen Zeit. Warum kommt es dann jetzt schon?«

»Weil … es so sein soll«, sagte Amiel leise und mit so zittriger Stimme, dass Geneviève irritiert zu ihr sah. »Ist etwas passiert?«

Amiel schüttelte den Kopf.

»Sicher?« Geneviève warf ihr einen prüfenden Blick zu.

Mit einem kleinen Lächeln wies Amiel auf ihr Kleid. »Ich würde gern hochgehen, aber lass dich nicht aufhalten, ich habe meinen Schlüssel dabei.«

»Ich lasse dich doch nicht allein! Nein, ich komme mit hoch, und dann musst du mir noch einmal ganz genau erklären, was ich bei der Geburt tun muss.«

»Immer mit der Ruhe, Geneviève.« Amiel nahm sie am Arm. »Das Kind wird kaum in den nächsten Minuten kommen.«

Geneviève versuchte, ruhiger zu atmen, doch es gelang ihr nicht. Auf einmal lächelte Amiel noch breiter als eben. Es war ihr typisches, warmherziges Amiel-Lächeln, das Geneviève so an ihr liebte. »He, Gigi, es wird alles gut gehen. Wir sind doch …«

»… die drei Unbesiegbaren«, beendete Geneviève den Satz für sie und musste dann auch selbst lächeln. Sie nickte, nickte gleich noch einmal und küsste Amiel auf die Wange. Dann bekam sie endlich wieder Luft und ging mit ihr zum Haus.

Als sie in der Wohnung waren, half Geneviève Amiel, sich frisch zu machen, und gab ihr saubere Kleider und alle Sachen, die sie für die Geburt vorbeibereitet hatten.

Anschließend drängte Amiel sie, endlich zur Arbeit zu gehen. »Sie warten schon auf dich.«

»Aber du brauchst mich doch für die Geburt.«

»Später, später.« Stöhnend fasste sich Amiel an den Bauch und atmete mehrmals hintereinander heftig aus.

»Von wegen später!« Geneviève half Amiel, sich zu setzen. »Nichts da, ich bleibe.«

Amiel atmete noch ein paarmal kontrolliert ein und aus, dann strich sie Geneviève über den Arm. »Keine Sorge, das war nur eine Wehe. Bis das Kind kommt, wird es noch ewig dauern. Zwölf Stunden sind das Minimum für eine Erstgebärende. Also geh endlich. Es gibt nichts, was du im Moment für mich tun kannst.«

»Aber ich kann dich doch nicht allein lassen.«

»Glaub mir, Geneviève, du kannst. Vor morgen früh wird das Kind nicht kommen.«

»Und wenn doch?«

»Dann würde ich das auch allein schaffen, aber glaub mir, das wird nicht passieren.«

»Nein, so habe ich keine ruhige Minute. Wir machen es so: Ich spiele im *Chez Lulu* die ersten Lieder, das gibt Luc Zeit, den Ersatzpianisten zu holen, und dann komme ich gleich nach Hause.«

»Dramatisiere es aber nicht so sehr, dass sie dich mit Begleitung nach Hause schicken.«

»Natürlich, da passe ich schon auf.« Geneviève eilte zur Tür und drehte sie sich dort noch einmal um. »Und du bist sicher, du schaffst das so lange allein?«

»Aber ja doch!« Amiel wedelte mit der Hand, um sie aus der Wohnung zu scheuchen.

Geneviève kehrte um, gab ihr einen Kuss und eilte los.

Als Geneviève vier Stunden später zurückkam, hörte sie im Treppenhaus ein eigenartiges Maunzen, das aus ihrer Wohnung zu kommen schien. Irritiert nahm sie die letzten Stufen, schloss auf und stürmte in die Wohnung. »Amiel? Alles klar mit dir?«

»Ja, ja, bestens.«

Geneviève eilte weiter in die Küche und glaubte ihren Augen nicht trauen zu können. Amiel saß auf dem Küchenstuhl, und in ihren Armen lag das Baby. Ein winzig kleines

Wesen, das in dem Strampler, den Amiel ihm angezogen hatte, regelrecht zu ertrinken schien.

»Amiel, wie ... wie hast du das gemacht?«

Amiel grinste. »Mit einer ziemlich überstürzten Geburt, würde ich sagen. Das kleine Mädchen hatte es eilig. Ehrlich gesagt habe ich im Krankenhaus nur ein einziges Mal eine so rasante Geburt erlebt.«

Ungläubig kam Geneviève näher, sah auf den Säugling mit seinem roten Gesichtchen und den pechschwarzen Äuglein und strich mit den Fingerspitzen über den feinen schwarzen Flaum auf seinem Köpfchen. »Oh, Amiel, sie ist ... wunderschön.« Ganz behutsam strich sie über die Wangen. »Wunderwunderschön!«

»Ja, das ist sie«, sagte Amiel andächtig. Auch sie war ganz in den Anblick ihres Babys versunken. Und dann fügte sie leise hinzu: »Und ich hätte mir so sehr gewünscht, dass Arthur sie sehen kann.«

Geneviève sah, wie Tränen in Amiels Augen stiegen. »Du musst nicht immer so tapfer sein, das warst du viel zu sehr.«

Amiel strich sich über die Stirn. »Es ist alles gut, wie es ist. Der Allmächtige bestimmt unsere Wege, und dank dir werden wir in Aimée weiterleben.«

»Dank dir, Amiel, dank dir! Und die Zeit wird kommen, in der du dich ganz offen zu deinem Kind bekennen kannst.«

Amiel presste die Lippen zusammen. Geneviève küsste sie auf die Stirn. »Es bleibt also dabei, dass die Kleine Aimée heißen soll?«

»Ich hoffe, der Name wird ihr all die Liebe mitgeben, die Arthur und ich ihr so gern mitgegeben hätten.« Amiel wischte eine Träne weg, dann fasste sie sich und boxte Geneviève spielerisch gegen den ausgepolsterten Bauch. »Auch der Geburt deines Kissenkindes steht nichts mehr im Wege.«

Geneviève grinste. »Ist ja wahr, *genial, enfin!*« Sie lachte auf.

»Und denk daran«, fuhr Amiel fort. »Die offizielle Version ist, dass ich dir geholfen habe, dein Kind zu entbinden, und danach habe ich meines tot entbunden und in einer stillen Begräbnisfeier zu Grabe getragen, um keine unnötige Aufmerksamkeit zu erregen.«

»Und du meinst, Marie nimmt uns ab, dass du uns nicht mal zur Beerdigung hast kommen lassen?« Geneviève hob die Augenbrauen. »Marie hat einen guten siebten Sinn. Ich weiß nicht, ich denke manchmal, wir hätte sie doch einweihen sollen.«

»Nein, solche Geheimnisse brauchen keine Mitwisser, nicht in diesen Zeiten, nicht bei den Verhörmethoden der Deutschen. Es ist nicht wichtig, was Marie glaubt.« Amiel sah Geneviève mit einer eigenartigen Nachdrücklichkeit an. »Wichtig ist nur, was du glaubst, denkst und sagst: Es gibt nur ein Kind, und das ist deins. Aimée ist deine Tochter!«

59. Kapitel

Geneviève – Paris – 13. Dezember 1943

Noch bis zum Morgengrauen saßen Geneviève und Amiel zusammen in der Küche, beide waren durch die Ankunft der kleinen Erdenbürgerin viel zu aufgedreht, um schlafen zu können. Geneviève machte ihnen Crêpes, woraufhin sie an die Crêpes denken mussten, die sie an dem Morgen nach dem Bombeneinschlag in dem Haus gegessen hatten, in das sie sich dank Geneviève hatten einschleichen können.

»Eifreie Crêpes hast du die Dinger genannt.« Amiel lächelte versonnen. »Eine mehlige, klebrige Pampe war das – und doch vielleicht die besten Crêpes, die ich in meinem Leben gegessen habe. Einfach weil wir lebten und zusammen waren.« Sie seufzte. »Ach, Gigi, wir hatten gute Zeiten miteinander, richtig gute, nicht wahr?«

»Und ob wir die hatten!« Sie erwiderte Amiels Blick und sagte dann leise: »Weißt du eigentlich, wie ähnlich du deiner Mutter bist? Sie war die schönste und edelste Frau, die ich je kennengelernt habe. Ich weiß nicht, was aus meiner Mutter und mir geworden wäre, wenn sie sich nicht für uns eingesetzt hätte. Jede andere Frau hätte eine Köchin mit einem Bankert aus dem Haus geworfen. Deine Mutter hat ihr nicht nur die Arbeit gelassen, sondern ihr überdies auch noch eine Dienstwohnung und ihrem Kind Klavierstunden gegeben. Alles, was ich heute bin, verdanke ich deiner Mutter – einschließlich der besten Freundin, die ein Mensch haben kann!«

In Amiels Augen traten Tränen. »Dass ... dass du das sagst, gerade heute sagst ... Du kannst dir nicht vorstellen, wie viel mir das bedeutet!«

»Ich hätte dir das schon viel früher und viel öfter sagen sollen. Nun, du weißt ja, wie ... eckig ich bin. Aber ohne meine Kanten wäre ich untergegangen in dieser Welt da draußen.«

»Ja, ich weiß, und ich hätte um nichts mit dir tauschen wollen. Es war so viel einfacher, das umgluckte Nesthäkchen eines wohlhabenden Arztes und seiner Frau zu sein als das uneheliche Kind der Köchin.« Sie atmete tief durch. »Schade, dass Marie nicht hier bei uns ist.«

»Ja, schade, wirklich.« Geneviève merkte, dass Marie ihr tatsächlich fehlte. Auch wenn sie in den letzten Jahren harte Auseinandersetzungen gehabt hatten, würde Marie für sie doch für immer das erste Kind sein, das sie damals, als sie eingeschult wurde, akzeptiert hatte. Marie war es egal gewesen, was für gemeine Geschichten die anderen über sie und ihre Mutter erzählt hatten. Sie hatte von Anfang an nie auf sie herabgeschaut, sondern war mit warmem Interesse und einer zur Freundschaft ausgestreckten Hand auf sie zugegangen. »Weißt du noch, was Marie damals zu mir gesagt hat, als wir bei euch im Garten gespielt haben?«

»Und ob: Endlich jemand, mit dem man nicht nur über Puppen reden kann!« Amiel lachte auf. »Fünf Jahre waren wir damals alt, oder sechs?« Sie schüttelte den Kopf und lachte noch mehr. »Die drei Unzertrennlichen ... Na ja, in der letzten Zeit nicht ganz so unzertrennlich. Vor allem wünschte ich, wir hätten Marie nicht deine Schwangerschaft vorspielen müssen, aber das dient ja nicht nur unserem, sondern auch ihrem Schutz.«

»Und niemand würde das besser als Marie verstehen«, beruhigte Geneviève sie. »Stell dir vor, sie wird noch einmal verhaftet und verhört!«

»Ja, du hast recht, aber trotzdem fühle ich mich deswegen unwohl. Das musst du ihr später auch sagen.«

»Wieso ich?« Irritiert sah Geneviève auf. »Das kannst du ihr doch selbst sagen.«

»Ähm ja, natürlich, natürlich!« Amiel errötete. Im gleichen Moment begann die kleine Aimée zu maunzen.

»Kannst du ihr schon die Brust geben?«, fragte Geneviève.

»Ich werde es versuchen«, meinte Amiel. Sie knöpfte ihr Kleid auf und versuchte, Aimée anzulegen. Schnell fand deren kleines Mündchen die Brustwarze und begann, gierig zu saugen. Geneviève sah ihr einen Moment zu, dann spülte sie das Geschirr ab. Anschließend erklärte Amiel ihr, wie sie Milchfläschchen machen musste, wenn sie nicht da war, und was es noch alles bei einem Neugeborenen zu beachten gab.

»Das kann ich unmöglich alles auf einmal behalten.« Geneviève lachte. »Außerdem ist es spät, und wir hatten doch sowieso gesagt, dass du zumindest am Anfang bei mir wohnst.«

»Ja, ja, gewiss. Trotzdem ist es besser, du weißt, wie es geht.« Unbeirrt fuhr Amiel mit ihren Erklärungen fort und erinnerte sie an viele andere Dinge, die sie ihr in den letzten Wochen schon zur Babypflege notiert hatte. »Und natürlich musst du den Nabel mehrmals täglich desinfizieren und –«

»He, Amiel, jetzt hol mal Luft. Du wirst doch wohl mindestens so lange bei mir wohnen, bis der Rest Nabelschnur abfällt. Selbst Marie wird sich nichts dabei denken, wenn du mir die ersten Tage zur Hand gehst.«

Statt etwas zu erwidern, erhob sich Amiel, legte sich ihr Kind für das Bäuerchen über die Schulter und zählte noch einmal die Windeln durch.

»Amiel«, schimpfte Geneviève. »Jetzt ist es aber gut. Du bist doch nicht aus der Welt!«

»Nein, natürlich nicht. Niemand ist je aus der Welt. Nicht einmal die Toten. Ich jedenfalls spüre die Gegenwart von Arthur und meinen Eltern bis heute.«

»Allmählich werden deine Themen immer seltsamer.« Geneviève krauste die Stirn. »Ich glaube, wir sollten jetzt alle beide schlafen gehen, ehe es noch merkwürdiger wird.«

»Warum merkwürdig? Die Toten gehören zu uns wie die Lebenden.« Sie küsste ihr Kind auf die Stirn und reichte es dann Geneviève. »Na komm, nimm sie mal. Sie muss dich kennenlernen.«

Geneviève nahm die kleine Aimée und wiegte sie behutsam in ihren Armen. Liebevoll fuhr sie ihr mit dem Finger über das Näschen und die kleinen, feinen Lippen, die exakt wie die von Amiel geformt waren. »Keine Sorge«, sagte sie leise zu dem Kind. »Ich werde gut auf dich aufpassen, wenn deine Mama nicht da ist, aber ganz, ganz bald wird die Welt aufhören verrücktzuspielen, und dann wirst du bei deiner Mama leben und mich nur noch als Tante in Erinnerung behalten.«

Als sie aufsah, bemerkte sie, wie Amiel um ihre Fassung rang. Sie zog sie zu sich. »Noch können wir alles anders machen. Wir behaupten einfach, ich hätte die Totgeburt gehabt und du –«

Amiel schüttelte heftig den Kopf. »Nein, nein, alles ist gut, wie es ist. Es gibt nur diesen einen Weg, wenn ich sie in Sicherheit wissen will.«

»Du siehst aber nicht aus, als ob alles gut wäre.«

»Trotzdem ist es die richtige Entscheidung.«

»Sicher?«

»Ganz sicher.« Amiel nickte ihr nachdrücklich zu.

»Gut, du entscheidest.« Geneviève hob die Achseln und legte das Kind in die Wiege, die hier schon seit einigen Wochen auf es wartete. Sie deckte es zu, schaukelte es noch ein paarmal und meinte dann zu Amiel, dass sie schlafen gehen würde.

»Ja, tu das«, erwiderte Amiel, machte dann plötzlich einen Schritt auf sie zu und umarmte sie heftig. »Du kannst dir nicht vorstellen, wie dankbar ich dir bin, dass du das für uns tust.«

Grinsend tätschelte Geneviève ihren Rücken. »Noch habe ich gar nichts getan, und vielleicht erweise ich mich ja als so lausige Mutter, dass du mir Aimée schon nach drei Tagen wieder abnimmst.«

»Ganz gewiss nicht!« Amiel küsste sie noch einmal auf beide Wangen und ließ sie dann los.

Als Geneviève sah, dass Amiels Augen erneut glitzerten, nahm sie sie noch einmal bei der Hand. »Ich verstehe, wie aufwühlend das alles für dich ist, die Geburt, die Erinnerung an Arthur ... Aber irgendwie habe ich das Gefühl, da sei noch mehr, als wolltest du mir etwas sagen, was ich nicht verstehe ...«

»Aber nein, nichts ist.« Hastig trocknete sich Amiel das Gesicht. »Ganz bestimmt nicht.«

Geneviève sah sie forschend an. »Sicher?«

»Ja, ja.« Amiel nickte ihr zu. »Und jetzt mach schon, dass du schlafen gehst. Ich bleibe noch etwas bei Aimée, dann lege ich mich aufs Sofa.«

Gähnend fuhr Geneviève ihr durch die Haare und ging winkend aus der Küche.

Auch im Bett fand Geneviève lange keine Ruhe. Sie musste ständig an Amiel denken. Irgendetwas war seltsam an ihr. Sie nahm sich vor, morgen noch einmal mit ihr zu reden, aber jetzt musste sie erst einmal schlafen. Kaum hatte sie sich auf die rechte Seite, ihre Schlafseite, gedreht, fielen ihr auch schon die Augen zu. Sie hatte eigenartige Träume in dieser Nacht, Träume von fliegenden Wesen, von denen eines Arthurs Gesicht hatte, ein anderes war das von Amiel. Sie schienen glücklich zu sein und schwebten durch einen grenzenlos weiten blauen Himmel. Irgendwann schob sich ein Klacken in ihre Träume, ein Klacken wie das von ihrer Haustür, wenn sie ins Schloss fiel. Ohne richtig wach zu werden, überlegte sie, ob Peter gerade gekommen war, da nur er und Amiel einen Schlüssel besaßen, dann aber wusste sie wieder, dass er in Berlin war und es nicht gewesen sein konnte … und versank erneut in ihre Träume.

60. Kapitel

Geneviève – Paris – 14. Dezember 1943

In Genevièves Träume schob sich das Weinen eines Babys. Zuerst wunderte sie sich, wo das Weinen herkam, dann fiel ihr wieder ein, dass Amiel letzte Nacht ihr Kind bekommen hatte. Sie wartete, dass Amiel aufstehen und sich um ihr Kind kümmern würde, doch das Kind weinte weiter.

»Amiel?«, rief Geneviève. Sie rieb sich schlaftrunken die Augen. »Amiel?«

Als keine Antwort kam und das Kind weiterweinte, erhob sie sich und tappte gähnend ins Wohnzimmer. Das Sofa war leer, und es sah auch nicht so aus, als ob dort jemand geschlafen hätte. Verwundert ging Geneviève weiter in die Küche. Auch dort war Amiel nicht. Irritiert nahm sie den weinenden Säugling auf den Arm, der sich daraufhin sofort beruhigte, und sah im Bad nach, doch auch dort war niemand – und mehr Räume gab es in ihrer Wohnung nicht.

»Na so was«, sagte sie zu der kleinen Aimée. »Vielleicht ist deine Mama Baguette kaufen gegangen.« Aber noch während sie das sagte, wurde ihr klar, dass sie das selbst nicht glaubte.

Sie ging zurück in die Küche und wurde erst jetzt auf den Briefumschlag aufmerksam, der auf dem Küchentisch lag. *Für Geneviève* stand darauf. Nichts Gutes ahnend nahm sie ihn auf, doch dann fing Aimée wieder an zu weinen, und das noch mehr als zu zuvor. Unschlüssig sah Geneviève zwischen dem Umschlag und Aimée hin und her und beschloss, sich zuerst um das Kind zu kümmern.

Geneviève wechselte ihre Windel, machte ihr ein Fläschchen, fütterte sie und legte sie anschließend für das Bäuerchen an ihre Schulter. Während sie Aimée sanft auf den Rücken klopfte, fiel ihr Blick auf den Brief auf dem Küchentisch, und ihr wurde eng ums Herz.

»Ich befürchte, deine Mama hat etwas ganz Dummes gemacht«, flüsterte sie gegen das Babyköpfchen. »Und ich Esel hätte merken müssen, dass sie etwas plant.«

Endlich hatte Aimée ihr Bäuerchen gemacht. Geneviève trug sie noch eine Weile hin und her, wusste aber genau, dass es ihr dabei weniger um das Kind ging als darum, den Moment, in dem sie den Brief öffnen musste, hinauszuzögern. Dann aber war Aimée eingeschlafen, und damit kam sie endgültig nicht mehr um den Brief herum. Sie legte Aimée in ihre Wiege, deckte sie zu, spülte ihr Milchfläschchen aus – und nahm den Brief zur Hand.

In dem Brief stand genau das, was Geneviève befürchtet hatte: Amiel hatte sich der Polizei gestellt. Offenbar war sie am Vortag einem Mann in die Arme gelaufen, der sie noch aus ihrer Zeit im Krankenhaus kannte und der jetzt bei der Polizei arbeitete. Er hatte sich gewundert, warum sie, als Jüdin ohne französischen Pass, noch in der Stadt war, und ihren Ausweis sehen wollen. Als er den neuen Namen gesehen hatte, war ihm sofort klar gewesen, dass der Ausweis gefälscht war. Und nur Sekunden nachdem er Amiel genau das vorgehalten hatte, platzte ihre Fruchtblase. Genau diesem Umstand hatte Amiel es zu verdanken, dass er sie hatte gehen lassen. Zuvor allerdings musste Amiel ihm beim Leben ihres Kindes schwören, dass sie sich nach der Geburt umgehend auf der *Préfecture* stellen würde. Und er hatte ihr gedroht, dass er sie andernfalls finden würde, und wenn er dafür die ganze Stadt auf den Kopf stellen musste.

Mach dir keine Gedanken, Gigi, endete der Brief. *Alles ist gut, wie es ist. Die ganze Schwangerschaft über hatte ich Angst, dass ich mein Kind nicht würde zur Welt bringen können, sondern es vorher mit mir sterben würde. Als sie Arthur erschossen haben, wurde diese Angst noch größer, noch realer. Aimée gestern in meinen Armen zu halten, ihr wunderschönes Gesichtchen streicheln und ihr sogar die Brust geben zu können, das war ein so wundervolles Geschenk, dass ich einfach nur froh und dankbar bin und dafür alles, was kommt, mit frohem Herzen auf mich nehmen will. Ich weiß, dass Aimée bei dir in den besten Händen ist und dass du sie beschützen wirst. Und auch Arthur und ich werden sie beschützen. Und zu ihm werde ich jetzt gehen – und glücklich bei ihm sein.*

Mit tränennassem Gesicht ließ Geneviève den Brief sinken. »Du dumme, dumme, dumme Nuss«, flüsterte sie. »Wir hätten garantiert irgendeine Alternative finden können, verdammt, wenigstens versuchen hätten wir es müssen.«

Aber ihr war klar, dass es für Amiel keine Alternative gegeben hatte: Wenn sie sich jetzt nicht in der *Préfecture* gestellt hätte, hätten sie überall nach ihr gesucht, und damit hätte sie natürlich auch Marie und Geneviève in Gefahr gebracht und ihr Kind noch dazu.

»Dann hättest du eben mit deinem Kind untertauchen müssen«, flüsterte sie weiter. »Meine Güte, du hättest es wenigstens versuchen können!« Aber ein Schwur auf den Kopf seines Kindes ... Wie hätte sie da anders handeln können?

Geneviève biss sich auf die Lippen, sah zu Aimée und dachte: Du hast deinen Schwur gehalten, Amiel, aber ich habe nichts geschworen, und wenn Gott mir hilft, hole ich dich da wieder raus! Schon allein beim Gedanken an Strebers zog sich alles in ihr vor Ekel zusammen, aber es war eine Chance, die einzige, und sie wollte sie ergreifen. Das war sie Aimée schuldig. Unter der Woche aß Strebers mittags meist im *Le Clarence.* Dort würde sie ihn abfangen.

61. Kapitel

Marie – Paris – 14. Dezember 1943

»Gigi, Gigi, so öffne doch!« Wieder und wieder klopfte Marie an Genevièves Tür. Endlich hörte sie Schritte. Kaum hatte Geneviève geöffnet, schob sie sich mitsamt der kleinen Zoe auf ihrem Arm an ihr vorbei, drückte die Tür hinter sich zu und keuchte: »Amiel ist verhaftet worden!«

Wortlos sah Geneviève sie an.

»Gigi, hörst du, was ich sage?« Marie nahm Zoe ein Stück höher. »Amiel ist verhaftet worden!«

»Ja, doch, natürlich verstehe ich, was du sagst, aber woher weißt ...« Geneviève räusperte sich. »Wer hat es dir gesagt?«

»Schon die ganze Nacht hatte ich Angst, weil sie nicht nach Hause gekommen ist, ohne mir vorher etwas zu sagen. Da hatte ich allerdings noch gehofft, sie sei bei einem unserer Kranken hängen geblieben, aber vor einer Stunde ist Madame Leroc zu mir gekommen. Sie putzt in der *Préfecture.* Dort hat sie Amiels Namen gehört und dass sie verhaftet worden ist und schon morgen in das Lager von Drancy gebracht werden soll. Da ist sie in ihrer Frühstückspause direkt zu mir gelaufen. Drancy, Gigi, Drancy! Wir wissen beide, wohin die Leute von da gebracht werden!«

»Nach Auschwitz ...« Geneviève sank bleich an die Wand.

Im gleichen Moment fiel Marie auf, dass Geneviève gar keinen Bauch mehr hatte. »Gigi, hast du ... du hast schon entbunden?«

»Ja, ich ... ich habe ...«

»Aber sollte dein Kind nicht erst in drei Wochen kommen?«

»Ja, schon, aber ... dann ging es gestern auf einmal ganz schnell ...« Geneviève fuhr sich über die Stirn.

Marie fasste sie am Arm. »Ist dir nicht gut?«

Geneviève fächelte sich Luft zu, und Marie hatte das Gefühl, dass sie noch blasser wurde. Hastig fasste sie sie unter. »Komm, gehen wir rüber. Wo ist dein Kind? Und was ist es eigentlich?«

»Ein Mädchen. Sie schläft ...« Geneviève wies mit dem Kinn zur Küche.

Marie begleitete sie in die Küche. Als Geneviève saß, ging Marie zur Wiege. Genevièves Tochter war viel kleiner als ihre nach der Geburt, ein unglaublich zartes Geschöpf mit dunklen Haaren und pechschwarzen Augen, aus denen sie sie ganz ruhig und ernst ansah.

»Du meine Güte, was für ein besonderes Kind«, murmelte Marie. Sie schaute zurück zu Geneviève. »Sie ist wunderschön. Mein Gott, was für ein Tag: Dein Kind wird geboren – und Amiel gefangen. Und was wird jetzt mit ihrem Kind? Gigi, wenn sie sie nach Polen verfrachten ... Man hört, dass sie die Menschen wie Tiere in Waggons pferchen, in denen es nichts weiter als ein bisschen Stroh auf dem Boden gibt und einen Kübel für ihre Bedürfnisse. Wenn Amiel da das Kind bekommt ...« Sie presste die Lippen zusammen. »Und im Lager wird es nicht viel besser zugehen.«

»Amiel ... ich ...« Geneviève schüttelte den Kopf. »Gibt es denn niemanden, der etwas für sie tun kann? Was ist mit Simon? Oder einem deiner anderen Freunde?«

»Simon habe ich schon auf dem Weg hierher informiert. Maciej ist auch losgelaufen, um zu sehen, welche Möglichkeiten wir haben.«

»Kann er denn wieder laufen?«

»Mit den Krücken geht es einigermaßen. Aber er hatte wenig Hoffnung, etwas ausrichten zu können. Bei Arthur waren wir ja auch machtlos – und bei so vielen anderen ebenfalls.«

»Was für ein Albtraum«, stöhnte Geneviève.

»Allerdings!« Marie wiegte ihre Tochter, die zunehmend unruhiger wurde. »Trotzdem müssen wir alles versuchen. Ich verstehe nicht, wie das passieren konnte. Sie hatte erstklassige Papiere!«

»Vielleicht ... hat sie jemand denunziert?«

»Ausgerechnet unsere wundervolle Amiel, die noch nie in ihrem Leben irgendwem was zuleide getan hat?« Marie hob die Achseln. »Gibt es irgendeine Chance, dass jemand aus dem *Chez Lulu* etwas für sie tun kann?«

»Ich kann es versuchen.« Geneviève strich ihr Haar zurück. »Nur das Kind ... ich kann da nicht mit dem Kind hingehen. Kannst du bitte auf sie aufpassen? Der Mann, bei dem ich es versuchen will, isst mittags im *Le Clarence.*«

»Ja, natürlich!« Marie sah auf ihre Uhr. »Am besten bleibe ich gleich hier. Es ist ja schon fast zwölf.«

»Was, schon?« Erschrocken stand Geneviève auf und lief in ihr Schlafzimmer, um sich anzuziehen.

62. Kapitel

Geneviève – Paris – 14. Dezember 1943

Geneviève betrachtete ihr Spiegelbild in dem Schaufenster des *Le Clarence*. Das dunkelgrüne Kleid hatte zwar schon bessere Zeiten gesehen, aber das musste man inzwischen über alle ihre Kleider sagen. Der Krieg zeigte seine Spuren eben auch in alltäglichen Dingen. Richtig passen tat es auch nicht mehr, weil sie, seit Peter weg war, weit mehr als zuvor unter der Rationierung der Lebensmittel litt. Trotzdem war es eines ihrer schönsten Kleider, und sie wusste, wie eindrucksvoll es ihre schwarzen Augen betonte.

»Das Kleid bringt das bengalische Feuer in deinen Augen zum Glühen«, hatte Peter immer gesagt. Ach, Peter ... Sie schob den Gedanken an ihn beiseite. Es half nicht, an ihn zu denken, nicht in einem Moment, in dem sie ... so etwas tun musste. Aber es gab keinen anderen Weg. Wenn sie Amiel da herausholen wollte, musste es sein. Sie richtete noch ein letztes Mal ihre Locken, nickte ihrem Spiegelbild zu und gab sich einen Ruck. *Que Dieu soit avec nous.*

Entschlossener, als ihr zumute war, betrat sie das Restaurant. Es war eines der mondänsten Lokale im alten Paris mit eleganten Kirschholzmöbeln, burgunderroten Stofftapeten, aufwendig gearbeiteten Stuckdecken, ausladenden goldenen Kerzenständern und prachtvollen Ölgemälden. An den Tischen saßen überwiegend SS-Leute der höheren Dienstgrade, alle trugen Uniform. Einige wenige waren von Frauen begleitet, die vermutlich ausnahmslos Französinnen waren, an anderen Tischen saßen nur Soldaten. Kaum war die Tür hinter Geneviève zugefallen, eilte ein Kellner auf sie zu. Es war ein älterer Herr mit kleinen grauen Augen und einem akkurat gestutzten Schnauzer. Wie alle Kellner des *Le Clarence* trug er einen schwarzen Anzug mit einem weißen Hemd und weinroter Fliege.

»Bonjour, Madame. Haben Sie reserviert?«

»Ich ... Nein. Ich möchte zu SS- und Polizeiführer Strebers.«

»Ach ja?« Der Kellner sah sie erstaunt an. »Eigentlich hat er nur einen Tisch für eine Person reserviert. Entschuldigen Sie, Madame, sicher ein Missverständnis unsererseits.«

»Nein, warten Sie bitte.« Geneviève hob die Hand, um ihn aufzuhalten. »Das stimmt schon, es ist ... Ich wollte ihn überraschen.« Sie zwang ein Lächeln in ihr Gesicht. »Ist er schon da?«

Der Kellner sah sie an und schien zu überlegen, wie er reagieren sollte, befand die Angelegenheit dann aber offenbar als harmlos. »Ja, er ist schon da. Kommen Sie, ich bringe Sie an seinen Tisch.«

Er führte sie durch den Hauptraum in den kleineren Nebenraum. Geneviève entdeckte Strebers auf Anhieb. Er saß ganz hinten rechts in der Ecke. Auch er sah sie sofort. Als sie an seinen Tisch trat, runzelte er verwundert die Stirn. »Sieh an, die große Gigi hätte ich am allerwenigsten hier erwartet.«

»Dann ist meine Überraschung ja gelungen«, sagte Geneviève mit einem charmanten Lächeln, noch ehe der Kellner zu einer Entschuldigungssalve anheben konnte. »Ich hoffe, ich komme nicht allzu ungelegen?«

Strebers nickte dem Kellner beruhigend zu und wies auf den Stuhl neben sich. »Ich trinke gerade eine *Trouspinette* als Aperitif. Darf ich Ihnen auch eine bringen lassen?«

Geneviève nahm Platz. »Ja, gern.«

»Kommt sofort, Madame.« Der Kellner eilte davon.

Strebers sah Geneviève von oben bis unten an und grinste anzüglich. »Ehrlich gesagt wundert es mich, dass Sie mich besuchen ... Ich hatte damals nicht das Gefühl, dass wir Freunde geworden wären.«

»Sie haben meiner Freundin geholfen. Mehr hatte ich nicht erhofft«, gab Geneviève bewusst sachlich zurück.

»Und geht es Ihrer Freundin gut?«

Geneviève bejahte. »Das hat sie nur Ihnen zu verdanken.«

Ein kleines, schmutziges Lächeln umspielte seine wulstigen Lippen. »Und jetzt hat die nächste Freundin ein delikates Problem, oder was sonst verschafft mir die Ehre Ihres Besuchs?«

Mehr als seine Worte und sein Grinsen traf Geneviève die Überheblichkeit in seinem Blick, als er das Wort »Problem« aussprach. Trotzdem verzog sie keine Miene. »Ich hoffte in der Tat, noch einmal auf Ihre großzügige Unterstützung zählen zu können.«

»So wenig erfreut, wie Sie über unser letztes Zusammensein waren?« Er lachte, und es war offensichtlich, dass er sie auslachte. Trotzdem hielt sie seinem Blick stand.

»Das spielt keine Rolle. Mir ist klar, dass eine Hand die andere wäscht.« Sie versuchte zu lächeln. »Und ich bin dazu bereit.«

»Ich befürchte allerdings, dass dafür nicht der beste Moment ist.«

Der Kellner kam, servierte Geneviève ihr Glas *Trouspinette* und reichte ihr die Speisekarte. Geneviève wartete, bis er wieder gegangen war. »Wieso sollte das nicht der beste Moment sein?«, fragte sie Strebers. »Was ist heute anders als beim letzten Mal?«

Strebers zeigte auf sie. Geneviève verstand nicht. »Ich bin die Gleiche wie zuvor.«

»Madame, ich will Ihnen nicht zu nahe treten, aber ...« Er formte mit seinen Händen einen dick gewölbten Bauch. »Wie lange ist die Entbindung her? Höchstens ein paar

Tage, oder? Vor drei Tagen jedenfalls habe ich sie noch schwanger im *Chez Lulu* gesehen. Nun, nicht sehr appetitlich für ... gewisse Dinge.«

Jetzt verstand Geneviève. Er glaubte, sie habe gerade erst entbunden! Sie hätte schreien können vor Verzweiflung. Amiel hatte ihr die Pseudoschwangerschaft aufgedrängt, um ihr Kind zu retten – und jetzt war eben diese vielleicht ihr eigenes Ende. »Wir ... Wenn der aktuelle Zeitpunkt ungünstig ist, könnten wir unser Treffen ja auf später verschieben?«

»Sicher, warum nicht. Wenn man auch Ihr Anliegen auf später verschieben kann ... Für mich ist das kein Problem.« Er zeigte wieder sein hässliches selbstgefälliges Grinsen.

»Sie können sich sicher denken, dass mein Anliegen äußerste Dringlichkeit hat.«

»Und Sie«, er beugte sich zu ihr vor, »können sich sicher denken, dass ich mein Anliegen vor Ihrem erledigen möchte. Wo sonst ist da der Spaß für mich?«

»Und wenn ich Ihnen mein Wort –«

»Was interessieren mich Worte?«

Der Kellner kam zurück an den Tisch. »Hat Madame schon gewählt? Die Bouillabaisse ist sehr zu empfehlen.«

Strebers griff nach der Karte, die noch immer unangerührt vor Geneviève lag, und reichte sie dem Kellner. »Madame kam leider nur auf einen kurzen Plausch. Aber das nächste Mal sehr gern.«

Der Kellner nahm die Karte in Empfang, verbeugte sich und ging. Geneviève starrte Strebers an. »Sie wissen genau, dass meine Freundin Ihre Hilfe jetzt braucht.«

»Ich wünsche Ihnen einen schönen Tag, meine Liebe, und hoffe, dass Sie uns bald wieder mit Ihrem wundervollen Klavierspiel beglücken werden. Ohne Sie ist das *Chez Lulu* nicht dasselbe.«

Geneviève wusste, dass sie verloren hatte. Sie nickte ihm zu, erhob sich und flehte den Himmel an, dass Maries Freunde mehr Erfolg hatten.

63. Kapitel

Malou – heute

»Ich habe nachgedacht ...« Malou streckte die Beine aus, wobei sie sorgsam vermied, die von Josephine zu berühren. »So ganz unrecht hast du nicht, mit dem, was du mir vorgeworfen hast. Ich meine, dass ich mich mehr um andere als um mich kümmere und dass dies eigentlich ein Art Weglaufen ist. Selbst das mit den schneeweißen Ikea Möbeln und dem gefalteten Schlafanzug ...« Malou hob die Schultern.

»Echt jetzt?« Josephine lachte laut heraus. »Ich fasse es nicht. Du faltest deinen Schlafanzug zusammen?«

Zuerst krauste Malou die Stirn, dann musste sie mitlachen. »Du etwa nicht?«

»Schwer möglich: Ich schlafe nackt.«

Malou nickte ihr zu. »Hätte ich mir denken können. Frei sein, sich nicht eingeengt fühlen ...«

»Genau.« Josephine warf ihr Haar zurück. »Probier es mal aus. Es ist herrlich. Am liebsten würde ich überhaupt nie Kleider tragen.«

»Mmh«, machte Malou und sah Josephine weiter an. Ja, klar, diese Frau schlief nackt, lebte nackt – und weil sie keinen Schutzmantel um sich hatte, biss sie beim geringsten Angriff aufs Heftigste um sich. »Vielleicht versuche ich es wirklich mal.«

»Du verblüffst mich schon wieder.«

»Ich ... Du hast einfach mit vielem recht. Leider. Vielleicht sollte ich mich wirklich mehr auf mich konzentrieren, mich mehr um mich und mein Leben kümmern. Ich werde ohnehin nie wie Marie sein, nie über den Dingen stehen, nie jemanden retten … und im Gespräch mit dir ist mir klar geworden, dass sie vielleicht nur für mich so wunderbar ist. Von außen betrachtet –«

»– ist da einiges, was gar nicht toll ist, in der Tat«, beendete Josephine ihren Satz. »Und auch wenn ich Geneviève verteidige für das, was sie getan hat – der große Altruist war sie sicher nicht.«

»Dafür war das, was ihr passiert ist, auch zu grausam.«

»Ja, war es, aber …« Sie hielte inne, schien zu überlegen und fuhr dann fort: »Aber zumindest in einem hast du recht: Ich verstecke mich hinter meinen Anschuldigungen – rechtfertige damit alles, was bei mir nicht rundläuft. Irgendwie fühle ich mich sogar wohl in meinem Hass … Weil es so einfacher ist. Wenn ich mich nicht auf andere einlasse, kann ich auch nicht enttäuscht werden …«

»Wie ist Genevièves Leben eigentlich nach all diesen furchtbaren Dingen weitergegangen?«

64. Kapitel

Marie – Paris – 16. August 1944

Auch zwei Jahre nach ihrem Aufenthalt im Gefängnis und Gerbs unmenschlicher Folter litt Marie noch häufig unter Albträumen. Sobald sie ihr Kind in den Armen hielt, sah sie immer zuerst die Fratze ihres Peinigers vor sich und dann erst ihr Kind – und sie hasste sich dafür. Noch verunsicherter war sie geworden, als Maciej nach der Schussverletzung über Tage in Lebensgefahr schwebte – und dieses Gefühl der Unsicherheit hatte sie seither nie wieder verlassen. Maciej war für sie immer das Symbol des Stabilen, des Ewigen, des Unschlagbaren gewesen. Dass auch ein Fels wie er nicht gegen die Widrigkeiten des Lebens gefeit war, hatte ihr vor Augen geführt, wie brüchig und gefährdet alles um sie herum war – und wie sehr sie ihn brauchte, um mit dem Leben zurechtzukommen. Er war ihr Fels in der Brandung, der Mensch, der sie hielt – im Hier, im Jetzt, im Leben. Sie konnte sich nicht vorstellen, ihn zu verlieren, weil ohne ihn alles verloren gehen könnte, und seit er angeschossen worden war, wurde sie die Angst nicht mehr los, dass es wieder passieren könnte. Damals hatte sie wenigstens noch Amiel an ihrer Seite gewusst, ihren Zuspruch, ihre warmen Hände, ihre sanften, aufmunternden Blicke gehabt … Amiel aber war seit acht langen Monaten verschwunden.

Amiel … Amiel und ihr Kind … Auch wenn sich Marie das Gegenteil wünschte, konnte sie sich doch nicht vorstellen, dass ihre Freundin die Geburt überlebt hatte, nicht unter den

Bedingungen, unter denen die Menschen in die Lager transportiert und wie sie dort gewiss »gehalten« wurden. Und Amiel verloren zu haben, bedeutete nicht nur, dass sie eine ihrer beiden besten Freundinnen verloren hatte, sondern auch, dass ihre Triade nie unbesiegbar gewesen war: Wenn eine von ihnen besiegt worden war, waren auch die anderen besiegbar. Unzählige Stunden hatte sie seit Amiels Deportation am Fenster gestanden, auf die Straße gestarrt und wider besseres Wissen darauf gewartet, dass Amiel aus irgendeiner Seitenstraße auftauchte und zu ihr hochwinkte. Wann immer Maciej sie in dieser Wartehaltung fand, versuchte er, sie aus ihrer Starre herauszuholen.

»Verbinde dich nicht mit dem Verlorenen, sondern halte dich an dem Tröstlichen fest«, meinte er dann zu ihr. »Amiel liebte Arthur so sehr – stell dir vor, dass sie mit ihrem Kind bei ihm ist. Die drei sind vereint, und dort, wo sie sind, fehlt es ihnen an nichts.«

Wenn ihr dann die Tränen kamen, zog er sie an sich und wiegte sie still hin und her. Und das waren die guten Tage ... Die schlechten waren die wie heute, wenn Maciej nicht da war. Wenn sie auf die Straße starrte und sich eingestehen musste, dass nicht nur Amiel und Arthur und ihr Kind nicht mehr nach Hause kommen würden, sondern eines Tages vielleicht auch Maciej ...

Immerhin kam derzeit Hoffnung auf: Am 6. Juni 1944 waren in der Normandie endlich die britischen und amerikanischen Truppen gelandet, und das mit hundertfünfzigtausend Soldaten! Ihr Kommen war Teil der *Operation Overlord*. Sie stand unter dem Oberkommando der von US-General Dwight D. Eisenhower geführten *Supreme Headquarters Allied Expeditionary Force*. Jeden Tag stießen sie weiter Richtung Westen und vor allem auch Richtung Paris vor, wobei die Résistance sie nach Kräften unterstützte: Sie informierten die Truppen über die Bewaffnung und die Stellung oder Bewegungen der deutschen Truppen und kundschafteten

Routen und Straßensperren für sie aus. Endlich konnte der Widerstand wirklich etwas ausrichten, und je größer die Erfolge wurden, desto mehr Zulauf bekamen sie. Jeden Tag und mit jedem Kilometer, den die Befreier weiter auf Paris vorrückten, wurde die Résistance aktiver, stärker, euphorischer. Es bildeten sich neue Untergruppen. Einige von ihnen versteckten abgeschossene Piloten, beschafften Fahrzeuge und organisierten Transportmöglichkeiten in französischen und deutschen Zügen und auf den regelmäßig kursierenden deutschen Armeelastwagen für die Waffen und die Munition, die sie zuvor von den Deutschen erbeutet hatten. Andere spezialisierten sich auf Sabotage und sprengten strategisch wichtige Gebäude, Brücken, Eisenbahntunnel und Telegrafenmasten oder setzten sie in Brand. Dann stieß Nancy Wake zu ihnen. Sie war vom britischen *Special Operations Executive* ausgebildet und zeigte ihnen, wie man Brandbomben anbrachte, Sprengladungen an Eisenbahnschienen befestigte, Waffen auseinandernahm, reinigte und benutzte – und wie man Menschen geräuschlos erwürgte.

Die Zusammenarbeit mit den Alliierten funktionierte immer besser, und alle jubelten, weil sie die Deutschen weiter und weiter zurückschlugen. Die Kehrseite des Vorrückens der Alliierten war, dass die Deutschen in Paris immer nervöser wurden und die Not der Zivilbevölkerung beständig zunahm. Die Schwarzmarktpreise für Lebensmittel stiegen so hoch, dass sie kaum noch jemand in Paris bezahlen konnte. Immer mehr Menschen hungerten. Auch Marie und Maciej schlotterten die Kleider am Leib, und einzig Geneviève und ihren *Kontakten* war es zu verdanken, dass zumindest die kleine Zoe und Genevièves Aimée noch gut versorgt waren. Für sich selbst wollten weder Marie noch Maciej etwas von den Boches annehmen, aber bei Zoe zeigte ihr Stolz Grenzen.

Der Hunger ließ die Résistance noch mehr erstarken; vor allem unter den Parisern fand sie so viel Zulauf wie noch nie. Am 15. August landeten im Rahmen der *Operation Dragoon* alliierte Truppen in der Provence, und damit begann, wie Maciej Marie am Morgen erklärte, endlich die nötige Zangenbewegung gegen die Deutschen. Neben der neuen Hoffnung, die dies mit sich brachte, bedeutete dies auch eine neue Sorge für Marie, denn Maciej war nun beinahe rund um die Uhr bei der Résistance – und das in vorderster Schusslinie. In den letzten Wochen hatten er und ihre Freunde von *Combat Paris* ohnehin schon so viele Anschläge und Sabotageakte gegen die Deutschen wie noch nie zuvor ausgeführt, aber jetzt, da Maciej das Ziel vor sich sah, brannte er regelrecht, es den Deutschen endlich, endlich heimzuzahlen. Marie verging vor Angst und Sorge um ihn, und die Einzige, mit der sie dies teilen konnte, war Geneviève. Seit Peter Neumann wieder in Deutschland war, trafen sie sich so oft wie schon lange nicht mehr und saßen nachts stundenlang im Kerzenschein am Küchentisch und redeten und redeten und redeten. Ihre Freundschaft definierte sich neu, wurde tiefer, besser, wichtiger als je zuvor, beide gereift durch den Terror des Krieges und erfüllt von dem Bewusstsein, was sie an der anderen hatten. So kam es, dass Marie Geneviève schließlich sogar von den Erfolgen von *Combat Paris* erzählte – und Geneviève von Tag zu Tag mehr mit ihnen mitfieberte. Die drei Unbesiegbaren ... die jetzt nur noch zwei waren ...

Eines Nachts, nachdem Geneviève schon gegangen war, überlegte Marie, auf welchen Menschen in ihrem Leben sie am wenigsten verzichten konnte. Zu ihrem eigenen Erstaunen kam sie nicht auf Maciej, sondern auf Geneviève – und fragte sich warum. Sie liebte Maciej, sie brauchte Maciej, sie wollte alt werden mit Maciej – aber sie spürte, dass sie, wenn sie nach Amiel auch noch Geneviève verlöre, auch sich selbst verlöre. Geneviève war ihre Kindheit, ihre Jugend. Sie war ihr Schutz und ihre Gemeinschaft. Und sie war – Geneviève. Ihre freche Art, ihr keckes Lachen, ihr aufmüpfiger Blick, ihre dreiste Entschlossenheit, ihr Mut, ihre Kompromisslosigkeit. Geneviève war alles für sie – und sie war nichts ohne Geneviève.

65. Kapitel

Marie – Paris – 18. August 1944

Marie schaute auf ihre Uhr: Es war drei Uhr nachmittags und Maciej schon wieder eine Stunde überfällig. Seufzend überlegte sie, ob sie einfach trotzdem mit dem Kochen fürs Mittagessen anfangen sollte, aber als sie sich gerade dazu durchgerungen hatte, wachte Zoe auf. Sie ging zu ihrem Gitterbettchen, schuckelte sie hin und her und hoffte, sie würde noch ein bisschen schlafen, aber Zoe weinte immer lauter und setzte sich schließlich auf. Also nahm sie sie heraus, und machte ihr einen Brei. Kaum hatte sie mit dem Füttern anfangen, hörte sie die Wohnungstür.

»Maciej?«

»Ja, tut mir leid, ich weiß, schon wieder viel zu spät, aber dafür habe ich großartige Nachrichten.« Er stürmte in die Küche, küsste sie und hinterließ auf ihrer Haut einen Hauch von Sommer. »Die Spezialtruppe aus Lyon ist heute früh in Paris angekommen. Morgen werden wir mit ihrer Hilfe eines der größten Waffenlager der Deutschen sprengen.«

Marie rieb sich über den Arm. »Und wie gefährlich wird das für euch?«

»Du musst keine Angst haben.« Maciej gab nun auch Zoe einen Kuss. Schon längst hatte die Kleine seine Hand gepackt und verlangte mit einem nachdrücklichen »Papa, Papa!«, von ihm auf den Arm genommen zu werden. »Unsere Planung ist hervorragend, uns wird nichts passieren.«

Marie seufzte.

»Jetzt schau nicht so!« Maciej versetzte ihr einen Nasenstüber, nahm dann Zoe auf den Arm und brummelte zu ihr: »So leicht werdet ihr mich nicht los.«

Anschließend berichtete er Marie vom Weiterkommen der Alliierten und den Streiks, die es seit dem 10. August in der Stadt gab und die sich immer stärker ausweiteten. Zuerst hatte nur die Pariser U-Bahn gestreikt, dann auch die Gendarmerie und die Polizei, und seit heute streikten auch die Postboten.

»Die Deutschen toben«, frohlockte Maciej. In Maries Magen löste das alles nur Unruhe aus. »Ihr glaubt doch nicht, dass sie das einfach so hinnehmen werden?«

»Ihr?« Maciej sah sie verwundert an. »Seit wann sprichst du von ‚ihr', wenn du von der Résistance redest?«

Marie wusste nicht, was sie antworten sollte. Natürlich hätte sie sagen können, dass sie »ihr« gesagt hatte, weil sie nicht selbst bei der Planung dabei gewesen war, aber sie wusste, dass dies nicht der Grund dafür war. Sie hatte den Bezug verloren ... zu sich, zu ihrem Leben, zur Résistance, ja selbst zu *Combat Paris,* der Untergruppe, die sie immerhin mitgegründet hatte. Seit Amiel deportiert worden war, hatte sie kein einziges ihrer Treffen mehr besucht. Stets hatte sie vorgeschoben, dass sie niemanden hatte, bei dem sie Zoe lassen konnte, aber das war nur die halbe Wahrheit; die ganze war, dass sie seit Amiels Deportation den Mut verloren hatte. Wenn sie es noch nicht einmal geschafft hatten, ihre beste Freundin zu retten – was taten sie dann überhaupt?

Sie merkte, dass Maciej sie noch immer ansah. »Ich habe Angst«, brach es plötzlich aus ihr heraus. »Maciej, ich habe Angst um dich!« Kaum hatte sie es ausgesprochen, spürte sie eine Welle der Angst, die über ihr zusammenzuschlagen drohte und ihr die Luft nahm.

»Du musst keine Angst haben, *mój słodki mały.«* Liebevoll strich er über ihre Wange. »Ich habe dir versprochen, dass ich für euch da bin – und das werde ich auch.«

»Aber du bist schon einmal angeschoss–«

Maciej drückte ihr den Finger auf den Mund, sodass sie ihren Satz nicht beenden konnte. »Marie, ich passe auf, versprochen!«

Sie sah ihn an, versuchte, ihm zu glauben, wollte ihm glauben, aber sie wusste, wie absurd ein solches Versprechen war. Niemand war mehr sicher. Niemand. Auch ein Maciej nicht.

Ihr glaubt doch nicht, dass die Deutschen das hinnehmen werden, hatte Marie zu Maciej gesagt, und am nächsten Tag zeigte sich, wie richtig sie mit ihrer Befürchtung gelegen hatte: In der Nacht vom 16. auf den 17. August rächten sich die Deutschen für die Streiks in Paris und erschossen beim *Carrefour des Cascades* im Bois de Boulogne eine Gruppe von fünfunddreißig Jugendlichen. Eine Welle der Empörung lief durch Paris, die Rufe nach einem Aufstand wurden immer lauter, unterstützt durch die FFI, die *Forces françaises de l'intérieur,* in der sich seit Anfang des Jahres dank Jacques Bingen alle Résistancegruppen des besetzten Frankreichs vereint hatten. Obwohl den rund zweitausend FFIs in Paris über zwanzigtausend Deutsche nebst fünfzig Panzern gegenüberstanden und die amerikanischen Truppen fast noch hundert Kilometer von der Stadt entfernt waren, begann das Volk sich zu einen und zu rüsten. Immer mehr Arbeiter schlossen sich der Streikbewegung an, bis es am 18. August endgültig zum Generalstreik kam. Am Morgen des 19. August griff eine Gruppe von Widerstandskämpfern eine deutsche Wagenkolonne an, die gerade auf die Champs-Élysées einfuhr – und von da an gab es kein Halten mehr: Die Pariser besetzten Polizeistationen, Ministerien, Zeitungsredaktionen und schließlich auch das *Hôtel de Ville,* das Rathaus der Stadt. Jagdgewehre, Pistolen und selbst gebaute Waffen waren zunächst alles, womit sie in den Kampf ziehen konnten, aber schnell kamen die ersten erbeuteten Waffen hinzu.

Auf den Straßen entstanden Barrikaden, errichtet aus Erdsäcken, umgestürzten Fahrzeugen, Pflastersteinen, gefällten Bäumen, alten Bettrosten, kaputten Öfen und allem, was sonst noch an Sperrigem aufgetrieben werden konnte. Vor die Hindernisse spannten die Pariser Stahlkabel. Immer mehr Zivilisten trugen dreifarbige Armbinden – die Trikolore, die Flagge Frankreichs – und jeder von ihnen war entschlossen, bis zum Äußersten zu gehen, um die verhassten Boches endlich aus der Stadt zu treiben. Unter den Kämpfenden war auch Maciej – und Marie stand wahre Todesängste um ihn aus. An diesem Abend kam Maciej mit einem Streifschuss nach Hause. Ohne ein Wort zu sagen, schob Marie ihn in die Küche, desinfizierte die Wunde mit dem Rest Alkohol, den sie noch aus Amiels Beständen hatte, und verband den Arm unter einer nicht enden wollenden Schimpfkanonade – bis sie plötzlich in Tränen ausbrach.

»He, Marie, Marie!« Maciej zog sie in seine Arme. »Was ist denn los? Du willst doch auch, dass die Deutschen endlich aus der Stadt verschwinden. *Combat Paris* – das bist auch du!«

»Ja, ja, ja, aber ...« Sie wischte sich über das Gesicht. »Ich kann nicht mehr, ich kann einfach nicht mehr. Die Folter, deine Verletzung, Arthurs Tod, Amiels Deportation – Schmerzen, Hunger, Tod überall – es reicht mir, verstehst du? Es reicht mir einfach. Ich kann nicht noch mehr aushalten. Und vor allem kann ich nicht auch noch dich verlieren.« Die Tränen strömten nur so über ihre Wangen. »Maciej, bitte, ich flehe dich an: Die Deutschen werden Paris auch ohne dich verlassen. Die Alliierten sind doch im Anmarsch, da brauchen sie nicht ausgerechnet dich, um mit den Deutschen fertigzuwerden.«

»Wahrscheinlich nicht«, murmelte Maciej leise in ihr Haar, »aber wenn jeder so denken würde, Marie, dann stünden wir heute nicht da, wo wir stehen. Jetzt kommt es auf jeden von uns an.«

»Bitte, Maciej, ich … ich schaffe das mit dem Kind nicht ohne dich, ich schaffe gar nichts mehr ohne dich«, brach es aus ihr heraus, und es war die reine Wahrheit. Sie brauchte Maciej, sie brauchte ihn, um weiterleben zu können. Er war ihre Luft zum Atmen, er war ihr Herzschlag, und nur er gab ihr den Mut, jeden neuen Morgen wieder aufzustehen und diese ganzen Erinnerungen zu ertragen.

Maciej hob ihr verweintes Gesicht an. »Du wirst mich haben, Marie, bis an unser Lebensende.«

»Nicht wenn du dich an diesen Kämpfen beteiligst«, beharrte sie. »Wie viele unserer Freunde haben in den letzten Tagen ihr Leben in den Straßen von Paris gelassen? Fünf? Nein, mit Claude sogar sechs. Oder womöglich noch mehr, und du sagst mir nur einfach ihre Namen nicht mehr? Woher willst du wissen, dass du nicht morgen der Nächste bist?«

Maciej atmete tief durch. Dann ließ er sie los, ging zum Fenster und ballte und streckte die Hände, wieder und wieder und wieder. Marie sank auf den Küchenstuhl und vergrub ihr Gesicht in den Händen. »Du musst mich für einen Jammerlappen halten«, presste sie nach einer Weile hervor, »aber ich habe solche Angst, dass ich es kaum noch aushalten kann.«

»Ich verstehe dich, Marie, du sorgst dich um mich. Und dafür liebe ich dich.« Er drehte sich zu ihr um. »Trotzdem kann ich nicht anders. Wir müssen jetzt füreinander aufstehen und zusammen für unsere Zukunft kämpfen. Wenn wir es nicht tun, werden wir zu dem, wozu die Deutschen uns machen wollten: gebrochene Menschen, zerstörte Seelen, nicht besser als geprügelte Hunde, die sich in einer dreckigen Ecke verstecken. Nein, Marie, so darf das nicht enden. Und ich muss meinen Teil dazu beitragen, dass es nicht so endet.«

»Ich weiß«, flüsterte Marie. »Ich weiß.«

Am nächsten Morgen verabschiedete sich Marie wie immer von Maciej – nur war der Knoten, den sie im Magen hatte, noch größer, noch drückender, noch einschneidender als sonst. »Pass auf dich auf«, hauchte sie, als er die Tür schon hinter sich geschlossen hatte. »Pass auf dich auf, verdammt!«

Den ganzen Tag verbrachte sie in elender Unruhe. Immer wieder überlegte sie, ob sie zu Geneviève gehen sollte, verwarf es dann aber. Den Kämpfenden über den Weg zu laufen, würde ihre Angst nur noch mehr schüren, also blieb sie im Haus und schaute auf die Straße hinab, die dankenswert ruhig war.

Um vier Uhr klopfte es an ihrer Wohnungstür. Erschrocken zuckte sie zusammen und ging öffnen, doch es war keiner von Maciejs Kampfgenossen, der ihr schlechte Nachrichten brachte, sondern Geneviève. In ihrem Arm schlief die kleine Aimée. Sie brachte ihr Windeltücher für Zoe. »Du hast doch letzte Woche gemeint, deine seien schon ganz fadenscheinig. Eine Nachbarin hat mir gestern einen ganzen Stapel geschenkt, die können wir gern teilen.«

Marie dankte ihr und bat sie herein.

»Was ist mit dir?«, fragte Geneviève. »Du wirkst so ... durcheinander, irgendwie nicht wie du selbst.«

Marie gestand ihr ihre Ängste um Maciej.

»So darfst du nicht denken.« Geneviève schnalzte mit der Zunge. »Außerdem: Das, was passieren soll, passiert sowieso, und nichts wird besser, nur weil du dich schon vorher verrückt machst.«

»Ich weiß.« Marie seufzte. »Aber wer kommt schon gegen seinen Kopf an?«

»Hör auf, in der Vergangenheit zu leben oder Schmerzen in die Zukunft zu projizieren, die dort vielleicht gar nicht auf dich warten.« Geneviève tätschelte ihre Hand. »Wenn du nicht durchdrehen willst, musst du deinen Kopf, deine Gedanken kontrollieren. Außerdem ist das Ende absehbar. Die Alliierten stehen praktisch vor den Toren von Paris.«

»*Vor* den Toren reicht aber nicht. Noch toben die Kämpfe *in* Paris – und das *ohne* die Alliierten.« Marie machte eine wegwischende Handbewegung, um Geneviève anzudeuten, dass sie keine Stellungnahme erwartete. Sie wusste selbst, dass sie sich mit solchen Szenarien noch mehr herunterzog. »Komm, reden wir lieber über etwas anderes. Wie geht es mit Aimée?«

»Solange sie schläft, sehr gut.« Geneviève lachte auf. »Nein, es geht wirklich gut. Und meine neue Nachbarin ist ein wundervolles Kindermädchen.«

»Ich hatte dir angeboten, dass du sie auch bei uns lassen kannst.«

»Ich weiß, aber mit der Nachbarin ist es praktischer. So kann Aimée zu Hause bleiben, die Nachbarin schläft auf meinem Sofa und wenn sie morgens wach wird, geht sie rüber – und ich habe Aimée ohne große Umstände immer bei mir. Aber derzeit ist das *Chez Lulu* ja sowieso geschlossen.«

»Und Peter? Hast du ihm inzwischen etwas von dem Kind gesagt?«

»Per Brief? Wie stellst du dir das vor?« Geneviève schüttelte den Kopf. »Nein, das muss warten, bis wir uns wiedersehen. Dann sage ich es ihm – und kann nur hoffen, dass er es versteht.«

»Aber jetzt, da er schon so lange weg ist ...« Marie hielt inne, überlegte, ob sie wirklich weiterreden sollte, tat es dann aber doch: »Ich meine, er ist und bleibt ein Boche ... Willst du nach dem Krieg tatsächlich weiter mit ihm zusammen sein?«

»Natürlich«, sagte Geneviève, und zugleich trat ein Leuchten in ihre Augen.

»Aber hast du nicht gesagt, er sei so eifersüchtig? Wie kannst du dann sicher sein, dass er dir das mit dem Kind verzeihen wird?«

»Das bin ich keineswegs, aber ich liebe ihn so sehr – wir müssen einfach einen Weg finden. Das mit dem anderen ... das hatte nichts zu bedeuten.«

»Schreibt Peter dir immer noch so viel?«

»Gerade gestern wieder.« Sie griff an ihre Brusttasche, zog den Brief heraus und strich darüber. »Und jetzt habe ich endlich eine feste Adresse, an die ich ihm schreiben kann.«

Marie beugte sich vor. »Frankfurt? Er ist in Frankfurt?«

»Ja, immerhin das. Ein gutes Stück näher als Berlin!«

»Denisweg 7 ...«

»Da wohnt seine Schwester. Sie hat sich erboten, die Briefe an ihn weiterzuleiten. Aber im Moment ist Peter sowieso in Frankfurt. Da braucht sie sie ihm nur zu bringen.«

»Aber wir vertreiben doch die Deutschen aus der Stadt. Wie soll er da wiederkommen?«

»Irgendwann wird der Krieg überall zu Ende sein. Und dann werden wir einen Weg finden, zusammenleben zu können.«

»Meinst du, er würde in Paris leben wollen?«

»Warum nicht? Aber zur Not würde ich mit ihm auch ans Ende der Welt gehen.«

»Solange das nicht Deutschland ist ...«

»Sclbst dahin würde ich zur Not mit ihm gehen.« Geneviève lachte, aber Marie hatte trotzdem das Gefühl, dass sie keinen Witz gemacht hatte. Sie versuchte, das Gesagte nicht allzu wichtig zu nehmen, aber der Gedanke, dass Geneviève nach dem Krieg nach Deutschland oder überhaupt aus Paris wegziehen könnte, fraß sich trotzdem in ihr fest.

»Alles in Ordnung, Marie?«, fragte Geneviève kurz darauf.

»Wie?« Marie schrak zusammen und sah sie an. »Ja, ja, alles in Ordnung«, murmelte sie, obwohl genau das nicht der Fall war. Paris ohne Geneviève. Sie ohne Geneviève ... Ein Geräusch lenkte sie ab. »Kommt da jemand die Treppen hoch?«

Jetzt lauschte auch Geneviève. »Hört sich so an, ja. Hört sich an, als wäre es jemand, der hinkt.«

Marie hatte das Gefühl, dass ihr ganzes Blut auf einen Schlag in ihre Füße sackte, gleichzeitig verschwamm alles vor ihren Augen. Sie kannte nur einen Menschen, der hinkte – Simon. Sie drückte sich vom Stuhl hoch und wankte zur Tür.

»Marie, was hast du?«, rief Geneviève ihr hinterher.

Marie schleppte sich weiter zur Tür, öffnete sie – und in ebendem Moment erklomm Simon die letzte Stufe. Marie sah ihn an, Simon erwiderte ihren Blick und presste die Lippen zusammen.

»Nein«, keuchte Marie.

»Doch«, flüsterte Simon.

66. Kapitel

Marie – Paris – 16. August 1944

Simon versuchte alles, um Marie davon abzubringen, Maciej noch einmal zu sehen. »Marie, bitte, Maciej hätte nicht gewollt, dass ich dich da hinbringe. Wir müssten dafür ins umkämpfte Gebiet. Ich flehe dich an, bleib hier. Behalte Maciej so in Erinnerung, wie er war.«

»Was soll das heißen, *wie er war?«* Maries Finger umkrallten die Tasse Kräutertee, die Geneviève ihr aufgezwungen hatte.

»Das soll bedeuten, dass die Granate ihn ziemlich übel zugerichtet hat.« Er seufzte. »Marie, das musst du dir nicht antun, das muss sich niemand antun.«

Marie schluckte. »Werde ich ihn wenigstens erkennen?«

Als Simon nickte, erhob sich Marie. »Dann gehen wir.«

»Lass wenigstens das Kind hier.«

»Ich kümmere mich um Zoe.« Geneviève sprang auf und nahm Maries Kind auf den Arm. »Keine Sorge, bei mir ist sie sicher.«

Die Atmosphäre auf der Straße war eigenartig unwirklich und bedrückend realistisch zugleich: Aufgrund der beständig ausgeweiteten Streiks arbeitete kaum noch jemand, und entsprechend viele Menschen tummelten sich draußen. Die meisten von ihnen sahen den Deutschen hinterher: Die deutschen Generäle und Kommandanten hatten sich in ihre schwarzen Limousinen verkrochen und ließen sich von Militärfahrzeugen aus der Stadt eskortieren. Ein paar Straßen weiter war ein weniger imposantes Bild von den Deutschen zu sehen: Lange Reihen von Futterwagen und Pferdekutschen fuhren auf dem Boulevard vorbei, gefüllt mit verschreckten Boches, die einfach nur noch wegwollten. Der Zug stellte die denkbar traurigste Karikatur der stolzen Armee dar, die die Stadt zu sehen gewohnt war, seit sie vor vier Jahren samt motorisierten Fahrzeugen in Paris einmarschiert war. In dieser Straße beschränkten sich die Pariser nicht aufs Zusehen: höhnisches Johlen, Spottrufe, auch mancher Steinhagel begleiteten sie. *Zu spät,* pochte es durch Maries Kopf, *sie gehen zu spät. Warum hatten sie nicht früher gehen können? Nur ein kleines bisschen früher!* Wären sie schon weg, hätte Maciej nicht mehr sterben müssen.

Als Marie und Simon noch ein paar Straßen weitergegangen waren, sahen sie Truppen in Lastwagen, die sie sicher gerade erst beschlagnahmt hatten, zumindest hatten alle französische Kennzeichen. Auf den Ladeflächen drängten sich Soldaten, die Läufe ihrer Maschinengewehre richteten sich auf die Passanten. Direkt hinter ihnen lenkte ein Offizier einen Traktor, auf dessen Hänger sich seine Untergebenen festklammerten.

Je näher Marie und Simon der Pont Neuf kamen, der ältesten, die Seine überspannenden Brücke der Stadt, desto weniger Menschen begegneten ihnen – und desto häufiger hörten sie Schüsse.

»Willst du wirklich auf die andere Seite und durch das Kampfgetümmel durch?«, fragte Simon Marie noch einmal. Sie bejahte und lief unbeirrt weiter.

Die Ufer der Seine waren bei der Pont Neuf normalerweise immer von Bouquinisten belagert, die ihre Bücher, Zeitschriften und Gemälde anboten. Heute jedoch waren sie gespenstisch leer. Als Marie und Simon die Brücke überquerten, hörten sie auf der anderen Seite das Knistern von

Schüssen, dann auch das Tack-Tack von Maschinengewehren. Zu sehen war noch immer niemand.

»Als ich hier weg bin, waren sie bei der Place Saint-Michel und bei der *Préfecture«,* meinte Simon.

»Und Maciej?«

Simon wies geradeaus. »In einem Abbruchhaus hinter der *Place Saint-Michel.«*

Als sie um die nächste Ecke bogen, sah Marie die Freiheitskämpfer des FFI, die sich hinter einem Berg von umgestürzten Fahrzeugen, gefällten Bäumen und Erdsäcken verbarrikadiert hatten. Auf der anderen Seite der Barrikade waren die Deutschen, die aus einem Gebäude herausschossen. Kugeln pfiffen durch die Luft.

»Noch können wir umkehren«, rief Simon ihr über den Lärm hinweg zu. »Denk auch an Zoe!«

Statt etwas zu erwidern, zog Marie den Kopf ein und rannte über die Straße. Eine Kugel flog dicht an ihrer Wange vorbei. Sie ertappte sich bei dem Gedanken, wie gern sie getroffen worden wäre. Am besten mitten in den Kopf hinein. Dann wäre der Schmerz vorbei, die Angst. Alles wäre vorbei. Aber dann war sie schon auf der anderen Straßenseite.

Simon führte Marie zu dem Abbruchhaus, in das sie Maciejs Leichnam geschleppt hatten. Er lag in einem Zimmer im hinteren Gebäudeteil, vom Kampflärm war hier nur wenig zu hören. Der Raum war kahl, die Wände fleckig. Maciej lag auf dem Fußboden direkt unter dem weit geöffneten Fenster. Ein paar Sonnenstrahlen fielen auf ihn, ein kleines Stück blauer Himmel war zu sehen. Marie hatte das Gefühl, als hätten diejenigen, die ihn hier abgelegt hatten, seiner Seele den direkten Zugang zum Himmel frei machen wollen. Ganz ruhig war seine Miene, ganz friedlich, fast als würde er schlafen. Nur bleich war er, so unheimlich bleich. Sein Körper war bis zum Hals mit einer dicken braunen Decke zugedeckt, sodass Marie die Bauchverletzung, von der Simon ihr erzählt hatte, nicht sehen konnte, aber als sie näher kam, sah sie den riesigen Blutfleck auf der Decke und die Einbuchtung, die da war, wo zuvor sein Magen und seine Därme gewesen waren. Die Granate musste ein regelrechtes Loch in ihn gerissen haben.

Marie kniete sich vor ihn und konnte noch immer nicht fassen, dass er tot sein sollte.

»Soll ich dich mit ihm allein lassen?«, fragte Simon. Marie nickte, woraufhin Simon sich leise zurückzog. Marie hörte, wie er die Tür hinter sich schloss. Dann war sie allein mit Maciej.

Sie strich über seine Wange, die kalt war, sich gar nicht mehr wie Maciejs anfühlte. Das Gefühl von Fremdheit erschreckte sie. Sie zog ihre Hand zurück, knetete sie, presste schließlich leise hervor: »Du hast versprochen, dass du bei mir bleibst, du hast es verdammt noch mal versprochen!«

Sie sank auf seine Brust, schmiegte ihren Kopf an seinen und spürte noch deutlicher dieses Gefühl von Fremdheit und wie weit weg er schon war. Der Schmerz darüber erwischte sie so heftig, dass sie am liebsten geschrien hätte. Sie presste sich die Hände vor den Mund, stöhnte, keuchte, wollte nicht, dass Simon sich erschreckte und bereute, sie hergebracht zu haben ... Schließlich ertranken ihre Schreie in haltlosen Schluchzern.

Irgendwann ließ der Schmerz nach, die Tränen, die Not. Sie richtete sich ein Stück auf, sah ihren Geliebten noch einmal an, dann ging ihr Blick in die Richtung, in die auch sein Gesicht gewandt war, zum Fenster, zum Himmel. Sie fragte sich, wo er war. Verließen Seelen tatsächlich ihre Körper? Konnte er sie noch sehen oder wahrnehmen? Sie schaute zum Himmel. Erneut liefen ihre Augen über. »*Merde,* Maciej, wie konntest du? Ich brauche dich doch so sehr!«

Sie wusste nicht, wie viel Zeit vergangen war, aber schließlich kam Simon wieder ins Zimmer, trat hinter sie und strich ihr über den Kopf. »Kann ich irgendetwas für dich tun?«

»Nein danke.« Marie trocknete sich das Gesicht und sah zu ihm auf. »Ich wusste, dass es so enden würde. Schon seit Tagen war ich krank vor Angst.«

»Ich weiß. Maciej hat es mir gesagt.«

»Und warum konnte er nicht auf mich hören?«

»Weil Maciej nie auf andere gehört hat.« Simon hob die Schultern und ließ sie wieder sinken. »Bleibt Geneviève ein paar Tage bei dir?«

»Ich nehme es an, ja.«

»Ansonsten kannst du auch erst einmal bei mir wohnen.«

»Danke.« Marie nahm seine Hand und legte sie an ihre Wange. »Danke!«

Die nächsten Tage vergingen für Marie wie im Nebel, hinter dem sich, wann immer er sich hob, Wellen von Schmerz verbargen, die Marie jedes Mal, wenn sie über ihr zusammenschwappten, in tiefste Verzweiflung stießen. Trotzdem funktionierte sie weiter, irgendwie. Sie stand auf, versorgte Zoe, räumte auf, wusch, brachte das Kind an die frische Luft und registrierte dabei, dass es immer weniger Deutsche und immer mehr strahlende Pariser in der Stadt gab, doch es berührte sie nicht, es war, als ginge sie das alles nichts mehr an. Die Trikolore wehte wieder von den Dächern der öffentlichen Gebäude, von vielen Balkonen und vor Geschäften, und es lag eine Leichtigkeit und Fröhlichkeit in der Luft, die sogar sie in ihrem Schmerz aufnahm – auch wenn sie sie nicht nachempfinden konnte. Alles war sinnlos geworden. Maciej – nur wenige Tage vor dem Abzug der Deutschen von einer Granate ausgehöhlt. Amiel – nur ein Jahr zuvor deportiert. Lebte wenigstens sie noch? Hatte sie die Geburt ihres Kindes in einem verdreckten Zugwaggon mit nichts als verschreckten Menschen und schmutzigem Stroh vielleicht doch ohne Kindbettfieber überstehen können? Oder hatte sie ihr Kind erst in Auschwitz geboren oder wohin auch immer man sie gebracht hatte? Auch wenn die Deutschen jetzt die Stadt verlassen hatten – noch war der Krieg nicht zu Ende, und noch waren die deutschen Lager weiter in Betrieb. Entsprechend unmöglich war es, Auskünfte über den Verbleib von jemandem zu bekommen. Erst nach dem Krieg würde sie sich auf die Suche nach Amiel und vielen anderen Freunden aus dem *Combat Paris* machen können.

Wenn sie mit Zoe nach Hause kam, war dort kein Maciej. Aber immerhin Geneviève war da, und sie tat, was sie konnte, um ihr den Schmerz über Maciejs Verlust erträglicher zu machen. Marie war ihr dankbar für ihre Nähe, ihre Aufmerksamkeit und fürchtete schon jetzt den Tag, an dem sie gehen würde. Zumindest war das *Chez Lulu* seit dem Abzug der Deutschen geschlossen, sodass Geneviève nicht arbeiten gehen musste und fast rund um die Uhr bei ihr war.

Die ärgsten Momente waren die, wenn Geneviève in ihrer Wohnung vorbeiging und in ihrem Briefkasten einen neuen Brief von Peter Neumann fand. Zweimal war dies nun schon der Fall gewesen. Sie hatte keine Ahnung, wie er es schaffte, mitten im Rückzugsdebakel der Deutschen Briefe einzuschleusen, aber offensichtlich schaffte er es. Und wenn sich Geneviève dann wieder ihren Träumen darüber hingab, wie es sein würde, wenn sie sich nach dem Krieg wiedersahen und endlich ganz offiziell zusammenleben konnten, ballte sich ein solcher Schmerz in Maries Innerem, dass sie kaum noch Luft bekam. Diese verfluchten Boches hatten ihr André, Amiel und Maciej genommen – sie durften ihr nicht auch noch Geneviève nehmen! Zwei-, dreimal setzte sie an, mit Geneviève darüber zu reden, nur in Ansätzen, ganz vorsichtig versuchte sie, ihr klarzumachen, dass dieser Deutsche fortan auch für sie der Vergangenheit angehören musste, doch Geneviève reagierte jedes Mal so heftig, dass ihr klar war, dass sie nie von diesem Peter Neumann lassen würde. Nein, sobald der Krieg zu Ende war und sie zu Peter Neumann konnte, würde Marie auch Geneviève verlieren. Dann würde er kommen. Das schrieb er in seinen Briefen häufig genug. »Nur noch wenige Wochen oder Monate kann es dauern, dann wird der Krieg zu Ende sein, dann werden wir endlich wieder vereint sein und uns nie mehr trennen müssen«, hatte er Geneviève erst letzte Woche wieder geschrieben. Marie hatte es selbst gelesen, als Geneviève unten beim Bäcker war. Und das hatte ihr klargemacht, dass sie etwas tun musste. Sie konnte nicht auch noch Geneviève verlieren. Und so schrieb sie an Peter, dass er sich den Weg ins weite Paris sparen könne, da Geneviève sowieso längst einen anderen und sogar bereits ein Kind von ihm hatte …

67. Kapitel

Malou – heute

»Hast du das auch gehört?« Josephine sprang auf und drückte ihr Ohr an die Aufzugstür. »Da, wieder!«

Jetzt hörte auch Malou das Geräusch. »Ja, da ist jemand, da ist jemand!« Aufgeregt rappelte sie sich auf.

Gemeinsam trommelten sie gegen die Aufzugstür und riefen um Hilfe. »Hallo, hört uns jemand? Wir sind im Aufzug eingesperrt, wir sind hier!«

Sie lauschten. Kurz darauf hallten vor dem Aufzug Schritte. »Hilfe, wir sind hier drin!«, riefen sie erneut.

»Nur die Ruhe, wir haben alles unter Kontrolle«, brummte ein Mann. »Wir holen euch gleich raus.«

»Endlich, endlich!« Erleichtert fiel Malou Josephine um den Hals. Sie merkte, wie diese steif wurde, aber dann entspannte Josephine sich und tätschelte ihr den Rücken. »Ist ja gut, ist ja gut.« Josephine atmete lang anhaltend aus. »Und ja, sieht so aus, als hätten wir es gleich überstanden.«

Malou ließ sie los und wischte sich ein paar Tränen von den Wangen. »Ich hatte echt Angst, dass wir das ganze Wochenende oder sogar noch länger ausharren müssten.« Sie ging zur Aufzugstür und rief durch den Schlitz: »Woher wissen Sie eigentlich, dass wir hier feststecken?«

»Ein Mieter hat uns angerufen. Er zieht heute aus, und für die Möbel brauchte er natürlich den Aufzug.«

»Und warum funktioniert der verdammte Alarmknopf nicht?«, schimpfte Josephine.

»Klar funktioniert der«, gab der Mann zurück.

»Tut er eben nicht!« Josephine verdrehte die Augen. Anschließend knuffte sie Malou in die Seite. »He, nun ist mal gut mit dem Heulen. Du bist ja gleich wieder an der frischen Luft.«

Malou nickte unter neuen Tränen. »Das ist nur wegen der Anspannung, und weil ich mich so freue.«

»Immerhin konntest du so das erledigen, weswegen du ursprünglich hergekommen warst. Ohne den festgesetzten Aufzug wäre es dir niemals gelungen, mit mir über all das zu reden.« Sie zwinkerte Malou zu. »Aber ich muss zugeben, dass das Gespräch durchaus erhellend war.«

»Ich bin froh, dass du das sagst.« Malou zog ein Taschentuch aus ihrer Umhängetasche und schnäuzte sich. »Und ja, ich denke, es hat einige Dinge geradegerückt. Ich jedenfalls verstehe vieles besser als vorher.«

»Geht mir auch so.«

»Reden hilft eben doch«, flachste Malou.

»Bäbäbä«, machte Josephine. »Du und deine Lehrerinnenweisheiten.«

Malou stopfte ihr Taschentuch zurück in die Tasche und holte tief Luft, um neuen Mut zu sammeln. »Noch mal wegen meiner *Grandmère*, wegen Marie ... Wärst du jetzt vielleicht doch bereit, mit Geneviève zu reden? Marie liegt so viel daran, sich mit ihr auszusprechen.«

Josephine sah sie lange an – und nickte schließlich.

68. Kapitel

Marie – Paris – 20. August 1944

Verwundert sah Marie auf die Menschenansammlung auf der *Place du Tertre,* direkt hinter Sacré-Cœur und damit nur unweit ihrer Wohnung. Da, wo vor dem Krieg Tag für Tag Künstler ihre Staffelei aufgestellt hatten, um im Schatten der Honigbäume Touristen zu porträtieren, hatte sich eine unglaubliche Menschenmenge zusammengerottet. Die Leute schimpften, buhten, brüllten und hoben die Fäuste – und in der nächsten Sekunde applaudierten sie plötzlich und johlten vor Begeisterung. Marie seufzte. Mit dem Kinderwagen würde sie es schwer haben, durch diese Massen hindurch und auf die andere Seite des Platzes zu kommen. Sie wollte schon umdrehen und einen Umweg nach Hause in Kauf nehmen, als über den Köpfen der Versammelten plötzlich eine Bühne in ihren Blick geriet, auf die gerade eine Gruppe von Frauen geführt wurde, die alle irgendwelche Schilder umhängen hatten. Obwohl Marie im Grunde gleich war, welches Drama dort vor sich ging, zwang irgendetwas sie zu bleiben. Ein Sprecher trat auf die Bühne und verschaffte sich Gehör. Die Menschen in den ersten Reihen lauschten gebannt, die vor ihr begannen aber schon alsbald wieder zu zetern, sodass zu Marie nur einzelne Worte durchdrangen.

»Les putes des allemandes«, hörte sie den Mann auf der Bühne zetern, die Huren der Deutschen, und: *»Collaboration horizontale«* – horizontale Kollaboration. Marie wurde klar, worum es ging: um die Französinnen, die mit den Deutschen

kollaboriert hatten, vor allem um jene, die sich »horizontal« mit ihnen eingelassen hatten, also mit ihnen im Bett gelandet waren. Nicht erst seit dem Abzug der Deutschen brachten diese Frauen die Volksseele zum Kochen, aber nachdem die Deutschen nun mehr und mehr zurückgedrängt wurden und an Boden und Macht verloren, trauten sich weit mehr Leute, ihrem Unmut Luft zu machen. Schon während der Besatzungszeit war es zu vereinzelten Übergriffen auf diese Frauen gekommen, aber jetzt waren die *Verräterinnen* ständig Thema. Nur was dieser Auflauf sollte, verstand Marie nicht, dachte aber, dass sie bleiben sollte, um Geneviève später davon berichten und sie unter Umständen warnen zu können. Ehe sie das noch richtig zu Ende gedacht hatte, sah sie, wie unter dem Johlen und den Schreien der Umstehenden weitere Frauen auf die Bühne geführt wurden, die ausnahmslos recht jung und schön waren. Da Marie weit hinten stand, konnte sie die Frauen nur bis zur Brust sehen. Sie war schockiert, wie viele es waren, inzwischen sicher drei Dutzend oder sogar vier. Wo und wie hatten sie die ganzen Frauen aufgetrieben? Waren sie etwa von Haus zu Haus gezogen und hatten sie einfach mitgenommen? Ein eisiger Schreck durchfuhr Marie. Was, wenn sie ... Nein, nicht auch Geneviève! Maries Blick raste über die Frauen. *Geneviève, Geneviève, bitte, lieber Gott, mach, dass Geneviève nicht dabei ist!*

Einige der Frauen hatten die Köpfe gesenkt oder abgewandt, doch dann ging ein Mann durch die Reihen, packte sie am Schopf und positionierte ihre Köpfe so, dass alle ihre Gesichter sehen konnten. Und dann entdeckte Marie sie. Groß, wie sie war, überragte Geneviève die anderen Frauen, obwohl sie in der hintersten, der dritten Reihe stand. Marie blieb fast das Herz stehen. Was sollte das werden? Was hatten sie vor mit den Frauen? Was wollten sie von ihrer Freundin?

»He, lasst mich durch, lasst mich durch!« Von Panik erfüllt versuchte Marie, sich einen Weg durch die Menschen zu bahnen, doch niemand ließ sie mit dem Kinderwagen durch. Sie versuchte es an anderen Stellen, doch auch dort stieß sie nur gegen menschliche Wände. Derweil brachte der Sprecher die johlenden Leute dazu, wieder still zu sein. Er erklärte, dass sie ein Schnellgericht abgehalten hatten, die Richter hatten sie selbst *im Volk gesucht.* Alle Frauen, die auf der Bühne standen, so fuhr er fort, waren der horizontalen Kollaboration mit den Deutschen für schuldig befunden worden und würden jetzt ihre verdiente Strafe bekommen.

»Verdammt, lasst mich durch!«, herrschte Marie die älteren Damen an, die direkt vor ihr standen. »Meine Freundin ist unschuldig, sie ist unschuldig!«

Die Damen lachten.

Marie versuchte es an einer anderen Stelle, an der mehr Männer standen. »Bitte, so lasst mich durch, meine Freundin darf dort oben nicht stehen, sie hat der Résistance dabei geholfen, Juden zu verstecken und –«

»Klappe, oder du stehst gleich mit da oben!«, herrschte ein Mann sie an. Er überragte Marie um einen Kopf und war doppelt so breit wie sie. Die Burschen neben ihm schauten sie nicht weniger grimmig an.

»Aber es stimmt«, beharrte Marie, obwohl ihr Herz bis zum Halse schlug. »Lassen Sie mich durch!«

»Du willst mit dem Kind auf der Bühne landen? Das kannst du haben. So blond, wie es ist, ist es garantiert sowieso von einem Deutschen.«

Marie rang um Atem. Sie war froh, dass er nicht wissen konnte, wie richtig er damit lag – wenn auch die Umstände andere gewesen waren.

»Lassen Sie mich bitte durch.« Sie betonte jede Silbe.

Der Hüne stieß sie zurück. Ein älterer Herr, der unweit von ihnen stand, packte ihn am Arm. »He, Georges, lass sie in Ruhe! Das ist Maciejs Witwe.«

»Trotzdem kommt sie hier nicht durch!«

Im gleichen Moment ging ein Jubeln durch die Menschen. Alle sahen zur Bühne. Die Frauen in der letzten Reihe – in Genevièves Reihe – wurden von mehreren Männern gepackt, nach vorn gezerrt und dort von weiteren Männern kahl geschoren.

»Nein, nein!«, schrie Marie, aber ihre Schreie gingen in dem begeisterten Johlen der Zuschauer unter. Mit gesenkten Köpfen standen die Frauen dort oben, während die Rasierapparate der Männer ihnen Streifen um Streifen die Haare abrasierten. Marie schluchzte, schrie: »Das dürft ihr nicht!«, aber es war zu spät. Genevièves wundervolle Locken lagen im Staub, ihr Kopf war kahl geschoren.

Salven von Beschimpfungen gingen auf die geschorenen Kollaborateurinnen nieder. Als die selbst ernannten Richter mit den vermeintlichen Deutschenliebchen fertig waren, rissen die Männer ihnen die Oberteile herunter. Ein Mann mit Eimer und dickem Pinsel ging auf die erste Frau zu und schrieb ihr mit einer dicken schwarzen Teermasse auf ihre Haut: *PUTE* – Hure. Alle jubelten.

Nach dem Kahlscheren, Brandmarken, Beschimpfen und Bespucken wurden die Frauen wie Vieh auf Anhänger geladen. Die selbst ernannten Richter zwangen sie, sich mit den Gesichtern zu den Zuschauern zu drehen und karrten sie durch das ganze Viertel, damit alle, alle, alle sie sehen konnten. Da Marie sich sicher war, dass Geneviève nicht wollen würde, dass sie sie dort sah, ging sie nach Hause, um auf sie zu warten. Sie hatte gehört, dass die Frauen danach heimgehen durften. Nur fünf von ihnen, diejenigen, die mit Franzosen verheiratet gewesen waren, also zusätzlich zum Beischlaf mit einem Boche auch noch Ehebruch begannen hatten, sollten abgeführt werden. Man munkelte, dass sie hingerichtet werden sollten.

Als Marie nach Hause kam, fand sie in ihrer Wohnung ein einziges Tohuwabohu vor. Im Flur hatte jemand den Schuhschrank umgeworfen, in der Küche lag zerbrochenes Geschirr auf dem Boden, ein Stuhl war zerborsten, Essen zertreten – alles Zeugen eines Kampfes, den Geneviève offensichtlich verloren hatte. Sie ging ins Schlafzimmer, legte Zoe, die auf dem Weg hoch in die Wohnung in ihren Armen eingeschlafen war, in ihr Bett und kehrte in die Küche zurück. Und im gleichen Moment, in dem sie über die Schwelle trat, entdeckte sie die kleine Aimée. Wimmernd und ganz in sich zusammengekauert hockte sie in der Ecke hinter dem Küchentisch. Marie eilte zu ihr und nahm sie auf den Arm, woraufhin das Kind zu schluchzen begann.

»*Maman, Maman!*«, presste sie hervor, schluchzte noch mehr und so vehement, dass sie zeitweise kaum noch Luft bekam.

»Ach mein armer Schatz, du arme kleine Maus!« Marie war fassungslos. Zu keinem Zeitpunkt hatte sie gedacht, dass diese selbst ernannten *Richter* das Kind einfach sich selbst überlassen haben könnten. Sie war davon ausgegangen, dass sie Aimée zu den Nachbarn gebracht hatten. Und auch dass es hier einen solchen Kampf gegeben haben könnte, hätte sie nie vermutet.

»Deine *Maman* kommt gleich wieder«, versuchte Marie Aimée zu beruhigen. Schon längst weinte sie mit dem Kind. Um die Angst, die das kleine Mädchen ausgestanden hatte, über das, was sie Geneviève angetan hatten, zugleich aber auch um Maciej und um Amiel ... Am Ende hatten die Franzosen die Deutschen besiegt? Fühlte sich so ein Sieg an?

Erst als Marie etliche Minuten mit Aimée auf und ab gegangen war, ebbte das Schluchzen des Mädchens ab, bis es schließlich nur noch still vor sich hin weinte. Auch Marie beruhigte sich. Sie schnäuzte sich, trocknete dem Kind das Gesicht und setzte sich auf einen Stuhl. Im gleichen Moment kam Zoe hereingetappt. Offenbar war sie wieder wach geworden. Zoe strich Aimée und Marie über die Arme und die Hände und verteilte ungeschickte Küsse auf alle Stellen, die sie erwischen konnte. »Aimée tut«, brabbelte sie dabei, »Mama tut« – was heißen sollte: Aimée gut. Mama gut. Alles gut.

Marie zog sie an sich und küsste sie auf den Scheitel.

Vier Stunden später öffnete sich die Wohnungstür, und Geneviève kam hereingeschlichen. Sie weinte nicht. Sie sagte nichts. Ihr Gesicht war eine Maske aus Stein.

Marie lief auf sie zu, doch Geneviève hob abwehrend die Hand, schritt steif zum Spülstein in der Küche, nahm sich den Topfkratzer aus Eisenwolle, Seife – und schrubbte und riss so lange an der klebrigen Pechschrift auf ihrer Brust herum, bis davon nichts mehr außer tiefen, schlierigen, blutenden Stellen zu sehen war.

»Ich habe versucht, zu dir hindurchzukommen«, flüsterte Marie. »Ich habe es wirklich versucht. Aber sie haben mich nicht durchgelassen. Sie haben mich einfach nicht gelassen.«

Geneviève nickte. Kurz, knapp. Drückte sich ein Leinentuch auf die blutenden Stellen. Die Augen schwarz. So schwarz.

69. Kapitel

Geneviève – Paris – 20. November 1944

»Ja, ja, ich komme ja schon!« Seufzend setzte Geneviève Aimée auf dem Bett ab und eilte zu ihrer Wohnungstür. Irgendjemand läutete Sturm. Sie nahm an, dass es Marie war. Die war ja immer so ungeduldig. Aber selbst das konnte ihr heute nicht die Laune verderben. Ab morgen durfte sie wieder im *Chez Lulu* auftreten. Endlich war ihr Haar wieder ein bisschen nachgewachsen und damit, wie Luc fand, genug Zeit vergangen, um ihre Rückkehr auf die Bühne wagen zu können. Auf der Bühne allerdings sollte sie trotzdem eine Perücke tragen. »Wenn jemand im Publikum ist, der sich an das alles erinnert und dich auspfeift und die anderen damit aufstachelt, musst du allerdings gehen, so leid es mir tut.«

Glück, endlich mal wieder Glück haben! Geneviève hoffte so sehr, dass alles gut gehen würde. Wieder vor Publikum zu spielen, bedeutete ihr alles, und überhaupt auch endlich, endlich, endlich wieder am Leben teilnehmen zu können. Wieder läutete es, zugleich klopfte jemand herrisch an der Tür. Offenbar konnte es Marie wieder einmal nicht abwarten.

»Moment, der Schlüssel, ich weiß nicht, wo Aimée den Schlüssel hingetan hat«, rief sie. Schließlich fand sie ihn am Boden, direkt unter der Flurgarderobe. Sie schloss auf, öffnete die Tür und war so verdutzt, dass sie im ersten Moment fassungslos stehen blieb.

»Pe...Peter!«, kam es dann aus ihr heraus. Völlig abgerissen sah er aus, die Augen in tiefen Höhlen, die Kleider – zivile, keine Militärkleidung – so schmutzig, zerrissen, als hätte er sie seit Wochen am Leib und Gott weiß welche Strapazen hinter sich gebracht. Endlich fasste sie sich, wollte ihn umarmen, küssen, streicheln, an sich ziehen – doch kaum hob sie die Arme, stieß er sie voller Wut zurück und versetzte ihr gleich noch einen Stoß. Nur mit Mühe konnte sich Geneviève auf den Beinen halten. »Aber, Peter, was hast du?«

Statt zu antworten stürmte er an ihr vorbei in die Wohnung, rannte in die Küche, ins Wohnzimmer, ins Schlafzimmer – und brüllte dort wie besessen: »Also ist es wahr!«

Geneviève eilte ihm nach. »Was ist wahr, Peter? Du bist ja völlig von Sinnen.«

Zornbebend schnellte er zu ihr um und zeigte auf Aimée. »*Das* ist wahr, du ... du Nutte!«

Die Ohrfeige kam so unerwartet, dass sie Geneviève mit voller Kraft erwischte. Dann schlug er sie wieder. Und wieder. Und wieder. Immer schneller, immer härter, immer brutaler schlug er auf sie ein und brüllte: »Du Schlampe, du gottverdammte Schlampe, du widerwärtige, gottverpisste Drecksnutte!«

»Peter, bitte, Peter, so hör doch ...«

Aber Peter hörte nicht, auf nichts hörte er. Geneviève versuchte, ihn zumindest von dem Kind wegzuhalten, das inzwischen mörderisch schrie. Sie kroch unter seinen Schlägen zum Wohnzimmer, schaffte es dort wie durch ein Wunder, wieder auf die Beine zu kommen, und warf sich ihm entgegen. Sie musste ihn zur Besinnung bringen, mein Gott, sie musste zu ihm durchdringen, ihn irgendwie zur Besinnung bringen!

»Peter, hör zu ...«

Er packte sie und schleuderte sie quer durch das Zimmer. Geneviève krachte auf den Klavierstuhl, knallte zu Boden –

und dann trat er sie: in den Bauch, gegen die Brust, in die Nieren. Sie wimmerte, flehte ihn an, doch Peter reagierte nicht. Die Schmerzen, die in ihrem Körper tobten, machten Geneviève fast besinnungslos. Dann ließ er plötzlich von ihr ab, stierte auf sie herab, spuckte auf sie und zischte: »Nie, nie wieder wirst du einen Mann mit deinem Klavierspiel verhexen!« Und dann sprang er mit seinem ganzen Gewicht mit beiden Soldatenstiefeln auf ihre Hände. Es knirschte, es knirschte ganz fürchterlich. Eine unfassbare Welle von Schmerzen schoss durch Geneviève hindurch. Dann verlor sie das Bewusstsein.

70. Kapitel

Marie – Paris – 10. Dezember 1944

»Soll ich den Verband noch einmal neu machen?« Eilfertig sprang Marie von ihrem Stuhl auf, doch Geneviève schüttelte den Kopf. »Iss fertig, das kannst du nachher noch machen.«

»Aber wenn du solche Mühe hast, mit dem Verband die Gabel zu halten ...«

»Marie, bitte.« Seufzend ließ Geneviève ihr Besteck sinken. »Ich bin dir dankbar, dass du mir so viel hilfst und abnimmst, aber ich will, dass du in Ruhe essen kannst.«

»Aber ich ...«

»Du meinst es nur gut, ja, ja, aber bitte ...« Sie wies mit dem Kinn auf Maries Teller. »... iss weiter. Gleich werden die Kinder wach, dann ist es mit der Ruhe vorbei, und so haben wir wenigstens einmal ungestört zu Mittag gegessen.«

Schulterzuckend ging Marie zurück an ihren Platz. Seit drei Wochen wohnte Geneviève bei ihr, seit Genevièves Nachbarin die Polizei gerufen und diese wiederum Marie benachrichtigt hatte. Niemand wusste, wie Peter es mitten im Kriegsgewimmel zurück nach Paris geschafft hatte, zumal er Soldat und sein Herkommen für die Deutschen gewiss Fahnenflucht gewesen war. Inzwischen kursierten die wildesten Spekulationen darüber, wie er das bewerkstelligt hatte, und auch, woher er überhaupt von dem Kind gewusst hatte. Simon meinte, einer seiner Kameraden habe ihm vielleicht bei seiner Rückkehr nach Deutschland von dem Kind erzählt,

Geneviève verdächtigte zwei Kolleginnen aus dem *Chez Lulu,* die mit Peters Freunden liiert gewesen waren und von Anfang an ein Auge auf Peter geworfen hatten. Inzwischen hatte die Polizei Peter verhaften können. Völlig verwirrt war er durch die Straßen von Paris gestolpert, hatte der Polizei gegenüber etwas von einem anonymen Brief erzählt, den er erhalten habe und durch den ihm mitgeteilt worden sei, dass Geneviève ein Kind von einem anderen bekommen hatte – und Marie hätte sich eher vom Eiffelturm gestürzt, als Geneviève zu gestehen, dass sie die anonyme Briefschreiberin gewesen war. Niemals im Leben hätte sie mit einer solchen Reaktion von Peter gerechnet. Und auch wenn die Folge von alldem tatsächlich das war, was sie hatte bewirken wollen – Geneviève würde nicht mit Peter nach Deutschland ziehen oder überhaupt weiter mit ihm Kontakt haben –, verging doch keine Sekunde, in der sie sich nicht die ärgsten Vorwürfe machte, denn die Folgen von Peters Angriff waren so schrecklich für Geneviève, dass sie ihrer Freundin kaum noch in die Augen sehen konnte: Die Brüche in ihren Händen waren so umfassend und kompliziert, dass sie laut den Aussagen ihres Arztes wohl nie wieder richtig Klavier würde spielen können.

Die ersten beiden Wochen nach der Diagnose war Geneviève völlig apathisch gewesen. Sie redete nicht mehr, aß nur noch, wenn Marie es ihr regelrecht aufzwang, und igelte sich so sehr in sich ein, dass Marie befürchtete, sie könnte sich etwas antun. Dann aber gelang es der kleinen Aimée, sie nach und nach ins Leben zurückzuholen, und schließlich hatte Geneviève wieder angefangen, sich selbst um ihr Kind zu kümmern – so gut sie dies mit ihren fünf gebrochenen Fingern eben konnte. Vor drei Tagen hatte sie ihr Kind zum ersten Mal wieder angelächelt. Marie oder irgendwelche Besucher dagegen sah sie nur an, wenn sie es zwingend musste, aber Marie hoffte, dass sich auch das mit der Zeit geben würde. Insgeheim machte Marie schon Pläne für die

Zeit »danach«, wie zum Beispiel, dass sie sich jetzt, da sie beide allein waren, noch mehr zusammentun und eine gemeinsame, eine größere Wohnung mieten könnten und auch sonst alles wie früher werden könnte, nun, fast wie früher ... Amiel würde natürlich nicht mehr bei ihnen sein, es sei denn, es geschah noch ein Wunder, und Amiel würde nach dem Krieg wieder auftauchen. An Wunder zu glauben aber fiel Marie nach dem, was die letzten Monate geschehen war, schwerer denn je.

Zwei Wochen später entfernte der Arzt die Schienen von Genevièves Hand. Die Finger der rechten Hand waren besser verheilt als erwartet, die zwei Finger der linken Hand aber waren trotz der Operation schief zusammengewachsen, und vor allem der Zeigefinger sehr stark in seiner Beweglichkeit eingeschränkt. Marie wusste, was dies für Geneviève und ihre Laufbahn als Pianistin bedeutete. Wieder versank Geneviève in Schweigen und Dunkelheit.

An diesem Abend brachte Marie die Kinder allein ins Bett. Sie erzählte ihnen eine Gutenachtgeschichte und sang *Au Claire de la lune* für sie:

Au clair de la lune, mon ami Pierrot
Prête-moi ta plume, pour écrire un mot.
Ma chandelle est morte, je n'ai plus de feu.
Ouvre-moi ta porte, pour l'amour de Dieu ...
Im Schein des Mondlichts, mein Freund Pierrot
Leih mir deine Feder, ich muss etwas aufschreiben.
Meine Kerze ist erloschen, ich habe kein Feuer.
Öffne deine Tür, ich flehe dich an ...

Dabei musste sie an früher denken, als sie noch als Lehrerin gearbeitet und mit den Kindern dies auf den ersten Blick so harmlose Lied interpretiert hatte. In Wahrheit war es weit mehr als ein Schlaflied. Eigentlich erzählte es von Liebe und Sehnsucht. Liebe ... Sehnsucht ... Maciej! Kein Tag verging, an dem sie nicht an ihn dachte.

Als die Kinder schliefen und ihre Tränen getrocknet waren, suchte sie Geneviève. Sie saß allein am Küchentisch, das Licht war gelöscht, der Mondschein hinterließ ein blasses Gelb auf ihrer Haut, ihre rechte Hand umkrallte die linke, ihre Miene war wie eingefroren. Marie war unsicher, was sie tun sollte. Wollte Geneviève allein sein? Aber gerade eben hatten sie sich noch so nett unterhalten, endlich wieder einmal ... Marie nahm an, dass Geneviève über ihre zerstörte Laufbahn als Pianistin nachdachte. Unsicher setzte sie sich ihr gegenüber und sagte leise: »Die Musik kann trotzdem weiter Teil deines Lebens sein. Du hast doch früher Lieder komponiert ...«

»Publikum, Marie«, kam es heiser aus ihrer Kehle, »ich lebe dafür, vor Publikum zu spielen!« Ihr Blick ging zu Marie, der Schmerz darin war unendlich und schwarz.

»Ich weiß, ich weiß.« Marie biss sich auf die Lippen. »Das tut mir so leid, aber ... aber das mit Peter – das wäre doch sowieso nie gut gegangen.«

»Sagt wer?« Wenn möglich wurde Genevièves Blick noch dunkler. Marie kratzte sich am Hals. »Ich ... ja, natürlich, man weiß es nicht ... Nichts weiß man.«

»Doch, eines schon: dass meine Finger kaputt sind.« Sie hob sie an, richtete sich auf und sah Marie geradeheraus an. »Ich habe eben noch mal nachgedacht, Marie, noch mal neu sortiert ...« Genevièves Blick wurde noch eindringlicher. »Seit die Polizei mir von diesem Brief erzählt hat, frage ich mich pausenlos, wer ihn geschrieben haben könnte und wer nicht. Und irgendwie macht niemand richtig Sinn: Peters Freunde hätten ihm keinen anonymen Brief geschrieben, sondern es ihm direkt übermittelt – wenn sie ihn überhaupt hätten finden können. Keine meiner Kolleginnen im *Chez Lulu* hatte eine Adresse von ihm. Den Brief muss also jemand geschrieben haben, der wusste, wie er ihn erreichen konnte. Die Polizei hat gesagt, der Brief ist an die Adresse von Peters Schwester gegangen. Diese Adresse hatte eigentlich nur ich – und ich bin nicht damit hausieren gegangen.«

»Na dann ...«, machte Marie und hörte selbst, wie verräterisch rau ihre Stimme klang. Aber die Wendung, die das Gespräch gerade nahm, war keine, die ihr gefallen konnte.

»Na dann was?«, fragte Geneviève.

»Dann ... dann kann es niemand von seinen Freunden gewesen sein«, fuhr Marie mit zittriger Stimme fort. »Und niemand vom *Chez Lulu.*«

»Exakt.« Geneviève erhob sich. »An die Adresse, so ist mir eben aufgegangen, kam eigentlich nur ein einziger Mensch heran: du! Nur dir hatte ich die Briefe mit dem Absender seiner Schwester gezeigt, Marie, nur dir.«

»Vielleicht ...« Ihre Stimme wurde noch rauer. »Vielleicht hast du sie doch noch jemandem gezeigt oder mal einen Brief mit ins *Chez Lulu* genommen oder –«

»Warst du es, oder warst du es nicht, Marie?« Genevièves Blick verbrannte sie.

»Warum ausgerechnet ich?« Maries Stimme war nur noch ein Kieksen.

»Ein Nein hätte mir gereicht.« Geneviève erhob sich und ging ins Schlafzimmer. Erschrocken eilte Marie ihr nach. »Geneviève, ich flehe dich an! Ich ... konnte doch nicht wissen, dass das passieren würde. Geneviève, ich bitte dich, das war das Letzte, was ich wollte, und ich ...«

»Du brauchst dich nicht zu rechtfertigen.« Geneviève drehte sich ruhig zu ihr um. »Ich weiß, warum du das getan hast, und ich glaube dir sogar, dass du zumindest das« – sie hob ihre linke Hand – »nicht gewollt hast. Trotzdem will ich dich nie wiedersehen. Gleich morgen früh ziehen Aimée und ich wieder in meine Wohnung.«

»Geneviève, bitte, du kannst mich doch nicht –«

»Sei gewiss, ich kann«, fiel Geneviève ihr ins Wort. »Ich – kann.«

71. Kapitel

Malou – Bordeaux – heute – drei Wochen vor Malous und Josephines Treffen

»Ich kann nicht sterben, solange sie mir nicht verziehen hat«, sagte Marie zu Malou. »Ich konnte schon nicht damit leben, aber sterben ...« Sie schüttelte den Kopf und ging, schwer auf ihren Stock gestützt, zurück zu ihrem Lehnstuhl. Er stand am Fenster, mit Blick auf den Park der Seniorenresidenz, in der Marie seit fünf Jahren lebte. Als Älteste. Und allmählich mit dem Ruf, wohl auch noch die Angestellten im Haus zu überleben. Außer der scheußlichen Arthrose fehlte ihr nichts – abgesehen von Genevièves Vergebung.

»Aber warum hast du nicht schon früher versucht, mit ihr zu reden?«, fragte Malou. Sie half Marie, sich zu setzen, und richtete das Kissen in ihrem Rücken.

»Natürlich habe ich versucht, mit ihr zu reden. Alles habe ich versucht.« Marie seufzte schwer. »Aber sie hat mich ja nicht gelassen. Alle meine Briefe kamen ungeöffnet zurück. Und glaub mir, es waren viele! Wenn sie am Telefon meine Stimme gehört hat, hat sie sofort aufgelegt. Ich bin auch mehrmals zu ihr nach Hause gegangen, aber sie hat mir nicht die Tür geöffnet. Alle paar Jahre habe ich es aufs Neue versucht, und nichts, nichts, nichts.«

Malou setzte sich neben sie auf den Fußschemel und strich Marie über die verkrümmten Hände. »Aber was soll ausgerechnet ich daran ändern können?«

»Vielleicht hört sie dir zu – oder ihre Enkelin. Sie heißt Josephine. Wenn du der erklären könntest, wie einsam ich damals war, wie verblendet von Maciejs Tod und meinem Schmerz um ihn und welche Angst ich hatte, allein zu bleiben, allein mit diesem Kind, das mich ... Nun allein eben.«

»Mit diesem Kind, das dich was? Redest du von *Maman?*«, fragte Malou. Marie presste die Lippen zusammen. »*Mami,* bitte, rede mit mir, sag, was du auf dem Herzen hast. Ich spüre doch, dass da mehr ist.«

In Maries Augen traten Tränen. Malou nahm ihre Hand und drückte sie. »Bitte, *Mami,* vertrau mir. Du musst nicht immer alles mit dir allein ausmachen, ich bin kein Kind mehr.«

»Ich weiß, und du bist das Geschenk meines Lebens«, sagte Marie leise. »Das Geschenk und die Liebe meines Lebens.«

»Ach, *Mami!*« Malou umarmte sie und drückte sie an sich. »Ich liebe dich auch!« Und sie meinte, was sie sagte. Alles, wirklich alles hatte sie ihrer Großmutter zu verdanken. Nicht ihre Mutter, sondern Marie, ihre wundervolle *Mami,* hatte sie großgezogen und sich zugleich oft genug um ihre Mutter kümmern müssen. Marie hatte sie umsorgt und ihr stets das Gefühl gegeben, das wunderbarste Wesen auf der Welt zu sein. Wenigstens sie, dachte Malou. Ihre Mutter dagegen hatte Malou kaum beachtet. Aber das konnte sie ihr nicht verübeln, denn ihre Mutter hatte nicht einmal sich selbst beachtet, und das mit den Jahren sogar immer noch weniger, vor allem dann nicht, als sie vollends medikamentenabhängig geworden war.

Marie sah sie an. »Bitte, Kind, versuch, mit Genevièves Enkelin zu reden. Ihr seid im selben Alter. Vielleicht hört sie dir zu, vielleicht kann sie Geneviève überreden, sich mit mir zu treffen, mir zuzuhören – und mir zu verzeihen. Damit ich endlich Frieden finde.«

72. Kapitel

Marie – Paris – heute – zwei Wochen nach Malous und Josephines Nachmittag im Aufzug

»*Mon dieu,* ich bin so nervös.« Unsicher sah Marie zu Malou, die wie ein Fels in der Brandung an ihrer Seite stand, ein Fels neben einer zittrigen, wackligen Greisin, die sich heute mehr denn je auf ihren Stock stützen musste und nicht den Mut hatte, auf die Klingel von Genevièves Wohnung zu drücken.

»Aber warum denn nervös, *Mami?* Geneviève hat uns doch eingeladen. Wovor hast du Angst?«

»Ich … sie …« Marie schüttelte den Kopf und wagte es nicht, weiterzudenken. 1944 hatten sie sich zuletzt gesehen. 1944! Sie strich die Jacke ihres Kostüms glatt – es war ein schlichtes marineblaues Kostüm – und fand ihre Kleidung auf einmal so bieder, wie Geneviève sie wahrscheinlich schon immer gesehen hatte. Seit Malou ihr gesagt hatte, dass Josephine ihr vorgeworfen hatte, aus einem Bildungsbürgerpuppenhaus abzustammen, ging ihr das Wort und alles, was das nach sich zog, nicht mehr aus dem Kopf. Garantiert hatte Geneviève sie so bezeichnet. Und so ganz unrecht hatte sie damit leider nicht … wie dies unspektakuläre Kostüm verriet. Bloß nicht auffallen, nur kein Risiko eingehen. Ach, Gigi. Ihr entfuhr ein Seufzer.

»Alles gut, *Mami?«* Malou fasste ihre Hand. Marie drückte sie. »Ja, ja, Kind, alles gut.«

»Willst du klingeln, oder soll ich?«

»Ich ...« Marie holte tief Luft. »Ich mach das schon.«

Als sie ihre Hand hob, merkte sie, wie sehr sie zitterte. Hastig drückte sie auf die Klingel, eine antike runde Messingklingel, ebenso hübsch wie die, die sie damals vor ihrer gemeinsamen Wohnung gehabt hatten, Geneviève, Amiel und sie ...

Sie hörte Schritte, leichte Schritte, Schritte, die nicht vom Klopfen eines Stockes begleitet wurden, dann öffnete sich die Tür – und Geneviève tauchte vor ihr auf. Eine hochgewachsene, weißhaarige Dame, schlank, aufrecht und feingliedrig, wie sie es schon immer gewesen war. Marie hatte das Gefühl, dass die Zeit mit Geneviève viel nachsichtiger als mit ihr umgegangen war. Sogar weniger Falten als sie schien Geneviève zu haben – und weder den krummen Rücken noch die verkrüppelten Arthrosefinger. Nur der Zeigefinger ihrer linken Hand schien inzwischen komplett versteift zu sein, so unnatürlich, wie sie ihn hielt.

»Bon soir.« Marie stützte sich noch stärker auf ihren Stock und räusperte sich. »Ich danke dir aus ganzem Herzen, dass du mich empfängst.«

Geneviève hob die rechte Augenbraue. »Josephine kann ausgesprochen hartnäckig sein. Bedank dich bei ihr.« Es lag keine Milde in ihrer Stimme.

Geneviève trat einen Schritt beiseite und ließ Marie und ihre Enkelin eintreten. Die Diele war weitläufig, wenige edle Möbel aus Kirschholz, keinerlei Tand. Immerhin wohnt sie noch in ihrer eigenen Wohnung, ging es Marie durch den Kopf. Aufgrund ihrer schweren Arthrose und den verkrümmten Händen konnte sie sich schon seit Jahren nicht mehr selbst versorgen und hatte schließlich die Flucht in die Residenz antreten müssen.

Das Wohnzimmer war ein großer, heller Raum, vor dem drei Stehbalkone einen bemerkenswerten Blick auf ganz Paris freigaben, sogar den Eiffelturm konnte man sehen. Er ragte zwischen den üppig blühenden Geranien empor, die am schmiedeeisernen Geländer hingen. Nicht nur wegen der Stehbalkone erinnerte das Zimmer Marie an das letzte Wohnzimmer, das sie von Geneviève kannte, das in der Wohnung, in der sie mit Peter gelebt hatte. Auch hier elegante Kirschholzmöbel, das Sofa und die Sessel mit dezenten Blumenmotiven, der Flügel, und in den Bücherregalen viele Fotobände – und CDs, ja sogar Schallplatten besaß Geneviève noch und Dutzende von Schellackplatten.

Sie wandte sich zu Geneviève um. »Du hast noch einen Plattenspieler?«

Geneviève schnalzte mit der Zunge. »Bist du gekommen, um meine Wohnung zu inspizieren, oder willst du mit mir reden?«

»*Mami,* sei nicht so knurrig.« Eine helle Stimme wehte in den Raum. Marie sah zur Tür. Eine junge Frau mit einem bunten, weiten Flatterkleid trat ein. Das musste Josephine sein. Die Frau legte den Arm um Geneviève und küsste sie auf die Wange. Dann reichte sie Marie die Hand.

»Sie haben eine schwierige Reise hinter sich ...«, sagte Josephine, und Marie ahnte, dass sie bewusst offenließ, ob sie ihre Anreise von Bordeaux meinte oder die innere Reise, die sie hergeführt hatte. »Ich muss gestehen, nach dem, was Malou mir von Ihnen erzählt hat, war ich trotz allem neugierig, Sie kennenzulernen.«

Trotz allem, aha, dachte Marie, wunderte sich aber nicht. Sie hatte nicht ernsthaft geglaubt, dass sie Genevièves Enkelin mehr willkommen war als Geneviève. Ihr gefiel die junge Frau. Sie hatte Amiels Mund und ihre dunklen, runden Augen. Von der Art her schien sie allerdings eher nach Geneviève zu kommen: sehr direkt, ohne jede falsche Scham, selbstbewusst. Malou hatte ihr gesagt, dass Aimée Amiels Kind gewesen war, und sie hatte nicht fassen können, dass Geneviève ihr das über Jahrzehnte verheimlicht hatte. Egal was zwischen ihr und Geneviève gestanden hatte – Amiel war auch ihre, Maries, Freundin gewesen. Und als Marie damals herausgefunden hatte, dass Amiel auf der Liste der im KZ Auschwitz umgekommenen Juden gestanden hatte, hatte sie das Geneviève auch mitgeteilt und sie nicht einfach weiter im Ungewissen gelassen.

»Setzt euch«, sagte Geneviève und wies auf das Sofa. »Kaffee? Saft? Oder etwas Stärkeres?«

Marie lehnte ab, obwohl sie durchaus einen trockenen Mund hatte, aber so wie sie zitterte, hätte sie es am Ende nur verschüttet und damit noch mehr als Tattergreisin dagestanden. Malou bat um ein Glas Wasser; Josephine brachte es ihr. Geneviève setzte sich in einen der Sessel und sah sie abwartend an. Ihre Miene verriet nichts von dem, was sie dachte oder fühlte.

»Gigi, ich …« Marie schluckte. »Ich hatte dir schon damals gesagt, wie leid es mir tut, und es gab seither keinen Tag, an dem ich nicht bereut habe, diesen unsäglichen Brief geschrieben zu haben. Ich weiß, was ich damit angerichtet habe, und ich würde alles tun, um es ungeschehen machen zu können.«

Geneviève starrte sie unverwandt an. Dann sagte sie plötzlich: »Ironie des Schicksals, oder?« Ihr Blick ging zu Maries verkrümmten Händen.

Marie hob die Achseln. »Ja, vielleicht. Verdient habe ich es allemal.«

»Es geht doch nicht ums Verdienen.« Geneviève schüttelte den Kopf, eine knappe, entschiedene Bewegung. »Und es geht übrigens auch nicht ums Verzeihen.«

»Für mich schon«, sagte Marie leise. »Aber ich kann verstehen, wenn du mir nicht verzeihen kannst. Immerhin habe ich dein Leben ruini–«

»Nein«, fiel Geneviève ihr ins Wort. »Mein Leben war zu keinem Zeitpunkt ruiniert. Ich hatte Aimée. Und später Josephine. Und du hast recht behalten: Mir blieb auch die Musik. Meine Kompositionen sind um die Welt gegangen. Als bloße Pianistin wäre ich vielleicht nie aus der Stadt herausgekommen. Verzeihen ... ach, Marie, es ging nie darum, dass ich dir nicht verzeihen konnte. Immerhin konnte ich verstehen, warum du es gemacht hast. Aber ich konnte mit meiner Enttäuschung nicht umgehen. Dass ausgerechnet du mich verraten hast. Immerhin waren wir die drei ...«

»... Unbesiegbaren«, beendete Marie mit Geneviève zusammen leise den Satz und biss sich auf die Lippen.

»Ich weiß«, presste Marie anschließend hervor. »Gerade von mir hätte dir nie, nie, niemals ein Schaden zugefügt werden dürfen. Wir waren Freundinnen. Und niemand war mir so wichtig wie du. Nicht einmal Maciej. Und Gott weiß, wie sehr ich ihn geliebt habe.«

»Ich weiß, Marie, und das habe ich dir stets zugutegehalten. Aber in der anderen Waagschale lag eben das hier.« Sie hob ihre verkrüppelte Hand an. »Zwei lange Jahre habe ich gebraucht, um einigermaßen zu akzeptieren, dass ich nie wieder richtig Klavier spielen und natürlich auch nie wieder auftreten kann. Ich dachte, das ist das Ende. Schließlich hatte ich nur Klavierspielen gelernt. Aber das Leben nimmt manch unverhoffte Wendung.«

Marie wollte etwas erwidern, aber Geneviève hob die Hand, dass sie sie ausreden lassen sollte.

»Um bei der Wahrheit zu bleiben, habe auch ich Schuld auf mich geladen – und aus den gleichen Gründen wie du: aus Angst vor Einsamkeit, aus Angst davor, dann weniger geliebt zu werden. Ich habe nie gewagt, Aimée zu sagen, dass ich nicht ihre leibliche Mutter bin. Ich hatte Angst, dass sie mich weniger lieben würde, wenn sie wüsste, dass ich nur ihre Pflegemutter war. Aimée hat stets gespürt, dass sie ein dunkles Geheimnis umgab. Und das hat sie auch selbst dunkel gemacht. Das wurde mir leider erst klar, als sie sich umgebracht hat und ich ihren Abschiedsbrief gelesen habe. Wenn ich Aimée die Wahrheit gesagt hätte, hätte sie vielleicht gewusst, wo das Dunkle in ihr herkam, dann hätte man ihr vielleicht helfen können. Ich habe aus purer Selbstsucht geschwiegen.«

»Mami«, fiel Josephine ihr ins Wort, »du –«, doch Geneviève ließ auch sie nicht reden.

»Nein, Josephine«, fuhr Geneviève fort. »Das stimmt so, und ich habe dir schon oft genug gesagt, wie sehr ich das bereue. Wenn Aimée damals nicht die Bluttransfusion gebraucht hätte, wäre die Wahrheit bis heute nicht ans Licht gekommen.«

Josephine nickte. »Aber ich habe verstanden, warum du so gehandelt hast.«

»Und ich«, Genevièves Blick ging zu Marie, »hatte von Anfang an verstanden, warum du den Brief geschrieben hast. Aber dich wieder in mein Leben zu lassen, Marie, hätte bedeutet, mir einzugestehen, dass niemand von uns unbesiegbar ist, dass das Leben uns alle drei besiegt hat. Nur aus dieser Feigheit heraus wollte ich dich nicht sehen.«

Marie wischte sich die Tränen von den Wangen. »Nein, zumindest dich hat niemand besiegt. Auch mit den verkrüppelten Fingern bist du deinen Weg als Musikerin gegangen.«

»Das schon, aber es gab andere, viel einschneidendere Ereignisse in meinem Leben.« Geneviève legte ihre Hände auf ihr Herz. »Der Selbstmord von Aimée ... das war der schlimmste Schlag meines Lebens. Und ich danke Gott dafür, dass Josephine mir verziehen hat. Auch dir hätte ich viel früher die Tür öffnen müssen. Es tut mir leid, Marie, sehr, sehr leid.«

Marie nahm das Taschentuch, das Malou ihr reichte, aber ihre Tränen flossen weiter. »Unbesiegbar ... meinst du nicht, in diesem Moment haben wir uns zumindest etwas davon zurückgeholt?«

»Ja, das denke ich in der Tat. Seit Josephine mir von dem Gespräch mit deiner Malou erzählt hat, habe ich viel nachgedacht, auch darüber, was unbesiegbar eigentlich bedeutet«, erwiderte Geneviève und lächelte sie an. »Vielleicht bedeutet unbesiegbar zu sein etwas ganz anderes, als ich, als wir bisher dachten. Vielleicht geht es gar nicht darum, nie besiegt worden zu sein, sondern vielmehr nie den Mut zu verlieren, nie wegzulaufen, sondern am Leben und den Fehlern, die man macht, zu wachsen, sich nicht vom Leben und nicht vom Unglück brechen zu lassen ... Und so betrachtet, Marie, hätten wir beide unseren Weg als Unbesiegbare gemacht, denn wir haben immer wieder die Kraft gefunden, trotz aller Niederlagen aufzustehen und weiterzumachen. Und das gilt natürlich auch für Amiel. Mir ihr Kind zu überlassen und sich selbst, um es zu schützen, den Deutschen auszuliefern ... Was könnte einem Menschen mehr Kraft und Mut abverlangen?« Ihr Blick ging von Marie zu den beiden Enkelinnen. »Und noch eines habe ich dank euch beiden begriffen: Zur Unbesiegbarkeit gehört auch, Brüche zu schließen und Brücken zu schlagen. Das würde ich gern euch beiden in euer Leben mitgeben: Sucht nicht das Trennende, sondern das Verbindende. Ich hoffe so sehr, dass ihr es besser macht als ich.«

»Besser als *wir*«, sagte Marie leise. »Als wir!«

Und dann erhob sich erst Marie und danach Geneviève, und sie schlossen sich in die Arme.

* FIN *

Nachwort

Schuld – Unschuld ... Diese beiden Bürden der Menschheit ziehen sich wie ein roter Faden durch meine Romane, und es sind wichtige Themen, wie ich denke. Insgesamt wurden während des Zweiten Weltkriegs 73.853 Juden aus Frankreich deportiert, viele von ihnen unter der Mitwirkung französischer Amtspersonen; nur rund 2600 von ihnen überlebten den Holocaust. Auch diese erschreckenden Zahlen erzählen von Schuld.

Lediglich ein Viertel der Juden, die damals in Paris lebten, stammte auch aus Frankreich, alle anderen hatten dort nur Schutz gesucht: Deutsche, Österreicher, Letten, Polen ... Sie alle hatten gehofft, in der französischen Hauptstadt vor den Nazis in Sicherheit zu sein.

Vieles von dem, was ich in dem Roman erzähle, ist damals wirklich so passiert. So zum Beispiel die *Rafle du Vélodrome d'Hiver,* die Razzia des Wintervelodroms, die am 16. und 17. Juli 1942 von der französischen Polizei durchgeführt wurde und bei der 4115 Kinder, 2916 Frauen und 1129 Männer jüdischer Herkunft verhaftet und später von den Deutschen in die Vernichtungslager Osteuropas deportiert wurden.

Als das Gerücht von einer Verhaftungswelle umherging, bei der ausländische männliche Juden zwischen sechzehn und sechzig Jahren festgenommen werden sollten, tauchten viele Männer unter, und so mancher konnte in den nächsten Jahren dank der Hilfe von Nachbarn oder Freunden überleben. Alle anderen jüdischen Männer wurden von den Gendarmen verhaftet – und ebenso alle jüdischen Frauen und

Kinder. Insgesamt konnten sich rund 10.000 Juden der Verhaftung entziehen, 13.152 Juden wurden festgenommen, 8160 von ihnen pferchte man nach der Verhaftung in die Radsporthalle *Vélodrome d'Hiver,* und niemand von ihnen wusste, was man mit ihnen vorhatte.

Unter dem Glasdach der Radsporthalle herrschte brütende Hitze. Es gab kaum Toiletten, und die wenigen, die es gab, waren im Nu verstopft; die Menschen litten Durst, die Kinder weinten vor Hunger, doch die Hilfsorganisationen durften so gut wie kein Wasser oder Essen verteilen. Dreißig Menschen starben bereits in der Radsporthalle. Als die Gestapo sich fünf Tage später um den Weitertransport der Menschen kümmerte, weigerten diese sich zunächst, auch die Kinder und Jugendlichen mitzunehmen, aber da die Franzosen nicht wussten, was sie mit den Kindern anfangen sollten, bestanden sie darauf, dass die Gestapo sie ebenfalls abholte. Die Gefangenen wurden in die Durchgangslager Drancy, Beaune-la-Rolande und Pithiviers gebracht. Dort trennte man die Kinder von ihren Eltern. Als Erstes deportierte man die Erwachsenen: In Viehtransportwaggons gepfercht brachte man sie in das KZ Auschwitz-Birkenau. Zuvor begingen rund hundert Juden Selbstmord. Die Kinder blieben noch einen Monat in den Lagern, wurden dann ebenfalls nach Auschwitz gebracht und dort vergast.

Auch das Internierungslager in Vénissieux, das die Vichy-Regierung in alten Baracken des Eisenbahn-Arsenals des Ortes eingerichtet hatte, existierte wirklich. Dort wurden nicht nur Oppositionelle, Roma und unerwünschte Ausländer weggesperrt, sondern im Rahmen einer Großrazzia im Einzugsgebiet von Lyon vom 26. und 27. August 1942 auch über 1000 Juden, darunter 108 Kinder. 545 dieser Juden wurden in die Todeslager in Polen deportiert, die meisten dort umgebracht. Hilfsorganisationen wie die *Amitié Chrétienne* und die OSE konnten aber tatsächlich, genau wie im Roman beschrieben, mit einem bürokratischen Trick alle 108 Kinder aus dem Lager herausholen. Die einzige kleine Ungenauigkeit im Roman ist, dass die Eltern gewiss in nach Geschlechtern getrennten Baracken untergebracht wurden, aber das hätte das Sammeln der Unterschriften im Roman zu umständlich gemacht. Die befreiten Kinder wurden mit neuen Namen in Heimen im ganzen Land untergebracht. Auch die Sabotage des Stromnetzes und die Befreiungsaktion der Lagerinsassen in der Nacht danach fand tatsächlich statt.

Genauso wahr ist der ebenso mutige wie bewundernswürdige Kampf der Résistance, der viele Leben gekostet, aber noch mehr gerettet hat. Auch die Bestrafungen der Französinnen, denen man »horizontale Kollaboration« vorwarf, hat es gegeben.

Neben alldem habe ich auch zu zeigen versucht, dass es nicht immer leicht ist zu sagen, wer Schuld auf sich geladen hat und wer nicht. Auch wenn man eigentlich, wie Marie, als Mitglied der Résistance, zu den »Guten« gehört, kann man Schuld auf sich laden – und nicht jede Kollaborateurin hatte für ihr Tun unlautere Motive, zumindest einige von ihnen haben anderen geholfen – wie Geneviève. Das Gleiche gilt für die deutschen Besatzer und die besetzten Franzosen. Manche Franzosen waren schlimmere Nazis als die Nazis selbst, manche Deutsche haben den Franzosen und speziell den Juden geholfen, wo sie nur konnten. Es ist wie im wahren Leben: Nicht Schwarz-Weiß-Malerei bringt uns weiter, nicht urteilen, nicht verurteilen – sondern einander zuhören. Miteinander reden. Verstehen.

Mit diesem Buch möchte ich an all die mutigen Menschen erinnern, die sich im Zweiten Weltkrieg gegen die Ungerechtigkeiten aufgelehnt und den Verfolgten beigestanden haben – und Mut machen, nie aufzuhören, für eine bessere Welt zu kämpfen. Denn auch in unseren Zeiten gibt es Verfolgte, gibt es Ungerechtigkeit – und es gibt uns alle, die wir aufstehen und etwas dagegen tun können. Gemeinsam!

Danksagung

Dieser Roman war mir ein besonderes Anliegen – und entsprechend viel Herzblut steckt zwischen den Buchdeckeln. Damit so ein Buch dahin kommt, dass es gelesen werden kann, braucht es viele hilfreiche Hände und noch mehr gescheite Köpfe, und all jenen möchte ich danken:

An erster Stelle danke ich meiner Freundin und Autorenkollegin Ella Marcs für ihr geduldiges Gegenlesen und Mitüberlegen, wenn es um knifflige Stellen ging, und für all die vielen klugen Detailkommentare, genauso wie meiner Freundin und Autorenkollegin Anna Buchwinkel, die witzigerweise ganz andere Stellen als Ella angemerkt hat – 1064 Ausrufezeichen zum Beispiel, ich konnte es kaum fassen, dass ich die so großzügig verstreut haben sollte – und die noch viele weitere brillante Einwände machte.

Genauso danke ich meiner Freundin, Autorenkollegin und Mitarbeiterin Inès Keerl, die mich seit 2020 tatkräftig, feinfühlend und weitblickend bei meinen Autorencoachings und meinen Autorenkursen unterstützt, wodurch ich mehr Gleichfluss in meiner Arbeit und beim Schreiben habe.

Auch meiner Lektorin Ulla Mothes möchte ich danken: kluge Anmerkungen, sensible Textarbeit, auch ein paar historische Irrtümer hat sie aufgedeckt. Und ebenso geht mein Dank an Eliane Wurzer und Christiane Bauer vom Piper Verlag für die wunderbare Zusammenarbeit und dafür, dass die beiden immer ein offenes Ohr für meine Gedanken und Vorschläge haben.

Und jetzt natürlich noch ein dickes, dickes Danke an meine wundervolle Familie: vier Kinder, drei Enkel und ein Schwiegersohn, die allesamt jedes Auf und Ab des Romans mitgemacht haben und mir ebenfalls so manchen Freiraum eingeräumt haben, weil sie mir vieles abgenommen haben und Geduld hatten, wenn ich einmal nicht sofort verfügbar war. Ihr seid die Größten, die Besten – und einfach wunderbar!

Und last but not least ein herzliches Danke an euch Leser, die ihr dieses Buch gelesen habt – und ohne die all mein Schreiben keinen Sinn haben würde. Ich hoffe, das Schicksal von Marie, Amiel und Geneviève – exemplarisch für so viele aus dieser Zeit – hat euch fesseln können. Schreibt mir gern, wie es euch mit den dreien ergangen ist. Über meine Website www.leakorte.de könnt ihr jederzeit mit mir in Kontakt treten.